DATE DUE

GAYLORD			PRINTED IN U.S.A.

LA FORTALEZA DIGITAL

Dan Brown

La fortaleza digital

Traducción de
Eduardo G. Murillo

Umbriel

Argentina • Chile • Colombia • España
Estados Unidos • México • Uruguay • Venezuela

Título original: *Digital Fortress*
Editor original: Thomas Dunne Books / St. Martin's Griffin, Nueva York
Traducción: Eduardo G. Murillo

Copyright © 1998 *by* Dan Brown
All Rights Reserved
© de la traducción, 2006 *by* Eduardo G. Murillo
© 2006 *by* Ediciones Urano, S.A.
  Aribau, 142, pral. – 08036 Barcelona
  www.umbrieleditores.com

ISBN: 84-89367-01-9
Depósito legal: M-10.385-2006

Fotocomposición: Ediciones Urano, S.A.
Impreso por Mateu Cromo Artes Gráficas, S.A.
Ctra. de Fuenlabrada, s/n – 28320 Madrid

Impreso en España – *Printed in Spain*

Nota del autor

Para *La fortaleza digital*, mi primera novela, elegí como escenario mi ciudad europea preferida: la adorable Sevilla. Viví en ella un año entero, durante mi época de estudiante en la Universidad de Sevilla, en un piso de la plaza de Cuba. Desde allí veía a los remeros del Guadalquivir y me encantaba. Durante aquel año, me enamoré de la ciudad y sobre todo de su gente. De hecho, después he regresado allí en otras cuatro ocasiones, que es más de lo que he vuelto a visitar ninguna otra ciudad de Europa. He llevado a mis padres y a mi familia a conocer Sevilla y hasta he aprendido a bailar sevillanas. De igual modo que mi ciudad natal en Estados Unidos, Sevilla tiene aspectos maravillosos y otros que no lo son tanto. Como novelista, procuro destacar por igual los elementos negativos como los positivos para dotar de intensidad a la trama… Y lo hago con enorme pasión y amor hacia la tierra de España y los españoles.

Para mis padres...
Mis mentores y héroes

Quiero expresar mi gratitud a mis editores de St. Martin's Press, Thomas Dunne y la excepcionalmente talentosa Melissa Jacobs. A mis agentes en Nueva York, George Wieser, Olga Wieser y Jake Elwell. Y a todos aquellos que leyeron el manuscrito y colaboraron conmigo. Y en especial a mi mujer, Blythe, por su entusiasmo y paciencia

Expreso también mi agradecimiento discreto a los dos ex criptógrafos sin rostro de la NSA* que me prestaron una ayuda de incalculable valor mediante reenvíos anónimos de correos electrónicos. Sin ellos no hubiera podido escribir este libro.

* National Security Agency (Agencia Nacional de Seguridad). *(N. del T.)*

Prólogo

PLAZA DE ESPAÑA
SEVILLA
11:00 A.M.

Dicen que cuando mueres todo se te revela. Ensei Takado supo entonces que era cierto. Mientras se llevaba las manos al pecho y caía al suelo presa de un dolor insoportable, comprendió su horrible equivocación.

Varias personas se congregaron en torno suyo con la intención de auxiliarle, pero Tankado no quería ayuda. Era demasiado tarde.

Tembloroso, levantó la mano izquierda con los dedos extendidos. *¡Mirad mi mano!* Las caras que le rodeaban miraron, pero se dio cuenta de que no entendían lo que intentaba comunicar.

En un dedo llevaba un anillo de oro grabado con una inscripción. Por un instante, la sortija centelleó bajo el sol de Andalucía. Ensei Takado supo que sería la última luz que vería.

1

Estaban en las montañas, en su albergue favorito. David le sonreía.

—¿Qué dices, bonita? ¿Te quieres casar conmigo?

Recostada sobre la cama con dosel, ella levantó la vista, convencida de que era el hombre de su vida. Para siempre. Mientras escudriñaba sus profundos ojos verdes, una campana ensordecedora empezó a tañer en la distancia. Se lo llevaba. Extendió las manos, pero sólo aferraron aire.

Fue el timbre del teléfono lo que arrancó por completo a Susan Fletcher de su sueño. Lanzó una exclamación ahogada, se sentó en la cama y buscó a tientas el aparato.

—¿Hola?

—Susan, soy David. ¿Te he despertado?

Ella sonrió y rodó en la cama.

—Estaba soñando contigo. Ven a jugar.

Él rió.

—Aún está oscuro.

—Mmmm. —Ella emitió un ronroneo sensual—. En ese caso, ven a jugar *de inmediato*. Podemos dormir un poco antes de dirigirnos al norte.

David exhaló un suspiro de frustración.

—Por eso llamo. Es por nuestra excursión. Tenemos que aplazarla.

—¡Cómo! —protestó Susan.

—Lo siento. He de hacer un viaje. Volveré mañana. Partiremos temprano. Aún nos quedarán dos días.

—Pero ya he reservado nuestra habitación de siempre en Stone Manor —protestó Susan.

—Lo sé, pero...

—Se suponía que esta noche iba a ser *especial*, para celebrar nuestros primeros seis meses. Te acuerdas de que estamos comprometidos, ¿verdad?

—Susan —suspiró David—. Ahora no puedo ir, me está esperando un coche. Te llamaré desde el avión y te lo explicaré todo.

—*¿Avión?* —repitió ella—. ¿Qué pasa? ¿Por qué la universidad...?

—No es la universidad. Ya te lo explicaré más tarde. He de irme. Me están esperando. Te llamaré. Te lo prometo.

—¡David! —gritó—. ¿Qué...?

Pero era demasiado tarde. David había colgado.

Susan Fletcher estuvo despierta durante horas, esperando a que la llamara. El teléfono no sonó en ningún momento.

Aquella tarde, Susan estaba sentada en la bañera, decepcionada. Se sumergió en el agua jabonosa y trató de olvidar Stone Manor y las Smoky Mountains. *¿Dónde puede estar? ¿Por qué no me ha llamado?*

Poco a poco, el agua se entibió y luego se enfrió. Estaba a punto de salir cuando su teléfono inalámbrico cobró vida. Susan se incorporó como impulsada por un resorte y salpicó el suelo de agua cuando cogió el aparato que había dejado encima del lavamanos.

—¿David?

—Soy Strathmore —contestó la voz.

Susan se derrumbó.

—Oh. —Fue incapaz de disimular su decepción—. Buenas tardes, comandante.

—¿Esperabas la llamada de un hombre más joven?

A Strathmore se le escapó una risita.

—No, señor —dijo Susan, avergonzada—. No es lo que...

—Claro que sí. —El hombre rió—. David Becker es un buen partido. No lo dejes escapar.

—Gracias, señor.

La voz del comandante adoptó de repente un tono serio.

—Susan, llamo porque necesito que vengas aquí. Ya.

Susan trató de concentrarse.

—Es sábado, señor. Normalmente...

—Lo sé —dijo el hombre con calma—. Se trata de una emergencia.

Susan se incorporó. *¿Emergencia?* Nunca había oído esa palabra en labios del comandante Strathmore. *¿Una emergencia? ¿En Criptografía?* No podía imaginárselo.

—Sí, señor. —Hizo una pausa—. Iré lo antes posible.

—Date prisa.

Strathmore colgó.

Susan Fletcher estaba envuelta en una toalla, y de su cuerpo caían gotitas sobre las prendas dobladas con todo esmero que había preparado la noche anterior: pantalones cortos de excursión, jersey para las noches frías de la montaña y la nueva ropa interior que había comprado para la ocasión. Deprimida, se acercó al ropero para buscar una blusa limpia y una falda. *¿Una emergencia? ¿En Criptografía?*

Mientras bajaba la escalera, Susan se preguntó si el día podría empeorar más.

Estaba a punto de descubrirlo.

2

A nueve mil metros de altura sobre un océano en calma, David Becker miraba por la ventanilla ovalada del Learjet 60, desolado. Le habían dicho que el teléfono de a bordo no funcionaba, y no había podido llamar a Susan.

«¿Qué estoy haciendo aquí?» —pensó malhumorado. Pero la respuesta era sencilla: había hombres a los que no podías decir no.

—Señor Becker —oyó por un altavoz—, llegaremos dentro de media hora.

Becker asintió a la voz invisible. *Maravilloso.* Corrió la cortinilla y trató de dormir, pero sólo pudo pensar en ella.

3

El sedán Volvo de Susan se detuvo junto a la sombra de la verja de alambrada Cyclone de tres metros de altura. Un guarda de seguridad joven apoyó la mano en el techo del vehículo.

—Identificación, por favor.

Susan obedeció y se dispuso a esperar el medio minuto habitual. El vigilante pasó la tarjeta por un escáner. Por fin, alzó la vista.

—Gracias, señorita Fletcher.

Hizo una señal imperceptible y la puerta se abrió.

A un kilómetro de distancia, Susan repitió el mismo procedimiento ante una verja igualmente electrificada. *Venga, chicos... He pasado por aquí un millón de veces.*

Cuando se acercó al punto de control final, un corpulento vigilante, acompañado de dos perros de ataque y provisto de una ametralladora, echó un vistazo a su matrícula y le indicó con un gesto que pasara. Siguió Canine Road doscientos veinticinco metros más y paró en el aparcamiento de empleados C. *Es increíble*, pensó. *Veintiséis mil empleados y un presupuesto de doce mil millones de dólares. Cualquiera pensaría que podrían sobrevivir el fin de semana sin mí.* Susan aparcó en su plaza reservada y apagó el motor.

Después de cruzar la terraza ajardinada y entrar en el edificio principal, pasó dos puntos de control más y llegó por fin al túnel sin ventanas que conducía a la nueva ala. Una cabina de verificación de voz le cortó el acceso.

NATIONAL SECURITY AGENCY (NSA)
SECCIÓN DE CRIPTOGRAFÍA
ACCESO RESTRINGIDO AL PERSONAL AUTORIZADO

El vigilante armado levantó la vista.

—Buenas tardes, señorita Fletcher.

Susan sonrió, cansada.

—Hola, John.

—No la esperaba hoy.

—Ni yo. —Se inclinó hacia el micrófono parabólico—. Susan
Fletcher —dijo con voz clara. El ordenador confirmó al instante las
concentraciones de frecuencias de su voz, y la puerta se abrió con un
clic. Susan pasó.

El guarda miró con admiración a Susan cuando ésta se alejaba por el
pasadizo de cemento. Había reparado en que la mirada de sus ojos color avellana parecía distante hoy, pero sus mejillas exhibían una frescu-
ra rubicunda, y el pelo castaño rojizo, largo hasta los hombros, parecía
recién secado. Detrás de ella flotaba en el aire la fragancia de jabón
Johnson para bebés. La mirada del guarda se regodeó en su esbelto torso, la blusa blanca que transparentaba el sujetador, la falda caqui larga
hasta las rodillas, y por fin sus piernas... Las piernas de Susan Fletcher.

Cuesta imaginar que sostienen un Cociente de Inteligencia de 170,
pensó para sí.

La siguió con la mirada durante varios minutos. Por fin, meneó la
cabeza cuando ella desapareció en la distancia.

Cuando Susan llegó al final del túnel, una puerta circular, como la de
una cámara acorazada, le cortó el paso. Las enormes letras anuncia-
ban: CRIPTOGRAFÍA.

Suspiró e introdujo la mano en el escáner empotrado en la pared
y tecleó su número PIN de cinco dígitos. Segundos después, la hoja de
acero de doce toneladas de peso empezó a girar. Intentó concentrarse,
pero no podía quitárselo de la cabeza.

David Becker. El único hombre al que había amado. El profesor más
joven de la Universidad de Georgetown y brillante especialista en idiomas extranjeros, una celebridad en el mundo académico. Con memoria
fotográfica innata y pasión por los idiomas, dominaba seis dialectos asiá-
ticos, además del español, francés e italiano. Sus conferencias sobre eti-
mología y lingüística llenaban a rebosar las aulas, y no se marchaba hasta

haber contestado todas las preguntas. Hablaba con autoridad y entusiasmo, ignorando, en apariencia, las miradas adoradoras de sus alumnas.

Becker, moreno y robusto, tenía treinta y cinco juveniles años, penetrantes ojos verdes e ingenio sin igual. Su mandíbula firme y facciones bien dibujadas recordaban a Susan una talla de mármol. A pesar de su metro ochenta y algo de estatura, Becker se movía en la pista de squash con más rapidez que cualquiera de sus colegas. Después de derrotar a sus contrincantes, se refrescaba mojándose la cabeza en un surtidor y empapando su tupida cabellera negra. A continuación, todavía goteando, invitaba a su oponente a un batido de frutas y un *bagel*.

El sueldo de David —como era el caso de todos los profesores jóvenes— era modesto. De vez en cuando, si necesitaba renovar su carnet del club de squash o cambiar las cuerdas de su vieja raqueta Dunlop, se ganaba un dinero extra haciendo traducciones para organismos gubernamentales de Washington y alrededores. Estaba realizando uno de esos encargos cuando conoció a Susan.

Una fresca mañana de otoño, al regresar Becker, después de correr, a su apartamento de tres habitaciones de la facultad, la luz del contestador automático parpadeaba. Se tomó un cuarto de litro de zumo de naranja mientras escuchaba la grabación. El mensaje se parecía a muchos que había recibido: un organismo gubernamental solicitaba sus servicios de traductor durante unas horas, aquella misma mañana. Lo único raro era que Becker nunca había oído hablar de ese organismo.

—Se llama National Security Agency —dijo Becker, cuando telefoneó a algunos colegas en busca de referencias.

La respuesta siempre fue la misma.

—¿Quieres decir el *Consejo* de Seguridad Nacional?

Becker comprobó su mensaje.

—No. Dijeron *Agencia*. La NSA.

—No me suena de nada.

En vano Becker consultó el directorio de organismos gubernamentales. Perplejo, llamó a uno de sus viejos colegas de squash, un ex analista político que ahora trabajaba como investigador en la Biblioteca del Congreso. La explicación de su amigo asombró a David.

Por lo visto, no sólo existía la NSA, sino que la consideraban una de las organizaciones gubernamentales más influyentes del mundo. Había estado acumulando datos de inteligencia electrónica global y protegiendo información secreta de Estados Unidos durante más de medio siglo. Sólo un tres por ciento de los estadounidenses conocían su existencia.

—NSA —bromeó su amigo —quiere decir «No Somos tal Agencia».*

Becker, con una mezcla de aprensión y curiosidad, aceptó la oferta de la misteriosa agencia. Recorrió en coche los cincuenta y cinco kilómetros que distaba el cuartel general de cuarenta y cuatro hectáreas, oculto en las colinas boscosas de Fort Meade, Maryland. Después de pasar interminables controles de seguridad y recibir un pase holográfico válido por seis horas, le acompañaron a unas lujosas instalaciones destinadas a tareas de investigación, donde le dijeron que pasaría la tarde proporcionando «apoyo ciego» a la División de Criptografía, un grupo de élite de cerebrines matemáticos conocidos como rompedores de códigos. Durante la primera hora, los criptógrafos parecieron ignorar la presencia de Becker. Revoloteaban alrededor de una enorme mesa y empleaban una jerga que Becker nunca había oído. Hablaban de cifradores de flujo, generadores autocadenciados, variantes de apilamiento, protocolos de divulgación nula, puntos de unicidad. Becker observaba, perdido. Garrapateaban símbolos en papel cuadriculado, estudiaban listados de ordenador y se referían sin cesar al texto semejante a un galimatías que proyectaba contra una pared el proyector elevado sobre sus cabezas.

```
JHDJA3JKHDHMADO/ERTWTJLW+JGJ328
5JHALSFNHKHHHFAFOHHDFGAF/FJ37WE
0HI93450S9DJFD2H/HHRTYFHLF89303
95JSPJF2J0890IHJ98YHFI080EWRT03
JOJR845HOROQ+JTOEU4TQEFQE//OUJW
08UYOIH0934JTPWFIAJER09QU4JR9GU
IVJP$DUW4H95PE8RTUGVJW3P4E/IKKC
MFFHUERHFGVOQ394IKJRMG+UNHVS9OER
IRK/0956Y7UOPOIKIOJP9F8760QWERQI
```

* En el original, «No Such Agency». Literalmente: «No existe tal agencia». Juego de palabras con las siglas de la NSA. (N. del T.)

Por fin, uno de ellos explicó lo que Becker ya había sospechado. El texto era un código, un «texto cifrado», grupos de números y letras que representaban palabras encriptadas. El trabajo de los criptógrafos consistía en estudiar el código y extraer de él el mensaje original, o «texto llano», como era llamado en la jerga que empleaban. La NSA había llamado a Becker porque sospechaba que el mensaje original estaba escrito en mandarín. Debía traducir los símbolos a medida que los criptógrafos los descifraran.

Durante dos horas, Becker tradujo un torrente interminable de símbolos mandarines, pero cada vez que los traducía, los criptógrafos meneaban la cabeza, desesperados. Ansioso por ayudar, Becker indicó que todos los caracteres poseían una característica común: también formaban parte del kanji. Al instante, se hizo el silencio en la sala. El hombre que estaba al mando, un larguirucho fumador empedernido llamado Morante, se volvió hacia Becker con incredulidad.

—¿Nos está diciendo que estos símbolos tienen significados múltiples?

Becker asintió. Explicó que el kanji era un sistema de escritura japonés basado en caracteres chinos modificados. Había traducido del mandarín porque se lo habían pedido así.

—Está bien —dijo Morante—. Probemos con el kanji.

Como por arte de magia, todas las piezas encajaron.

Los criptógrafos se quedaron impresionados, pero no obstante, pidieron a Becker que trabajara con los caracteres sin seguir una secuencia.

—Es por su propia seguridad —explicó Morante—. De esta manera no sabrá lo que está traduciendo.

Becker rió. Pero en el acto se dio cuenta de que nadie más reía.

Cuando descifraron por fin el código, Becker no tenía ni idea de qué oscuros secretos había contribuido a revelar, pero de una cosa estaba seguro: la NSA se tomaba muy en serio el desciframiento de códigos. El cheque que llevaba en el bolsillo representaba más de un mes de sueldo de la universidad.

Cuando ya había atravesado varios puntos de control del pasadizo principal, camino de la salida, un guarda que sostenía un teléfono le cortó el paso.

—Haga el favor de esperar aquí, señor Becker.

—¿Algún problema?

Becker no había esperado que la sesión durara tanto, e iba a llegar tarde a su partido de squash de los sábados por la tarde.

El guardia se encogió de hombros.

—La jefa de Criptografía quiere hablar con usted. Ya viene hacia aquí.

—¿*Jefa?*

Becker lanzó una carcajada. Aún no había visto a ninguna mujer en la NSA.

—¿Representa eso algún problema para usted? —preguntó una voz femenina tras él.

Becker se volvió y enrojeció de inmediato. Echó un vistazo a la tarjeta de identificación prendida en la blusa de la mujer. La jefa de la División de Criptografía de la NSA no sólo era una mujer, sino que además era una mujer muy atractiva.

—No —masculló Becker—. Es que...

—Susan Fletcher.

La mujer sonrió y extendió su fina mano.

Becker la estrechó.

—David Becker.

—Le felicito, señor Becker. Me han dicho que ha hecho un trabajo excelente. ¿Podríamos hablar al respecto?

Becker vaciló.

—La verdad es que tengo un poco de prisa.

Confiaba en que desdeñar a la agencia de inteligencia más poderosa del mundo no sería una estupidez, pero su partido de squash empezaba dentro de tres cuartos de hora, y tenía que cuidar su reputación: David Becker nunca llegaba tarde al squash. A clase tal vez, pero al squash nunca.

—Seré breve —sonrió Susan Fletcher—. Sígame, por favor.

Diez minutos después, Becker estaba en la cantina de la NSA disfrutando de un *muffin* y zumo de arándanos en compañía de la encantadora jefa de Criptografía. Pronto fue evidente para David que el cargo elevado de la mujer de treinta y ocho años no era fruto de la casualidad. Era una de las mujeres más inteligentes que había conocido.

Mientras hablaban de códigos y de desciframiento de los mismos, Becker se descubrió pugnando por no quedarse atrás, una experiencia nueva y emocionante para él.

Una hora más tarde, después de que Becker se hubiera perdido el partido de squash, y Susan hubiera hecho caso omiso de las tres llamadas que recibió por el intercomunicador, los dos no tuvieron más remedio que reír. Eran dos mentes analíticas, inmunes en teoría a encaprichamientos irracionales, pero de alguna manera, mientras hablaban de morfología lingüística y generadores de cifras seudofortuitos, se sentían como un pareja de adolescentes enamorados.

Susan no llegó a revelar el verdadero motivo de que hubiera querido hablar con David Becker: ofrecerle un puesto a prueba en la División de Criptografía Asiática. Estaba claro, a juzgar por la pasión con que hablaba de la enseñanza el joven profesor, que nunca dejaría la universidad. Susan decidió no estropear la atmósfera cordial hablando de trabajo. Se sentía de nuevo como una colegiala. Nada iba a estropearlo. Y así fue.

El inicio de su relación fue pausado y romántico: escapadas clandestinas cuando sus horarios lo permitían, largos paseos por el campus de Georgetown, capuchinos nocturnos en Merlutti's, conferencias y conciertos ocasionales. Susan se descubrió riendo más de lo que creía posible. Daba la impresión de que no había nada que David no fuera capaz de convertir en un chiste. Le hacía olvidarse del trabajo absorbente que realizaba en la NSA.

Una fresca tarde de otoño estaban sentados en las gradas de un estadio, viendo al equipo de fútbol de Georgetown recibir una paliza de Rutgers.

—¿Qué deporte dijiste que practicabas? —bromeó Susan—. ¿Calabaza?

—Es como *zucchini* —explicó él—, pero la pista es más pequeña.

Susan le dio un empujón.

El extremo izquierdo de Georgetown lanzó un córner que salió por la línea de fondo, y el público le abucheó. Los defensas volvieron corriendo a su campo.

—¿Y tú? —preguntó Becker—. ¿Practicas algún deporte?

—Soy cinturón negro en bicicleta estática.

Becker se encogió.

—Prefiero deportes en los que puedes ganar.

Susan sonrió.

—Te gusta ganar, ¿verdad?

El mejor defensa de Georgetown interceptó un pase, y las gradas estallaron en vítores. Susan se inclinó hacia delante y le susurró a David al oído.

—Doctor.

Él se volvió y la miró confuso.

—Doctor —repitió Susan—. Di lo primero que te venga a la cabeza.

Becker parecía dudoso.

—¿Asociaciones de palabras?

—Procedimiento habitual de la NSA. He de saber con quién estoy. —Le miró con severidad—. Doctor.

Becker se encogió de hombros.

—Seuss.

Susan le miró con el ceño fruncido.

—De acuerdo. A ver esta otra: cocina.

Becker no vaciló.

—Dormitorio.

Susan enarcó las cejas con coquetería.

—Bien... Gato.

—Tripa —replicó Becker.

—¿Tripa?

—Sí. Tripa de gato. De la que están hechas las raquetas de squash que utilizan los campeones.

—Muy agradable —gruñó ella.

—¿Tu diagnóstico? —preguntó Becker.

Susan pensó un momento.

—Eres un fanático del squash infantiloide y sexualmente frustrado.

Becker se encogió de hombros.

—Creo que tienes razón.

Su idilio continuó así durante semanas. Mientras tomaban los postres en cenas que se prolongaban hasta altas horas de la noche, Becker no dejaba de hacer preguntas.

¿Dónde había estudiado matemáticas?

¿Cómo ingresó en la NSA?

¿Por qué era tan cautivadora?

Susan se ruborizó y admitió que sus atributos femeninos habían tomado su tiempo para desarrollarse. Larguirucha y desmañada, con corrector dental al final de la adolescencia, contó que su tía Clara le había dicho en una ocasión que Dios, a modo de disculpas por la falta de atractivo de Susan, le había dado una gran inteligencia. Una disculpa prematura, pensó Becker.

Susan explicó que su interés por la criptografía había empezado en el instituto. El presidente del club de informática, un altísimo alumno de octavo llamado Frank Gutmann, le había escrito a máquina un poema de amor, codificándolo con un sistema de sustitución numérica. Susan le suplicó que se lo tradujera. Frank se negó, a modo de flirteo. Ella se llevó el código a casa y se pasó despierta toda la noche, con una linterna debajo de las sábanas, hasta que adivinó el secreto: cada número representaba una letra. Descifró con meticulosidad el código y vio asombrada que los números, en apariencia fortuitos, se convertían como por arte de magia en una hermosa poesía. En aquel instante, supo que se había enamorado. Los códigos y la criptografía serían su vida.

Casi veinte años después, tras obtener el máster en matemáticas en la Universidad Johns Hopkins y estudiar teoría de números en el MIT con una beca, presentó su tesis doctoral, *Métodos criptográficos, protocolos y algoritmos para aplicaciones manuales*. Por lo visto, su director de tesis no fue la única persona que la leyó. Poco después, Susan recibió una llamada telefónica y un billete de avión, cortesía de la NSA.

Todo el mundo relacionado con la criptografía conocía la existencia de la NSA. Era el hogar de las mejores mentes criptográficas del planeta. Cada primavera, cuando las firmas del sector privado se lanzaban sobre las nuevas mentes más brillantes del mercado laboral, y ofrecían salarios obscenos y opciones sobre acciones, la NSA vigilaba con atención, seleccionaba sus objetivos, hacía acto de aparición y doblaba la mejor oferta. Lo que la NSA quería, la NSA lo compraba. Susan, temblorosa de impaciencia, voló al aeropuerto internacional Dulles de Washington, donde la recibió un chófer de la NSA, que la trasladó a Fort Meade.

Había cuarenta y una personas más que habían recibido la misma llamada telefónica aquel año. Con veintiocho años, Susan era la más joven. También era la única mujer. La visita resultó ser más una exhibición de relaciones públicas y una batería de tests de inteligencia que una sesión informativa. Susan y otros seis candidatos fueron invitados a regresar a la semana siguiente. Aunque vacilante, volvió. Separaron al grupo de inmediato. Fueron sometidos a tests de poligrafía individuales, investigaciones de su pasado, análisis de su caligrafía e interminables horas de entrevistas, que incluían preguntas grabadas sobre sus preferencias y prácticas sexuales. Cuando el entrevistador preguntó a Susan si había copulado con animales, estuvo a punto de tirar la toalla, pero su atracción por el misterio pudo más, la perspectiva de trabajar en la vanguardia de la teoría de los códigos, entrar en el «Palacio de los Enigmas» y convertirse en miembro del club más secreto del mundo: la Agencia Nacional de Seguridad.

Becker estaba fascinado por sus historias.

—¿De veras te preguntaron si habías copulado con animales?

Susan se encogió de hombros.

—Parte de la rutina de investigar los antecedentes.

—Bien... —Becker reprimió una sonrisa—. ¿Qué dijiste?

Ella le dio una patada por debajo de la mesa.

—¡Dije que no! Y hasta anoche, era verdad.

A los ojos de Susan, David era el hombre perfecto. Sólo tenía una cualidad desafortunada. Cada vez que salían, insistía en pagar la cuenta. Detestaba verle dejarse todo un día de sueldo en una cena para dos, pero Becker era inflexible. Susan aprendió a dejar de protestar, pero no dejaba de molestarle. *Gano más dinero del que necesito*, pensaba. *Yo debería pagar.*

No obstante, Susan decidió que, aparte del anticuado sentido de la caballerosidad de David, era el hombre ideal. Era solidario, inteligente, divertido, y sobre todo, estaba muy interesado en su trabajo. David exhibía una curiosidad insaciable, ya fuera en visitas al Smithsonian, paseando en bicicleta, o cuando quemaba los espaguetis en la cocina de Susan. Ella contestaba a las preguntas que podía y le proporcionaba una visión de conjunto de la NSA. Lo que David oía le embelesaba.

Fundada por el presidente Truman cuando pasaba un minuto de mediodía del 4 de noviembre de 1952, la NSA había sido la organización de inteligencia más clandestina del mundo durante casi cincuenta años. Las siete páginas de principios doctrinales de la NSA desplegaban un programa muy conciso: proteger las comunicaciones del Gobierno de Estados Unidos e interceptar las comunicaciones de potencias extranjeras.

El tejado del edificio principal de operaciones de la NSA estaba sembrado de más de quinientas antenas, incluyendo dos enormes radomos que parecían pelotas de golf gigantescas. El mismo edificio era inmenso. Su superficie ocupaba más de sesenta mil metros cuadrados, dos veces el tamaño del cuartel general de la CIA. El complejo albergaba veinticinco kilómetros de cable telefónico y veinticuatro mil metros de ventanas siempre cerradas.

Susan habló a David de COMINT, la división de reconocimiento global de la agencia, el increíble agrupamiento de instalaciones de escucha, satélites, espías y servicios de grabación de comunicaciones en todo el mundo. Cada día se interceptaban miles de mensajes y conversaciones, y todos eran enviados a los analistas de la NSA para que los descifraran. El FBI, la CIA y los consejeros en materia de política exterior de Estados Unidos dependían del espionaje de la NSA para tomar decisiones.

Becker estaba fascinado.

—¿Dónde encajas *tú* en lo de descifrar códigos?

Susan le explicó cómo las comunicaciones interceptadas a menudo provenían de gobiernos peligrosos, facciones hostiles y grupos terroristas, muchos de los cuales se hallaban dentro de las fronteras del país. Sus comunicaciones solían estar codificadas por si terminaban en las manos que no debían, lo cual ocurría con frecuencia gracias a COMINT. Susan contó a David que su trabajo consistía en estudiar los códigos, descifrarlos y entregar los mensajes a la NSA. Esto no era del todo cierto.

Susan sintió una punzada de culpabilidad por mentir a su nuevo amor, pero no tenía otra alternativa. Años antes habría dicho la verdad, pero las cosas habían cambiado en la NSA. Todo el mundo de la criptografía había cambiado. Las nuevas tareas de Susan eran secretas, incluso para muchos miembros de los escalones superiores del poder.

—Códigos —dijo Becker, fascinado—. ¿Cómo sabes por dónde empezar? O sea, ¿cómo los descifras?

Susan sonrió.

—Tú, más que nadie, deberías saberlo. Es como estudiar un idioma extranjero. Al principio, el texto parece un galimatías, pero a medida que vas aprendiendo las reglas que definen su estructura, puedes empezar a extraer un significado.

Becker asintió, impresionado. Quería saber más.

Con las servilletas de Merlutti's y los programas de conciertos a modo de pizarra, Susan se dispuso a impartir a su nuevo y encantador alumno un curso introductorio a la criptografía. Empezó con el método de sustitución llamado la cifra de cambio de Julio César, o simplemente la cifra del César, el «cuadrado perfecto».

Julio César, explicó, fue el primer escritor de códigos secretos de la historia. Cuando sus emisarios empezaron a caer en emboscadas, y sus mensajes comenzaron a ser robados, diseñó un método rudimentario de codificar sus órdenes. Reordenó el texto de sus mensajes de manera que la correspondencia parecía absurda. No lo era, claro está. Cada mensaje contenía siempre un número de letras que constituía un cuadrado perfecto (dieciséis, veinticinco, cien), en función de lo que Julio César necesitara decir. Avisó en secreto a sus oficiales de que, cuando recibieran un mensaje absurdo, debían copiar el texto en una tabla con rejilla cuadriculada. Si lo hacían así, y leían de arriba abajo, aparecería un mensaje secreto como por arte de magia.

Con el tiempo, la idea de César de reordenar el texto fue adoptada por otros y modificada, con el fin de dificultar el desciframiento. La cima de la encriptación no informática se alcanzó durante la Segunda Guerra Mundial. Los nazis construyeron una asombrosa máquina de encriptación llamada Enigma. El aparato recordaba a una máquina de escribir antigua, con engranajes de rotores de latón que giraban de una manera compleja y convertían el texto llano en series de grupos de caracteres, en apariencia carentes de sentido. El receptor sólo podía descifrar el código si tenía otra máquina Enigma calibrada del mismo modo.

Becker escuchaba fascinado. El profesor se había convertido en alumno.

Una noche, durante una representación de *Cascanueces* en la universidad, Susan entregó a David el primer código básico que debía descifrar. Se pasó sentado todo el intermedio, bolígrafo en mano, reflexionando sobre el mensaje de diecinueve letras:

BNMSDMSZ CD BNMNBDQSD

Por fin, justo cuando las luces se apagaban para el inicio de la segunda parte, lo descubrió. Para codificar, Susan se había limitado a sustituir cada letra del mensaje por la letra precedente del alfabeto. Para descifrar el código, todo lo que Becker tuvo que hacer fue emplear la siguiente letra del alfabeto. La «A» se convirtió en «B», la «B» en «C», y así sucesivamente. Sustituyó con rapidez el resto de las letras del mensaje. Nunca imaginó que tres palabras pudieran hacerle tan feliz.

CONTENTA DE CONOCERTE

Escribió a toda prisa su respuesta y se la dio:

XP UBNCJFO

Susan leyó y sonrió.

Becker no pudo por menos que reír. Tenía treinta y cinco años, y su corazón estaba dando saltitos. Nunca se había sentido tan atraído hacia una mujer. Sus delicados rasgos europeos y dulces ojos castaños le recordaban un anuncio de Estée Lauder. Si el cuerpo de Susan había sido larguirucho y desmañado en la adolescencia, ahora ya no lo era. En algún momento había desarrollado una exquisita esbeltez, con pechos firmes y voluminosos y abdomen liso. David comentaba en broma con frecuencia que era la primera modelo de bañadores que había conocido con un doctorado en teoría de números y matemáticas aplicadas. A medida que transcurrían los meses, los dos empezaron a sospechar que habían encontrado algo susceptible de durar toda la vida.

Llevaban juntos casi dos años cuando, sin previo aviso, David le propuso matrimonio. Fue durante una escapada de fin de semana a las Smoky Mountains. Yacían sobre una gran cama con dosel de Stone Manor. David no tenía un anillo consigo. Le había salido así. Era lo que a ella le gustaba de él, su espontaneidad. Le dio un beso intenso y prolongado. Él la tomó en sus brazos y le quitó el camisón.

—Lo tomaré como un sí —dijo, y luego hicieron el amor toda la noche al calor del fuego del hogar.

La mágica velada había tenido lugar seis meses atrás, antes del inesperado ascenso de David a jefe del Departamento de Idiomas Modernos. Su relación se había deteriorado desde entonces.

4

La puerta de acceso a Criptografía emitió un pitido que despertó a Susan de su ensoñación. La puerta había girado por completo para abrirse, y se cerraría de nuevo en cinco segundos, tras completar un giro de 360 grados. Susan se serenó y pasó por la abertura. En un ordenador quedó registrada su entrada.

Si bien había vivido prácticamente en Criptografía desde que habían terminado el edificio, tres años antes, verlo todavía la asombraba. La sala principal era una enorme cámara circular de cinco pisos de altura. Su techo abovedado transparente se elevaba treinta y seis metros hasta su cúspide. La cúpula de plexiglás tenía engastada una malla de policarbonato, una red protectora capaz de resistir un impacto de dos megatones. La pantalla filtraba la luz del sol y proyectaba una delicada filigrana en las paredes. Diminutas partículas de polvo flotaban en suspensión formando amplias espirales ascendentes, cautivas del poderoso sistema desionizador de la cúpula.

Las paredes inclinadas de la sala se arqueaban en lo alto, y adquirían una verticalidad casi total a la altura del ojo. En aquel punto, adoptaban una sutil transparencia y viraban a un negro opaco cuando llegaban al suelo: una extensión reluciente de baldosas de un negro impecable que brillaban con un lustre sobrecogedor, produciendo la inquietante impresión de que el pavimento era transparente. Hielo negro.

La máquina para la cual se había construido la cúpula emergía del centro del suelo de la cámara como la punta de un torpedo colosal. Su silueta, de un negro lustroso, se arqueaba hasta los siete metros de altura en el aire antes de descender en picado hacia el suelo. Lisa y curva, era como si una enorme orca se hubiera quedado congelada antes de volverse a zambullir en un mar helado.

Era *Transltr*, el superordenador más caro del mundo, una máquina cuya existencia negaba categóricamente la NSA.

Como un iceberg, la máquina ocultaba el noventa por ciento de su masa y poder muy por debajo de la superficie. Su secreto estaba encerrado en un silo de cerámica que descendía seis pisos, una vasija similar al casco de un cohete rodeada de un laberinto serpenteante de pasarelas, cables y tubos del sistema de refrigeración por gas freón. Los generadores de energía eléctrica situados en el fondo del silo emitían un zumbido de baja frecuencia perpetuo que proporcionaba a la acústica de Criptografía una cualidad fantasmagórica.

Transltr, como todos los grandes avances tecnológicos, había sido hijo de la necesidad. Durante la década de 1980, la NSA fue testigo de una revolución en las telecomunicaciones que cambió el mundo del espionaje para siempre: el acceso público a Internet. Más en concreto, la llegada del correo electrónico.

Criminales, terroristas y espías se habían cansado de que les interviniesen los teléfonos, y adoptaron de inmediato este nuevo medio de comunicación global. El correo electrónico ofrecía la seguridad del correo convencional y la velocidad de las comunicaciones telefónicas. Puesto que las comunicaciones viajaban bajo tierra, a través de cables de fibra óptica, y no por ondas de radio, no eran posibles las intercepciones. Al menos eso se creía.

En realidad, interceptar correos electrónicos era un juego de niños para los tecnogurús de la NSA. Internet no era la nueva revelación informática casera que casi todo el mundo creía. Había sido creado por el Departamento de Defensa tres décadas antes. Toda una enorme red de ordenadores pensada para asegurar las comunicaciones del Gobierno de Estados Unidos en el caso de una guerra nuclear. Los ojos y oídos de la NSA eran viejos profesionales de Internet. La gente que realizaba negocios ilegales vía correo electrónico averiguó muy pronto que sus secretos no lo eran tanto como pensaban. El FBI, la DEA, el IRS y diversos organismos policiales norteamericanos, con la colaboración de los *hackers* de la NSA, consiguieron una avalancha de detenciones y condenas.

Cuando los usuarios de informática del mundo descubrieron que el Gobierno de Estados Unidos tenía libre acceso a sus comunicaciones por correo electrónico, pusieron el grito en el cielo. Incluso los amigos, que utilizaban el correo electrónico para divertirse, consideraron inquietante su falta de privacidad. A lo largo y ancho del globo, programadores emprendedores empezaron a buscar una forma para conseguir que el correo electrónico fuera más seguro.

La encriptación de llave pública era un concepto tan sencillo como brillante. Consistía en un programa fácil de usar en ordenadores caseros que desordenaba el contenido de los correos electrónicos personales de forma que resultaban ilegibles. Un usuario podía escribir una carta y aplicarle el programa de encriptación, y el texto que recibía el receptor parecía un galimatías, era del todo ilegible. Un mensaje cifrado. Cualquiera que interceptara el correo sólo veía una secuencia de caracteres sin sentido en la pantalla.

La única manera de descifrar el mensaje es introducir la clave de acceso del remitente, una serie secreta de caracteres que funciona de manera muy parecida a un número PIN en un cajero automático. Las claves de acceso solían ser muy largas y complejas. Contenían toda la información necesaria para indicar al algoritmo de encriptación las operaciones matemáticas que debía llevar a cabo para volver a crear el mensaje original.

Ahora un usuario podía enviar correos electrónico con toda confianza. Aunque interceptaran el mensaje, sólo quienes conocieran la clave de acceso podrían descifrarlo.

La NSA advirtió el peligro de inmediato. Los códigos a los que se enfrentaban ya no eran simples sustituciones de cifras, que podían descifrarse con papel y lápiz. Se trataba de las así denominadas funciones hash —o «funciones picadillo»-, algoritmos matemáticos generados por ordenador, que utilizaban la teoría del caos y múltiples alfabetos simbólicos para transformar los mensajes en algo aparentemente sin orden ni concierto.

Al principio, las claves de acceso empleadas eran lo bastante sencillas como para que los ordenadores de la NSA las «adivinaran». Si una clave de acceso tenía diez dígitos, había ordenadores programados para explorar todas las posibilidades entre 0000000000 y 9999999999. Tarde o temprano el ordenador encontraba la secuencia correcta. Este método de prueba y error era conocido como «ataque por fuerza bruta». Consumía mucho tiempo, pero garantizaba el éxito desde un punto de vista matemático.

Cuando se hizo patente a ojos de los usuarios el poder de los «ataques por fuerza bruta» para descifrar las claves de acceso, éstas empezaron a ser cada vez más largas. El tiempo que necesitaba el ordenador para «adivinar» la clave correcta oscilaba entre semanas y meses e incluso años.

En la década de 1990, las claves de acceso tenían más de 50 caracteres de longitud y empleaban los 256 caracteres del alfabeto ASCII*, compuesto por letras, números y símbolos. El número de posibilidades diferentes se acercaba a 10^{120}, o sea, 10 seguido de 120 ceros. Encontrar una clave de acceso era tan improbable matemáticamente como elegir el grano de arena correcto en una playa de cinco kilómetros de extensión. Se calculaba que un «ataque por fuerza bruta» para descifrar con éxito una clave de acceso de 64 bits** tendría ocupado 19 años al ordenador más veloz de la NSA (el supersecreto Cray/Josephson II). Cuando el ordenador encontrara la clave y descifrara el código, el contenido del mensaje sería irrelevante.

Prisionera virtualmente de un apagón de inteligencia, la NSA elaboró una directiva ultrasecreta que fue aprobada por el presidente de Estados Unidos. La NSA, apoyada por fondos federales, con carta blanca para hacer lo que fuera necesario en vistas a solucionar el problema, se dispuso a construir lo imposible: el primer ordenador de desciframiento universal de códigos del mundo.

Pese a la opinión de muchos ingenieros de que el nuevo ordenador era imposible de construir, la NSA vivía de acuerdo con su lema: «Todo es posible. Conseguir lo imposible sólo cuesta un poco más».

Cinco años después, con una inversión de medio millón de horas/hombre con un costo de mil novecientos millones de dólares, la NSA volvió a demostrarlo. El último de los tres millones de procesadores, del tamaño de un sello de correos, se soldó a mano. Se comple-

---

* Del inglés: American Standard Code for Information Exchange (Código Estándar Americano para el Intercambio de Información). *(N. del T.)*
** La más pequeña unidad de información digital. Sólo puede representar los dos estados del sistema binario: un 0 o un 1. *(N. del T.)*

tó la última tarea de programación interna del superordenador, y la vasija de cerámica se selló. *Transltr* había nacido.

Aunque el funcionamiento interno secreto de *Transltr* era el producto de muchas mentes, y ninguna de ellas, de forma individual, acababa de comprenderlo, su principio básico era sencillo: muchas manos abrevian el trabajo.

Sus tres millones de procesadores trabajarían en paralelo a velocidad cegadora, probando una permutación tras otra. La esperanza residía en que ni siquiera códigos protegidos con inimaginables claves de acceso colosales estarían a salvo de la tenacidad de *Transltr*. Esta obra maestra multimillonaria empleaba la potencia del procesamiento en paralelo, así como algunos adelantos ultrasecretos de análisis textual para encontrar claves de acceso y descifrar códigos. Su poder radicaba no sólo en su asombroso número de procesadores, sino en los nuevos adelantos en computación cuántica, una tecnología emergente que permitía almacenar la información como estados de mecánica cuántica, en lugar de como simples datos binarios.

El momento de la verdad llegó una ventosa mañana de un martes de octubre. La primera prueba real. Pese a la incertidumbre sobre la velocidad del ordenador, los ingenieros estaban de acuerdo en una cosa: si todos los procesadores funcionaban en paralelo, *Transltr* sería muy potente. La cuestión era *hasta qué* punto.

Obtuvieron la respuesta doce minutos más tarde. Se produjo un silencio total entre el puñado de personas que esperaban cuando una impresora cobró vida y se materializó el texto llano: el código descifrado. *Transltr* acababa de encontrar una clave de acceso de sesenta y cuatro bits en poco más de diez minutos, casi un millón de veces más rápido que las dos décadas que habría tardado el segundo ordenador más veloz de la NSA.

Al mando del director adjunto de operaciones, el comandante Trevor J. Strathmore, la Oficina de Producción de la NSA había triunfado. *Transltr* era un éxito. Con el fin de mantener en secreto dicho éxito, el comandante Strathmore filtró de inmediato la información de que el proyecto había sido un fiasco. Toda la actividad de la sección de Criptografía tenía por objetivo, en teoría, intentar salvar el desastre de dos mil millones de dólares. Tan sólo la élite de la

NSA sabía la verdad: *Transltr* descifraba centenares de códigos diariamente.

Una vez corrió el rumor de que incluso a la todopoderosa NSA le era imposible descifrar los códigos encriptados por ordenador, los secretos salieron a la luz. Señores de la droga, terroristas, estafadores, cansados de que les intervinieran las transmisiones por teléfono móvil, adoptaron el fabuloso nuevo medio de correo electrónico encriptado, que permitía comunicaciones globales instantáneas. Nunca más tendrían que hacer frente a un gran jurado y oír su propia voz grabada en una cinta, prueba de alguna olvidada conversación por teléfono móvil captada desde el cielo por algún satélite de la NSA.

Reunir información secreta nunca había sido más fácil. Los códigos interceptados por la NSA entraban en *Transltr* como criptogramas totalmente ilegibles, y en cuestión de minutos se obtenía el texto llano perfectamente comprensible. Se habían terminado los secretos.

Para acabar de redondear la farsa de su incompetencia, la NSA presionó ferozmente para que el Gobierno de Estados Unidos no permitiera la distribución de nuevos programas de encriptación por ordenador, insistiendo en que les perjudicaba e impedía que la ley detuviera y condenara a los delincuentes. Los grupos de derechos civiles se regocijaron, e insistieron en que la NSA ya no leería su correo. Los programas de encriptación siguieron produciéndose. La NSA había perdido la batalla, tal como había planeado. Habían engañado a toda la comunidad informática global. O al menos eso parecía.

5

—¿Dónde están todos? —se preguntó Susan en voz alta mientras cruzaba la planta desierta de Criptografía. *Vaya emergencia.*

Aunque se trabajaba siete días a la semana en casi todos los departamentos de la NSA, Criptografía solía ser un lugar tranquilo los sábados. Los matemáticos especializados en criptografía eran por naturaleza adictos a ultranza al trabajo, pero en el departamento se acataba la regla no escrita de que libraban los sábados salvo emergencias. Los reventadores de códigos eran una materia prima demasiado valiosa para que la NSA corriera el riesgo de perderlos por culpa de la extenuación por exceso de trabajo.

Mientras Susan atravesaba la planta, *Transltr* se alzaba amenazadoramente a su derecha. El ruido que producían los generadores, situados ocho pisos más abajo, era ominoso. A Susan no le gustaba estar en Criptografía fuera de las horas habituales. Era como estar atrapada sola en una jaula con una enorme bestia futurista. Se encaminó con paso decidido a la oficina del comandante.

El centro de trabajo acristalado de Strathmore, apodado «la pecera» por su apariencia cuando se descorrían las cortinas, se hallaba al final de una serie de escaleras con pasarelas, en la pared del fondo de Criptografía. Mientras Susan subía los peldaños, miró la puerta de roble macizo de Strathmore. Exhibía el sello de la NSA, un águila que aferraba con fiereza una antigua llave maestra. Detrás de esa puerta se sentaba uno de los hombres más poderosos que conocía.

El comandante Strathmore, director adjunto de operaciones, tenía cincuenta y seis años y era como un padre para ella. Era él quien la contrató, y quien había convertido la NSA en el hogar de la brillante colaboradora. Cuando Susan ingresó en la NSA, una década antes, Strathmore era el director de la División de Desarrollo de Criptografía, un centro de adiestramiento para nuevos criptógrafos, nuevos criptógrafos *varones*. Aunque Strathmore jamás toleraba las novatadas, protegió en especial a su único miembro femenino del personal. Cuando le acusaron de favoritismo, se limitó a decir la verdad: Susan Fletcher era la recluta joven más brillante que había tenido, y ni por asomo iba a perderla por culpa de intentos de acoso sexual. Uno de los criptógrafos con más predicamento decidió poner a prueba la resolución de su superior.

Una mañana de su primer año, Susan se dejó caer por el salón de ocio de los nuevos criptógrafos para trabajar un poco con cierta documentación. Al marcharse, reparó en que había una foto de ella clavada en el tablón de anuncios. Casi se desmayó de vergüenza. Estaba reclinada en una cama, vestida sólo con unas bragas.

Resultó que un criptógrafo escaneó una foto de una revista pornográfica, y con un programa de retoque fotográfico pegó la cabeza de Susan sobre el cuerpo de otra mujer. El efecto era realmente muy convincente.

Por desgracia para el criptógrafo responsable, el comandante Strathmore no consideró la broma nada divertida. Dos horas después circuló una nota informativa histórica:

EL EMPLEADO CARL AUSTIN, DESPEDIDO
POR CONDUCTA IMPROCEDENTE

Desde aquel día nadie se volvió a meter con ella. Susan Fletcher era la niña de los ojos del comandante Strathmore.

Pero los jóvenes criptógrafos de Strathmore no fueron los únicos que aprendieron a respetar a su jefe. Al principio de su carrera, el comandante se distinguió ante sus superiores cuando propuso una serie de operaciones de inteligencia muy poco ortodoxas y coronadas con éxito. A medida que iba ascendiendo, Trevor Strathmore se hizo famoso por sus análisis contundentes y globalizadores de situaciones muy complejas. Daba la impresión de poseer la capacidad misteriosa de ver más allá de los interrogantes morales que rodeaban las difíciles decisiones de la NSA, y de actuar sin remordimientos en interés del bien común.

A nadie le cabía la menor duda de que Strathmore amaba a su país. Era conocido entre sus colegas como un patriota y un visionario. Un hombre decente en un mundo lleno de mentiras.

En los años transcurridos desde el ingreso de Susan en la NSA, Strathmore había ascendido desde jefe de Desarrollo de Criptografía hasta segundo de a bordo de la NSA. Sólo un hombre estaba por encima del comandante: el director Leland Fontaine, el mítico señor del Palacio de los Enigmas, nunca visto, nunca oído, siempre temido. Strathmore y él apenas se veían cara a cara, y cuando se reunían, era como un duelo de titanes. Fontaine era un gigante entre gigantes, pero a Strathmore le daba igual. Exponía sus ideas al director con el autodominio de un boxeador apasionado. Ni siquiera el presidente de Estados Unidos osaba desafiar a Fontaine como Strathmore lo hacía. Para ello era necesaria inmunidad política, o en el caso del comandante, indiferencia política.

Susan llegó a lo alto de la escalera. Antes de que pudiera llamar con los nudillos, la cerradura electrónica de la puerta zumbó. La puerta se abrió y el comandante le indicó con un gesto que entrara.

—Gracias por venir, Susan. Te debo una.

—En absoluto.

Sonrió cuando se sentó ante el escritorio.

Strathmore era un hombre corpulento de largas extremidades y cuyas facciones anodinas ocultaban su eficacia y exigencia de perfección. Sus ojos grises reflejaban, por lo general, una confianza y discreción nacidas de la experiencia, pero hoy parecían furiosos e inquietos.

—Se le ve cansado —dijo Susan.

—He estado mejor —suspiró el hombre.

Ya lo creo, pensó Susan.

Strathmore tenía muy mal aspecto. Su ralo pelo gris estaba desordenado, y pese al aire acondicionado de la habitación, tenía la frente perlada de sudor. Daba la impresión de que hubiera dormido vestido. Estaba sentado ante un escritorio moderno con dos teclados empotrados en el sobre de la mesa y un monitor de ordenador en un extremo. El escritorio estaba sembrado de listados de impresora, y parecía una especie de cabina alienígena colocada en el centro de la habitación.

—¿Una semana dura? —preguntó ella.

Strathmore se encogió de hombros.

—Lo de siempre. La EFF ha vuelto a lanzarme los perros encima por el derecho a la intimidad de los ciudadanos.

Susan lanzó una risita. La EFF, o Electronics Frontier Foundation*, era una coalición mundial de usuarios de informática que había fundado una poderosa asociación de derechos civiles dirigida a apoyar la libertad de expresión en la Red, y a educar a otros sobre las realidades y peligros de vivir en un mundo electrónico. Siempre estaba batallando contra lo que llamaba «las capacidades de espionaje orwellianas de los organismos gubernamentales», en particular la NSA. La EFF era una espina perpetua clavada en el costado de Strathmore.

—Ya estamos acostumbrados —dijo Susan—. ¿Cuál es la gran emergencia por la que me sacó de la bañera?

Strathmore acarició, sin darse cuenta, el ratón de bola empotrado en el sobre del escritorio. Al cabo de un largo silencio, miró a Susan sin pestañear.

—¿Cuánto ha tardado como máximo *Transltr* en descifrar un código?

La pregunta pilló desprevenida a Susan. Parecía absurda. *¿Para eso me ha llamado?*

—Bien... —Vaciló—. Hace unos meses interceptamos algo por COMINT que le llevó una hora, pero tenía una clave de acceso impresionantemente larga, diez mil bits o algo por el estilo.

Strathmore gruñó.

—Una hora, ¿eh? ¿Qué me dices de los simulacros de máxima dificultad que hemos llevado a cabo?

Susan se encogió de hombros.

—Bien, si contamos el diagnóstico, tarda mucho más.

—¿Cuánto *más*?

Susan no entendía adónde quería ir a parar Strathmore.

—Bien, señor, probé un algoritmo el pasado marzo con una clave de acceso segmentada de un millón de bits. Funciones reversibles, automatismo celular, lo habitual. No obstante, *Transltr* lo descifró.

—¿Cuánto tardó?

—Tres horas.

* Fundación de Fronteras Electrónicas. *(N. del T.)*

Strathmore enarcó las cejas.

—¿Tres horas? ¿Tanto?

Susan frunció el ceño, algo ofendida. Su trabajo de los tres últimos años había consistido en hacer rendir al máximo al ordenador más secreto del mundo. Casi toda la programación que hacía tan veloz el procesamiento de datos de *Transltr* era obra de ella. Una clave de acceso de un millón de bits no era una posibilidad real.

—Bien —dijo Strathmore—. De modo que, incluso en condiciones extremas, el máximo de tiempo que ha resistido un código antes de que *Transltr* lo descifre han sido tres horas, ¿no?

Susan asintió.

—Sí. Más o menos.

Strathmore hizo una pausa, como temeroso de decir algo de lo que pudiera arrepentirse. Por fin, levantó la vista.

—*Transltr* se ha topado con algo...

Enmudeció.

Susan esperó.

—¿Más de tres horas?

Strathmore asintió.

Susan le miró desconcertada.

—¿Un nuevo diagnóstico? ¿Algo del Departamento de Sys-Sec*?

Strathmore meneó la cabeza.

—Un archivo externo.

Susan esperó la explicación de la frase, pero no llegó.

—¿Un archivo externo? Está bromeando, ¿verdad?

—Ojalá. Lo comprobé anoche, a eso de las once y media. Aún no ha logrado descifrarlo.

Susan se quedó boquiabierta. Consultó su reloj, y luego miró a Strathmore.

—¿*Aún* no ha podido descifrarlo? ¿Después de más de quince horas?

Strathmore se inclinó hacia delante y giró el monitor hacia Susan. La pantalla estaba en negro, salvo por un pequeño cuadrado de texto amarillo que parpadeaba en el centro.

* Departamento de Seguridad de Sistemas. (*N. del T.*)

TIEMPO TRANSCURRIDO: 15:09:33
A LA ESPERA DE CLAVE DE ACCESO: _____

Susan miró asombrada. Por lo visto, *Transltr* llevaba más de quince horas intentando descifrar un código. Sabía que los procesadores del ordenador examinaban treinta millones de claves de acceso por segundo, cien mil millones por hora. Si *Transltr* aún no lo había conseguido, eso significaba que la clave tenía que ser enorme, con una longitud superior a diez mil millones de dígitos. Era una locura.

—¡Es imposible! —exclamó—. ¿Han buscado indicios de errores? Tal vez *Transltr* sufrió una avería y...

—Ni el menor fallo.

—¡Pero la clave de acceso ha de ser enorme!

Strathmore negó con la cabeza.

—Algoritmo comercial normal. Yo diría que es una clave de sesenta y cuatro bits.

Susan, perpleja, miró por la ventana hacia *Transltr*. Sabía por experiencia que el ordenador podía encontrar una clave de acceso de sesenta y cuatro bits en menos de diez minutos.

—Tiene que haber alguna explicación.

Strathmore asintió.

—Sí. No te va a gustar.

Susan le miró inquieta.

—¿Seguro que *Transltr* está funcionando bien?

—*Transltr* está bien.

—¿Tenemos un virus?

Strathmore sacudió la cabeza.

—Nada de virus. Escúchame bien.

Susan estaba atónita. *Transltr* nunca se había topado con un código que pudiera resistir más de una hora. Por lo general, Strathmore tenía el texto llano impreso en cuestión de minutos. Echó un vistazo a la impresora de alta velocidad de Strathmore. Ningún listado.

—Susan —dijo Strathmore en voz baja—, al principio te costará aceptarlo, pero escucha un momento. —Se mordisqueó el labio—. Este código en el que *Transltr* está trabajando... es único. Nunca habíamos visto nada semejante. —Strathmore hizo una pausa, como si le costara pronunciar las palabras—. Este código es indescifrable.

Susan le miró y estuvo a punto de reír. *¿Indescifrable? ¿Qué significaba eso?* No existían códigos indescifrables. En algunos se tardaba más que en otros, pero todos los códigos se podían romper. Estaba garantizado matemáticamente que, tarde o temprano, *Transltr* encontraría la clave correcta.

—¿Perdón?

—El código es indescifrable —repitió Strathmore.

¿Indescifrable? Susan no podía creer que un hombre con veintisiete años de experiencia en análisis de códigos hubiera pronunciado aquella palabra.

—¿Indescifrable, señor? —dijo inquieta—. ¿Qué me dice del Principio de Bergofsky?

Susan había estudiado el Principio de Bergofsky al inicio de su carrera. Era la piedra angular de la tecnología sobre la que se basaban los ataques por fuerza bruta. También había sido la inspiración de Strathmore a la hora de diseñar *Transltr*. Dicho principio postulaba que, si un ordenador probaba suficientes claves de acceso aleatorias, estaba matemáticamente garantizado que encontraría la correcta. La seguridad de un código no residía en que su clave de acceso no pudiera encontrarse , sino en que la mayoría de la gente carecía de tiempo o del ordenador idóneo para intentarlo.

Strathmore meneó la cabeza.

—Este código es diferente.

—¿Diferente?

Susan le miró de soslayo. *¡Un código indescifrable es una imposibilidad matemática! ¡Él lo sabe!*

Strathmore se pasó una mano por su cráneo sudoroso.

—Este código es producto de un nuevo algoritmo de encriptación, uno que nunca habíamos visto antes.

Las dudas de Susan crecieron. Los algoritmos de encriptación eran simples fórmulas matemáticas, recetas para codificar un texto. Matemáticos y programadores creaban nuevos algoritmos cada día. Había cientos de ellos en el mercado: PGP, Diffie-Hellman, ZIP, IDEA, El Gamal. *Transltr* descifraba todos esos códigos a diario sin el menor problema. Para *Transltr* todos los códigos eran iguales, con independencia del algoritmo empleado para encriptarlos.

—No lo entiendo —dijo Susan—. No estamos hablando de reconstruir una función compleja, estamos hablando de un ataque por fuerza bruta. PGP, Lucifer, DSA, da igual. El algoritmo genera una clave de acceso que considera segura, y *Transltr* continúa probando hasta que la descubre.

La respuesta de Strathmore reflejó la paciencia de un buen profesor.

—Sí, Susan, *Transltr* encontrará *siempre* la clave de acceso, aunque sea enorme. —Hizo una larga pausa—. A menos...

Susan quiso hablar, pero estaba claro que Strathmore se disponía a lanzar su bomba. *¿A menos que qué?*

—A menos que el ordenador no sepa cuándo descifró el código.

Susan casi se cayó de la silla.

—¿Cómo?

—A menos que el ordenador encuentre la clave de acceso correcta, pero siga buscando porque no se dé cuenta de que la ha encontrado. —Strathmore parecía desolado—. Creo que este algoritmo genera un texto llano rotatorio.

Susan lanzó una exclamación ahogada.

La noción de la función de texto llano rotatorio fue expuesta por primera vez en 1987, en la oscura ponencia de un matemático húngaro, Josef Harne. Como los ordenadores desde los que se lanzan ataques por fuerza bruta descifran los códigos analizando el texto llano en busca de patrones lingüísticos, Harne proponía un algoritmo de encriptación que, además de encriptar, cambiara el texto llano descifrado en función de una variable temporal. En teoría, la perpetua mutación lograría que el ordenador atacante nunca reconociera ningún tipo de patrón lingüístico y, por consiguiente, nunca sabría cuándo había encontrado la clave de acceso correcta. El concepto era como la idea de colonizar Marte, factible desde un punto de vista intelectual, pero en el presente más allá de la capacidad humana.

—¿De dónde ha sacado eso? —preguntó.

El comandante se demoró en contestar.

—Lo escribió un programador que trabaja por cuenta propia.

—¿Qué? —Susan se desplomó en su silla—. ¡Abajo tenemos a los mejores programadores del mundo! Todos nosotros trabajando en equipo nunca hemos conseguido ni *acercarnos* a escribir una función de texto llano rotatorio. ¿Me está diciendo que un novato con un PC ha descubierto cómo hacerlo?

Strathmore bajó la voz, en un esfuerzo aparente por calmarla.

—Yo no llamaría a este tipo novato.

Susan no le escuchaba. Estaba convencida de que existía otra explicación. Un fallo técnico. Un virus. Cualquier cosa era más probable que un código indescifrable.

Strathmore la miró con seriedad.

—Una de las mentes criptográficas más brillantes de todos los tiempos creó este algoritmo.

Susan se sentía más escéptica que nunca. Las mentes criptográficas más brillantes de todos los tiempos estaban en su departamento, y ella se habría enterado, sin la menor duda, de que existía un algoritmo semejante.

—¿Quién?

—Estoy seguro de que lo puedes adivinar —dijo Strathmore—. La NSA no le cae demasiado bien.

—¡Bien, eso disminuye las posibilidades! —replicó ella con sarcasmo.

—Trabajó en el proyecto *Transltr*. Violó las normas. Casi provocó una pesadilla en el sistema. Hice que lo deportaran.

El semblante de Susan permaneció inexpresivo un instante, y al siguiente palideció.

—Oh, Dios mío...

Strathmore asintió.

—Ha estado jactándose todo el año de su trabajo en el algoritmo resistente a un ataque por fuerza bruta.

—Pero..., pero... —balbuceó Susan—. Pensaba que estaba fanfarroneando. ¿Lo consiguió?

—Sí. Ha creado un código tan perfecto que no se puede descifrar.

Susan guardó silencio un largo momento.

—Eso significa...

Strathmore la miró a los ojos.

—Sí. Ensei Takado acaba de convertir *Transltr* en algo obsoleto.

6

Aunque Ensei Tankado aún no había nacido durante la Segunda Guerra Mundial, estudió todo sobre ella, en particular el acontecimiento que la culminó, la explosión en que cien mil compatriotas suyos fueron incinerados por una bomba atómica.

Hiroshima, 8.15 horas, 6 de agosto de 1945: un vil acto de destrucción. Una exhibición de poder insensata llevada a cabo por un país que ya había ganado la guerra. Ensei Tankado lo había aceptado todo. Pero lo que nunca podría aceptar es que esa bomba le hubiera impedido conocer a su madre. Había muerto al darle a luz, complicaciones provocadas por el envenenamiento radiactivo sufrido tantos años antes.

En 1945, antes de que Ensei naciera, su madre, como muchas de sus amigas, había viajado a Hiroshima para trabajar como voluntaria en los centros de quemados. Fue allí donde se convirtió en una *hibakusha*: la gente irradiada. Diecinueve años después, a la edad de treinta y seis, cuando yacía en la sala de partos con una hemorragia interna, supo que iba a morir. Lo que no sabía era que la muerte le ahorraría el horror final: su único hijo nacería deforme.

El padre de Ensei nunca quiso ver a su hijo. Abrumado por la pérdida de su esposa y avergonzado por el anuncio de las enfermeras de que el niño tenía taras de nacimiento y probablemente no sobreviviría a aquella noche, desapareció del hospital y nunca regresó. Ensei Tankado fue adoptado.

Cada noche, el pequeño Tankado contemplaba sus dedos deformes, que sujetaban una muñeca de los deseos *daruma*, y juraba que se vengaría, se vengaría del país que le había robado a su madre y avergonzado a su padre hasta el punto de abandonarle. Lo que no sabía era que el destino estaba a punto de intervenir.

En el mes de febrero del año en que Tankado cumplió doce, un fabricante de ordenadores de Tokio llamó a su familia adoptiva y preguntó si su hijo lisiado podría formar parte de un grupo de prueba para un nuevo teclado que había desarrollado para niños minusválidos. Su familia accedió.

Aunque Ensei Tankado no había visto nunca un ordenador, dio la impresión de que sabía utilizarlo por instinto. El ordenador le abrió mundos que jamás había imaginado posibles. Al poco tiempo se convirtió en toda su vida. Cuando se hizo mayor, dio clases, ganó dinero y consiguió una beca en la Universidad de Doshisha. Ensei Tankado no tardó en ser conocido en todo Tokio como *fugusha kisai*, el genio deforme.

Tankado leyó por fin acerca de Pearl Harbor y los crímenes de guerra japoneses. Su odio por los norteamericanos se fue aplacando poco a poco. Se convirtió en un budista devoto. Olvidó su juramento infantil de venganza. El único camino hacia el esclarecimiento era el perdón.

A los veinte años, Ensei Tankado era una figura de culto clandestina entre los programadores. IBM le ofreció un visado con un permiso de trabajo y un puesto en Texas. Tankado aprovechó la oportunidad. Tres años después había abandonado IBM, vivía en Nueva York y desarrollaba software por cuenta propia. Se enroló en la nueva ola de encriptación de llave pública. Desarrolló algoritmos y ganó una fortuna.

Como muchos de los creadores importantes de algoritmos de encriptación, Tankado fue cortejado por la NSA. No dejó de captar la ironía: la oportunidad de trabajar en el corazón de un gobierno al que, en otro tiempo, había jurado odiar. Decidió acudir a la entrevista. Las dudas que pudiera albergar se desvanecieron cuando conoció al comandante Strathmore. Hablaron con franqueza del pasado de Tankado, de la potencial hostilidad que pudiera sentir hacia Estados Unidos, de sus planes para el futuro. Tankado pasó un test de poligrafía y se sometió a cinco semanas de rigurosas pruebas psicológicas. Las superó todas. El amor a Buda había sustituido al odio. Cuatro meses más tarde, Ensei Tankado estaba trabajando en el Departamento de Criptografía de la NSA.

Pese a su generoso sueldo, Tankado iba a trabajar en un viejo ciclomotor y comía lo que se traía en una fiambrera sobre la mesa de su despacho, en lugar de reunirse con los compañeros del departamento

y compartir costillas y *vichyssoise* en el comedor. Los demás criptógrafos le reverenciaban. Era brillante, el programador más creativo
que habían conocido. Era amable y sincero, silencioso, armado de una
ética impecable. La integridad moral era de capital importancia para
él. Ése fue el motivo de que su despido de la NSA y posterior deportación constituyeran una sorpresa.

Tankado, como el resto del personal de Criptografía, había estado trabajando en el proyecto *Transltr* a sabiendas de que, si tenía éxito, se
utilizaría para descifrar correos electrónicos, sólo en casos aprobados
por el Departamento de Justicia. El uso de *Transltr* por parte de la
NSA sería regulado del mismo modo que el FBI necesitaba un permiso de un tribunal federal para intervenir un teléfono. *Transltr* utilizaría programas que necesitarían contraseñas retenidas en custodia por
la Reserva Federal y el Departamento de Justicia a fin de descifrar un
archivo. Esto impediría que la NSA husmeara de forma indiscrimina-
da en las comunicaciones personales de ciudadanos que respetaban la
ley a lo largo y ancho del globo.

Sin embargo, cuando llegó el momento de programar el ordenador, dijeron al personal de *Transltr* que se había producido un cambio
de planes. Debido a las presiones de tiempo, asociadas con frecuencia a
la tarea antiterrorista de la NSA, *Transltr* funcionaría con un sistema de
desencriptación autónomo, cuyas operaciones diarias serían reguladas
tan sólo por la NSA.

Ensei Tankado se sintió indignado. Esto significaba que la NSA
podría fisgonear el correo de la gente sin que nadie se enterara. Era
como tener intervenidos todos los teléfonos del mundo. Strathmore
intentó convencer a Tankado de que *Transltr* era una herramienta más
para defender la ley, pero fue inútil. Tankado se mantuvo en sus trece
de que se trataba de una gravísima violación de los derechos huma-
nos. Renunció en el acto y al cabo de unas horas violó el código de secretismo de la NSA, cuando intentó ponerse en contacto con la Elec-
tronic Frontier Foundation. Tankado se dispuso a conmocionar al
mundo con su historia sobre una máquina secreta capaz de exponer a
todos los usuarios de ordenadores del mundo a una impensable trai-

ción por parte del gobierno. La NSA no tenía otra alternativa que detenerle.

La captura y deportación de Tankado, que pronto fue conocida por los grupos de noticias de la Red, fue una desafortunada ignominia pública. En contra de los deseos de Strathmore, los especialistas en control de daños de la NSA, nerviosos por la posibilidad de que Tankado intentara convencer a la gente de la existencia de *Transltr*, esparcieron rumores que destruyeron su credibilidad. Ensei Tankado fue rechazado por la comunidad informática global. Nadie confiaba en un minusválido acusado de espiar, sobre todo cuando estaba intentando comprar su libertad con absurdas alegaciones acerca de un superordenador estadounidense capaz de descifrar cualquier código.

Lo más raro de todo fue que Tankado pareció comprenderlo. Todo formaba parte de un juego de inteligencia. No aparentaba ira, sólo resolución. Cuando los guardias de seguridad lo escoltaron hasta la salida, Tankado dirigió sus últimas palabras a Strathmore con una calma escalofriante.

—Todos tenemos derecho a guardar secretos —dijo—. Algún día me ocuparé de que sea así.

7

Susan estaba realmente sorprendida. *¡Ensei Tankado ha diseñado un programa que crea códigos indescifrables!* Apenas daba crédito a la idea.

—Fortaleza digital —anunció Strathmore—. Así lo llama. Es el arma antiespionaje perfecta. Si este programa llega al mercado, cualquier quinceañero provisto de un módem será capaz de enviar mensajes encriptados que la NSA no podrá descifrar. Sería el tiro de gracia a nuestra capacidad de espionaje.

Pero los pensamientos de Susan estaban muy alejados de las implicaciones políticas de fortaleza digital. Aún se estaba esforzando por comprender su existencia. Se había pasado la vida descifrando códigos, y negando con toda firmeza la existencia del código perfecto. *Todo código es descifrable. ¡Principio de Bergofsky!* Se sentía como una atea conducida ante la presencia de Dios.

—Si este código circula —susurró—, la criptografía será una ciencia muerta.

Strathmore asintió.

—Ése es el menor de nuestros problemas.

—¿No podemos sobornar a Tankado? Sé que nos odia, pero ¿no podemos ofrecerle unos cuantos millones de dólares? ¿Convencerle de que no lo distribuya?

Strathmore rió.

—¿Unos cuantos millones? ¿Sabes lo que vale esto? Todos los gobiernos del mundo competirían en la subasta. ¿Te imaginas decirle al presidente que podemos interceptar las comunicaciones de los iraquís, pero que ya no podemos descifrar sus mensajes? No estamos hablando sólo de la NSA, sino de toda la comunidad de los servicios de inteligencia. Esta instalación presta apoyo a todo el mundo, el FBI, la CIA, la DEA. Todos sufrirían un apagón de información secreta. No podrían seguir el rastro de los cargamentos de los cárteles de la droga, las multinacionales podrían transferir dinero sin dejar rastro en forma de documentación y sin que el IRS* se enterara, los terroristas podrían chatear con total libertad... Sería el caos.

—La EFF sacará el máximo provecho —dijo Susan, pálida.

—La EFF no tiene ni idea de lo que hacemos aquí —replicó Strathmore irritado—. Si supieran cuántos ataques terroristas hemos desactivado porque somos capaces de desencriptar códigos, cambiarían su cantinela.

Susan se mostró de acuerdo, pero también sabía la realidad. La EFF nunca sabría la importancia de *Transltr*. El superordenador había contribuido a desactivar docenas de ataques, pero la información era altamente secreta y nunca sería revelada. La explicación era muy sencilla: el gobierno no podía permitirse el lujo de que la histeria se apoderara de las masas si decía la verdad. Nadie sabía cómo reaccionaría la gente ante la noticia de que, el año anterior, se habían salvado por muy poco de dos atentados nucleares que iban a perpetrar grupos fundamentalistas en territorio estadounidense.

Sin embargo, un ataque nuclear no era la única amenaza. El mes pasado, *Transltr* había frustrado uno de los ataques terroristas más ingeniosos que la NSA había conocido en su historia. Una organización antigubernamental había diseñado un plan, llamado en clave Bosque de Sherwood. Su objetivo era la Bolsa de Nueva York, con la intención de «redistribuir la riqueza». En el curso de seis días, miembros del grupo colocaron veintisiete bombas de flujo no explosivas en los edificios que rodeaban la Bolsa. Estos ingenios, al detonarse, provocan una poderosa descarga magnética. La descarga simultánea de dichos ingenios crearía un campo magnético tan poderoso que todos los soportes magnéticos de la Bolsa se borrarían: discos duros, bancos de datos ROM, copias de seguridad, incluso disquetes. Todos los registros de quién poseía qué se desintegrarían para siempre.

Debido a la necesidad de que los ingenios detonaran al mismo tiempo, estaban interconectados mediante tráfico telefónico vía Internet. Durante la cuenta atrás de dos días, los relojes internos de las bombas intercambiaron interminables flujos de datos de sincroniza-

---

* Internal Revenue Service (Agencia tributaria del Gobierno de EE UU). (*N. del T.*)

ción encriptados. La NSA los interceptó y dedujo que eran una anomalía de la Red, pero los desechó, pensando que eran un intercambio inofensivo de información. Pero después de que *Transltr* desencriptara los flujos de datos, los analistas reconocieron de inmediato la secuencia como una cuenta atrás sincronizada vía Internet. Las bombas fueron localizadas y retiradas tres horas antes de que explotaran.

Susan sabía que sin *Transltr* la NSA estaba indefensa contra el terrorismo electrónico avanzado. Echó un vistazo al monitor. Aún indicaba que habían transcurrido más de quince horas. Aunque descifrara el archivo de Tankado ahora, la NSA estaba hundida. Criptografía no podría romper ni dos códigos al día. Aún con el actual promedio de ciento cincuenta al día, todavía había una pila de archivos que esperaban ser desencriptados.

—Tankado me llamó el mes pasado —dijo Strathmore, interrumpiendo los pensamientos de Susan.

Ella alzó la vista.

—¿Tankado le llamó?

El hombre asintió.

—Para advertirme.

—¿Para *advertirle*? Le odia.

—Llamó para decirme que estaba perfeccionando un algoritmo que generaba códigos indescifrables. No le creí.

—Pero ¿por qué le avisó? —preguntó Susan—. ¿Quería que lo comprara?

—No. Era chantaje.

Susan empezó a comprender.

—Claro —dijo, asombrada—. Quería que limpiara su nombre.

—No. —Strathmore frunció el ceño—. Tankado quería *Transltr*.

—¿*Transltr*?

—Sí. Me ordenó que revelara al mundo la existencia de *Transltr*. Dijo que si admitíamos poder leer los correos electrónicos de la gente, destruiría fortaleza digital.

Susan no parecía muy convencida.

Strathmore se encogió de hombros.

—En cualquier caso, ya es demasiado tarde. Ha colgado una copia gratuita de fortaleza digital en su página de Internet. Todo el mundo puede descargarla.

Susan palideció.

—*¿Cómo?*

—Es un truco publicitario. No hay nada de qué preocuparse. La copia está encriptada. La gente puede descargarla, pero nadie puede abrirla. Es muy ingenioso. El código fuente de fortaleza digital está encriptado, cerrado a cal y canto.

Susan le miró, asombrada.

—¡Claro! Para que todo el mundo pueda *tener* una copia, pero no abrirla.

—Exacto. Tankado agita una zanahoria.

—¿Ha visto el algoritmo?

El comandante parecía perplejo.

—No, ya te he dicho que está encriptado.

Susan también parecía confusa.

—Pero nosotros tenemos *Transltr*. ¿Por qué no lo desencriptamos? —Cuando Susan vio la expresión de Strathmore, comprendió que las reglas habían cambiado—. ¡Oh, Dios mío! —Lanzó una exclamación ahogada—. ¿Fortaleza digital está *autoencriptada?*

Strathmore asintió.

—Bingo.

Susan estaba estupefacta. La fórmula de fortaleza digital había sido encriptada utilizando fortaleza digital. Tankado había colgado en Internet una receta matemática de incalculable valor, pero el texto de la misma era un galimatías gracias a la autoencriptación.

—Es como la Caja Fuerte de Biggleman —masculló Susan, admirada.

Strathmore asintió. La Caja Fuerte de Biggleman era una hipótesis criptográfica que consistía en que un constructor de cajas fuertes delineaba los planos de una caja fuerte inaccesible. Quería conservar en secreto los planos, de manera que fabricaba la caja fuerte y guardaba dentro los planos. Tankado había hecho lo mismo con fortaleza digital. Había protegido los planos encriptándolos con la fórmula esbozada en sus planos.

—¿Y el archivo que hay en *Transltr*? —preguntó Susan.

—Lo bajé de la página web de Tankado, como todo el mundo. La NSA es ahora uno de los orgullosos propietarios del algoritmo de fortaleza digital, sólo que no podemos abrirlo.

Susan se quedó maravillada del ingenio de Ensei Tankado. Sin revelar su algoritmo, había demostrado a la NSA que era imposible desencriptarlo.

Strathmore le entregó un recorte de periódico. Era la traducción de un artículo del *Nikkei Shimbun*, el equivalente japonés del *Wall Street Journal*, el cual anunciaba que el programador japonés Ensei Tankado había creado una fórmula matemática capaz de generar códigos indescifrables. La fórmula se llamaba fortaleza digital y estaba disponible en Internet. El programador la vendía al mejor postor. El artículo continuaba diciendo que, pese al enorme interés que existía en Japón, las pocas empresas de software estadounidenses enteradas de la existencia de fortaleza digital afirmaban que la pretensión de Tankado era ridícula, tanto como transformar plomo en oro. Decían que la fórmula era un fraude y no debía tomarse en serio.

Susan levantó la vista.

—¿Una subasta?

Strathmore asintió.

—En este momento, todas las empresas de software de Japón se han descargado la copia encriptada de fortaleza digital y están intentando desencriptarla. Con cada segundo que transcurre, el precio aumenta.

—Eso es absurdo —replicó Susan—. Todos los nuevos archivos encriptados son inexpugnables, como no tengas *Transltr*. Fortaleza digital podría ser un simple algoritmo de dominio público, y ninguna de estas empresas podría desencriptarlo.

—Pero es una brillante operación de marketing —dijo Strathmore—. Piensa en ello. Todos los cristales a prueba de balas detienen balas, pero si una empresa te reta a atravesar el cristal que fabrica con una bala, todo el mundo prueba.

—¿Los japoneses *creen* que fortaleza digital es diferente? ¿Mejor que todo lo demás que hay en el mercado?

—Puede que hayamos repudiado a Tankado, pero todo el mundo sabe que es un genio. Es una figura mítica entre los *hackers*. Si él dice que es imposible desencriptar el algoritmo, pues es imposible.

—¡Pero *todos* los códigos pueden descifrarse, como es bien sabido!

—Sí... —musitó Strathmore—. De momento.

—¿Qué significa eso?

Strathmore suspiró.

—Hace veinte años nadie imaginaba que desencriptaríamos algoritmos formados por cadenas de doce bits, pero la tecnología avanzó. Siempre lo hace. Los fabricantes de software dan por sentado que, algún día, ordenadores como *Transltr* existirán. La tecnología avanza exponencialmente, y a la larga, los algoritmos de encriptación de llave pública actuales perderán su seguridad. Se necesitarán mejores algoritmos para ir un paso por delante de los ordenadores del mañana.

—¿Y fortaleza digital es uno de esos algoritmos?

—Exacto. Un algoritmo que resiste un ataque por fuerza bruta nunca quedará obsoleto, por poderosos que sean los ordenadores capaces de desencriptar códigos. Podría convertirse de la noche a la mañana en un referente mundial.

Susan respiró hondo.

—Que Dios nos asista —susurró—. ¿Podemos hacer una oferta?

Strathmore negó con la cabeza.

—Tankado nos dio nuestra oportunidad. Lo dejó claro. En cualquier caso, es demasiado arriesgado. Si nos descubren, será como admitir que tenemos miedo de su algoritmo. Confesaríamos en público, no sólo la existencia de *Transltr*, sino que fortaleza digital es inmune.

—¿Cuánto tiempo nos queda?

Strathmore frunció el ceño.

—Tankado pensaba anunciar mañana a mediodía quién es el mejor postor.

Susan sintió un nudo en el estómago.

—Y después, ¿qué?

—El acuerdo consistía en que daría la clave de acceso al ganador.

—¿La clave de acceso?

—Parte de la farsa. Todo el mundo tiene ya el algoritmo, de manera que Tankado saca a subasta la clave de acceso que lo desencripta.

Susan gruñó.

—Por supuesto.

Era perfecto. Limpio y sencillo. Tankado había encriptado fortaleza digital, y sólo él poseía la clave de acceso que lo desencriptaba. Le costaba imaginar que en algún lugar, tal vez garabateada en una hoja de papel que Tankado llevaba en el bolsillo, estaba la clave de acceso de sesenta y cuatro bits que podría acabar para siempre con los servicios de inteligencia de Estados Unidos.

De repente, cuando Susan imaginó las perspectivas, tuvo ganas de vomitar. Tankado entregaría la clave de acceso al mejor postor, y esa empresa desencriptaría el archivo de fortaleza digital. Después, probablemente grabaría el algoritmo en un chip a prueba de manipulaciones, y al cabo de cinco años, todos los ordenadores se venderían con el chip de fortaleza digital instalado. Ningún fabricante de ordenadores había soñado con crear un chip encriptador, porque los algoritmos de encriptación normales se volvían obsoletos. Pero a fortaleza digital nunca le pasaría algo así. Con una función de texto llano rotatorio, ningún ataque por fuerza bruta encontraría jamás la clave de acceso correcta. Un nuevo patrón de encriptación digital. Eterno. Jamás se podría volver a romper un código. Banqueros, corredores de bolsa, terroristas, espías. Un mundo, un algoritmo.

La anarquía.

—¿Qué opciones tenemos? —sondeó Susan. Era muy consciente de que momentos desesperados exigían medidas desesperadas, incluso a la NSA.

—No podemos liquidarle, si te refieres a eso.

Era justo lo que Susan se estaba preguntando. Durante los años que había prestado sus servicios a la NSA, había oído rumores acerca de vagos lazos de la agencia con los asesinos más diestros del mundo, verdugos a sueldo contratados para hacer el trabajo sucio de la organización.

Strathmore meneó la cabeza.

—Tankado es demasiado listo para dejarnos abierta esa opción.

Susan experimentó un extraño alivio.

—¿Está protegido?

—No exactamente.

—¿Oculto?

Strathmore se encogió de hombros.

—Tankado abandonó Japón. Pensaba controlar la subasta por teléfono. Pero sabemos dónde está.

—¿Y no piensa hacer nada?

—No. Se ha cubierto las espaldas. Entregó una copia de la clave de acceso a una tercera parte anónima por si le sucedía algo.

Por supuesto, se maravilló Susan. *Un ángel de la guardia.*

—Y supongo que, si algo le sucede a Tankado, el hombre misterioso venderá la clave, ¿no?

—Peor aún. Si alguien se carga a Tankado, su socio hará pública esa clave.

Susan estaba confusa.

—¿Su socio hará *pública* la clave?

Strathmore asintió.

—La cuelga en Internet, la publica en los periódicos, en los tablones de anuncios. De hecho, la pasa *gratis* a todo el mundo.

Susan no daba crédito a lo que oía.

—¿Descargas gratuitas?

—Exacto. Tankado pensó que, si moría, no necesitaría el dinero. ¿Por qué no dar al mundo un pequeño regalo de despedida?

Siguió un largo silencio. Susan respiró hondo, para asimilar la aterradora verdad. *Ensei Tankado ha creado un algoritmo imposible de desencriptar. Nos retiene como rehenes.*

De repente se puso en pie. Habló con voz firme.

—¡Hemos de ponernos en contacto con Tankado! ¡Tiene que existir una forma de convencerle de que no la haga pública! ¡Podemos ofrecerle el triple que el mejor postor! ¡Podemos limpiar su nombre! ¡Lo que sea!

—Demasiado tarde —dijo Strathmore. Respiró hondo—. Ensei Tankado fue encontrado muerto esta mañana en Sevilla, España.

8

El Learjet 60 bimotor aterrizó en la pista abrasada por el sol. Por la ventanilla desfiló el paisaje yermo del sur de España.

—Señor Becker, hemos llegado —dijo una voz.

Becker se levantó y estiró sus miembros agarrotados. Después de abrir el compartimiento superior, recordó que no llevaba equipaje. No había tenido tiempo de hacer la maleta. Daba igual. Le habían prometido que el viaje sería breve. Ir y volver.

Mientras los motores aminoraban la potencia, el avión se alejó del sol abrasador y entró en un hangar desierto, situado en el lado opuesto de la terminal principal. Un momento después, el piloto apareció y abrió la escotilla. Becker bebió las últimas gotas de su zumo de arándanos, dejó el vaso sobre el minibar y recogió la chaqueta.

El piloto sacó un sobre grueso de un bolsillo del traje de vuelo.

—Me han ordenado que le dé esto.

Lo entregó a Becker. Al dorso del sobre había escrito con bolígrafo azul:

QUÉDESE CON EL CAMBIO.

Becker examinó el grueso fajo de billetes.

—¿Qué...?

—Moneda local —explicó el piloto.

—Sé lo que es —dijo Becker—, pero es... demasiado. Sólo necesito para el taxi. —Becker efectuó la conversión mentalmente—. ¡Aquí hay una cantidad equivalente a miles de dólares!

—Sólo cumplo órdenes, señor.

El piloto se volvió y entró en la cabina. La puerta se cerró detrás de él.

Becker contempló el avión, y después el dinero que sostenía en la mano. Al cabo de un momento, guardó el sobre en el bolsillo de su camisa, se puso la chaqueta y cruzó la pista. Era un comienzo extraño. Becker dejó de pensar en ello. Con un poco de suerte, llegaría a tiempo de salvar algo de su viaje a Stone Manor con Susan.

Ir y volver, se dijo. *Ir y volver.*

No sabía lo que le esperaba.

9

El técnico de Seguridad de Sistemas Phil Chartrukian sólo había tenido la intención de entrar en Criptografía un momento, el tiempo suficiente para recuperar unos papeles que se había dejado el día anterior. Pero no iba a ser así.

Al entrar en el laboratorio del Departamento de Seguridad de Sistemas, conocido en la jerga de Criptografía con el nombre de Sys-Sec, supo en el acto que algo no iba bien. No había nadie ante la terminal del ordenador que controlaba las veinticuatro horas el funcionamiento de *Transltr*, y el monitor estaba apagado.

—¿Hola? —llamó Chartrukian.

No hubo respuesta. Nada denotaba que hubiera habido actividad en el laboratorio, como si no hubiera entrado nadie desde hacía horas.

Aunque Chartrukian sólo tenía veintitrés años y era relativamente nuevo en Sys-Sec, estaba bien entrenado y conocía a la perfección la rutina: *siempre* había un miembro de Sys-Sec de guardia en Criptografía. Sobre todo los sábados, cuando no trabajaban los criptógrafos.

Encendió al instante el monitor y se volvió hacia el tablón de turnos de la pared.

—¿Quién está de servicio? —preguntó en voz alta, mientras examinaba la lista de nombres. Según la tabla de horarios, un novato llamado Seidenberg tenía que haber empezado un turno doble la medianoche anterior. Chartrukian frunció el ceño—. ¿Dónde estará?

Mientras observaba el monitor, se preguntó si Strathmore sabría que no había nadie en el laboratorio de Sys-Sec. Al entrar a la planta de Criptografía había reparado en que las cortinas del despacho del comandante estaban corridas, lo cual significaba que el jefe se encontraba dentro, algo que no era inusual. Strathmore, pese a exigir a sus criptógrafos que se tomaran libre los sábados, parecía trabajar los trescientos sesenta y cinco días al año.

Había algo que Chartrukian sabía con toda certeza: si Strathmo-re descubría que no había nadie en el laboratorio de Sys-Sec, le costa-ría el empleo al novato. Echó un vistazo al teléfono, y se preguntó si debía llamar al joven técnico y echarle una mano. Existía la regla no escrita entre los miembros de Sys-Sec de cubrirse las espaldas mutua-mente. En Criptografía, los de Sys-Sec eran ciudadanos de segunda clase, siempre a la greña con los señores del castillo. No era ningún se-creto que los criptógrafos gobernaban ese gallinero multimillonario. Sólo toleraban Sys-Sec porque sus miembros se encargaban de que los juguetes funcionaran bien.

Chartrukian tomó una decisión. Cogió el teléfono. Pero el auri-cular nunca llegó a su oído. Se quedó paralizado, con los ojos clavados en el monitor que había cobrado vida ante él. Como a cámara lenta, volvió a colgar el teléfono y miró boquiabierto.

Durante los ocho meses que Chartrukian llevaba en Sys-Sec nun-ca había visto en el monitor de *Transltr* otra cosa que un doble cero en los dígitos que indicaban las horas transcurridas de un proceso en cur-so. Hoy por primera vez el reloj que controlaba la duración de un pro-ceso indicaba:

TIEMPO TRANSCURRIDO: 15:17:21

—¿Quince horas y diecisiete minutos? —dijo con voz estrangula-da—. ¡Imposible!

Apagó la pantalla y rezó para que se tratara de un fallo, pero cuando el monitor se encendió de nuevo, vio que el tiempo seguía co-rriendo.

Chartrukian sintió un escalofrío. Los miembros de Sys-Sec sólo tenían una responsabilidad: mantener «limpio» *Transltr*, libre de vi-rus.

Chartrukian sabía que un proceso de quince horas de duración sólo podía significar una cosa: infección. Un archivo con un virus ha-bía entrado en *Transltr* y había infectado el ordenador. Su entrena-miento se impuso al instante. Ya no importaba que el laboratorio es-tuviera desierto. Se concentró en el problema más acuciante, *Transltr*. Inmediatamente dio instrucciones al ordenador de que listara todos los archivos que habían entrado en *Transltr* durante las últimas cuarenta y ocho horas. Empezó a examinar la lista.

¿Se ha colado un archivo infectado?, se preguntó. *¿Era posible que los filtros de seguridad hubieran pasado por alto algo?*

Como medida preventiva, todos los archivos que entraban en *Transltr* tenían que pasar por lo que llamaban «Manopla», una serie de potentes encaminadores, o enrutadores, a nivel de circuitos, paquetes de filtros y programas antivirus que examinaban los archivos entrantes en busca de virus y subrutinas peligrosas en potencia. Cualquier archivo creado con un programa «desconocido» para Manopla era rechazado de inmediato. Había que examinarlo a fondo. De vez en cuando, Manopla rechazaba archivos enteros inofensivos debido a que habían sido creados con programas desconocidos por los filtros. En ese caso, los miembros de Sys-Sec procedían a una escrupulosa inspección, y sólo después de confirmar que el archivo estaba limpio, se saltaban los filtros de Manopla y enviaban el archivo a *Transltr*.

Los virus informáticos eran tan variados como los virus que atacaban el organismo humano. Al igual que sus homólogos biológicos, los virus informáticos tenían un único objetivo: acoplarse a un sistema anfitrión y replicarse. En este caso, el anfitrión era *Transltr*.

Chartrukian estaba asombrado de que la NSA no hubiera tenido problemas con virus antes. Manopla era un poderoso centinela, pero aun así, la agencia absorbía inmensas cantidades de información digitalizada procedente de sistemas de todo el mundo. Fisgonear en los datos ajenos era muy parecido a mantener relaciones sexuales indiscriminadas. Con protección o sin ella, a la larga pillabas algo.

Chartrukian terminó de examinar la lista. Aún estaba más perplejo que antes. Todos los archivos habían sido revisados. Manopla no había detectado nada fuera de lo común, lo cual significaba que el archivo que había entrado en *Transltr* estaba libre de cualquier tipo de virus.

—Entonces, ¿por qué el proceso está tardando tanto? —preguntó a la sala desierta.

Chartrukian notó que había empezado a sudar. ¿Debería ir a molestar a Strathmore con la noticia?

—Un análisis exhaustivo —dijo con firmeza al tiempo que intentaba calmarse—. Eso es lo que tengo que hacer.

Chartrukian sabía que ese tipo de análisis sería lo primero que
Strathmore solicitaría. Echó un vistazo a la planta desierta de Criptografía y tomó una decisión. Cargó el antivirus y puso en marcha el análisis. El examen tardaría unos quince minutos.

—Vuelve limpio —susurró—. Como una patena. Dile a papá que
no pasa nada.

Pero Chartrukian presentía que eso *no* sucedería. El instinto le
decía que algo muy extraño estaba pasando en las entrañas de la gran
bestia descifradora de códigos.

10

—¿Ensei Tankado ha muerto? —Susan sintió náuseas—. ¿Usted mandó matarle? Pensé que había dicho...

—Ni siquiera le tocamos —la tranquilizó Strathmore—. Murió de un ataque al corazón. COMINT telefoneó esta mañana. Su ordenador localizó el nombre de Tankado en una comunicación de la policía de Sevilla con Interpol.

—¿Un ataque al corazón? —dijo Susan, escéptica—. Tenía treinta años.

—Treinta y dos —la corrigió Strathmore—. Tenía una malformación cardíaca congénita.

—No lo sabía.

—Apareció en su revisión médica. No era algo para vanagloriarse.

A Susan le costaba aceptar la coincidencia.

—¿Una malformación congénita puede causar la muerte así como así?

Se le antojaba muy conveniente.

Strathmore se encogió de hombros.

—Un corazón débil, combinado con el calor que hace en España. Añade la tensión producida por chantajear a la NSA...

Susan guardó silencio un momento. Aun teniendo en cuenta las circunstancias, experimentó una punzada de pena por la pérdida de un criptógrafo tan brillante. La voz grave de Strathmore interrumpió sus pensamientos.

—El único resquicio de esperanza en todo este desastre es que Tankado viajaba solo. Existen bastantes posibilidades de que su socio no sepa aún que ha muerto. Las autoridades españolas dicen que retendrán la información lo máximo posible. Sólo recibimos la llamada porque COMINT estaba en el ajo. —Strathmore miró fijamente a Susan—. He de localizar al socio antes de que se entere de la muerte de Tankado. Por eso te he llamado. Necesito tu ayuda.

Susan estaba confusa. Pensaba que la muerte prematura de Ensei Tankado había resuelto el problema.

—Comandante —dijo—, si las autoridades dicen que sufrió un ataque al corazón, nos han sacado del apuro. Su socio comprenderá que la NSA no es responsable.

—¿Qué no es responsable? —Strathmore manifestó su asombro—. Alguien chantajea a la NSA y aparece muerto días después, ¿y *no somos responsables*? Apostaría una fortuna a que el misterioso amigo de Tankado no lo creerá así. Sea cual sea la causa, pareceremos culpables. Habría podido ser veneno, una autopsia amañada, un montón de cosas. —Hizo una pausa—. ¿Cuál fue tu primera reacción cuando te dije que Tankado había muerto?

Susan frunció el ceño.

—Pensé que la NSA le había asesinado.

—Exacto. Si la NSA es capaz de poner cinco satélites Rhyolite en órbita geosincrónica sobre Oriente Próximo, creo que no cuesta nada asumir que contamos con recursos suficientes para sobornar a unos cuantos policías españoles.

El comandante había dado en el clavo.

Susan exhaló aire. *Ensei Tankado ha muerto. La culpa recaerá sobre la NSA.*

—¿Podremos encontrar a su socio a tiempo?

—Creo que sí. Tenemos una buena pista. Tankado efectuó numerosos anuncios públicos de que estaba trabajando con ese socio. Creo que confiaba en desalentar a los fabricantes de software de perjudicarle o intentar robarle la clave. Amenazó con que si había juego sucio, su socio publicaría la clave, y todos los fabricantes se encontrarían compitiendo con software gratuito.

—Muy inteligente —asintió Susan.

Strathmore continuó.

—Algunas veces, en público, Tankado se refirió a su socio por el nombre. Le llamó Dakota del Norte.

—¿Dakota del Norte? Un alias, es evidente.

—Sí, pero por precaución hice una búsqueda en Internet de los términos Dakota del Norte. Pensé que no iba a encontrar nada pero di con una cuenta de correo. —Strathmore hizo una pausa—. Claro que jamás pensé que era el Dakota del Norte que estaba buscando, pero investigué la cuenta sólo para salir de dudas. Imagínate mi sorpresa al descubrir que la cuenta estaba llena de correos electrónicos de Ensei Tankado. —Strathmore enarcó las cejas—. Y en los mensajes abundaban referencias a fortaleza digital y a los planes de Tankado de chantajear a la NSA.

Susan miró con escepticismo a Strathmore. Le asombraba que el comandante se estuviera dejando engatusar con tal facilidad.

—Comandante —argumentó—, Tankado sabe perfectamente que la NSA puede fisgonear en los correos electrónicos. *Nunca* enviaría información secreta por correo electrónico. Es una trampa. Ensei Tankado le puso a Dakota del Norte en bandeja. *Sabía* que usted haría una búsqueda. Envió la información porque *quería* que usted la encontrara. Se trata de una pista fácil.

—Buena argumentación —contraatacó Strathmore—. Salvo por un par de cosas. No encontré nada bajo la referencia de Dakota del Norte, así que alteré los términos de la búsqueda. La cuenta que localicé tiene una pequeña variación: NDAKOTA.

Susan meneó la cabeza.

—Realizar permutaciones es un procedimiento habitual en criptografía. Tankado sabía que usted probaría variaciones hasta encontrar algo. NDAKOTA es una alteración demasiado sencilla.

—Tal vez —dijo Strathmore, mientras escribía unas palabras en una hoja de papel y se la daba a Susan—. Pero mira esto.

Susan leyó. De pronto, comprendió lo que pensaba el comandante. En la hoja estaba la dirección de correo electrónico de Dakota del Norte.

NDAKOTA@ara.anon.org

Fueron las letras ARA las que llamaron la atención de Susan. Eran las siglas de American Remailers Anonymous, un servidor anónimo muy conocido.

Los servidores anónimos gozaban de popularidad entre los usuarios de Internet que deseaban mantener en secreto su identidad. Por un módico precio, estas empresas protegían la identidad del remitente haciendo las veces de intermediario del correo electrónico. Era como tener un apartado de correos numerado. Un usuario podía enviar y recibir correo sin revelar su verdadero nombre o dirección. La empresa recibía correo electrónico dirigido a los alias, y después lo reenviaba a la verdadera cuenta del cliente. La empresa que reenviaba se responsabilizaba en el contrato de no revelar jamás la identidad o dirección del auténtico usuario.

—Eso no prueba nada —dijo Strathmore—, pero es sospechoso.

Susan asintió, más convencida.

—Por lo tanto, está diciendo que a Tankado le daba igual que alguien buscara a Dakota del Norte, porque la ARA protege su identidad y ubicación.

—Exacto.

Susan meditó un momento.

—ARA sobre todo da servicio a cuentas de Estados Unidos. ¿Cree que Dakota del Norte podría estar en territorio norteamericano?

Strathmore se encogió de hombros.

—Es posible. Con un socio local, Tankado podría mantener las dos claves de acceso separadas geográficamente. Una jugada inteligente.

Susan lo pensó. Dudaba de que Tankado hubiera revelado la clave de acceso a nadie, excepto a un amigo íntimo, y si no recordaba mal, Ensei Tankado no tenía muchos amigos en Estados Unidos.

—Dakota del Norte —murmuró, mientras su mente criptográfica analizaba el posible significado del alias—. ¿Qué decía el correo electrónico que envió a Tankado?

—Ni idea. COMINT sólo interceptó los mensajes enviados por Tankado. En este momento, lo único que tenemos sobre Dakota del Norte es una dirección anónima.

Susan reflexionó un momento.

—¿Alguna probabilidad de que sea un señuelo?

Strathmore enarcó una ceja.

—¿Qué quieres decir?

—Tankado pudo haber estado enviando correos electrónicos falsos a una cuenta muerta, con la esperanza de que los interceptáramos. De esta manera pensaríamos que estaba protegido, y nunca tendría que correr el riesgo de revelar la clave de acceso. Pudo haber estado trabajando solo.

Strathmore rió quedamente, impresionado.

—Buena idea, salvo por una cosa. No utilizaba ninguna de sus cuentas particulares o comerciales. Iba a la Universidad de Doshisha para conectarse a su ordenador central. Por lo visto, tenía una cuenta allí que ha logrado conservar en secreto. Es una cuenta muy bien escondida, y sólo la descubrí por casualidad. —Strathmore hizo una pausa—. Así que... si Tankado quería que interceptáramos su correo electrónico, ¿por qué iba a utilizar una cuenta secreta?

Susan reflexionó sobre la pregunta.

—Tal vez utilizaba una cuenta secreta para que usted no sospechara que era un señuelo. Quizá sólo escondió la cuenta lo suficiente para que usted tropezara con ella y pensara que había tenido un golpe de suerte. Confiere credibilidad a su correo electrónico.

Strathmore rió.

—Tendrías que haber sido espía. La idea es buena. Por desgracia, cada correo que Tankado envía recibe respuesta. Tankado escribe, su socio responde.

Susan frunció el ceño.

—Muy razonable. Por lo tanto, está diciendo que Dakota del Norte es real.

—Temo que sí. Y hemos de encontrarle. Y con *discreción*. Si se entera de que vamos a por él, todo habrá terminado.

Susan sabía muy bien por qué la había llamado Strathmore.

—A ver si lo adivino —dijo—. ¿Quiere que me introduzca en la base de datos inexpugnable de ARA y descubra la verdadera identidad de Dakota del Norte?

Strathmore le dedicó una sonrisa tensa.

—Me ha leído el pensamiento, señorita Fletcher.

En materia de investigaciones discretas en Internet, Susan Fletcher era la mujer ideal para el trabajo. Un año antes, un alto funcionario de la Casa Blanca había recibido correos electrónicos amenazadores de alguien que poseía una dirección de correo electrónico anónima. Habían pedido a la NSA que localizara al individuo. Si bien la NSA contaba con suficiente influencia para exigir a la empresa de reenvío que revelara la identidad del usuario, optó por un método más sutil: un «rastreador».

Susan había creado un programa rastreador que se camuflaba en un correo electrónico. Podía enviarlo a la dirección falsa del usuario, y la empresa intermediaria lo enviaba a la dirección auténtica. Momento en que el programa grababa la dirección verdadera del usuario y enviaba la información a la NSA. Después el programa se autodestruía sin dejar rastro. A partir de aquel día, para la NSA los remitentes anónimos ya no significaron más que un engorro sin importancia.

—¿Podrás localizarle? —preguntó Strathmore.

—Claro. ¿Por qué ha esperado tanto para llamarme?

—De hecho —el comandante frunció el ceño—, no había pensado llamarte. No quería que nadie más interviniera. Intenté enviar una copia de tu rastreador de direcciones, pero programaste el maldito chisme en uno de esos nuevos lenguajes híbridos. No pude ponerlo en funcionamiento. No paraba de devolverme datos sin sentido. Por fin, tuve que agarrar el toro por los cuernos y convocarte.

Susan rió. Strathmore era un brillante programador criptográfico, pero su repertorio se limitaba al trabajo con algoritmos. Las complejidades de programaciones menos «profanas» se le escapaban con frecuencia. Aún más, Susan había creado su rastreador con un nuevo lenguaje de programación híbrido llamado LIMBO. Era comprensible que Strathmore hubiera tenido problemas.

—Yo me ocuparé. —Susan sonrió, dispuesta a marcharse—. Estaré en mi terminal.

—¿Tienes idea de cuánto tardarás?

Susan calculó.

—Bien... Depende de la eficiencia con que ARA reenvíe los correos que recibe. Si el objetivo se encuentra en Estados Unidos y utiliza algo similar a AOL o Compuserve, obtendré el número de su tarjeta de crédito y conseguiré una dirección de cobro dentro de una hora. Si la cuenta está en un servidor de una universidad o de una empresa, tardaré un poco más. —Sonrió algo inquieta—. Después el resto es cosa suya.

Susan sabía que «el resto» sería un comando de asalto de la NSA, que cortaría la luz de la casa del objetivo y penetraría por una ventana con pistolas aturdidoras. El comando pensaría que iba a la caza y captura de un cargamento de drogas. Strathmore entraría después y localizaría la clave de acceso de sesenta y cuatro bits. Luego la destruiría. Fortaleza digital languidecería para siempre en Internet.

—Extrema las precauciones al enviar el rastreador —la apremió Strathmore—. Si Dakota del Norte sospecha que andamos detrás de él, será presa del pánico y huirá con la clave antes de que el comando se presente en su domicilio.

—Coser y cantar —le tranquilizó Susan—. Cuando el chisme localiza la cuenta auténtica, se autodestruye. Dakota del Norte nunca se enterará de que le hemos localizado.

El comandante, cansado, asintió.

—Gracias.

Susan le dedicó una sonrisa de afecto. Siempre le asombraba que Strathmore no perdiera nunca la calma, aunque se enfrentara a un grave desastre. Estaba convencida de que era ésta la capacidad que había definido su carrera y que le había catapultado hasta los máximos niveles de poder.

Al abandonar el despacho de Strathmore, Susan echó un vistazo a *Transltr*. La existencia de un algoritmo imposible de descifrar era un concepto que aún no acababa de asimilar. Rezó para que encontraran a Dakota del Norte a tiempo.

—Si te das prisa —dijo Strathmore—, estarás en las Smoky Mountains al anochecer.

Susan se detuvo en seco. Sabía que no había mencionado en ningún momento ese viaje a Strathmore. Giró en redondo. *¿La NSA ha intervenido mi teléfono?*

Strathmore sonrió con aire culpable.

—David me habló de vuestro viaje esta mañana. Dijo que te molestaría mucho aplazarlo.

Susan se sintió desorientada.

—¿Habló con David esta mañana?

—Por supuesto. —Strathmore parecía perplejo por la reacción de Susan—. Tenía que darle instrucciones.

—¿Darle instrucciones? —preguntó Susan—. ¿Sobre qué?

—Su viaje. Lo envié a España.

11

España. *Lo envié a España.* Las palabras del comandante la sorprendieron.

—¿David está en España? —preguntó Susan con incredulidad—. ¿Le ha enviado a España? —Adoptó un tono más airado—. ¿Por qué?

Strathmore parecía atónito. Por lo visto, no estaba acostumbrado a que nadie le gritara, ni siquiera su jefa de Criptografía. Dirigió a Susan una mirada confusa. Estaba a punto de saltar como una tigresa que defendiera a sus cachorros.

—Susan —dijo—. Hablaste con él, ¿verdad? ¿No te lo explicó?

Susan estaba demasiado confundida para hablar. *¿España? ¿Por eso aplazó David nuestro viaje a Stone Manor?*

—Envié un coche a buscarle esta mañana. Dijo que iba a llamarte antes de despegar. Pensé...

—¿Por qué envió a David a España?

Strathmore le dirigió una mirada que no dejaba lugar a dudas.

—Para conseguir la otra clave de acceso.

—¿Qué otra clave de acceso?

—La copia de Tankado.

Susan no entendía nada.

—¿De qué está hablando?

Strathmore suspiró.

—Tankado debía llevar encima una copia de la clave de acceso cuando murió. No quería que se perdiera en el depósito de cadáveres de Sevilla.

—¿Y envió a David Becker? —Susan estaba estupefacta. Todo se le antojaba absurdo—. ¡David ni siquiera trabaja para usted!

Strathmore se quedó sorprendido. Nadie había hablado nunca al subdirector de la NSA de esa manera.

—Susan —dijo sin perder la calma—, ésa es la cuestión. Necesitaba...

La tigresa dio rienda suelta a su furia.

—¡Tiene veinte mil empleados a sus órdenes! ¿Quién le ha dado derecho a enviar a mi prometido?

—Necesitaba un civil, una persona ajena al gobierno. Si utilizaba los canales regulares y alguien se enteraba...

—¿Y David Becker es el único civil al que conoce?

—¡No! ¡David Becker no es el único civil al que conozco! ¡Pero a las seis de esta mañana los acontecimientos se estaban precipitando! ¡David habla español, es inteligente, confío en él y pensé que le estaba haciendo un favor!

—¿Un favor? —refunfuñó Susan—. ¿Enviarle a España es un favor?

—¡Sí! Le pagaré diez mil dólares por un día de trabajo. Por que recoja las pertenencias de Tankado y vuelva a casa. ¡Eso es un favor!

Susan guardó silencio. Comprendió. Todo era una cuestión de dinero.

Sus pensamientos retrocedieron cinco meses, a la noche en que el presidente de la Universidad de Georgetown había ofrecido a David la cátedra del departamento de idiomas. El presidente le había advertido de que sus horas lectivas se reducirían y aumentaría el trabajo burocrático, pero el sueldo experimentaría un incremento considerable. Susan había tenido ganas de gritar a David: *¡No lo hagas! Te sentirás desdichado. Tenemos mucho dinero. ¿Qué más da cuál de los dos lo gane?* Pero no le correspondía a ella decidir. Al final, apoyó la decisión de David de aceptar. Cuando se durmieron aquella noche, Susan intentó sentirse feliz por él, pero algo le decía que sería un desastre. Había estado en lo cierto, pero no había sospechado hasta qué punto.

—¿Le ha pagado diez mil dólares? —preguntó—. ¡Qué truco más sucio!

Strathmore echaba chispas.

—¿Truco? ¡Ni hablar! Ni siquiera le hablé del dinero. Le pedí que me hiciera un favor personal. Accedió.

—¡Pues claro que accedió! ¡Usted es mi jefe! ¡Es el subdirector de la NSA! ¡No podía negarse!

—Tienes razón —replicó Strathmore—. Por eso le llamé. No podía permitirme el lujo de...

—¿Sabe el director que ha enviado a un civil?

—Susan —dijo Strathmore a punto de perder la paciencia—, el director no sabe nada.

Ella miró a Strathmore con incredulidad. Era como si ya no conociera al hombre con el que estaba hablando. Había enviado a su prometido, un profesor, a una misión de la NSA, sin advertir al director de la mayor crisis de la historia de la organización.

—¿Leland Fontaine no sabe nada?

La paciencia de Strathmore se había agotado. Estalló.

—¡Escucha, Susan! ¡Te he llamado porque necesito un aliado, no un inquisidor! La mañana ha sido terrible. Descargué el archivo de Tankado anoche y estuve sentado aquí durante horas, esperando a que *Transltr* pudiera desencriptarlo. Al amanecer, me tragué el orgullo y llamé al director, una conversación que esperaba con impaciencia, te lo aseguro. Buenos días, señor. Lamento despertarle. ¿Por qué llamo? Acabo de descubrir que *Transltr* se ha vuelto obsoleto. ¡Por culpa de un algoritmo que nadie de mi muy bien pagado equipo de criptógrafos ha sido capaz de desarrollar!

Strathmore dio un puñetazo sobre la mesa y se puso de pie.

Susan se quedó petrificada. Guardó silencio. En diez años, jamás había visto al comandante perder la calma apenas un puñado de veces, y nunca con ella.

Transcurrieron diez segundos sin que ninguno hablara. Por fin, Strathmore se sentó, y Susan oyó que la respiración de su jefe recuperaba la normalidad. Cuando habló, lo hizo con voz extrañamente serena y controlada.

—Por desgracia —dijo Strathmore en voz baja—, resulta que el director ha ido a Suramérica para reunirse con el presidente de Colombia. Como no podía hacer nada desde allí, yo tenía dos opciones: pedir que aplazara la reunión y volviera, o manejar la situación solo. —Siguió un largo silencio. Strathmore levantó la vista al fin y miró a Susan. Su expresión se suavizó de inmediato—. Lo siento. Estoy agotado. Vivimos una pesadilla convertida en realidad. Sé que estás disgustada por lo de David. No era mi intención que te enteraras de esta manera. Pensaba que ya lo sabías.

Susan sintió una oleada de culpabilidad.

—He exagerado. Lo siento. David es una buena elección.

Strathmore asintió con aire ausente.

—Estará de regreso esta noche.

Susan pensó en todo lo que el comandante estaba soportando: la presión de supervisar *Transltr*, las jornadas de trabajo y las reuniones interminables. Se rumoreaba que su esposa, con la que llevaba casado treinta años, iba a dejarle. Encima, fortaleza digital, la mayor amenaza para el espionaje en la historia de la NSA, y el pobre tipo no contaba con nadie a su lado. No era de extrañar que pareciera a punto de desmoronarse.

—Teniendo en cuenta las circunstancias —dijo Susan—, creo que tendría que llamar al director.

Strathmore meneó la cabeza, y una gota de sudor cayó sobre la mesa.

—No pienso comprometer la seguridad del director, o correr el riesgo de provocar una filtración, por ponerme en contacto con él para informarle de una grave crisis que no está en sus manos solucionar.

Susan sabía que el comandante tenía razón. Incluso en momentos como éste, Strathmore tenía la cabeza despejada.

—¿Ha pensado en llamar al presidente?

Strathmore asintió.

—Sí, pero no pienso hacerlo.

Susan ya lo había imaginado. Los funcionarios del más alto nivel de la NSA tenían autorización de encargarse de cualquier emergencia sin que el Ejecutivo se enterara. La NSA era la única organización de inteligencia estadounidense que disfrutaba de inmunidad total a la hora de dar explicaciones. Strathmore se beneficiaba a menudo de este privilegio. Prefería obrar su magia a solas.

—Comandante, se trata de un problema demasiado grande para afrontarlo solo. Ha de permitir que alguien más le ayude.

—Susan, la existencia de fortaleza digital es muy importante para el futuro de esta organización. No tengo la menor intención de informar al presidente a espaldas del director. Tenemos una crisis, y yo voy a encargarme de ella. —La miró con aire pensativo—. Soy el director adjunto de operaciones. —Una sonrisa cansada se insinuó en su rostro—. Además, no estoy solo. Tengo a Susan Fletcher en mi equipo.

En aquel instante, Susan comprendió por qué respetaba tanto a Trevor Strathmore. Durante diez años, en las duras y en las maduras, siempre le había dado ejemplo. Con firmeza. Sin vacilar. Era su dedicación lo que la asombraba, la fidelidad insobornable a sus principios, su país, sus ideales. Pasara lo que pasara, el comandante Trevor Strathmore era un faro luminoso en un mundo de decisiones imposibles.

—Estás en mi equipo, ¿verdad? —preguntó.

Susan sonrió.

—Sí, señor. Al cien por cien.

—Bien. ¿Nos ponemos de nuevo a trabajar?

12

David Becker había asistido a funerales y visto cadáveres en ocasiones anteriores, pero éste era muy inquietante. No era un cuerpo tratado con el mayor respeto posible, acomodado en un ataúd forrado de seda. El cadáver desnudo yacía sobre una mesa de aluminio. En los ojos todavía no se reflejaba la mirada vacía y sin vida, sino que estaban clavados en el techo, paralizados en una mirada de terror y arrepentimiento.

—¿Dónde están los efectos personales del señor Tankado? —preguntó Becker en fluido castellano.

—Allí —contestó un teniente de dientes amarillentos. Señaló hacia un mostrador sobre el que descansaba la ropa y otras pertenencias del muerto.

—¿Es todo?

—Sí.

Becker pidió una caja de cartón. El teniente fue en busca de una.

Era sábado por la noche, y el depósito de cadáveres de Sevilla estaba cerrado al público. El joven teniente había dejado entrar a Becker obedeciendo órdenes directas del jefe de la Guardia Civil de Sevilla. Por lo visto, el visitante norteamericano tenía amigos poderosos.

Becker echó un vistazo a la pila de ropa. Había además un pasaporte, un billetero y unas gafas embutidas en un zapato. También una pequeña bolsa de mano que la policía había requisado en el hotel del fallecido. Las órdenes que le habían dado eran claras: no tocar nada. No leer nada. Llevárselo todo. Todo. Sin dejarse nada.

Becker inspeccionó la pila y frunció el ceño. *¿Qué iba a sacar en claro la NSA de todo aquello?*

El teniente regresó con una caja pequeña, y Becker empezó a guardar la ropa dentro.

El agente hundió un dedo en la pierna del cadáver.

—¿Quién es?

—Lo ignoro.

—Parece chino.

Japonés, pensó Becker.

—Pobre desgraciado. Infarto, ¿eh?

Becker asintió con aire ausente.

—Eso me dijeron.

El teniente suspiró y meneó la cabeza con expresión contrita.

—El sol de Sevilla puede ser cruel. Vaya con cuidado mañana.

—Gracias —contestó Becker—, pero me vuelvo a casa.

El agente pareció sorprendido.

—¡Si acaba de llegar!

—Lo sé, pero el tipo que me ha pagado el viaje espera estos objetos.

El teniente se mostró ofendido como sólo un español puede hacerlo.

—¿Quiere decir que no va a *conocer* Sevilla?

—Estuve hace años. Una ciudad bonita. Me gustaría poder quedarme.

—¿Ha visto la Giralda?

Becker asintió. Nunca había subido a la antigua torre morisca, pero la había visto.

—¿Y el Alcázar?

Becker volvió a asentir, y recordó la noche que había visto tocar la guitarra a Paco de Lucía en el patio. Flamenco bajo las estrellas en una fortaleza del siglo XV. Ojalá hubiera conocido a Susan en aquel entonces.

—No olvidemos a Cristóbal Colón —sonrió el agente—. Está enterrado en nuestra catedral.

Becker alzó la vista.

—¿De veras? Pensaba que Colón estaba enterrado en la República Dominicana.

—¡No, qué va! ¿Quién propaga esos rumores? ¡Colón está enterrado aquí, en España. ¿No dijo que había ido a la universidad?

Becker se encogió de hombros.

—No debí de ir a clase ese día.

—La Iglesia española está muy orgullosa de sus reliquias.

La Iglesia española. Becker sabía que en España sólo había una Iglesia: la Iglesia católica romana. El catolicismo tenía más poder en ese país que en el Vaticano.

—No tenemos todo su cuerpo, claro está —añadió el teniente—. Sólo el escroto.

Becker dejó de guardar la ropa y miró al hombre. *¿Sólo el escroto?* Reprimió una sonrisa.

—¿Sólo el escroto?

El agente asintió con orgullo.

—Sí. Cuando la Iglesia recupera los restos de un gran hombre lo santifica y esparce sus reliquias por diferentes catedrales, para que todo el mundo pueda disfrutar de su esplendor.

—Y ustedes tienen el...

Becker reprimió una carcajada.

—¡Sí! ¡Es una parte muy importante! —se defendió el agente—. ¡No es como la costilla o el nudillo de un santo que guardan en algunas iglesias de Galicia! Debería quedarse para verlo.

Becker asintió cortésmente.

—Tal vez me doy una vuelta de camino al aeropuerto.

—Mala suerte. —El agente suspiró—. La catedral está cerrada hasta la misa de ocho.

—En otra ocasión, pues. —Becker sonrió y levantó la caja—. Debería marcharme. Mi avión me está esperando.

Paseó por última vez la mirada alrededor de la habitación.

—¿Quiere que le acompañe al aeropuerto? —preguntó el agente—. Tengo una MotoGuzzi en la puerta.

—No, gracias. Tomaré un taxi.

Becker había conducido una moto en cierta ocasión, cuando iba a la universidad, y casi se mató. No albergaba la menor intención de repetir la experiencia, aunque no condujera él.

—Como quiera —dijo el agente, y se encaminó hacia la puerta—. Voy a apagar las luces.

Becker sujetó la caja bajo el brazo. *¿Lo tengo todo?* Dirigió una última mirada al cadáver tendido sobre la mesa. Estaba desnudo bajo las luces fluorescentes, y era obvio que no ocultaba nada. La mirada de Becker se detuvo en las manos, extrañamente deformadas. Miró un momento y se concentró con más intensidad.

El agente apagó las luces, y la habitación quedó a oscuras.

—Espere —dijo Becker—. Vuelva a encenderlas.

El hombre obedeció.

Becker dejó la caja en el suelo y se acercó al cadáver. Se inclinó y examinó la mano izquierda del muerto.

El agente siguió la mirada de Becker.

—Feo, ¿eh?

Pero no era la deformidad lo que había llamado la atención de Becker. Había visto otra cosa. Se volvió hacia el agente.

—¿Está seguro de que todo está en esa caja?

El agente asintió.

—Sí, todo.

Becker se quedó un momento con los brazos en jarras. Después recogió la caja, volvió con ella al mostrador y la abrió. Fue sacando las prendas una por una. A continuación vació los zapatos y les dio unos golpecitos, como si intentara eliminar una piedrecita. Y tras repasarlo todo por segunda vez, retrocedió y frunció el ceño.

—¿Algún problema? —preguntó el teniente.

—Sí —dijo Becker—. Nos falta algo.

13

Tokugen Numataka estaba de pie en su elegante despacho del ático, mirando los rascacielos de Tokio. Sus empleados y competidores le conocían como *akuta same*, el tiburón mortífero. Durante tres décadas había superado en todo a sus competidores japoneses. Ahora estaba a punto de convertirse en un gigante del mercado mundial.

Se disponía a cerrar el trato más grande de su vida, un negocio que convertiría su Numatech Corp. en el Microsoft del futuro. Una descarga de adrenalina recorrió su torrente sanguíneo. Los negocios eran la guerra, y la guerra era excitante.

Aunque la llamada de hacía tres días había despertado las suspicacias de Tokugen Numataka, ahora sabía la verdad. *Myouri*, la buena suerte, le sonreía. Los dioses le habían elegido.

—Tengo una copia de la clave de acceso de fortaleza digital —había dicho la voz de acento norteamericano—. ¿Le interesaría comprarla?

Numataka casi había soltado una carcajada. Sabía que era un señuelo. Numatech Corp. había pujado con generosidad por el nuevo algoritmo de Ensei Tankado, y ahora los competidores de Numatech querían averiguar el monto de la puja.

—¿Tiene la clave de acceso?

Numataka fingió interés.

—Sí. Me llamo Dakota del Norte.

Numataka reprimió una carcajada. Todo el mundo sabía lo de Dakota del Norte. Tankado había hablado a la prensa de su socio secreto. Había sido una maniobra inteligente por parte de Tankado conseguir un socio. Incluso en Japón, la práctica de los negocios había caído en el deshonor. Ensei Tankado no estaba a salvo, pero un paso en falso de una firma demasiado ansiosa, y la clave de accceso se publicaría. Todas las firmas de software del mercado sufrirían las consecuencias.

Numataka aspiró una larga bocanada de su puro Umami y siguió la corriente a la persona que le llamaba.

—¿Quiere vender su copia de la clave de acceso? Interesante. ¿Qué opina Ensei Tankado?

—No he prestado juramento de fidelidad al señor Tankado. Fue un idiota al confiar en mí. La clave de acceso vale cientos de veces lo que me está pagando por mis servicios.

—Lo siento —dijo Numataka—. Su clave de acceso sola no vale nada para mí. Cuando Tankado descubra lo que ha hecho, publicará su copia, que inundará el mercado.

—Usted recibirá las dos claves de acceso —dijo la voz—. La del señor Tankado y la mía.

Numataka tapó el micrófono y rió a carcajada limpia.

—¿Cuánto pide por ambas claves? —no pudo abstenerse de preguntar.

—Veinte millones de dólares.

Veinte millones era casi la cifra exacta que Numataka había pensado.

—¿Veinte millones? —exclamó con fingido horror—. ¡Eso es indignante!

—He visto el algoritmo. Le aseguro que vale ese precio.

Y una mierda, pensó Numataka. *Vale diez veces eso.*

—Por desgracia —dijo cansado del juego—, ambos sabemos que el señor Tankado nunca permitiría esto. Piense en las repercusiones legales.

La persona que llamaba hizo una pausa ominosa.

—¿Y si el señor Tankado ya no fuera un factor determinante?

Numataka quiso reír, pero percibió una extraña obstinación en la voz.

—¿Si Tankado ya no fuera un factor determinante? —Numataka reflexionó—. En ese caso, usted y yo llegaríamos a un acuerdo.

—Estaremos en contacto —dijo la voz. Y colgó.

14

Becker contempló el cadáver. Pese a las horas transcurridas desde el momento de su muerte, el rostro del asiático todavía irradiaba un brillo rosado, debido a la exposición al sol. El resto del cuerpo era de un amarillo pálido, excepto la pequeña zona púrpura sobre el corazón.

Probablemente debido a la resucitación cardiorrespiratoria, meditó Becker. *Lástima que no funcionara.*

Volvió a examinar las manos del cadáver. Becker no había visto nada semejante en su vida. Cada mano sólo tenía tres dedos retorcidos. Sin embargo, no era la deformidad lo que Becker inspeccionaba.

—Es japonés, no chino —gruñó el teniente desde el otro lado de la habitación.

Becker alzó la vista. El agente estaba hojeando el pasaporte del muerto.

—No debería mirar eso —le advirtió Becker. *No toque nada. No lea nada.*

—Ensei Tankado... Nacido el...

—Por favor —dijo Becker con educación—. Devuélvalo a su sitio.

El agente miró el pasaporte un momento más, y después lo tiró sobre la pila.

—Este tipo tenía un visado que le hubiera permitido poder quedarse años aquí.

Becker pinchó la mano del cadáver con un bolígrafo.

—Tal vez vivía aquí.

—No. La fecha de entrada es de la semana pasada.

—Tal vez se estaba mudando aquí —sugirió Becker.

—Sí, es posible. Una primera semana horrible. Insolación y ataque al corazón. Pobre desgraciado.

Becker hizo caso omiso del comentario del agente y estudió la mano.

—¿Está seguro de que no llevaba ninguna joya cuando murió?

El agente levantó la cabeza sorprendido.

—¿Joyas?

—Sí. Venga a echar un vistazo.

El agente cruzó la habitación.

La piel de la mano izquierda de Tankado mostraba huellas de insolación, excepto una estrecha franja en la piel del dedo meñique.

Becker indicó la franja de carne pálida.

—¿Ve que aquí no está quemada por el sol? Parece que llevaba un anillo.

El hombre expresó perplejidad.

—¿Un anillo? —Estudió el dedo. Después se ruborizó—. Dios mío. —Lanzó una risita—. ¿La historia era *cierta*?

De pronto Becker tuvo un presentimiento.

—¿Perdón?

El agente meneó la cabeza en señal de incredulidad.

—Se lo habría dicho antes, pero pensé que el tipo estaba chiflado.

Becker no sonreía.

—¿Qué tipo?

—El tipo que telefoneó para avisar de la emergencia. Un turista canadiense. No paraba de hablar de un anillo, en el peor español chapurreado que he oído en mi vida.

—¿Dijo que el señor Tankado llevaba un anillo?

El agente asintió. Sacó un Ducados, echó un vistazo al cartel que prohibía fumar y lo encendió.

—Supongo que tendría que haber dicho algo, pero el tipo parecía loco de remate.

Becker frunció el ceño. Las palabras de Strathmore resonaron en su mente. *Quiero todo lo que Ensei Tankado llevaba encima. Todo. No deje nada. Ni siquiera un trocito de papel.*

—¿Dónde está el anillo? —preguntó.

El agente dio una bocanada.

—Es una larga historia.

Becker intuyó que no se trataba de una buena noticia.

—Cuéntemela.

15

Susan Fletcher estaba sentada ante su ordenador en Nodo 3, la zona de trabajo insonorizada de los criptógrafos, situada en un costado de la planta principal. Una lámina de cristal curvo unidireccional de cinco centímetros de grosor proporcionaba a los criptógrafos una buena panorámica de todo el Departamento de Criptografía, al tiempo que impedía que cualquier persona pudiera ver el interior.

Al fondo de la gran sala de Nodo 3, doce terminales formaban un círculo perfecto. La disposición en forma de anillo tenía como objetivo potenciar el intercambio intelectual entre los criptógrafos, recordarles que formaban parte de un equipo más amplio, algo así como los Caballeros de la Tabla Redonda, pero dedicados a descifrar códigos. La ironía residía en que los secretos eran mal vistos en Nodo 3.

Nodo 3, apodado «el Corralito», estaba libre de la sensación de atmósfera esterilizada del resto del Departamento de Criptografía. Había sido diseñado para sentirse en casa: alfombras mullidas, sistema de sonido de alta tecnología, una nevera bien pertrechada, una cocina, una cesta de baloncesto. La NSA mantenía una filosofía con respecto a Criptografía: no inviertas dos mil millones de dólares en un ordenador para descifrar códigos sin seducir a la crema de la crema para que lo utilicen.

Susan se quitó los zapatos planos marca Salvatore Ferragamo y hundió los pies enfundados en medias en la gruesa alfombra. Se aconsejaba a los funcionarios bien pagados del gobierno no hacer ostentación de riqueza personal. Esto no solía representar ningún problema para Susan. Era muy feliz con su modesto dúplex, su sedán Volvo y su poco pretencioso vestuario, pero los zapatos eran otro asunto. Incluso cuando iba a la universidad, escogía los mejores.

No puedes saltar para alcanzar las estrellas si te duelen los pies, le había dicho su tía una vez. *¡Y cuando llegues adonde vayas, más te vale presentar tu mejor aspecto!*

Susan se permitió un sibarítico estirón y puso manos a la obra. Se preparó para configurar su rastreador. Echó un vistazo a la dirección de correo electrónico que Strathmore le había dado

NDAKOTA@ara.anon.org

El hombre que se hacía llamar Dakota del Norte tenía una cuenta anónima, pero Susan sabía que en poco tiempo dejaría de serlo. El rastreador sería recibido en ARA, se redirigiría hacia Dakota del Norte y enviaría información que contendría la verdadera dirección de Internet del hombre.

Si todo iba bien, pronto localizaría a Dakota del Norte, y Strathmore confiscaría la clave de acceso. Cuando David encontrara la copia de Tankado, ambas claves serían destruidas. La pequeña bomba de tiempo del japonés sería inofensiva, un explosivo mortífero sin detonador.

Susan comprobó de nuevo la dirección escrita en la hoja y tecleó la información en el campo de datos pertinente. Rió al pensar que Strathmore había tenido dificultades para enviar el rastreador. Por lo visto, lo había enviado dos veces, y en ambas ocasiones había recibido la dirección de Tankado en lugar de la de Dakota del Norte. Era un simple error, pensó. Strathmore debía de haber intercambiado los campos de datos, y el rastreador había buscado la cuenta equivocada.

Susan terminó de configurar el rastreador y pulsó la tecla de intro. El ordenador emitió un pitido.

RASTREADOR ENVIADO

Ahora tocaba esperar.

Exhaló un profundo suspiro. Se sentía culpable por haberse propasado con el comandante. Si había alguien cualificado para encargarse en solitario de esta amenaza, era Trevor Strathmore. Poseía la habilidad sobrenatural de sacar el mejor partido de todos los que le retaban.

Seis meses antes, cuando la EFF desveló la historia de que un submarino de la NSA estaba espiando cables telefónicos submarinos,

Strathmore filtró la historia de que, en realidad, el submarino estaba enterrando ilegalmente residuos tóxicos. La EFF y los ecologistas dedicaron tanto tiempo a discutir sobre qué versión era cierta que los medios de comunicación se cansaron de la historia y la dejaron correr.

Strathmore planificaba con meticulosidad todos sus movimientos. Dependía en grado sumo de su ordenador cuando diseñaba y revisaba sus planes. Como muchos empleados de la NSA, Strathmore utilizaba el software diseñado por la agencia llamado BrainStorm, un método sin ningún riesgo para plantear situaciones del tipo «y si» gozando de la seguridad de un ordenador.

BrainStorm era un experimento de inteligencia artificial descrito por sus diseñadores como un Simulador de Causa y Efecto. En principio, había sido ideado para utilizarlo en campañas políticas, como un método de crear modelos en tiempo real de un «ambiente político» concreto. Alimentado por flujos inmensos de datos, el programa creaba una red relacional, un modelo hipotético de interacción entre variables políticas, incluyendo figuras importantes de la actualidad, su equipo, sus vínculos personales mutuos, temas candentes y motivaciones individuales condicionadas por variables como sexo, etnia, dinero y poder. El usuario podía entrar un acontecimiento hipotético y BrainStorm predecía el efecto del evento «en el entorno».

El comandante Strathmore trabajaba religiosamente con Brain-Storm, pero no por motivos políticos, sino como un instrumento de TFM: el software de Time-Line, Flowchart y Mapping era una poderosa herramienta para perfilar estrategias complejas y predecir puntos débiles. Susan sospechaba que había proyectos ocultos en el ordenador de Strathmore que algún día cambiarían el mundo.

Sí, pensó, *fui demasiado dura con él.*

El siseo de las puertas de Nodo 3 interrumpió sus pensamientos.

Strathmore entró como una exhalación.

—Susan —dijo—, David acaba de llamar. Ha surgido un contratiempo.

16

—¿Un anillo? —Susan parecía escéptica—. ¿Ha desaparecido un anillo de Tankado?

—Sí. Tuvimos suerte de que David se diera cuenta. Fue una jugada muy ingeniosa.

—Pero usted busca una clave de acceso, no una sortija.

—Lo sé —dijo Strathmore—, pero puede que sea lo mismo.

Susan estaba desorientada.

—Es una larga historia.

La criptógrafa le mostró el progreso del rastreador en su pantalla.

—No hay manera.

Strathmore suspiró profundamente y empezó a recorrer la sala.

—Por lo visto, hubo testigos de la muerte de Tankado. Según el agente que estaba en el depósito de cadáveres, un turista canadiense llamó a la Guardia Civil esta mañana preso del pánico. Dijo que un japonés estaba sufriendo un infarto en el parque. Cuando el agente llegó, encontró a Tankado muerto y al canadiense con él, de modo que llamó a una ambulancia. Cuando ésta se llevó el cuerpo de Tankado al depósito de cadáveres, el agente intentó que el canadiense le explicara lo sucedido. El tipo sólo acertó a farfullar algo acerca de un anillo que Tankado le había dado.

Susan le miró con escepticismo.

—¿Tankado le *dio* un anillo?

—Sí. Al parecer se lo puso por la fuerza en la mano, como suplicándole que lo aceptara. Por lo visto, el viejo lo examinó con detenimiento. —Strathmore se detuvo y dio media vuelta—. Dijo que el anillo tenía una inscripción con un texto.

—¿Texto?

—Sí. Según él, no era inglés.

Strathmore enarcó las cejas expectante.

—¿Japonés?

Strathmore negó con la cabeza.

—Eso fue lo primero que pensé yo también, pero escucha esto: el canadiense informó de que las letras no formaban palabras reconocibles. Los caracteres japoneses no pueden confundirse con nuestro alfabeto romano. Dijo que la inscripción sugería que habían dejado suelto a un gato encima del teclado de una máquina de escribir.

Susan rió.

—Comandante, no pensará...

Strathmore la interrumpió.

—Está claro como el agua, Susan. Tankado grabó la clave de acceso de fortaleza digital en el anillo. El oro es duradero. La clave siempre le acompañaba, cuando dormía, se duchaba o comía, preparada para ser publicada en cualquier momento.

Susan no parecía convencida.

—¿En su dedo? ¿A la vista de todo el mundo?

—¿Por qué no? España no es ni de lejos la capital mundial de la criptografía. Nadie sabría qué significaban las letras. Además, si la clave de acceso tiene los sesenta y cuatro bits habituales, incluso a la luz del día nadie sería capaz de leer y memorizar los sesenta y cuatro caracteres.

Susan le miró con perplejidad.

—¿Y Tankado dio un anillo a un completo desconocido antes de morir? ¿Por qué?

Strathmore entornó los ojos.

—¿Tú qué crees?

Ella tardó sólo un momento en comprender. Su asombro era mayúsculo.

El comandante asintió.

—Tankado estaba intentando deshacerse de él. Pensaba que íbamos a matarle. Se sintió morir y dedujo que nosotros éramos los responsables. El momento era demasiado oportuno. Pensó que le habíamos envenenado o algo por el estilo. Sabía que sólo nos atreveríamos a matarle si habíamos localizado a Dakota del Norte.

Susan sintió un escalofrío.

—Por supuesto —susurró—. Tankado pensó que habíamos neutralizado a su póliza de seguro para poder liquidarle a él también.

Todo estaba adquiriendo lógica para Susan. El momento del infarto era tan afortunado para la NSA que Tankado había asumido que la agencia era la responsable. Su instinto final fue vengarse. Ensei entregó su anillo como un último esfuerzo para hacer pública la contraseña. Ahora, por increíble que pareciera, un inocente turista canadiense tenía la clave del algoritmo de encriptación más poderoso de la historia.

Susan respiró hondo y formuló la pregunta inevitable.

—¿Dónde está el canadiense?

Strathmore frunció el ceño.

—Ése es el problema.

—¿El agente no sabe dónde está?

—No. La historia del canadiense era tan absurda que el agente imaginó que era presa de un shock o estaba senil, de modo que acomodó al hombre en el asiento trasero de su moto con la intención de llevarlo a su hotel, pero el tipo se cayó de la moto al inicio del recorrido. Se abrió la cabeza y se rompió la muñeca.

—¡Increíble! —exclamó Susan.

—El policía quería llevarlo al hospital, pero el canadiense estaba furioso. Dijo que volvería a pie a Canadá antes que montar de nuevo en la moto, de modo que el agente le acompañó hasta una pequeña clínica pública cercana al parque. Le dejó allí para que le hicieran un reconocimiento.

Susan frunció el ceño.

—Supongo que no hace falta que pregunte adónde ha ido David.

17

David Becker se dirigió a la calurosa explanada de baldosas de la plaza de España. Ante él, el Ayuntamiento se alzaba entre los árboles sobre un lecho de una hectárea y media de azulejos blancos y azules. Sus agujas moriscas y fachada esculpida daban la impresión de que, originalmente, había sido pensado como palacio más que como edificio administrativo. Pese a su historia de golpes militares, incendios y ejecuciones públicas, la mayoría de turistas visitaban el Ayuntamiento porque los folletos comentaban que era la sede del cuartel general inglés en la película *Lawrence de Arabia*. Había sido mucho más barato para Columbia Pictures rodar en España que en Egipto, y la influencia árabe en la arquitectura sevillana fue suficiente para convencer a los espectadores de que estaban viendo El Cairo.

Becker puso su Seiko con la hora local, las nueve y diez de la noche, todavía muy temprano para las costumbres del país. Un español nunca cenaba antes del ocaso, y el perezoso sol de Andalucía raras veces se ocultaba antes de las diez.

Pese al calor del anochecer, Becker se descubrió atravesando el parque a buen paso. El tono de Strathmore le había sonado mucho más urgente ahora que por la mañana. Sus nuevas órdenes no dejaban lugar a malentendidos: encontrar al canadiense, conseguir el anillo. Hacer lo necesario para apoderarse del anillo.

Becker se preguntó por qué era tan importante un anillo con una inscripción. Strathmore no había explicado nada, y él no había preguntado. *NSA*, pensó. *Never Say Anything**.

---

* «Nunca dicen nada», otro juego de palabras con el acrónimo de la NSA. (*N. del T.*)

Al otro lado de la avenida de Isabel la Católica destacaba la clínica, con el símbolo universal de una cruz roja dentro de un círculo blanco claramente visible en el techo. Allí, el agente de la Guardia Civil había dejado al canadiense horas antes. Con la muñeca rota y una contusión en la cabeza. No cabía duda de que el paciente ya habría sido atendido y dado de alta. Becker esperaba que la clínica le proporcionara alguna información, un hotel o un número de teléfono donde pudiera localizar al hombre. Con un poco de suerte, Becker imaginaba que podría encontrar al canadiense, conseguir el anillo y volver a casa sin más complicaciones.

—Utilice los diez mil dólares para comprar el anillo, en caso necesario —había dicho Strathmore—. Se los devolveré.

—No será preciso —había contestado Becker. De todos modos, su intención era devolver el dinero. No había ido a España por dinero, sino por Susan. El comandante Trevor Strathmore era su mentor y guardián. Susan le debía mucho. Dedicar un día a un recado del subdirector era lo menos que Becker podía hacer.

Por desgracia, las cosas no habían ido como él esperaba. Había confiado en llamar a Susan desde el avión y explicarle todo. Pensó en decir al piloto que hablara por radio con Strathmore para que le pasara un mensaje, pero vaciló a la hora de implicar al subdirector en sus asuntos sentimentales.

Becker había intentado llamarla tres veces, primero desde un móvil sin cobertura a bordo del *jet*, después desde una cabina del aeropuerto, y por fin desde el depósito de cadáveres. Susan no estaba en su casa y se activó el contestador automático, pero no había dejado un mensaje. Lo que quería decir no era un mensaje para un contestador automático.

Divisó una cabina cerca de la entrada del parque. Corrió, descolgó el auricular y utilizó su tarjeta telefónica para llamar. Siguió una larga pausa, mientras se establecía la conexión. Por fin empezó a sonar.

Venga. Ponte.

Después de cinco timbrazos se activó el contestador.

«Hola, soy Susan Fletcher. Lo siento, no estoy en casa, pero si dejas tu nombre...»

Becker escuchó el mensaje. *¿Dónde estará?* A estas alturas, a Susan le habría entrado el pánico. Se preguntó si habría ido a Stone Manor sin él. Se oyó un pitido.

—Hola, soy David. —Hizo una pausa, sin saber qué decir. Una de las cosas que detestaba de los contestadores automáticos era que, si te parabas a pensar, te dejaban colgado—. Lamento no haber llamado —soltó justo a tiempo. Se preguntó si debía decirle qué estaba pasando. No lo consideró conveniente—. Llama al comandante Strathmore. Él te lo explicará todo. —El corazón de Becker latía con fuerza. *Esto es absurdo*, pensó—. Te quiero —se apresuró a añadir, y colgó.

Becker esperó a que pasaran unos coches para atravesar la avenida de la Borbolla. Pensó que Susan habría temido lo peor: era impropio de él no llamar cuando lo había prometido.

Becker cruzó el paseo de cuatro carriles.

—Ir y volver —susurró para sí—. Ir y volver.

Estaba demasiado preocupado para fijarse en el hombre con gafas de montura metálica que le observaba desde el otro lado de la calle.

18

Numataka, de pie ante un enorme ventanal de su rascacielos de Tokio, dio una larga calada a su puro y sonrió para sí. Apenas podía dar crédito a su buena suerte. Había vuelto a hablar con el norteamericano, y si todo marchaba de acuerdo con lo previsto, Ensei Tankado ya habría sido eliminado, y le habían confiscado su copia de la clave de acceso.

Era irónico, pensó Numataka, que fuera él quien acabara en posesión de la clave de acceso de Ensei Tankado. Tokugen Numataka había conocido a Tankado muchos años antes. El joven programador había acudido a Numatech Corp., recién salido de la universidad, en busca de empleo. Numataka le había rechazado. No cabía duda de que Tankado era brillante, pero en aquel tiempo existían otras consideraciones. Si bien Japón estaba cambiando, Numataka se había educado en la vieja escuela. Vivía según el código del *menboko*: honor y apariencia. La imperfección no se toleraba. Si contrataba a un lisiado, avergonzaría a su empresa. Había tirado el currículum de Tankado sin ni siquiera echarle un vistazo.

Volvió a consultar su reloj. El norteamericano, Dakota del Norte, ya tendría que haber llamado. Numataka sintió una punzada de nerviosismo. Confió en que nada se hubiera torcido.

Si las claves de acceso eran lo que le habían prometido, desencriptarían el software más deseado de la era informática, un algoritmo de encriptación digital invulnerable. Numataka grabaría el algoritmo en chips a prueba de falsificaciones y los distribuiría a fabricantes de ordenadores, gobiernos, industrias y, tal vez, a los mercados prohibidos..., el mercado negro del terrorismo mundial.

Numataka sonrió. Daba la impresión de que, como de costumbre, había recibido el favor de las *sichigosan*, las siete deidades de la buena suerte. Numatech Corp. estaba a punto de controlar la única copia de fortaleza digital existente. Veinte millones de dólares era mucho dinero, pero teniendo en cuenta el producto, era el robo del siglo.

19

—¿Y si alguien más está buscando el anillo? —preguntó Susan, nerviosa de repente—. ¿Podría correr peligro David?

Strathmore meneó la cabeza.

—Nadie más sabe que el anillo existe. Por eso envié a David. Los agentes secretos curiosos no van persiguiendo a maestros de español.

—Es profesor —corrigió ella, y se arrepintió al instante de la aclaración. De vez en cuando, Susan experimentaba la sensación de que David no era lo bastante bueno para el comandante, tal vez convencido de que ella se merecía mucho más que un maestro de escuela—. Comandante —continuó—, si informó a David de su misión por teléfono esta mañana, alguien podría haber interceptado la...

—Una probabilidad entre un millón —la interrumpió Strathmore en tono categórico—. Si alguien hubiera querido interceptar la comunicación, tendría que haber estado en las cercanías, además de saber qué debía escuchar. —Apoyó la mano sobre su hombro—. Nunca habría enviado a David si hubiera pensado que existía peligro. —Sonrió—. Confía en mí. A la menor señal de problemas, enviaré a los profesionales...

Unos repentinos golpes en el cristal de Nodo 3 interrumpieron al comandante. Susan y Strathmore se volvieron.

Phil Chartrukian tenía la cara apretada contra el cristal y golpeaba con todas sus fuerzas. El cristal insonorizado impedía que se le oyera. Daba la impresión de que había visto a un fantasma.

—¿Qué hace Chartrukian aquí? —gruñó Strathmore—. Hoy no está de guardia.

—Parece que tendremos problemas —dijo Susan—. Probablemente ha visto visto el monitor de control.

—¡Maldita sea! —siseó el comandante—. ¡Yo mismo llamé al hombre de Sys-Sec que tenía guardia anoche y le dije que no viniera!

Susan no se mostró sorprendida. Cancelar una guardia de Sys-

Sec era irregular, pero no cabía duda de que Strathmore quería privacidad en la cúpula. Lo último que necesitaba era un paranoico de Seguridad de Sistemas que destapase lo que estaba pasando con fortaleza digital.

—Comandante, será mejor que abortemos el proceso en curso en *Transltr* —aconsejó Susan—. Podemos resetear el monitor de control y decirle a Phil que vio visiones.

Strathmore reflexionó unos momentos, pero luego negó con la cabeza.

—Aún no. *Transltr* lleva quince horas lanzando un ataque por fuerza bruta. Quiero que funcione durante veinticuatro, sólo para asegurarme.

Susan comprendió la lógica. Fortaleza digital era la primera aplicación de una función de texto llano rotatorio. Tal vez Tankado había pasado algo por alto. Tal vez *Transltr* lo desentrañaría después de veinticuatro horas. Pero ella lo dudaba.

—*Transltr* seguirá funcionando —decidió Strathmore—. He de saber con seguridad que este algoritmo es intocable.

Chartrukian seguía golpeando el cristal.

—Vamos a ver qué pasa —gruñó Strathmore—. Sígueme la corriente.

El comandante respiró hondo y se encaminó hacia las puertas deslizantes. Se activó la plancha del suelo sensible a la presión, y las puertas se abrieron con un siseo.

Chartrukian estuvo a punto de caer de bruces.

—Comandante, señor, yo... Siento molestarle, pero el monitor de control... He activado el antivirus y...

—Phil, Phil, Phil —dijo el comandante en tono distendido, al tiempo que apoyaba la mano sobre el hombro de Chartrukian—. Cálmate. ¿Qué problema hay?

A juzgar por el tono afable de Strathmore, nadie habría creído que su mundo se estaba desmoronando a su alrededor. Se apartó e introdujo a Chartrukian entre las paredes sagradas de Nodo 3. El hombre de Sys-Sec entró vacilante, como un perro bien adiestrado.

Su expresión perpleja revelaba que nunca había visto este lugar. Fuera cual fuera la causa de su pánico, la olvidó de momento. Examinó el lujoso interior, la hilera de terminales, los sofás, las estanterías, la suave iluminación. Cuando su mirada se posó sobre la reina de Criptografía, Susan Fletcher, apartó la vista al instante. Susan le intimidaba. Su mente trabajaba en un plano diferente. Su belleza era perturbadora, y daba la impresión de que sus palabras siempre flotaban a su alrededor. El aire modesto de Susan no hacía más que empeorar las cosas.

—¿Qué problema hay, Phil? —repitió Strathmore, al tiempo que abría la nevera—. ¿Te apetece beber algo?

—No, no; gracias, señor. —Parecía necesitado de palabras, sin saber si era bienvenido—. Comandante, creo que tenemos un problema con *Transltr*.

Strathmore cerró la nevera y miró a Chartrukian como si tal cosa.

—¿Te refieres al monitor de control?

Chartrukian le miró sorprendido.

—¿Quiere decir que lo ha visto?

—Claro. Lleva dieciséis horas en funcionamiento, si no me equivoco.

El hombre parecía perplejo.

—Sí, señor, dieciséis horas. Pero eso no es todo, señor. Activé el antivirus, y ha dado resultados muy extraños.

—¿De veras? —Strathmore no parecía preocupado—. ¿Qué clase de resultados?

Chartrukian continuó a trompicones.

—*Transltr* está procesando algo muy avanzado. Los filtros no se habían topado nunca con una cosa semejante. Me temo que algún tipo de virus se ha introducido en *Transltr*.

—¿Un virus? —Strathmore rió con cierta condescendencia—. Agradezco tu preocupación, Phil, te lo aseguro, pero la señorita Fletcher y yo estamos realizando un diagnóstico nuevo, algo muy avanzado. Te habría avisado, pero no sabía que estabas hoy de guardia.

El hombre hizo lo posible por poner al mal tiempo buena cara.

—Hice una permuta con el nuevo. Me he quedado el fin de semana.

Strathmore entornó los ojos.

—Qué raro. Anoche hablé con él. Le dije que no viniera. No me dijo que había cambiado el turno.

Chartrukian sintió que se le formaba un nudo en la garganta. Siguió un silencio tenso.

—Bien —suspiró por fin Strathmore—. Parece una confusión desafortunada. —Apoyó una mano sobre el hombro de Chartrukian y le condujo hacia la puerta—. La buena noticia es que no has de quedarte. La señorita Fletcher y yo estaremos aquí todo el día. Defenderemos la fortaleza. Que disfrutes el fin de semana.

Chartrukian vaciló.

—Comandante, creo que deberíamos comprobar el...

—Phil —repitió Strathmore con un poco más de severidad—. *Transltr* funciona bien. Si encontraste algo raro, es que nosotros lo introdujimos. Ahora, si no te importa...

Strathmore calló, y el técnico comprendió. Su tiempo había terminado.

—¡Un diagnóstico, y una mierda! —masculló Chartrukian mientras volvía al laboratorio de Sys-Sec—. ¿Qué clase de función reversible mantiene ocupados tres millones de procesadores durante dieciséis horas?

Chartrukian se preguntó si debía llamar al supervisor de Sys-Sec. *Malditos criptógrafos*, pensó. *¡No entienden nada de seguridad!*

El juramento que Chartrukian había prestado cuando entró en Sys-Sec empezó a resonar en su cabeza. Había jurado utilizar su experiencia, entrenamiento e intuición para proteger la inversión multimillonaria de la NSA.

—La intuición —dijo en tono desafiante.

¡No hace falta un adivino para saber que no se trata de un maldito diagnóstico!

Chartrukian se dirigió a la terminal y activó todo el software de análisis de sistemas de *Transltr*.

—Tu bebé tiene problemas, comandante —gruñó—. ¿No confías en la intuición? ¡Yo te lo demostraré!

20

De hecho, la Clínica de Salud Pública era una escuela de primaria reconvertida, y no se parecía en nada a un hospital. Era un edificio alargado de ladrillo de una planta, con enormes ventanas. Becker subió las ruinosas escaleras.

El interior era oscuro y ruidoso. La sala de espera consistía en una hilera de sillas de metal plegables que abarcaban toda la longitud de un estrecho pasillo. Un letrero de cartón colocado sobre un caballete rezaba OFICINA, con una flecha que señalaba hacia el fondo del pasillo.

Becker avanzó por el sombrío corredor. Era como una especie de decorado empleado para alguna película de terror de Hollywood. El aire estaba impregnado de un olor a orina. Las luces del final del pasillo estaban apagadas, y en los últimos doce o quince metros se perfilaban siluetas indefinidas. Una mujer que sangraba, una pareja joven que lloraba, una niña que rezaba. Becker llegó al final del pasillo tenebroso. La puerta de la izquierda estaba un poco entreabierta, y la abrió de un empujón. En la habitación sólo había una anciana desnuda tendida sobre una camilla que intentaba utilizar un orinal.

Encantador, gruñó Becker. Cerró la puerta. *¿Dónde demonios está la oficina?*

Becker oyó voces procedentes de más allá de la esquina del pasillo. Siguió el sonido y llegó a una puerta de cristal transparente, detrás de la cual parecía tener lugar una discusión. Becker abrió la puerta a regañadientes. La oficina. *El caos.* Justo lo que había temido.

Había una cola de diez personas, que empujaban y gritaban al mismo tiempo. España no era famosa por su eficacia, y Becker sabía que podía esperar toda la noche hasta que le proporcionaran información sobre el canadiense. Sólo había una secretaria detrás del escritorio, que se dedicaba a despedir a pacientes furiosos. Se quedó en el umbral un momento y repasó sus opciones. Había un mejor manera de conseguir lo que quería.

—¡Con permiso! —gritó un enfermero. Una camilla pasó a toda velocidad.

Becker se apartó de un salto y preguntó al enfermero.

—¿Dónde está el teléfono?

El hombre señaló una puerta doble sin detenerse y desapareció tras una esquina. Becker se acercó a las puertas y entró.

La sala era enorme: un antiguo gimnasio. El suelo era de color verde pálido y parecía difuminarse donde no iluminaban las luces fluorescentes. En la pared, una cesta de baloncesto colgaba fláccida de su tablero. Diseminados por el suelo había unas cuantas docenas de pacientes sobre catres. En la esquina del fondo, bajo un marcador fundido, había un viejo teléfono de pago. Becker esperó que funcionara.

Mientras avanzaba buscó una moneda en su bolsillo. Encontró setenta y cinco pesetas en monedas de cinco duros, el cambio del taxi, suficiente para dos llamadas locales. Sonrió cortésmente a una enfermera que salía y se encaminó al teléfono. Descolgó el aparato y marcó el número de información telefónica. Medio minuto después tenía el número de la oficina principal de la clínica.

En lo referente a oficinas, y con independencia del país, parecía existir una regla universal: ninguna persona podía soportar el sonido de un teléfono al que nadie contestaba. Daba igual cuántas personas estuvieran esperando. La secretaria siempre dejaba lo que estaba haciendo para contestar el teléfono.

Becker marcó el número de la centralita que le habían dado. Pronto estaría hablando con la oficina de la clínica. No cabía la menor duda de que hoy sólo había ingresado un canadiense con una fractura de muñeca y un golpe en la cabeza. Sería fácil encontrar su historial. Becker sabía que en la oficina se resistirían a dar el nombre y dirección del paciente a un desconocido, pero tenía un plan.

El teléfono empezó a sonar. Becker supuso que cinco timbrazos serían suficientes. Tardó diecinueve.

—Clínica de Salud Pública —contestó la ocupadísima secretaria.

Becker hablo en español con un pronunciado acento francoamericano.

—Soy David Becker. Trabajo en la embajada de Canadá. Hoy han atendido a uno de nuestros ciudadanos. Querría saber sus datos para que la embajada se encargue de pagar la factura.

—Estupendo —dijo la mujer—. Los enviaré a la embajada el lunes.

—De hecho —insistió él—, es importante que los recoja de inmediato.

—Imposible —replicó la mujer—. Estamos muy ocupados.

Becker habló en el tono más oficial posible.

—Se trata de un asunto urgente. El hombre tenía una muñeca rota y una herida en la cabeza. Le atendieron esta mañana. Su expediente debería estar encima de todo.

Exageró el acento. Habló con suficiente claridad para transmitir sus necesidades, y de manera lo bastante confusa para exasperar. La gente podía saltarse las normas cuando estaba exasperada.

Sin embargo, en lugar de saltarse las normas, la mujer maldijo a los altivos norteamericanos y colgó.

Becker frunció el ceño y colgó a su vez. Fracaso rotundo. La idea de hacer cola durante horas no le emocionaba. El tiempo seguía transcurriendo. El viejo canadiense podía estar en cualquier sitio. Tal vez había decidido regresar a Canadá. Tal vez pensaba vender el anillo. No podía esperar. Con renovada determinación, levantó el auricular y volvió a marcar. Apretó el teléfono contra su oído y se apoyó contra la pared. Empezó a sonar. Miró hacia el fondo de la sala. Un timbrazo... Dos timbrazos... Tres...

Una descarga de adrenalina recorrió su cuerpo.

Becker se volvió y colgó con brusquedad. Luego se giró de nuevo y contempló la sala en estupefacto silencio. Delante de él, sobre un catre, apoyado sobre un montón de viejas almohadas, estaba tendido un anciano con un yeso nuevo en la muñeca derecha.

21

El norteamericano que hablaba con Tokugen Numataka por la línea privada de éste parecía angustiado.

—Señor Numataka, sólo tengo un momento.

—Estupendo. Confío en que tenga ambas claves de acceso.

—Habrá un pequeño retraso —contestó el norteamericano.

—Inaceptable —siseó Numataka—. ¡Dijo que yo las tendría al final del día!

—Hay un cabo suelto.

—¿Tankado ha muerto?

—Sí —dijo la voz—. Mi hombre mató al señor Tankado, pero no consiguió la clave. Tankado se la dio a un turista antes de morir.

—¡Indignante! —vociferó Numataka—. ¿Cómo puede prometerme la exclusiva...?

—Cálmese —dijo el norteamericano—. Gozará de los derechos exclusivos. Se lo garantizo. En cuanto encontremos la clave desaparecida, fortaleza digital será suya.

—¡Pero podrían copiarla!

—Cualquier persona que haya visto la clave será eliminada.

Siguió un largo silencio. Por fin, Numataka habló.

—¿Dónde está la clave ahora?

—Por ahora le basta con saber que será encontrada.

—¿Cómo puede estar tan seguro?

—Porque no soy el único que la busca. El espionaje estadounidense se ha enterado de la existencia de la clave desaparecida. Por motivos evidentes, desean evitar la propagación de fortaleza digital. Han enviado a un hombre para encontrar la clave. Se llama David Becker.

—¿Cómo lo sabe?

—Eso es irrelevante.

Numataka hizo una pausa.

—¿Y si el señor Becker localiza la clave?

—Mi hombre se la arrebatará.

—¿Y después?

—No se preocupe —dijo con frialdad el norteamericano—. Cuando el señor Becker encuentre la clave, recibirá su merecido.

22

David Becker se acercó y miró al anciano dormido en el catre. Tenía enyesada la muñeca derecha. Tendría entre sesenta y setenta años de edad. Su pelo nevado estaba partido pulcramente a un lado, y en el centro de su frente aparecía un cardenal púrpura que se extendía hasta el ojo derecho.

¿Un chichón?, pensó, cuando recordó las palabras del teniente. Becker examinó los dedos del hombre. No llevaba ningún anillo de oro. Becker tocó el brazo del hombre.

—Señor. —Le sacudió un poco—. Perdone, señor.

El hombre no se movió.

Becker probó de nuevo en voz más alta.

—Señor.

El hombre se removió.

—*Qu'est-ce...? Quelle heure il est...?* —Abrió poco a poco los ojos y los enfocó en Becker. No le había hecho muy feliz que le despertara—. *Qu'est-ce que vous voulez?*

¡Vaya, un canadiense francófono!, pensó Becker. Sonrió.

—¿Me permite un momento?

Aunque el francés de Becker era perfecto, habló en el que suponía segundo idioma del hombre, el inglés. Convencer a un desconocido de que entregara un anillo de oro podía ser un poco difícil. Becker pensaba utilizar todos los recursos a su alcance.

Siguió un largo silencio, mientras el hombre acababa de despertarse. Paseó la mirada por la sala y levantó un largo dedo para alisar su bigote blanco. Por fin, habló.

—¿Qué quiere?

Su inglés tenía un leve acento nasal.

—Señor —dijo Becker, pronunciando de manera exagerada, como si hablara a un sordo—, he de hacerle unas preguntas.

El hombre le miró con expresión extraña.

—¿Tiene algún problema?

Becker frunció el ceño. El inglés del hombre era impecable. Dejó de inmediato el tono condescendiente.

—Siento molestarle, señor, pero ¿se hallaba hoy por casualidad en la plaza de España?

El anciano entornó los ojos.

—¿Es usted del Ayuntamiento?

—No, de hecho soy...

—¿De la Oficina de Turismo?

—No, soy...

—¡Escuche, sé por qué ha venido! —El anciano se incorporó con un esfuerzo—. ¡No voy a permitir que me intimiden! Si no lo he dicho mil veces, no lo he dicho ninguna. Pierre Cloucharde describe el mundo tal como lo vive. ¡Algunos cronistas de guías oficiales no hablan de ciertas cosas a cambio de una noche gratis en la ciudad, pero el *Montreal Times* no se vende! ¡Me niego!

—Lo siento, señor. Creo que no ent...

—*Merde alors!* ¡Lo entiende a la perfección! —Agitó un dedo huesudo en dirección a Becker, y su voz resonó por todo el gimnasio—. ¡No es usted el primero! ¡Intentaron lo mismo en el Moulin Rouge, en el Brown's Palace y en el Golfingo de Lagos! Pero ¿qué conté? ¡La verdad! ¡El peor Wellington que he comido en mi vida! ¡La bañera más sucia en que me he metido! ¡La playa más rocosa que he pisado! ¡Mis lectores no esperan menos!

Los pacientes de los catres cercanos empezaron a incorporarse para ver lo que pasaba. Becker miró a su alrededor, nervioso, temiendo ver a una enfermera. Lo último que necesitaba era que le echaran a patadas.

Cloucharde estaba cada vez más furioso.

—¡Y ese miserable remedo de agente de policía es funcionario de *su* ciudad! ¡Me hizo subir a su moto! ¡Míreme! —Intentó alzar la muñeca—. ¿Quién va a escribir mi columna ahora?

—Señor, yo...

—¡Nunca he pasado por algo tan desagradable en mis cuarenta y tres años de viajes! ¡Mire este lugar! Mi columna se publica en más de...

—¡Señor! —Becker levantó ambas manos para pedir una tregua—. No me interesa su columna. Trabajo en el consulado de Canadá. ¡He venido para comprobar que se encuentra bien.

De pronto, se hizo un silencio de muerte en el gimnasio. El viejo levantó la vista y miró al intruso con suspicacia.

—He venido para ver si puedo ayudarle en algo —susurró Becker. *Como traerle un par de Valiums.*

Al cabo de una larga pausa, el canadiense habló.

—¿El consulado?

Su tono se suavizó de manera considerable.

Becker asintió.

—¿No ha venido por *mi* columna?

—No, señor.

Era como si una gigantesca burbuja hubiera estallado ante Pierre Cloucharde. Se reclinó poco a poco sobre la montaña de almohadas. Parecía acongojado.

—Creía que era del Ayuntamiento, que intentaba convencerme de... —Calló y levantó la vista—. Si no es por mi columna, ¿por qué ha venido?

Era una buena pregunta, pensó Becker, mientras imaginaba las Smoky Mountains.

—Una simple cortesía diplomática —mintió.

El hombre pareció sorprenderse.

—¿Una cortesía diplomática?

—Sí, señor. Como un hombre tan viajado como usted sabrá muy bien, el Gobierno canadiense se esfuerza por proteger a sus ciudadanos en dondequiera que estén de las indignidades sufridas en estos, um, países menos refinados, podríamos decir.

Los labios delgados de Cloucharde formaron una sonrisa de complicidad.

—Por supuesto... Muy amables.

—Usted es ciudadano canadiense, ¿verdad?

—Sí, desde luego. Qué tonto he sido. Le ruego que me disculpe. A veces, las personas conocidas como yo somos objeto de ofrecimientos... Bien, usted ya me entiende.

—Sí, señor Cloucharde, por supuesto. Es el precio de la fama.

—En efecto. —Cloucharde exhaló un suspiro trágico. Era un mártir reacio que toleraba las masas—. ¿Ha visto que lugar tan espantoso? —Puso los ojos en blanco—. Es una burla. Han decidido que me quede a pasar la noche.

Becker miró a su alrededor.

—Lo sé. Es terrible. Lamento haber tardado tanto en venir.

Cloucharde parecía confuso.

—Ni siquiera sabía que iba a venir.

Becker cambió de tema.

—Se ha dado un buen golpe en la cabeza. ¿Le duele?

—No mucho. Me caí de una moto esta mañana. Es el precio que uno paga por ser buen samaritano. Lo que sí me duele es la muñeca. Estúpido guardia civil. ¡De veras! Subir a un hombre de mi edad a una moto. Es reprobable.

—¿Puedo ir a buscarle algo?

Cloucharde pensó un momento, disfrutando de la atención que recibía.

—Bien, la verdad... —Estiró el cuello y movió la cabeza a derecha e izquierda—. No me iría mal otra almohada, si no representa ningún problema.

—En absoluto. —Becker cogió una almohada de otro catre y ayudó a Cloucharde a acomodarse.

El viejo suspiró satisfecho.

—Mucho mejor... Gracias.

—*Pas du tout* —contestó Becker.

—¡Ah! —El hombre sonrió—. De manera que habla el idioma del mundo civilizado.

—Hago lo que puedo —dijo Becker con timidez.

—Ningún problema —declaró con orgullo Pierre Cloucharde—. Mi columna se publica también en Estados Unidos. Mi inglés es de primera.

—Eso me han dicho. —Becker sonrió. Se sentó en el borde del catre—. Si no le importa la pregunta, señor Cloucharde, ¿por qué un hombre como usted ha venido a un lugar como éste? En Sevilla hay hospitales mucho mejores.

Cloucharde le miró con irritación.

—Ese agente de policía... Me caí de su moto y luego me dejó sangrando en la calle como un cerdo. Tuve que venir a pie hasta aquí.

—¿No le ofreció llevarlo a un centro mejor?

—¿En su maldita moto? ¡No, gracias!

—¿Qué pasó esta mañana?

—Ya se lo conté todo al teniente.

—He hablado con el agente y...

—¡Espero que le haya dado un buen rapapolvo! —interrumpió Cloucharde.

Becker asintió.

—En los términos más severos. Mi oficina no da por cerrado el asunto.

—Eso espero.

—Señor Cloucharde —sonrió Becker, y sacó un bolígrafo del bolsillo de la chaqueta—, me gustaría presentar una protesta oficial al Ayuntamiento. ¿Quiere ayudarme? Un hombre de su reputación sería un testigo valioso.

Cloucharde parecía encantado con la idea de que le citaran. Se incorporó.

—Pues sí, por supuesto. Será un placer.

Becker sacó una libretita y alzó la vista.

—Muy bien, empecemos por lo que sucedió esta mañana. Hábleme del accidente.

El viejo suspiró.

—Fue muy triste. El pobre asiático se desplomó fulminado. Intenté ayudarle, pero no sirvió de nada.

—¿Le aplicó la resucitación cardiorrespiratoria?

Cloucharde le miró avergonzado.

—Temo que no sé hacerlo. Llamé a una ambulancia.

Becker recordó los moratones en el pecho de Tankado.

—¿Los de la ambulancia le hicieron el masaje cardiorrespiratorio?

—¡No, por Dios! —Cloucharde rió—. Es inútil azotar a un caballo muerto. El tipo ya llevaba rato en el otro mundo cuando llegó la ambulancia. Le tomaron el pulso y se lo llevaron, y a mí me dejaron con ese horrible policía.

Qué raro, pensó Becker, y se preguntó cuál habría sido la causa de los morados. Apartó esa cuestión de su mente y fue al grano.

—¿Qué me dice del anillo? —preguntó con la mayor indiferencia posible.

Cloucharde le miró sorprendido.

—¿El teniente le habló del anillo?

—Sí.

Cloucharde parecía asombrado.

—¿De veras? Pensaba que no había creído mi historia. Fue tan grosero, como si creyera que estaba mintiendo. Pero mi historia era precisa, por supuesto. Estoy orgulloso de mi precisión.

—¿Dónde está el anillo? —insistió Becker.

Cloucharde no pareció oírle. Tenía los ojos vidriosos clavados en la lejanía.

—Un anillo muy extraño, con todos aquellas letras. No se parecía a ningún idioma que haya visto.

—¿Tal vez japonés? —aventuró Becker.

—De ninguna manera.

—¿Lo vio bien?

—¡Ya lo creo! Cuando me arrodillé para ayudar, el hombre me metió los dedos en la cara. Quería darme el anillo. Fue horrible, espantoso. Sus manos eran aterradoras.

—¿Fue entonces cuando cogió el anillo?

Cloucharde manifestó un gran asombro.

—¿El agente le dijo que yo cogí el anillo?

Becker se removió inquieto.

Cloucharde estalló.

—¡Sabía que no me escuchaba! ¡Así empiezan los rumores! Le dije que el japonés entregó el anillo, ¡pero no a mí! ¡Yo no habría aceptado nada de un moribundo! ¡Santo cielo! ¡Sólo de pensarlo me entran escalofríos!

Becker presintió problemas.

—¿Así que no tiene el anillo?

—¡Dios, no!

Becker sintió un dolor sordo en la boca del estómago.

—Entonces, ¿quién lo tiene?

Cloucharde le miró indignado.

—¡El alemán! ¡El alemán lo tiene!

Becker experimentó la sensación de que se había quedado sin suelo firme bajo los pies.

—¿Alemán? ¿Qué alemán?

—¡El alemán del parque! ¡Le hablé al agente de él! ¡Yo rechacé el anillo, pero ese cerdo fascista lo aceptó!

Becker dejó el bolígrafo y el papel. La charada había terminado. Esto significaba más problemas.

—¿Así que un alemán tiene el anillo?

—En efecto.

—¿Adónde fue?

—No tengo ni la más remota idea. Yo corrí a llamar a la policía. Cuando volví, se había ido.

—¿Sabe quién era?

—Un turista.

—¿Está seguro?

—Mi vida son los turistas —replicó Cloucharde—. Conozco a uno en cuanto lo veo. Él y su amiga estaban paseando por el parque.

Becker estaba más confuso a cada momento que pasaba.

—¿Amiga? ¿Iba alguien con el alemán?

Cloucharde asintió.

—Una acompañante. Una hermosa pelirroja. *Mon Dieu!* Era realmente preciosa.

—¿Una acompañante? —Becker estaba perplejo—. ¿Quiere decir... una prostituta?

Cloucharde hizo una mueca.

—Sí, si quiere utilizar el término vulgar.

—Pero el agente no dijo nada acerca...

—¡Pues claro que no! Yo no le hablé de la acompañante. —Cloucharde desechó las aprensiones de Becker con un gesto displicente de la mano sana—. No son delincuentes. Es absurdo que las acosen como a vulgares ladrones.

Becker aún continuaba sorprendido.

—¿Había alguien más?

—No, sólo los tres. Hacía calor.

—¿Está seguro de que la mujer era una prostituta?

—Por completo. ¡Ninguna mujer tan bella podría ir con un hombre como aquél a menos que le pagaran bien! *Mon Dieu!* ¡Era gordo, gordo, gordo! ¡Un alemán vociferante, obeso, aborrecible! —Cloucharde se encogió un momento cuando cambió de postura, pero hizo caso omiso del dolor y continuó su diatriba—. Ese hombre era una bestia, ciento treinta kilos como mínimo. Llevaba agarrada a la pobrecilla como si quisiera impedirle que huyera, cosa que no me extrañaría que ella deseara hacer. ¡Lo digo en serio! No paraba de toquetearla. ¡Se jactaba de que la tendría todo el fin de semana por sólo trescientos dólares! ¡Él debería haberse muerto, y no el pobre asiático!

Cloucharde tomó aire, y Becker aprovechó la oportunidad.

—¿Averiguó su nombre?

El canadiense pensó un momento y luego sacudió la cabeza.

—No.

Volvió a encogerse de dolor y se recostó sobre las almohadas.

Becker suspiró. El anillo se había evaporado delante de sus ojos. El comandante Strathmore no iba a alegrarse.

Cloucharse se secó la frente. Su estallido de entusiasmo le había pasado factura. De pronto parecía enfermo.

Becker probó otro enfoque.

—Señor Cloucharde, me gustaría obtener el testimonio del alemán, y también de su acompañante. ¿Tiene idea de dónde se alojan?

El hombre cerró los ojos, sin fuerzas. Su respiración perdió fuerza.

—¿Sabe algo más? —insistió Becker—. ¿El nombre de la acompañante?

Siguió un largo silencio.

Cloucharde se masajeó la sien derecha. Estaba muy pálido.

—Bien... Ah... No, no creo...

Su voz era temblorosa.

Becker se inclinó sobre él.

—¿Se encuentra bien?

Cloucharde asintió apenas.

—Sí, bien... Sólo un poco... Tal vez la emoción...

Su voz enmudeció.

—Piense, señor Cloucharde —le apremió Becker—. Es importante.

El canadiense se encogió.

—No sé... La mujer..., el hombre la llamaba...

Cerró los ojos y gimió.

—¿Cómo la llamaba?

—No me acuerdo...

Cloucharde estaba perdiendo el sentido.

—Piense —insistió Becker—. Es importante que el expediente consular sea lo más completo posible. Tendré que apoyar su historia con declaraciones de otros testigos. Cualquier información que me dé puede ayudarme a localizarlos...

Pero Cloucharde no estaba escuchando. Se estaba secando la frente con la sábana.

—Lo siento... Tal vez mañana...

Daba la impresión de que sentía náuseas.

—Señor Cloucharde, es importante que lo recuerde ahora.

De pronto, Becker se dio cuenta de que estaba hablando en voz demasiado alta. Había pacientes de los catres cercanos todavía incorporados, mirándoles. Al fondo de la sala apareció una enfermera por las puertas dobles y se encaminó hacia ellos.

—Cualquier cosa —le urgió Becker.

—El alemán llamaba a la mujer...

Becker sacudió un poco a Cloucharde con la intención de despertarle.

Los ojos del hombre destellaron un instante.

—La llamaba...

No me dejes, viejo...

—Dew...

Cloucharde cerró los ojos de nuevo. La enfermera se estaba acercando, y parecía furiosa.

—¿Dew?

Becker sacudió el brazo del canadiense.

El viejo gimió.

—La llamaba...

Los murmullos de Cloucharde eran inaudibles.

La enfermera se hallaba a menos de tres metros de distancia, increpaba a Becker en español, pero éste no oía nada. Tenía los ojos clavados en los labios del anciano. Sacudió a Cloucharde por última vez.

La enfermera agarró el hombro de David Becker. Le puso en pie justo cuando los labios de Cloucharde se abrían. El viejo no pronunció la palabra, en realidad. Fue como un suspiro, como un lejano recuerdo sensual.

—Dewdrop...

La enfermera alejó a Becker.

¿Dewdrop?, se preguntó Becker. *¿Qué clase de nombre es Dewdrop?* Se soltó de la enfermera y se volvió por última vez hacia Cloucharde.

—¿Dewdrop? ¿Está seguro?

Pero Pierre Cloucharde se había dormido.

23

Susan estaba sola en el lujoso entorno de Nodo 3. Sostenía en las manos un té al limón y esperaba un correo electrónico con la dirección que el rastreador había encontrado.

Como jefa de criptografía, Susan disfrutaba de la terminal mejor situada. Estaba en la parte posterior del anillo de ordenadores, de cara a la planta de Criptografía. Desde este lugar, Susan podía supervisar todo Nodo 3. También podía ver, al otro lado del cristal unidireccional, a *Transltr*, en el centro de la planta.

Consultó el reloj. Llevaba esperando casi una hora. Por lo visto, American Remailers Anonymous estaba tomándose su tiempo para reenviar el correo de Dakota del Norte. Exhaló un profundo suspiro. Pese a sus esfuerzos por olvidar la conversación matutina con David, las palabras se repetían una y otra vez en su cabeza. Sabía que había sido dura con él. Rezó para que estuviera bien en España.

El siseo de las puertas de cristal interrumpió sus pensamientos. Alzó la vista y lanzó un gemido. El criptógrafo Greg Hale estaba en la puerta.

Greg Hale era alto y musculoso, de espesa cabellera rubia y hoyuelo en la barbilla. Era ruidoso y vestía con una elegancia exagerada. Sus compañeros le llamaban «Halita», por el mineral. Hale siempre había dado por sentado que se trataba de una gema rara, como su excepcional intelecto y su magnífico físico. Si su ego le hubiera permitido consultar una enciclopedia, habría descubierto que no era nada más que el residuo salino que quedaba cuando los océanos se secaban.

Como todos los criptógrafos de la NSA, Hale ganaba un buen sueldo, y la verdad era que le costaba no hacer ostentación de ello. Conducía un Lotus blanco de techo transparente y con un equipo de sonido ensordecedor. Era un obseso de los *gadgets*, y su coche era todo un muestrario: había instalado un sistema de posicionamiento global, cerraduras de puertas activadas por voz, un inhibidor de señales de radar y un sistema de fax y teléfono para estar siempre en contacto con sus contestadores automáticos. Su vanidosa matrícula rezaba MEGABITS, y estaba enmarcada en neón violeta.

Greg Hale había sido rescatado de una infancia delictiva por la Infantería de Marina de Estados Unidos. Fue allí donde aprendió informática. Era uno de los mejores programadores que el cuerpo había tenido, ante él se abría la perspectiva de una distinguida carrera militar, pero dos días antes de terminar su tercer período de servicio, su futuro cambió de repente. Hale mató sin querer a un compañero en una pelea de borrachos. El arte coreano de la autodefensa, el taekwondo, demostró ser más mortal que defensivo. Fue expulsado de la Infantería de Marina.

Tras una breve estancia en la cárcel, Halita empezó a buscar trabajo de programador en el sector privado. Siempre confesaba el incidente, y ofrecía a sus empleadores en potencia un mes de trabajo sin sueldo para demostrar su valía. No le faltaron los novios, y en cuanto descubrían de lo que era capaz con un ordenador, no querían soltarle.

A medida que iba acumulando experiencia, Hale empezó a establecer contactos a través de Internet por todo el mundo. Pertenecía a la nueva casta de ciberchiflados con amigos vía correo electrónico en todos los países, y participaba activamente en grupos de chat europeos. Había sido despedido de dos empresas diferentes por utilizar las cuentas de los propietarios para enviar fotos pornográficas a algunos de sus amigos.

—¿Qué estás haciendo aquí? —preguntó Hale desde la puerta. Era evidente que no esperaba compartir Nodo 3 con nadie.

Susan se obligó a conservar la calma.

—Es sábado, Greg. Yo podría hacerte la misma pregunta.

No obstante, ella sabía por qué había ido Greg. Era un adicto a la informática. Pese a la norma de los sábados, solía colarse en Criptografía los fines de semana para utilizar la potencia informática sin rival de la NSA y probar nuevos programas en los que estaba trabajando.

—Sólo quería retocar unas cosas y echar un vistazo a mi correo electrónico —dijo Hale. La miró con curiosidad—. ¿Qué has dicho que estabas haciendo?

—No lo he dicho —replicó Susan.

Hale arqueó una ceja con suspicacia.

—No hace falta ir con rodeos. En Nodo 3 no tenemos secretos, ¿te acuerdas? Todos para uno y uno para todos.

Susan bebió su té al limón y no le hizo caso. Hale se encogió de hombros y se encaminó hacia la despensa, que siempre era su primera parada. Mientras cruzaba la sala, exhaló un profundo suspiro y examinó con descaro las piernas de Susan. Sin levantar la vista, ella recogió las piernas y siguió trabajando. Hale sonrió burlonamente.

Susan se había acostumbrado a los acosos de Hale. Su frase favorita se refería a «interfacear» para comprobar su mutua compatibilidad. A ella se le revolvía el estómago. Por orgullo se negaba a presentar una queja a Strathmore. Era mucho más sencillo ignorarle.

Hale se acercó a la despensa de Nodo 3 y abrió las puertas. Sacó un contenedor de tofu y se metió unos pedazos de sustancia blanca gelatinosa en la boca. Después se apoyó contra la cocina y alisó sus pantalones grises Bellvienne y su camisa bien planchada.

—¿Vas a estar mucho rato?

—Toda la noche —dijo ella.

—Mmm... —ronroneó Hale con la boca llena—. Un agradable sábado en el Corralito, solos los dos.

—Solos los tres —corrigió Susan—. El comandante Strathmore está arriba. Tal vez sería mejor que desaparecieras antes de que te vea.

Hale se encogió de hombros.

—Tu presencia no parece molestarle. Debe disfrutar de tu compañía.

Susan se obligó a guardar silencio.

Hale sonrió y guardó el tofu. Después cogió una botella de aceite de oliva virgen y dio unos sorbos. Era un fanático de la salud, y afirmaba que el aceite de oliva limpiaba su intestino delgado. Cuando no estaba invitando a zumo de zanahoria al resto del personal, se dedicaba a pregonar las virtudes de mantener limpio el tracto intestinal.

Devolvió a su sitio el aceite de oliva y fue hacia su terminal, que estaba justo delante de la de Susan. Pese a la distancia, ella percibió el olor de su colonia. Arrugó la nariz.

—Estupenda colonia, Greg. ¿Te pones todo el frasco?

Hale encendió su terminal.

—Sólo para ti, querida.

Mientras él esperaba a que el sistema se inicializara, Susan tuvo una idea inquietante. ¿Y si Hale accedía al monitor de control de *Transltr*? No existían motivos lógicos para ello, pero no obstante sabía que él no se tragaría cualquier burda historia sobre un diagnóstico que ocupaba a *Transltr* durante dieciséis horas. Hale exigiría saber la verdad, y Susan no tenía la menor intención de revelársela. No confiaba en Greg Hale. No era una persona idónea para la NSA. Ella se había opuesto a contratarle, pero la agencia no tenía otra alternativa. Hale había sido producto del control de daños.

El desastre Skipjack.

Cuatro años antes, en un esfuerzo por crear una norma única de encriptación de llave pública, el Congreso encargó a los mejores matemáticos del país, los de la NSA, que desarrollaran un nuevo algoritmo. El plan consistía en que el Congreso aprobara una legislación que convirtiera ese nuevo algoritmo en la norma de la nación, paliando así las incompatibilidades sufridas por las empresas que utilizaban diferentes algoritmos.

Por supuesto, pedir a la NSA que echara una mano para mejorar la encriptación de llave pública era como pedir a un condenado a muerte que cavase su propia tumba. *Transltr* aún no había sido concebido, y una norma de encriptación sólo contribuiría a extender la creación de códigos, dificultando todavía más el trabajo de la NSA.

La EFF comprendió este conflicto de intereses y presionó con vehemencia para que la NSA creara un algoritmo sencillo, algo que se pudiera desencriptar. Para aplacar estos temores, el Congreso anunció que cuando la NSA hubiera creado el algoritmo la fórmula sería hecha pública para que matemáticos de todo el mundo confirmaran su sencillez

El equipo de criptografía de la NSA, al mando del comandante Strathmore, creó a regañadientes un algoritmo al que bautizaron Skipjack y lo presentaron al Congreso para su aprobación. Matemáticos de todo el mundo lo pusieron a prueba y se quedaron impresionados de forma unánime. Informaron de que se trataba de un potente algoritmo, y que sería una norma de encriptación soberbia. Pero tres días antes de que el Congreso votara la segura aprobación de Skipjack, un joven programador de los laboratorios Bell, Greg Hale, consternó al mundo cuando anunció que había encontrado una puerta trasera oculta en el algoritmo.

La puerta trasera consistía en unas pocas líneas de astuta programación que el comandante Strathmore había introducido en el algoritmo. Las había añadido con tal maestría que nadie, excepto Greg Hale, las había visto. Esta treta significaba que cualquier código creado con Skipjack podía ser desencriptado gracias a una clave de acceso secreta que sólo conocía la NSA. Strathmore había estado a punto de convertir la norma de encriptación propuesta a la nación en el mayor golpe de espionaje de la NSA. De no haber sido por Hale, la NSA poseería la llave maestra de todos los códigos creados en Estados Unidos.

La gente del mundo de la informática se sintió indignada. La EFF se lanzó sobre el escándalo como buitres, culpó al Congreso por su ingenuidad y proclamó que la NSA era la mayor amenaza para el mundo libre desde Hitler. La norma de encriptación había nacido muerta.

No constituyó ninguna sorpresa que la NSA contratara a Greg Hale días después. Strathmore consideraba más seguro tenerle de su lado dentro de la NSA que fuera, trabajando contra la organización.

El comandante plantó cara al escándalo de Skipjack sin pestañear. Defendió sus acciones con vehemencia ante el Congreso. Argumentó que el ansia de privacidad de los ciudadanos se volvería contra ellos. Insistió en que la gente necesitaba a alguien que la vigilara. La gente necesitaba que la NSA descifrara códigos para mantener la paz. Grupos como la EFF pensaban de manera muy distinta, y no habían parado de luchar contra él desde aquel momento.

24

David Becker estaba en una cabina de teléfono, enfrente de la Clínica de Salud Pública. Le acababan de poner de patitas en la calle por acosar al paciente 104, el señor Cloucharde.

De repente, las cosas se habían complicado más de lo que esperaba. Su pequeño favor a Strathmore, recoger unas pertenencias personales, se había convertido en la búsqueda desesperada de un extraño anillo.

Acababa de llamar al comandante para contarle lo del turista alemán. La noticia no había sido bien recibida. Después de pedir datos concretos, Strathmore había guardado silencio durante un largo momento.

—David —había dicho por fin con voz muy seria—, encontrar ese anillo es un asunto de seguridad nacional. Lo dejo en tus manos. No me falles.

La línea se había cortado.

David suspiró. Levantó la destrozada guía telefónica y empezó a examinar las páginas amarillas.

—¡Qué desastre! —farfulló.

Sólo había consignadas tres agencias de señoritas de compañía, y los datos que obraban en su poder eran escasos. Únicamente sabía que la mujer que acompañaba al alemán era pelirroja, cosa rara en España. El delirante Cloucharde había recordado que la chica se llamaba Dewdrop. Becker se encogió. ¿Dewdrop? Parecía más el nombre de una vaca que el de una chica hermosa. No era un nombre católico típico. Cloucharde tenía que haberse equivocado.

Becker marcó el primer número.

—Servicio Social de Sevilla —contestó una agradable voz femenina.

Becker habló en español con fuerte acento alemán.

—Hola, ¿hablas alemán?

—No, pero hablo inglés.

Becker continuó en un inglés vacilante.

—Gracias. ¿Tú poder ayudarme?

—¿En qué puedo servirle? —La mujer hablaba poco a poco, con el fin de ayudar a su cliente en potencia—. ¿Le apetece una señorita de compañía?

—Sí, por favor. Hoy mi hermano Klaus tiene chica, muy bonita. Pelo rojo. Quiero la misma. Para mañana, por favor.

—¿Su hermano Klaus ha venido aquí?

La voz adoptó de pronto un tono animado, como si fueran viejos amigos.

—Sí. Es muy gordo. Le recuerdas, ¿no?

—¿Dice que ha estado hoy aquí?

Becker oyó que pasaba las páginas de una agenda. No habría ningún Klaus en la lista, pero imaginó que los clientes no utilizarían casi nunca su verdadero nombre.

—Mmm, lo siento —se disculpó la mujer—. No le veo aquí. ¿Cómo se llama la chica con la que estuvo su hermano?

—Tenía pelo rojo —dijo Becker, esquivando la pregunta.

—¿Pelo rojo? —repitió la telefonista. Hizo una pausa—. Esto es el Servicio Social de Sevilla. ¿Está seguro de que su hermano vino aquí?

—Seguro, sí.

—No tenemos pelirrojas, señor. Sólo tenemos bellezas puras de Andalucía.

—Pelo rojo —repitió él, sintiéndose como un estúpido.

—Lo siento, no tenemos pelirrojas, pero si usted...

—Se llama Dewdrop —barboteó, sintiéndose todavía más estúpido.

El ridículo nombre no pareció significar nada para la mujer. Se disculpó, sugirió que se estaba confundiendo de agencia y colgó.

Uno a cero.

Becker frunció el ceño y marcó el siguiente número. Le contestarón al instante.

—Buenas noches, Mujeres España. ¿En qué puedo ayudarle?

Becker repitió la misma historia, un turista alemán deseoso de pagar sus buenos dólares por una chica de pelo rojo que había salido hoy con su hermano.

Esta vez, la respuesta fue en educado alemán, pero tampoco había pelirrojas.

—*Keine Rotköpfe*, lo siento.

La mujer colgó.

Dos a cero.

Becker contempló el listín telefónico. Sólo quedaba un número. Se le había acabado la cuerda.

Marcó.

—Acompañantes Belén —contestó un hombre utilizando un tono muy zalamero.

Becker repitió su historia.

—Sí, sí, señor. Soy el señor Roldán. Será un placer ayudarle. Tenemos dos pelirrojas. Chicas encantadoras.

El corazón de Becker se aceleró.

—¿Muy bonitas? —repitió con acento alemán—. ¿Pelo rojo?

—Sí. ¿Cómo se llama su hermano? Le diré quién ha sido su acompañante de hoy. Se la enviaremos mañana.

—Klaus Schmidt.

Becker dijo de sopetón un nombre que recordaba de un libro de texto.

Una larga pausa.

—Bien, señor... No veo a ningún Klaus Schmidt en nuestro registro, pero tal vez su hermano prefirió ser discreto... ¿Quizá le espera una esposa en casa?

Soltó una risita.

—Sí, Klaus casado. Pero muy gordo. Su mujer no duerme con él. —Becker puso los ojos en blanco y se miró en el cristal de la cabina. *Si Susan pudiera oírme*, pensó—. Yo gordo y solo también. Quiero dormir con ella. Pagar mucho dinero.

Becker estaba realizando una interpretación extraordinaria, pero había ido demasiado lejos. La prostitución era ilegal en España, y el señor Roldán era un hombre precavido. Ya le habían engañado en otra ocasión guardias civiles disfrazados de turistas ansiosos. *Quiero dormir con ella.* Roldán sabía que era una trampa. Si decía que sí, le impondrían una multa colosal, y como siempre, tendría que ceder gratuitamente a una de sus más expertas acompañantes durante una semana al comisario de policía.

Cuando habló, su voz ya no era cordial.

—Señor, esto es Acompañantes Belén. ¿Puedo preguntar quién llama?

—Eeeh... Sigmund Schmidt —inventó Becker.

—¿Dónde ha conseguido el número?

—En las páginas amarillas de la guía telefónica.

—Sí, señor, porque somos un servicio de acompañantes.

—Sí. Quiero acompañante.

Becker presintió que algo iba mal.

—Señor, Acompañantes Belén es un servicio que proporciona acompañantes a hombres de negocios para comidas y cenas. Por eso salimos en el listín telefónico. Lo que hacemos es legal. Lo que usted está buscando es una prostituta.

Roldán pronunció la última palabra como si se tratara de una enfermedad nauseabunda.

—Pero mi hermano...

—Señor, si su hermano pasó el día besando a una chica en el parque, no era de las nuestras. Tenemos normas estrictas sobre la relación entre cliente y acompañante.

—Pero...

—Nos ha confundido con otros. Sólo tenemos dos pelirrojas, Inmaculada y Rocío, y ninguna permitiría que un hombre se acostara con ellas por dinero. Eso se llama prostitución, y es ilegal en España. Buenas noches, señor.

—Pero...

Clic.

Becker maldijo por lo bajo y colgó el teléfono. Tres a cero. Estaba seguro de que Cloucharde había dicho que el alemán había contratado a la chica para todo el fin de semana.

Becker salió de la cabina en el cruce de la calle Salado con avenida Asunción. Pese al tráfico, el dulce perfume de los naranjos de Sevilla impregnaba el aire. Era el crepúsculo, la hora más romántica. Pensó en Susan. Las palabras de Strathmore invadieron su mente: *Encuentre el anillo*. Becker se dejó caer en un banco y meditó el siguiente paso que tenía que dar.

¿Qué paso?

25

Las horas de visita habían terminado en la Clínica de Salud Pública. Las luces del gimnasio estaban apagadas. Pierre Cloucharde dormía. No vio la figura encogida sobre él. La aguja de una jeringa robada centelleó en la oscuridad. Después desapareció en el tubo de la intravenosa fija a la muñeca de Cloucharde. La hipodérmica contenía 30 centímetros cúbicos de líquido limpiador robado del carrito de un conserje. Un fuerte pulgar empujó el émbolo de la jeringa y el líquido azulino pasó a la vena del anciano.

Cloucharde sólo estuvo despierto unos segundos. Habría chillado de pánico si una fuerte mano no le hubiera tapado la boca. Estaba atrapado en el catre bajo un peso en apariencia inamovible. Sintió la bolsa de fuego que subía por su brazo. Un dolor insoportable atravesó su axila, su pecho, y después, como un millón de fragmentos de vidrio, alcanzó su cerebro. Cloucharde vio un brillante destello de luz... y luego nada.

El visitante aflojó su presa y escudriñó en la oscuridad el nombre que constaba en la gráfica médica. Después salió en silencio.

En la calle, el hombre con las gafas de montura metálica movió la mano hacia un pequeño aparato sujeto a su cinturón. Era del tamaño de una tarjeta de crédito. Se trataba del prototipo del nuevo ordenador Monocle. Desarrollado por la Marina de Estados Unidos para ayudar a los técnicos a medir voltajes de baterías en compartimentos reducidos de submarinos, el ordenador en miniatura contenía un módem y los más recientes avances en microtecnología. La pantalla era de cristal líquido transparente, y estaba montada en la lente izquierda de unas gafas. El Monocle inauguraba toda una nueva era en ordenadores personales. El usuario podía ahora consultar los datos sin dejar de interactuar con el mundo que le rodeaba.

Lo mejor del Monocle no era su pantalla en miniatura, sino su sistema de entrada de datos. El usuario introducía la información mediante diminutos contactos fijos a las yemas de sus dedos. Tocar los contactos secuencialmente imitaba una taquigrafía similar a la estenografía judicial. Después el ordenador traducía los símbolos al inglés.

El asesino oprimió un diminuto interruptor, y sus gafas cobraron vida. Empezó a teclear en rápida sucesión. Un mensaje apareció ante sus ojos.

ASUNTO: P. CLOUCHARDE. LIQUIDADO

Sonrió. Transmitir la notificación de sus asesinatos formaba parte de su misión, pero incluir el nombre de la víctima..., eso, para el hombre de gafas con montura metálica, era elegancia. Sus dedos destellaron de nuevo y el módem se activó.

MENSAJE ENVIADO

26

Becker, sentado en un banco que había enfrente de la clínica, se preguntaba qué debía hacer ahora. Sus llamadas a las agencias de acompañantes no habían dado fruto. El comandante, inquieto por la inseguridad de las comunicaciones desde un teléfono público, había pedido a David que no volviera a llamar hasta que tuviera el anillo. Becker acarició la idea de ir a pedir ayuda a la policía local (quizá tenían fichada a la prostituta pelirroja), pero Strathmore había dado órdenes estrictas al respecto. *Eres invisible. Nadie ha de saber que el anillo existe.*

Se preguntó si debía patearse el barrio de Triana, donde los camellos campeaban por sus fueros, en busca de la misteriosa mujer, o si tal vez debería recorrer todos los restaurantes a la caza del alemán obeso. Todo se le antojaba una pérdida de tiempo.

Las palabras de Strathmore no cesaban de acosarle: *Es una cuestión de seguridad nacional... Has de encontrar el anillo.*

Una vocecita en algún rincón de su mente le decía que había pasado algo por alto, algo crucial, pero no se le ocurría qué era, por mucho que le diera vueltas al asunto. *¡Soy un profesor, no un maldito agente secreto!* Estaba empezando a preguntarse por qué Strathmore no había enviado a un profesional.

Se levantó y bajó por la calle Delicias, mientras sopesaba sus opciones. La acera de adoquines se desdibujó ante su vista. Estaba anocheciendo a marchas forzadas.

Dewdrop.

Había algo en aquel nombre absurdo que le atormentaba. *Dewdrop.* La voz zalamera del señor Roldán era como un bucle infinito en su cabeza. *«Sólo tenemos dos pelirrojas. Dos pelirrojas, Inmaculada y Rocío... Rocío... Rocío...»*

Becker se detuvo en seco. De repente, lo supo. *¿Y me considero especialista en idiomas?* No podía creer que no se hubiera dado cuenta al instante.

Rocío era uno de los nombres femeninos más populares de España. Evocaba pureza, virginidad y la belleza natural de una joven católica. Las connotaciones de pureza derivaban del significado literal del nombre: *¡Rocío!*

La voz del viejo canadiense resonó en los oídos de Becker. *Dewdrop.* Rocío había traducido su nombre al único idioma que compartían su cliente y ella, el inglés. Becker, emocionado, corrió en busca de un teléfono. Al otro lado de la calle, un hombre con gafas de montura metálica le siguió a una distancia prudencial.

27

En la planta de Criptografía, a medida que las sombras se alargaban, las luces del techo, gobernadas por un sistema automatizado, fueron aumentando de intensidad gradualmente para compensar la penumbra. Susan aún seguía ante su terminal, a la espera de noticias del rastreador que había enviado. Estaba tardando más de la cuenta.

Su mente había estado divagando. Añoraba a David y deseaba que Greg Hale se fuera a casa. Si bien éste no se había movido de su sitio, al menos había guardado silencio, absorto en lo que estuviera haciendo en su terminal. A ella le importaba un pimiento lo que hiciera, siempre que no se acercara al monitor de control, pues un proceso que ya duraba dieciséis horas le habrían provocado un grito de incredulidad.

Susan estaba bebiendo su tercera taza de té cuando por fin su terminal emitió un pitido. Se le aceleró el pulso. El icono de un sobre apareció en la pantalla, anunciando la llegada de correo electrónico. Lanzó una breve mirada a Hale. Estaba absorto en su trabajo. Contuvo el aliento e hizo un doble clic en el sobre.

—Dakota del Norte —susurró—. Vamos a ver quién eres.

Cuando abrió el correo, se encontró con una sola línea. La leyó. Y volvió a leerla.

¿CENA EN ALFREDO'S A LAS 8?

Al otro lado de la sala, Hale contuvo una risita. Ella echó un vistazo al remitente.

DE: GHALE@crypto.nsa.gov

Susan experimentó una oleada de rabia, pero la reprimió. Eliminó el mensaje.

—Muy maduro, Greg.

—Tienen un *carpaccio* formidable —sonrió Hale—. ¿Qué me dices? Después, podríamos...

—Olvídalo.

—*Snob*.

Hale suspiró y volvió a enfrascarse en sus asuntos. Nunca lo conseguía con Susan Fletcher. La brillante criptógrafa era una constante frustración para él. Había fantaseado a menudo con hacer el amor con ella, acorralarla contra la cubierta curva de *Transltr* y poseerla encima de las cálidas losas negras. Pero Susan no quería saber nada de él. Y lo peor, según Hale, era que estaba enamorada de un profesor universitario que trabajaba como un esclavo por un sueldo miserable. Sería una pena que Susan malgastara su herencia genética superior procreando con un degenerado, sobre todo pudiendo hacerlo con Greg. *Tendríamos unos hijos perfectos*, pensó.

—¿En qué estás trabajando? —preguntó Hale, cambiando de táctica.

Susan no dijo nada.

—Menuda compañera *estás* hecha. ¿De veras que no puedo echar un vistazo?

Se levantó y empezó a rodear el círculo de terminales en dirección a ella.

Susan presintió que la curiosidad de Hale podía causar graves problemas. Tomó una repentina decisión.

—Es un diagnóstico —explicó, aprovechando la mentira del comandante.

Él paró en seco.

—¿Un diagnóstico? —Parecía dudoso—. ¿Dedicas un sábado a realizar un diagnóstico, en lugar de jugar con el profe?

—Se llama David.

—Da igual.

Susan le fulminó con la mirada.

—¿No tienes nada mejor que hacer?

—¿Intentas deshacerte de mí?

—Pues la verdad es que sí.

—Caramba, Sue, eso me ha dolido.

Ella entornó los ojos. Detestaba que la llamaran Sue. No tenía nada contra el apodo, pero Hale era el único que lo había utilizado.

—¿Y si te ayudo? —se ofreció él. Continuó avanzando hacia ella—. Los diagnósticos son mi fuerte. Además, me muero de ganas de ver qué diagnóstico es capaz de conseguir que la poderosa Susan Fletcher venga a trabajar un sábado.

Ella experimentó una descarga de adrenalina. Miró el ícono del rastreador en su pantalla. Sabía que no podía permitir que Hale lo viera. Haría demasiadas preguntas.

—Lo tengo controlado, Greg —dijo.

Pero el hombre siguió avanzando hacia ella. Susan sabía que debía actuar con rapidez. Hale estaba a sólo unos metros de distancia, cuando tomó una decisión. Se levantó y le cortó el paso. Su colonia era nauseabunda.

Le miró a los ojos.

—He dicho que no.

Él ladeó la cabeza, al parecer intrigado por aquella exhibición de secretismo. Se acercó más. Greg Hale no estaba preparado para lo que sucedió a continuación.

Con absoluta frialdad, Susan apoyó el dedo índice contra el musculoso pecho de Hale y le detuvo.

El hombre se quedó sorprendido. Por lo visto, hablaba en serio. Nunca le había tocado antes. No era el primer contacto que Hale había imaginado, pero ya era un principio. Le dirigió una mirada perpleja y regresó con parsimonia a su terminal. Mientras se sentaba, una cosa quedó muy clara: la encantadora Susan Fletcher estaba trabajando en algo importante, y seguro que no se trataba de un diagnóstico.

28

El señor Roldán estaba sentado a su mesa en Acompañantes Belén, felicitándose por haber frustrado el nuevo y patético intento de tenderle una trampa. Que un agente de la policía fingiera acento alemán y solicitara una chica para pasar la noche era una treta. ¿Qué inventarían a continuación?

El teléfono de la mesa zumbó. El señor Roldán descolgó con aire confiado.

—Buenas noches, Acompañantes Belén.

—Buenas noches —dijo la voz de un hombre en español, una voz algo nasal, como si estuviera resfriado—. ¿Eso es un hotel?

—No, señor. ¿A qué número ha llamado?

El señor Roldán no iba a permitir más trucos aquella noche.

—Treinta y cuatro sesenta y dos diez —dijo la voz.

Roldán frunció el ceño. La voz le resultaba vagamente familiar. Intentó localizar el acento. ¿De Burgos, tal vez?

—Ha marcado el número correcto —dijo con cautela—, pero es un servicio de acompañantes.

Hubo una pausa al otro lado de la línea.

—Oh... Entiendo. Lo siento. Alguien me dio este número. Pensaba que era un hotel. Estoy de visita, y vengo de Burgos. Lamento haberle molestado. Buenas...

—*¡Espere!*

El señor Roldán no pudo evitarlo. En el fondo, era un vendedor nato. ¿Le habría enviado alguien? ¿Un nuevo cliente del norte? No iba a permitir que la paranoia le estropeara un negocio.

—Amigo mío —se apresuró a decir—, me había imaginado por su acento, que era de Burgos. Yo soy de Valencia. ¿Que le trae a Sevilla?

—Vendo joyas. Perlas Majórica.

—¡Vaya, Majórica! Debe de viajar mucho.

La voz tosió con bronquedad.

—Sí, ya lo creo.

—¿Ha venido en viaje de negocios? —insistió Roldán. Aquel tipo no podía ser un guardia civil. Era un cliente con C mayúscula—. Déjeme adivinarlo. ¿Un amigo le dio nuestro número? Le aconsejó que nos llamara. ¿Estoy en lo cierto?

La voz estaba avergonzada.

—Bien, la verdad es que no se trata de eso.

—No sea tímido, señor. Somos un servicio de acompañantes, y no hay nada de qué avergonzarse. Chicas encantadoras, cenas, eso es todo. ¿Quién le dio nuestro número? Tal vez sea un cliente habitual. Le haré un precio especial.

La voz parecía turbada.

—Ah... Nadie me dio este número. Lo encontré con un pasaporte. Intento localizar al propietario.

El corazón de Roldán dio un vuelco. Este hombre no iba a ser un cliente.

—¿Dice que encontró el número?

—Sí, hoy encontré el pasaporte de un hombre en un parque. Su número estaba apuntado dentro, en un pedazo de papel. Pensé que era el hotel del hombre. Confiaba en poder devolverle el pasaporte. Me he equivocado. Lo dejaré en cualquier comisaría de policía camino de...

—Perdón —le interrumpió Roldán nervioso—. ¿Quiere que le sugiera una idea mejor? —El hombre se enorgullecía de su discreción, y las visitas a la Guardia Civil conseguían que sus clientes pasaran a ser ex clientes—. Piense en esto —añadió—. Como el hombre del pasaporte tenía nuestro número, debe de ser un cliente. Quizá podría ahorrarle la visita a la policía.

La voz vaciló.

—No sé. Debería...

—No se apresure, amigo mío. Me avergüenza admitir que la policía de Sevilla no siempre es tan eficaz como la del norte. Podrían pasar *días* antes de que ese hombre recuperara su pasaporte. Si me dice su nombre, yo podría encargarme de que recibiera el pasaporte de *inmediato*.

—Sí, bien... Supongo que no hay nada malo en ello... Es un nombre alemán. No sé pronunciarlo bien... Gusta... ¿Gustafson?

A Roldán no le sonaba, pero tenía clientes de todo el mundo. Nunca dejaban su nombre verdadero.

—¿Qué aspecto tiene en la foto? Tal vez puedo reconocerle.

—Bien... —dijo la voz—. La cara es muy gorda.

El hombre de la agencia supo al instante de quién se trataba. Recordaba bien la cara obesa. Era el hombre que había contratado los servicios de Rocío. Se le antojó extraño recibir dos llamadas en una sola noche relacionadas con el alemán.

—¿El señor Gustafson? —Roldán forzó una risita—. ¡Por supuesto! Le conozco bien. Si me trae el pasaporte, me encargaré de que lo reciba.

—Estoy en el centro sin coche —interrumpió la voz—. ¿Por qué no nos encontramos en algún sitio?

—De hecho —alegó Roldán—, no puedo abandonar el teléfono, pero no estamos tan lejos...

—Lo siento, es tarde para mí. Hay un cuartelillo de la Guardia Civil aquí cerca. Lo dejaré allí, y cuando vea al señor Gustafson, dígale dónde está.

—¡No, espere! —gritó Roldán—. No hace falta implicar a la policía. ¿Ha dicho que está en el centro? ¿Conoce el hotel Alfonso XIII? Es uno de los mejores de la ciudad.

—Sí —dijo la voz—. Conozco el Alfonso XIII. Está cerca.

—¡Maravilloso! El señor Gustafson se hospeda en él esta noche. Es probable que le encuentre ahora.

La voz vaciló.

—Entiendo. Bien, pues... Supongo que no habrá ningún problema.

—¡Maravilloso! Está cenando con una de nuestras acompañantes en el restaurante del hotel. —Roldán sabía que ya debían estar en la cama, pero tenía que tener cuidado para no ofender la refinada sensibilidad de la persona con la que estaba hablando—. Deje el pasaporte al conserje. Se llama Manuel. Dígale que yo le he enviado. Pídale que se lo dé a Rocío. Ella es la acompañante del señor Gustafson esta noche. Se ocupará de devolverle el pasaporte. Deje su nombre y dirección dentro. Tal vez el señor Gustafson quiera darle las gracias.

—Buena idea. El Alfonso XIII. Muy bien, lo llevaré ahora mismo. Gracias por su ayuda.

David Becker colgó el teléfono.

—Alfonso XIII. —Lanzó una risita—. Sólo hay que saber cómo preguntar.

Momentos después, una figura silenciosa siguió a Becker por la calle Delicias hasta perderse en la noche de Andalucía.

29

Aún nerviosa por su encontronazo con Hale, Susan miró por el cristal unidireccional de Nodo 3. La planta de Criptografía estaba desierta. Hale guardaba silencio, absorto. Ojalá se marchara, deseó Susan.

Se preguntó si debía llamar a Strathmore. El comandante podría echar a Hale a patadas. Al fin y al cabo, era sábado. No obstante, sabía que si le echaban, sus sospechas se despertarían al instante. Tal vez empezaría a llamar a otros criptógrafos para preguntarles qué estaba pasando. Susan decidió que lo mejor era dejarle en paz. No tardaría en marcharse.

Un algoritmo indescifrable. Suspiró, y sus pensamientos regresaron a fortaleza digital. Le asombraba que un algoritmo como ése pudiera crearse, pero tenía la prueba delante de sus narices. Al parecer, *Transltr* no podía hacer nada contra él.

Pensó en Strathmore, cargado con el peso de semejante desastre, haciendo lo que era necesario, frío y contenido.

A veces, Susan veía a David en Strathmore. Compartían muchas cualidades: tenacidad, dedicación, inteligencia. En ocasiones, pensaba que Strathmore estaría perdido sin ella. La pureza de su amor por la criptografía parecía ser un salvavidas emocional para Strathmore, que le permitía sobrevivir en el mar embravecido de la política y le recordaba sus primeros tiempos de criptoanalista.

Susan también dependía de Strathmore. Era su refugio en un mundo de hombres sedientos de poder, contribuía a su desarrollo profesional, la protegía y, como solía bromear a menudo, convertía sus sueños en realidad. Algo de cierto había en ello, pensó. Aunque no entraba en sus planes, al fin y al cabo había sido él quien hizo la llamada que trajo a David Becker a la NSA aquella tarde trascendental. Su mente voló hacia él, y sus ojos se desviaron por puro instinto hacia el atril que había al lado del teclado. Había un breve fax pegado con celo encima.

El fax llevaba allí siete meses. Era el único código que Susan Fletcher aún no había descifrado. Era de David. Lo leyó por centésima vez.

TE RUEGO QUE ACEPTES ESTE HUMILDE FAX
MI AMOR POR TI ES SIN CERA

Se lo había enviado después de una discusión sin importancia. Ella le había suplicado durante meses que le explicara su significado, pero él se había negado. *Sin cera.* Era la venganza de David. Susan le había enseñado muchas cosas acerca de descifrar códigos, y para entrenarle se había dedicado a codificar todos los mensajes que le enviaba con cifrados sencillos. Listas de la compra, notas de amor, todo iba codificado. Después él había decidido devolverle el favor. Había empezado a firmar sus cartas «Sin cera, David». Conservaba más de dos docenas de notas de David. Todas iban firmadas de la misma manera. *Sin cera.*

Susan le suplicaba que le explicara el significado oculto, pero él no decía nada. Siempre que le preguntaba, se limitaba a sonreír y decía: «Tú eres la criptoanalista».

La jefa de Criptografía de la NSA lo había probado todo: sustituciones, cajas de cifras, incluso anagramas. Había sometido las palabras «sin cera» al análisis del ordenador, que reagrupó las letras en frases nuevas. Sólo había obtenido CESI RAN. Por lo visto, Ensei Tankado no era el único capaz de escribir códigos indescifrables.

El sonido de las puertas neumáticas al abrirse interrumpió sus pensamientos. Strathmore entró.

—¿Algo nuevo, Susan? —El comandante vio a Greg Hale y paró en seco—. Vaya, buenas noches, señor Hale. —Frunció el ceño y entornó los ojos—. Un sábado, nada menos. ¿A qué se debe el honor?

Hale sonrió con inocencia.

—Sólo comprobar que sigo en forma.

—Entiendo —gruñó Strathmore, mientras sopesaba sus opciones. Al cabo de un momento, también decidió no dar motivo de sospechas a Hale. Se volvió con frialdad hacia Susan—. Señorita Fletcher, ¿podría hablar con usted a solas un momento? —Susan vaciló.

—Sí, señor. —Dirigió una mirada inquieta a su monitor, y después a Greg Hale—. Sólo un momento.

Mediante una combinación de teclas activó un programa llamado ScreenLock. Era para asegurar la privacidad. Todas las terminales de Nodo 3 venían equipadas con él. Como las terminales estaban conectadas las veinticuatro horas del día, ScreenLock permitía a los criptógrafos abandonar sus puestos de trabajo con la tranquilidad de saber que nadie fisgonearía en sus achivos. Susan tecleó su código personal de cinco caracteres y la pantalla quedó en blanco. Seguiría así hasta que volviera y tecleara otra vez su código.

Después se puso los zapatos y siguió al comandante.

—¿Qué diablos está haciendo ése aquí? —preguntó Strathmore en cuanto Susan y él estuvieron fuera de Nodo 3.

—Lo de siempre —contestó Susan—. Nada.

El comandante parecía preocupado.

—¿Ha comentado algo acerca de *Transltr*?

—No, pero si tiene acceso al monitor de control y ve que el proceso ya registra diecisiete horas, entonces sí que dirá algo.

Strathmore reflexionó.

—No hay motivos para que acceda a él.

Susan le miró.

—¿Quiere echarle?

—No. Le dejaremos quedarse. —Echó un vistazo a la oficina de Sys-Sec—. ¿Chartrukian se ha marchado ya?

—No lo sé. No le he visto.

—Santo Dios —gruñó Strathmore—. Esto es un circo. —Se pasó una mano por la barba incipiente que oscurecía su cara desde hacía treinta y seis horas—. ¿Alguna información del rastreador? Tengo la impresión de no estar haciendo nada.

—Aún no. ¿Alguna noticia de David?

Él sacudió la cabeza.

—Le pedí que no me llamara hasta que tuviera el anillo.

Susan se sorprendió.

—¿Por qué? ¿Y si necesita ayuda?

Strathmore se encogió de hombros.

—No puedo ayudarle desde aquí. Está solo. Además, prefiero no hablar por líneas poco seguras, alguien podría estar escuchando.

Susan le miró con sorpresa y preocupación.

—¿Qué significa eso?

El comandante intentó disculparse. Esbozó una sonrisa tranquilizadora.

—David está bien. Sólo soy precavido.

A nueve metros de donde estaban conversando, oculto por el cristal unidireccional de Nodo 3, Greg Hale se hallaba de pie ante la terminal de Susan. La pantalla estaba en blanco. Miró a Susan y al comandante. Después buscó su cartera, extrajo una pequeña tarjeta y la leyó.

Cerciorándose de que seguían hablando, pulsó con cuidado cinco teclas. Un segundo después el monitor cobró vida.

—¡Bingo! —exclamó eufórico.

Robar los códigos personales de los usuarios de las terminales de Nodo 3 había sido fácil. En Nodo 3, las terminales tenían teclados idénticos. Hale se había llevado a casa su teclado una noche e instalado un chip que grababa todas las pulsaciones efectuadas en él. Al día siguiente, había llegado temprano, intercambiado su teclado modificado con el de otra persona y esperado. Al final del día, hizo el cambio y vio los datos registrados en el chip. Aunque había millones de pulsaciones por examinar, encontrar el código de acceso fue sencillo. Lo primero que hacía cualquier criptógrafo por la mañana era teclear el código personal que desbloqueaba su terminal. Por lo tanto, el trabajo de Hale era breve: el código personal siempre aparecía en los cinco primeros caracteres de la lista.

Era irónico, pensó mientras miraba el monitor de Susan. Había robado los códigos de seguridad por pura diversión. Se alegraba ahora de haberlo hecho. El programa que apareció en la pantalla de la jefa de Criptografía parecía importante.

Hale se quedó perplejo un momento. Estaba escrito en LIMBO, que no era una de sus especialidades. Sin embargo, le bastó con echarle un vistazo para darse cuenta de que aquello no era un diagnóstico. Sólo entendió dos palabras. Pero eran suficientes.

RASTREADOR BUSCANDO...

—¿Rastreador? —preguntó en voz alta—. ¿Buscando qué?

Se sintió inquieto de repente. Estuvo un momento estudiando la pantalla de Susan. Después tomó una decisión.

Hale comprendía lo suficiente el lenguaje de programación LIMBO para saber que se basaba en otros dos, C y Pascal, que sí conocía. Alzó la vista para comprobar que Strathmore y Susan seguían hablando fuera e improvisó. Entró unas pocas órdenes Pascal modificadas y pulsó la tecla ENTER. La ventana de estado del rastreador respondió tal como había esperado.

¿ABORTAR RASTREADOR?

Se apresuró a teclear SÍ.

¿ESTÁ SEGURO?

Al cabo de un momento, el ordenador emitió un pitido.

RASTREADOR ABORTADO

Hale sonrió. La terminal acababa de enviar un mensaje ordenando al rastreador de Susan que se autodestruyera prematuramente. Lo que la mujer estaba buscando tendría que esperar.

Con cuidado de no dejar ningún rastro, navegó por el árbol de registro de actividades del sistema y borró todas las órdenes que acababa de teclear. Después volvió a introducir el código de privacidad de Susan.

La pantalla quedó en blanco.

Cuando ella regresó a Nodo 3, Greg Hale estaba sentado en silencio ante su terminal.

30

El Alfonso XIII era un pequeño hotel de cuatro estrellas apartado de la Puerta de Jerez, y rodeado por una gruesa verja de hierro forjado y de lilas. David subió la escalinata de mármol. Cuando llegó a la puerta, ésta se abrió como por arte de magia y un botones le franqueó el paso.

—¿Equipaje, señor? ¿Puedo ayudarle?

—No, gracias. Voy a recepción.

El botones se mostró dolido, como si su encuentro de dos segundos no hubiera sido satisfactorio.

—Por aquí, señor.

Guió a Becker hasta el vestíbulo, señaló la recepción y se marchó a toda prisa.

El vestíbulo era exquisito, pequeño y amueblado con elegancia. La Edad de Oro de España había quedado muy atrás, pero durante un tiempo, a mediados del siglo XVI, esta pequeña nación había gobernado el mundo. La sala era un orgulloso recordatorio de esa época: armaduras, grabados militares y vitrinas con lingotes de oro del Nuevo Mundo.

Detrás del mostrador, en el que un rótulo anunciaba CONSERJE, había un hombre apuesto e impecablemente vestido, con una sonrisa tan ansiosa como si hubiera estado esperando toda la vida a prestar su ayuda.

—¿En qué puedo servirle, señor?

Hablaba con un ceceo pronunciado, y miró a Becker de arriba abajo.

Él contestó en español.

—He de hablar con Manuel.

La sonrisa del hombre bronceado se hizo más amplia todavía.

—Sí, sí, señor, yo soy Manuel. ¿Qué desea?

—El señor Roldán, de Acompañantes Belén, me ha dicho que usted...

El recepcionista silenció a Becker con un ademán y paseó una mirada nerviosa a su alrededor.

—Acompáñeme. —Le condujo hasta el extremo del mostrador—. Bien —susurró—, ¿en qué puedo ayudarle?

Becker empezó de nuevo, y esta vez bajó la voz.

—He de hablar con una de sus chicas. Creo que está cenando aquí. Se llama Rocío.

El recepcionista expulsó el aliento, como abrumado.

—Ah, Rocío... Una hermosa criatura.

—He de verla de inmediato.

—Pero está con un cliente, señor.

Becker asintió con expresión compungida.

—Es importante.

Un asunto de seguridad nacional.

El recepcionista meneó la cabeza.

—Imposible. Tal vez si deja un...

—Sólo será un momento. ¿Está en el comedor?

El recepcionista negó con la cabeza.

—El comedor cerró hace media hora. Temo que Rocío y su invitado ya se habrán retirado. Si quiere dejar un mensaje, se lo entregaré por la mañana.

Indicó la fila de casillas numeradas para mensajes que había detrás de él.

—Si pudiera llamar a su habitación y...

—Lo siento —dijo el recepcionsta, cuya cortesía se estaba evaporando—. La política del Alfonso XIII es muy estricta en lo concerniente a la intimidad de los clientes.

Becker no tenía la menor intención de esperar diez horas a que un gordo y una prostituta bajaran a desayunar.

—Lo comprendo —dijo—. Siento molestarle.

Dio media vuelta y se alejó hacia el vestíbulo. Se encaminó sin vacilar a una mesa de cerezo que había visto al entrar, encima de la cual descansaban postales y artículos de escritorio del Alfonso XIII, así como bolígrafos y sobres. Becker metió una hoja de papel en blanco dentro de un sobre y escribió una palabra en el sobre.

ROCÍO.

Después volvió a la recepción.

—Siento molestarle de nuevo —dijo Becker en tono tímido—. Sé que parece una tontería, pero quería decirle en persona a Rocío lo bien que lo pasé con ella el otro día. Lo que ocurre es que me voy de la ciudad esta noche. Le dejaré una nota.

Becker dejó el sobre encima del mostrador.

El recepcionista miró el sobre. *Otro heterosexual enamorado*, pensó. *Qué desperdicio.* Alzó la vista y sonrió.

—Naturalmente, señor...

—Buisán —dijo Becker—. Miguel Buisán.

—No se preocupe, señor Buisán. Me ocuparé de que Rocío lo reciba por la mañana.

—Gracias.

Becker sonrió e hizo ademán de marcharse.

El recepcionista, después de regodearse discretamente con el trasero del supuesto señor Buisán, recogió el sobre y se volvió hacia la hilera de casillas numeradas que tenía detrás. Justo cuando el hombre metía el sobre en una casilla, Becker se volvió con una última pregunta.

—¿Dónde puedo coger un taxi?

El recepcionista se volvió y contestó, pero Becker no necesitó oír su respuesta. Había elegido el momento perfecto. La mano del recepcionista emergía de una casilla con el rótulo Suite 301.

Le dio las gracias y se alejó con parsimonia en busca de un ascensor.

Ir y volver, se dijo a sí mismo.

31

Susan regresó a Nodo 3. Su conversación con Strathmore había contribuido a aumentar su inquietud por la seguridad de David. Su imaginación se había desbocado.

—Bien —dijo Hale desde su terminal—, ¿qué quería Strathmore? ¿Una velada romántica a solas con su jefa de Criptografía?

Susan hizo caso omiso del comentario y se acomodó ante su terminal. Tecleó su código personal y la pantalla cobró vida. Apareció el programa del rastreador. Aún no había vuelto con información sobre Dakota del Norte.

Maldita sea, pensó Susan. *¿Por qué tarda tanto?*

—Pareces un poco tensa —dijo Hale en tono inocente—. ¿Tu diagnóstico te da problemas?

—Nada grave —contestó ella, pero no estaba tan segura. El rastreador se demoraba más de la cuenta. Se preguntó si habría cometido alguna equivocación al enviarlo. Empezó a examinar las largas líneas de la programación LIMBO en la pantalla, en busca de algo que estuviera reteniendo la información.

Hale la observó con aire de suficiencia.

—Ah, quería preguntarte una cosa —dijo Hale—. ¿Qué opinas de ese algoritmo indescifrable que Ensei Tankado estaba programando?

El estómago de Susan se revolvió. Levantó la vista.

—¿Un algoritmo indescifrable? —se contuvo—. Ah, sí... Creo que he leído algo al respecto.

—Una afirmación increíble.

—Sí —contestó ella, y se preguntó por qué Hale había sacado el tema a colación—. No me lo trago. Todo el mundo sabe que un algoritmo indescifrable es una imposibilidad matemática.

Él sonrió.

—Oh, sí... El Principio de Bergofsky.

—Y el sentido común —replicó ella.

—¿Quién sabe...? —Hale exhaló un suspiro melodramático—. Hay más cosas en el cielo y en la tierra de lo que hay en tu filosofía.

—¿Perdón?

—Shakespeare —explicó Hale—. *Hamlet*.

—¿Leíste mucho cuando estabas en la cárcel?

Él lanzó una risita.

—En serio, Susan, ¿crees posible que Tankado haya podido crear un algoritmo indescifrable?

La conversación la estaba poniendo nerviosa.

—Bien, nosotros no podríamos hacerlo.

—Quizá Tankado es mejor que nosotros.

—Quizá.

Susan se encogió de hombros para fingir desinterés.

—Mantuvimos correspondencia un tiempo —dijo con indiferencia Hale—. Tankado y yo. ¿Lo sabías?

Ella levantó la vista e intentó disimular su sorpresa.

—¿De veras?

—Sí. Después de que yo descubriera el algoritmo de Skipjack, me escribió. Dijo que éramos hermanos en la lucha global a favor de la privacidad digital.

Susan apenas pudo disimular su incredulidad. *¡Hale conoce a Tankado en persona!* Hizo lo posible por demostrar desinterés.

Él prosiguió.

—Me felicitó por demostrar que Skipjack tenía una puerta trasera. Lo llamó un golpe a favor del derecho a la privacidad de los ciudadanos de todo el mundo. Has de admitir, Susan, que la puerta trasera de Skipjack era jugar sucio. ¿Leer el correo electrónico de todo el mundo? Si quieres saber mi opinión, Strathmore merecía que le descubrieran.

—Greg —replicó ella con brusquedad, reprimiendo su cólera—, esa puerta trasera era para que la NSA pudiera descodificar correo electrónico que amenazara la seguridad de este país.

—¿De veras? —suspiró con inocencia Hale—. ¿Y espiar al ciudadano común y corriente era una simple consecuencia afortunada?

—Nosotros no espiamos al ciudadano común y corriente, y tú lo sabes. El FBI puede intervenir teléfonos, pero eso no significa que escuchen todas las llamadas.

—Si contaran con personal suficiente, lo harían.

Susan hizo caso omiso del comentario.

—Los gobiernos deberían tener derecho a reunir información que amenace al bien común.

—Santo Dios —suspiró Hale—, parece que Strathmore te ha lavado el cerebro. Sabes muy bien que el FBI no puede escuchar lo que le da la gana. Necesita una orden judicial. Una norma de encriptación oculta significaría que la NSA podría escuchar a *quien quisiera, cuando y donde quisiera.*

—Tienes razón, ¡y deberíamos poder hacerlo! —Susan habló con voz ronca de rabia—. Si no hubieras descubierto la puerta trasera de Skipjack, tendríamos acceso a todos los códigos que necesitamos descifrar, en lugar de tan sólo los que *Transltr* es capaz de manejar.

—Si no hubiera encontrado esa puerta trasera —arguyó Hale—, otro lo habría hecho. Salvé vuestro culo al descubrirla cuando lo hice. ¿Te imaginas el escándalo que se hubiera armado si Skipjack hubiera estado en funcionamiento cuando saltó la noticia?

—En cualquier caso —se revolvió Susan—, ahora tenemos una EFF paranoica, convencida de que ponemos puertas traseras en todos nuestros algoritmos.

Hale sonrió con presunción.

—¿Y no es verdad?

Ella le miró con frialdad.

—Eh —dijo él, en retirada—, es una cuestión discutible. Inventasteis *Transltr*. Tenéis vuestra fuente de información instantánea. Podéis leer lo que os dé la gana, cuando os da la gana, sin que nadie pregunte. Habéis ganado.

—¿No querrás decir «hemos ganado»? Tengo entendido que trabajas para la NSA.

—No por mucho tiempo —gorjeó Hale.

—No hagas promesas.

—Hablo en serio. Algún día me largaré.

—No sé si lo podré soportar.

En aquel momento, Susan tuvo ganas de maldecir a Hale por todo lo que iba mal. Quiso maldecirle por fortaleza digital, por sus problemas con David, por el hecho de que no estaba en su refugio de las Smoky Mountains, pero nada de ello era por su culpa. Hale sólo era culpable de ser odioso. Susan tenía que estar por encima de eso. Como jefa de Criptografía, su responsabilidad era mantener la paz, educar. Hale era joven e ingenuo.

Le miró. Era frustrante, pensó, que Hale poseyera talento para estar en Criptografía, pero que aún no hubiera comprendido la importancia de lo que la NSA hacía.

—Greg —dijo Susan, con voz serena y controlada—, hoy estoy sometida a una gran presión. Sólo me enfado cuando hablas de la NSA como si fuéramos una especie de mirones compulsivos dotados de alta tecnología. Esta organización fue fundada con un único propósito: proteger la seguridad de esta nación. Esto quizás implique sacudir algunos árboles y buscar las manzanas podridas de vez en cuando. Creo que la mayoría de ciudadanos sacrificarían de buen grado un poco de su privacidad con tal de saber que los malos no pueden actuar sin que los vigilemos.

Hale no dijo nada.

—Tarde o temprano —continuó Susan— la gente de esta nación ha de depositar su confianza en algún sitio. El bien abunda, pero hay mucho mal suelto. Alguien ha de tener acceso a todo y separar el trigo de la cizaña. Ése es nuestro trabajo. Nuestro deber. Nos guste o no, hay una frágil puerta que separa la democracia de la anarquía. La NSA custodia esa puerta.

Hale asintió con aire pensativo.

—*Quis custodiet ipsos custodes?*

Susan le miró perpleja.

—Es latín —aclaró Hale—. De las *Sátiras* de Juvenal. Significa «¿Quién vigilará a los vigilantes?»

—No lo entiendo —dijo Susan—. ¿Quién vigilará a los vigilantes?

—Sí. Si nosotros somos los vigilantes de la sociedad, ¿quién nos vigilará y procurará que no seamos peligrosos?

Susan no supo qué contestar.

Hale sonrió.

—Así firmaba Tankado las cartas que me enviaba. Era su dicho favorito.

32

David Becker se detuvo ante la suite 301. Sabía que detrás de la puerta ornamentada estaba el anillo. *Un asunto de seguridad nacional.*

Oyó movimientos dentro de la habitación. Una conversación apagada. Llamó con los nudillos. Respondió alguien con un profundo acento alemán.

—*Ja?*

Becker guardó silencio.

—*Ja?*

La puerta se abrió apenas, y una rotunda cara germánica se asomó por el resquicio.

Becker sonrió cortésmente. No sabía el nombre del huésped.

—*Deutscher, ja?*

El hombre asintió vacilante.

Becker continuó en un alemán perfecto.

—¿Puedo hablar con usted un momento?

El hombre le dirigió una mirada inquieta.

—*Was willst Du?* —«¿Qué quieres?», le preguntó

Becker cayó en la cuenta de que tendría que haber ensayado antes de llamar a la puerta de un desconocido. Buscó las palabras adecuadas.

—Usted tiene algo que yo necesito.

Por lo visto, no eran las palabras adecuadas. El alemán entornó los ojos.

—*Ein Ring* —dijo Becker—. *Sie haben einen Ring.* Usted tiene un anillo.

—Lárgate —gruñó el alemán. Se dispuso a cerrar la puerta. Sin pensarlo dos veces, Becker impidió con el pie que lo hiciera. Se arrepintió al instante de su reacción.

El alemán abrió los ojos como platos.

—*Was tust Du?* —preguntó. «¿Qué estás haciendo?»

Becker sabía que el hombre no entendía nada. Miró nervioso en ambas direcciones del pasillo. Ya le habían echado de la clínica. No tenía la menor intención de repetir la jugada.

—*Nimm deinen Fuss weg!* —vociferó el alemán. «¡Quita el pie de ahí!»

Becker examinó los dedos gordezuelos del alemán en busca de un anillo. Nada. *Estoy tan cerca*, pensó.

—*Ein Ring!* —repitió una vez más cuando la puerta se cerró en sus narices.

David Becker permaneció inmóvil un largo momento en el pasillo. Una réplica de un cuadro de Salvador Dalí colgaba cerca.

—Muy adecuado —gruñó. *Surrealismo. Estoy atrapado en un drama absurdo.* Había despertado aquella mañana en su cama, pero, sin saber cómo, había terminado en España, irrumpiendo en la habitación de un desconocido para buscar un anillo mágico.

La voz serena de Strathmore le devolvió a la realidad: *Has de encontrar ese anillo.*

Respiró hondo y expulsó de su mente las palabras. Quería regresar a casa. Volvió a mirar la habitación 301. Su billete de vuelta estaba al otro lado: un anillo de oro. Lo único que debía hacer era apoderarse de él.

Exhaló aire. Después regresó a la suite 301 y llamó con violencia a la puerta. Había llegado el momento de jugársela.

El alemán abrió la puerta y empezó a protestar, pero Becker le interrumpió. Exhibió una fracción de segundo su tarjeta del club de squash y ladró:

—*Polizei!*

Después entró en la habitación y encendió las luces.

El alemán giró en redondo sorprendido.

—*Was machst...?* —«¿Que haces?», le preguntó.

—¡Silencio! —Becker cambió al inglés—. ¿Tiene a una prostituta en esta habitación?

Becker miró a su alrededor. Era la habitación de hotel más lujosa que había visto en su vida. Rosas, champán, una enorme cama con dosel. No vio a Rocío en ninguna parte. La puerta del cuarto de baño estaba cerrada.

—*Prostituiert?*

El alemán lanzó una mirada inquieta al cuarto de baño cerrado. El hombre era más grande de lo que Becker había imaginado. Su pecho peludo empezaba justo debajo de su triple papada y descendía hacia su colosal panza. El cinturón del albornoz blanco apenas conseguía rodearle la cintura.

Becker le lanzó al gigante su mirada más intimidante.

—¿Cómo se llama?

Una expresión de pánico cruzó el corpulento rostro del alemán.

—*Was willst Du?* —«¿Qué quieres?», preguntó.

—Pertenezco al grupo de la Guardia Civil de Sevilla encargado de velar por la seguridad de los turistas. ¿Tiene a una prostituta en esta habitación?

El alemán dirigió una mirada nerviosa al cuarto de baño. Vaciló.

—*Ja* —admitió por fin.

—¿Sabe que esto es ilegal en España?

—*Nein* —mintió el alemán—. No lo sabía. La enviaré a su casa ahora mismo.

—Temo que ya es demasiado tarde —dijo Becker en tono autoritario. Se adentró más en la habitación—. Voy a hacerle una propuesta.

—*Ein Vorchslag?* —«¿Una propuesta?», preguntó el alemán.

—Sí. Puedo llevarle al cuartel ahora mismo...

Becker hizo una pausa dramática mientras hacía crujir sus nudillos.

—¿O qué? —preguntó el alemán con los ojos dilatados de miedo.

—O hacemos un trato.

—¿Qué clase de trato?

El alemán había oído historias sobre la corrupción de la Guardia Civil española.

—Usted tiene algo que yo quiero —dijo Becker.

—¡Sí, por supuesto! —sonrió el alemán. Se dirigió de inmediato al guardarropa para sacar el billetero—. ¿Cuánto?

Becker fingió indignación.

—¿Intenta sobornar a un agente de la ley? —chilló.

—¡No! ¡Claro que no! Pensaba... —El hombre obeso guardó en el acto la cartera—. Yo... Yo... —Estaba totalmente confuso. Se desplomó en una esquina de la cama y se retorció las manos. La cama crujió bajo su peso—. Lo siento.

Becker sacó una rosa del jarrón que había en el centro de la habitación y la olió, antes de dejarla caer al suelo. Se volvió.

—¿Qué puede decirme acerca del asesinato?

El aleman palideció.

—*Mord?* ¿Asesinato?

—Sí. El asiático de esta mañana. En el parque. Fue un asesinato. *Ermordung.*

Le gustaba la palabra alemana que significaba asesinato. *Ermordung.* Era escalofriante.

—*Ermordung?* ¿Fue...?

—Sí.

—Pero..., pero eso es imposible —dijo con voz estrangulada el alemán—. Yo estaba allí. Sufrió un infarto. Lo vi. Ni sangre, ni balas.

Becker meneó la cabeza con aire condescendiente.

—Las apariencias engañan.

El hombre palideció todavía más.

Becker se regocijó. La mentira había sido útil. El pobre alemán sudaba profusamente.

—¿Qué... qué quiere? —balbuceó—. Yo no sé nada.

Becker iba de un lado a otro de la habitación.

—El hombre asesinado llevaba un anillo. Lo necesito.

—No lo tengo.

Becker suspiró con aire paternal y señaló la puerta del cuarto de baño.

—¿Y Rocío?

El rostro del hombre se congestionó.

—¿Conoce a Rocío?

Se secó el sudor de su frente carnosa con la manga del albornoz. Estaba a punto de hablar, cuando la puerta del cuarto de baño se abrió.

Los dos hombres levantaron la vista.

Rocío Eva Granada se quedó inmóvil en el umbral. Una visión. Pelo rojo largo y flotante, perfecta piel ibérica, ojos de un castaño profundo, frente alta y despejada. Llevaba un albornoz igual que el del alemán. Estaba ceñido sin mucha fuerza sobre sus amplias caderas, y el cuello se abría para revelar su escote bronceado. Entró en el dormitorio, la confianza personificada.

—¿Puedo ayudarle? —preguntó en un inglés gutural.

Becker miró sin pestañear a la asombrosa mujer que tenía ante él.

—Necesito el anillo —dijo con frialdad.

—¿Quién es usted? —preguntó ella.

Él cambió al español con acento andaluz.

—Guardia Civil.

Ella rió.

—Imposible —contestó en español.

Becker sintió un nudo en la garganta. Estaba claro que Rocío era más dura que su cliente.

—¿Imposible? —repitió sin perder la frialdad—. ¿La llevo al cuartel para demostrarlo?

Rocío sonrió.

—No le avergonzaré aceptando su oferta. Bien, ¿quién es usted?

Él se aferró a su historia.

—Soy agente de la Guardia Civil.

Rocío avanzó hacia él con paso amenazador.

—Conozco a todos los agentes del cuerpo. Son mis mejores clientes.

Becker sintió que la mirada de la mujer le atravesaba. Alteró un poco la historia.

—Soy de un grupo especial encargado de velar por la seguridad de los turistas. Deme el anillo, de lo contrario tendré que llevarla al cuartel y...

—¿Y qué? —preguntó la mujer, al tiempo que enarcaba las cejas de manera burlona.

Becker guardó silencio. Le había ganado la partida. El plan se estaba volviendo contra él. *¿Por qué no me cree?*

Rocío se acercó más.

—No sé quién es usted o qué quiere, pero si no sale ahora mismo de esta habitación, llamaré a la seguridad del hotel, y la *verdadera* Guardia Civil le detendrá por hacerse pasar por un agente del cuerpo.

Becker sabía que Strathmore podría sacarle de la cárcel en cinco minutos, pero le había dejado muy claro que debía manejar el asunto con discreción. Ser detenido no entraba en sus planes.

Rocío se había detenido muy cerca de él y le miraba con ojos brillantes.

—De acuerdo —suspiró, revelando la derrota en su tono de voz. Abandonó el acento español—. Efectivamente, no soy de la policía de Sevilla. Una organización de Estados Unidos me ha enviado para localizar el anillo. Es lo único que puedo decir. Me han autorizado a pagarle por él.

Siguió un largo silencio.

Rocío dejó que sus palabras flotaran en el aire un momento, y luego sus labios se abrieron en una sonrisa astuta.

—¿Ve como no ha sido tan difícil? —Se sentó en una silla y cruzó las piernas—. ¿Cuánto puede pagar?

Becker disimuló un suspiro de alivio. No perdió el tiempo y fue al grano.

—Puedo pagarle setecientas cincuenta mil pesetas. Cinco mil dólares norteamericanos.

Era la mitad de lo que llevaba encima, pero debía representar diez veces el valor del anillo.

Rocío enarcó las cejas.

—Eso es mucho dinero.

—Sí. ¿Trato hecho?

Ella negó con la cabeza.

—Ojalá pudiera decirle que sí.

—¿Un millón de pesetas? —soltó Becker—. Es todo lo que tengo.

—Vaya vaya —sonrió la mujer—. Los norteamericanos no saben regatear. No duraría ni un día en nuestros mercados.

—En metálico, ahora mismo —dijo Becker, y se llevó la mano al sobre que guardaba en la chaqueta. *Sólo quiero volver a casa.*

Rocío sacudió la cabeza.

—No puedo.

Becker se encrespó.

—¿Por qué?

—Ya no tengo el anillo —dijo la mujer en tono de disculpa—. Ya lo he vendido.

33

Tokugen Numataka miró por la ventana y luego continuó paseando como un animal enjaulado. Aún no había recibido noticias de su contacto, Dakota del Norte. *¡Malditos norteamericanos! ¡No tienen sentido de la puntualidad!*

Le habría llamado, pero no tenía su número de teléfono. Numataka detestaba hacer negocios de esta manera, cuando no era él quien controlaba la situación.

Desde el primer momento había pensado que las llamadas de Dakota del Norte podían ser una treta, un competidor japonés que le estaba tomando el pelo. Ahora las dudas lo torturaban de nuevo. Decidió que necesitaba más información.

Salió como una exhalación de su despacho y bajó en ascensor al vestíbulo principal de Numatech. Sus empleados le hicieron reverencias a su paso. Él no creía ni por asomo que le querían. Las reverencias eran una cortesía japonesa que los empleados ofrecían hasta a los jefes más despiadados.

Numataka fue directamente a la centralita principal de la empresa. Todas las llamadas pasaban por una única operadora gracias a un Corenco 2000, una terminal de doce líneas. La mujer estaba ocupada, pero se levantó y dedicó una reverencia a a su jefe cuando éste entró.

—Siéntese —dijo el hombre con brusquedad.

La mujer obedeció.

—He recibido una llamada a las cinco menos cuarto por mi línea personal. ¿Puede decirme de dónde vino?

Numataka se reprendió por no haberlo hecho antes.

La operadora tragó saliva, nerviosa.

—Esta centralita carece de identificador de llamadas, señor, pero puedo ponerme en contacto con la compañía telefónica. Estoy segura de que nos podrá ayudar.

Numataka no albergaba duda alguna de que la compañía telefónica podría ayudarle. En esta era digital, la privacidad se había convertido en algo del pasado. Todo quedaba registrado. Las compañías telefónicas podían decirte con toda exactitud quién te había llamado y cuánto rato habíais hablado.

—Hágalo —ordenó—. Avíseme cuando lo sepa.

34

Susan estaba sentada sola en Nodo 3, esperando la respuesta del rastreador. Hale había decidido salir a tomar el aire, una decisión que ella agradecía. Sin embargo, aunque pareciera extraño, la soledad de Nodo 3 no le proporcionaba mucho consuelo. Se descubrió pensando en la relación entre Tankado y Hale.

—¿Quién vigilará a los vigilantes? —se dijo. *Quis custodiet ipsos custodes?* Las palabras no paraban de dar vueltas en su cabeza. Susan las expulsó de su mente.

Sus pensamientos volvieron a David, con la esperanza de que estuviera bien. Aún le costaba creer que hubiera ido a España. Cuanto antes encontraran la clave de acceso y acabaran con esto, mejor.

Susan ya no sabía cuánto tiempo llevaba esperando la respuesta del rastreador que había enviado. ¿Dos horas? ¿Tres? Miró hacia la desierta planta de Criptografía y deseó que su terminal emitiera un pitido. Sólo oyó el silencio. El sol de finales de verano se había puesto. Las luces fluorescentes automáticas del techo se habían encendido. Susan intuyó que el tiempo se estaba acabando.

Miró la pantalla y frunció el ceño.

—Venga —gruñó—. Has tenido mucho tiempo. —Movió el ratón y pulsó el botón de la ventana de estado del rastreador—. ¿Cuánto rato llevas detrás de la pista?

Susan abrió la ventana de estado del rastreador. Un reloj digital muy parecido al de *Transltr* mostraba el tiempo que el rastreador llevaba activo. Miró el monitor, esperando ver una lectura de horas y minutos, pero se encontró algo muy diferente. Cuando lo vio, la sangre se le heló en las venas.

RASTREADOR ABORTADO

—¡Rastreador abortado! —exclamó—. ¿Por qué?

Presa del pánico, consultó una serie de datos, analizó la programación para ver qué orden podía haber indicado al rastreador que abortara, pero la búsqueda fue en vano. Por lo visto, el rastreador se había autoanulado. Susan sabía que esto sólo podía significar una cosa: un «bicho» había infectado a su rastreador

Para Susan los «bichos» eran lo más enloquecedor de la programación informática. Como los ordenadores seguían un modo de operar escrupulosamente preciso, los errores de programación más minúsculos solían poseer efectos mortíferos. Simples errores sintácticos, como cuando un programador introducía sin querer una coma en lugar de un punto, podían cargarse todo el sistema. Ella siempre había pensado que el término «bicho» tenía un origen divertido.

Se remontaba al primer ordenador del mundo, el Mark 1, un laberinto de circuitos electromecánicos, del tamaño de una habitación, construido en 1944 en un laboratorio de la Universidad de Harvard. Un día, el ordenador sufrió una avería, y nadie fue capaz de descubrir la causa. Después de horas de búsqueda, un ayudante de laboratorio localizó por fin el problema. Por lo visto, una polilla se había posado sobre uno de los tableros de circuitos del ordenador y había provocado un cortocircuito. A partir de entonces se decía que los fallos de los ordenadores se debían a un «bicho».

—Lo que me faltaba —maldijo Susan.

Encontrar un «bicho» en un programa podía ocupar días. Era preciso inspeccionar miles de líneas de programación para encontrar un error diminuto. Era como buscar en una enciclopedia un sólo error tipográfico.

Susan sabía que únicamente tenía una alternativa: enviar de nuevo el rastreador. También sabía que estaba casi garantizado que volvería a tropezar con el mismo «bicho» y abortaría de nuevo. Eliminar el «bicho» del rastreador llevaría tiempo, algo que el comandante y ella no tenían.

Pero mientras Susan contemplaba su rastreador y se preguntaba qué error había cometido, comprendió que algo no encajaba. Había utilizado ese mismo rastreador el mes pasado sin el menor problema. ¿Por qué iba a sufrir un fallo de repente?

Mientras meditaba, un comentario que Strathmore había hecho

antes resonó en su mente: *Susan, intenté enviar yo mismo el rastreador, pero los datos que devolvió carecían de sentido.*

Susan oyó las palabras de nuevo. *Los datos que devolvió...*

Ladeó la cabeza. ¿Era posible? ¿Los datos que devolvió?

Si Strathmore había recibido datos del rastreador, era evidente que funcionaba. Sus datos carecían de sentido, supuso Susan, porque había entrado en una cadena de búsqueda errónea, pero aun así el rastreador funcionaba.

Comprendió de inmediato que existía otra explicación para el aborto del rastreador. Los fallos de la programación interna no eran el único motivo de que los programas fallaran. A veces, había fuerzas externas: subidas de tensión eléctrica, partículas de polvo en tableros de circuitos, cables defectuosos. Como el hardware del Nodo 3 estaba en óptimas condiciones, ni siquiera se le había ocurrido.

Se levantó y atravesó el Nodo 3 en dirección a una librería de manuales técnicos. Tomó una libreta de espirales marcada SYS-OP y la ojeó. Encontró lo que estaba buscando, se llevó el manual a su terminal y tecleó unas órdenes. Después esperó mientras el ordenador desplegaba una lista de órdenes ejecutadas durante las últimas tres horas. Esperaba que la búsqueda descubriera alguna interrupción interna, una orden de abortar generada por un suministro de electricidad defectuoso o un chip en mal estado.

Momentos después, la terminal de Susan emitió un pitido. Su pulso se aceleró. Contuvo el aliento y estudió la pantalla.

ERROR CÓDIGO 22

Experimentó una oleada de esperanza. Era una buena noticia. El hecho de que la investigación hubiera detectado un código erróneo significaba que el rastreador funcionaba bien. Por lo visto, el rastreo había sido abortado debido a una anomalía externa que no podía repetirse.

ERROR CÓDIGO 22. Susan se devanó los sesos, intentando recordar qué era el código 22. Los fallos de hardware eran tan raros en Nodo 3 que no podía recordar las codificaciones numéricas.

Hojeó el manual y estudió los códigos de error.

19: PARTICIÓN DE HARD CORRUPTA
20: FALLO DE CC
21: FALLO DE MEDIOS

Cuando llegó al número 22, se detuvo y miró un largo momento. Perpleja, volvió a mirar el monitor.

ERROR CÓDIGO 22

Susan frunció el ceño y volvió al manual. Lo que vio era absurdo. La explicación decía tan sólo:

22: ABORTO MANUAL

35

Becker miró a Rocío, asombrado.

—¿Que vendió el anillo?

La mujer asintió y su sedoso cabello rojo se agitó sobre sus hombros.

Él rezó para que no fuera verdad.

—Pero...

Ella se encogió de hombros.

—A una chica, cerca del parque.

Becker sintió que sus piernas flaqueaban. *¡No puede ser!*

Rocío sonrió con frialdad y señaló al alemán.

—Él quería que lo guardara. Le dije que no. Llevo sangre gitana en las venas. Algunas gitanas, además de tener el pelo rojo, somos muy supersticiosas. Un anillo ofrecido por un moribundo no es una buena señal.

—¿Conocía a la chica? —preguntó Becker.

Rocío arqueó las cejas.

—Vaya. En serio quiere el anillo, ¿verdad?

Él asintió con gravedad.

—¿A quién se lo vendió?

El enorme alemán estaba sentado en la cama, perplejo. Su velada romántica se había estropeado, y por lo visto ignoraba por qué.

—*Was passiert?* —preguntó nervioso. «¿Qué pasa?»

Becker no le hizo caso.

—De hecho, no lo vendí —explicó Rocío—. Lo intenté, pero era una cría y no llevaba dinero. Al final, se lo regalé. Si hubiera sabido su generosa oferta, se lo habría reservado.

—¿Por qué se fue del parque? —preguntó él—. Alguien había muerto. ¿Por qué no esperó a la policía para entregarles el anillo?

—Yo quiero muchas cosas, señor Becker, pero problemas no. Además, daba la impresión de que aquel hombre tenía la situación controlada.

—¿El canadiense?

—Sí, llamó a la ambulancia. Decidimos marcharnos. No vi motivos para que mi cliente o yo nos topáramos con la policía.

Becker asintió con aire ausente. Aún estaba intentando aceptar aquel cruel giro del destino. *¡Mira que regalar el maldito anillo!*

—Intenté ayudar al moribundo —explicó Rocío—, pero no parecía querer ayuda. Se empeñó en pasarnos el anillo por la cara. Tenía tres dedos deformes. Era como si quisiera que nos quedáramos con el anillo. Yo no quería, pero mi amigo aquí presente finalmente se quedó con él. Después el tipo murió.

—¿Probó la resucitación cardiorrespiratoria?

—No. No le tocamos. Mi amigo se asustó. Es grande, pero un pelele. —Sonrió de manera seductora a Becker—. No se preocupe. No sabe una palabra de español.

Becker frunció el ceño. Se estaba preguntando de nuevo por las contusiones en el pecho de Tankado.

—¿Los de la ambulancia le hicieron el masaje cardiorrespiratorio?

—No tengo ni idea. Como ya le he dicho, nos fuimos antes de que llegaran.

—Quiere decir después de que usted *robara* el anillo —rectificó Becker.

Rocío le fulminó con la mirada.

—Nosotros no robamos el anillo. El hombre estaba agonizando. Sus intenciones eran claras. Cumplimos su último deseo.

Becker se tranquilizó. Rocío tenía razón. Probablemente, él habría hecho lo mismo.

—¿Y después regaló el anillo a una chica?

—Ya se lo he dicho. Ese anillo me ponía nerviosa. La chica llevaba montones de joyas. Pensé que le gustaría.

—¿Y esa muchacha no pensó que era muy raro que le regalara un anillo?

—No. Le dije que lo había encontrado en el parque. Pensé que querría comprarlo, pero no lo hizo. Me dio igual. Quería librarme de él.

—¿Cuándo se lo dio?

Rocío se encogió de hombros.

—Esta tarde. Más o menos una hora después de obtenerlo.

Becker consultó su reloj. Las doce menos doce minutos. La pista tenía ocho horas de antigüedad. *¿Qué estoy haciendo aquí? Debería estar en las Smoky.* Suspiró y formuló la única pregunta que se le ocurrió.

—¿Qué aspecto tenía la chica?

—Era una punki —contestó Rocío.

Becker la miró perplejo.

—¿Una punki?

—Sí, una punki —dijo en inglés, y cambió enseguida al español—. Muchas joyas. Un pendiente extraño en una oreja. Creo que era una calavera.

—¿Hay punkis en Sevilla?

Rocío sonrió.

—Todo bajo el sol.

Era el lema de la Oficina de Turismo de Sevilla.

—¿Le dijo su nombre?

—No.

—¿Dijo adónde iba?

—No. No hablaba muy bien el español.

—¿No era española? —preguntó Becker.

—No. Creo que era inglesa. Tenía el pelo de colores. Rojo, blanco y azul.

Becker se encogió de horror.

—Quizás era norteamericana —aventuró.

—No lo creo —contestó Rocío—. Llevaba una camiseta que parecía una bandera inglesa.

Becker asintió en silencio.

—De acuerdo. Pelo rojo, blanco y azul, una camiseta con la bandera inglesa, un pendiente como una calavera en una oreja. ¿Qué más?

—Nada. Una punki como tantas otras.

¿Una punki como tantas otras? Becker procedía de un mundo de sudaderas con el nombre de la universidad y cortes de pelo conservador. Ni siquiera podía imaginarse a la mujer que le estaban describiendo.

—¿Se le ocurre algo más? —insistió.

Rocío pensó un momento.

—No. Eso es todo.

Entonces la cama crujió. El cliente de Rocío había cambiado de postura. Becker se volvió hacia él y habló en alemán.

—*Noch etwas?* ¿Algo más? ¿Algo que me ayude a encontrar a la punki del anillo?

Siguió un largo silencio. Era como si el gigante quisiera decir algo, pero no estuviera seguro de cómo expresarlo. Su labio inferior tembló un momento, siguió una pausa y luego habló. Las cuatro palabras eran en inglés, pero apenas inteligibles debido el pronunciado acento alemán.

—*Fock off und die.*

Becker lanzó una exclamación de asombro.

—¿Perdón?

—*Fock off und die* —repitió el hombre, y dio una palmada con la mano izquierda sobre su carnoso antebrazo derecho, un grosero intento de imitar el gesto italiano universal.

Becker estaba demasiado cansado para ofenderse. *Fuck off and die? ¿Y ahora qué mosca le ha picado al pobre diablo?* Se volvió hacia Rocío y habló en español.

—Parece que he prolongado demasiado mi visita.

—No se preocupe por él —rió la mujer—. Está un poco frustrado. Obtendrá lo que desea.

Agitó el pelo y guiñó un ojo.

—¿Algo más? —preguntó Becker—. ¿Se le ocurre algo que pueda ayudarme?

Ella meneó la cabeza.

—Eso es todo. Nunca la encontrará. Sevilla es una ciudad grande. Puede resultar muy engañosa.

—Haré lo que pueda.

Es un asunto de seguridad nacional...

—Si no tiene suerte —dijo Rocío, al tiempo que echaba un vistazo al voluminoso sobre que llevaba Becker en el bolsillo—, vuelva por aquí. Mi amigo estará durmiendo, sin duda. Llame con discreción. Conseguiré otra habitación. Conocerá una faceta de España que nunca olvidará.

Hizo un mohín lascivo.

Becker forzó una sonrisa educada.

—Debo irme.

Pidió disculpas al alemán por interrumpir su velada.

El gigante sonrió con timidez.

—*Keine Ursache.*

Becker salió al pasillo. *¿Ningún problema? Entonces, ¿a santo de qué me ha soltado antes «Fuck off and die»?*

36

—¿Aborto manual?

Susan contempló estupefacta la pantalla.

Sabía que no había tecleado ninguna orden de aborto manual, al menos de manera intencionada. Se preguntó si habría pulsado una secuencia de teclas errónea.

—Imposible —murmuró.

Según la información que había recopilado, la orden de abortar había sido enviada menos de veinte minutos antes. Susan sabía que lo único que había tecleado durante los últimos veinte minutos era su código personal, cuando había salido a hablar con el comandante. Era absurdo pensar que el código hubiera sido interpretado como una orden de abortar.

A sabiendas de que era una pérdida de tiempo, activó el programa ScreenLock y luego introdujo su código personal cuidando de hacerlo correctamente.

—¿Qué habrá provocado un aborto *manual*? —se preguntó irritada.

Frunció el ceño y cerró la ventana de ScreenLock. En la fracción de segundo que tardó en cerrarse la ventana, algo llamó su atención. Volvió a abrir la ventana y estudió los datos. Era absurdo. Había la correspondiente entrada de «cerrar» cuando había salido de Nodo 3, pero el momento de la siguiente entrada de «abrir» parecía raro. Menos de un minuto separaba ambas entradas. Susan estaba segura de que había estado fuera con el comandante más de un minuto.

Susan examinó la página. Lo que vio la dejó estupefacta. Tres minutos después, un *segundo* bloque de entradas cerrar-abrir apareció. Según el registro, alguien había desbloqueado la terminal durante su ausencia.

—¡No es posible! —exclamó.

El único candidato era Greg Hale, y ella estaba muy segura de que nunca había dado a Hale su código personal. Siguiendo el procedimiento criptográfico correcto, Susan había elegido su código al azar y nunca lo había anotado. Era imposible que Hale hubiera adivinado la combinación alfanumérica de cinco caracteres, pues suponía más de sesenta millones de posibilidades.

Pero las entradas de ScreenLock eran tan claras como la luz del día. Las miró asombrada. De alguna manera, Hale había entrado en su terminal cuando estaba fuera. Había enviado una orden de aborto manual a su rastreador.

Las preguntas acerca del *cómo* dieron paso enseguida a las preguntas sobre *por qué*. Hale carecía de motivos para entrar en su terminal. Ni siquiera sabía que Susan estaba utilizando un rastreador. Y aunque lo supiera, pensó, ¿por qué iba a impedir que siguiera el rastro de un tipo llamado Dakota del Norte?

Tuvo la impresión de que las preguntas sin respuesta se multiplicaban en su cabeza.

—Lo primero es lo primero —dijo en voz alta. Se encargaría de Hale en su momento. Se concentró en el problema más importante, volvió a cargar el rastreador y pulsó el botón de ENTRAR. Su terminal emitió un pitido.

RASTREADOR ENVIADO

Sabía que el rastreador tardaría horas en volver. Maldijo a Hale, mientras se preguntaba cómo demonios había averiguado su código personal y qué interés tenía en el rastreador.

Se levantó y se encaminó a la terminal de Hale. La pantalla estaba en negro, pero observó que no estaba bloqueada, pues se veía un tenue brillo en los bordes del monitor. Los criptógrafos bloqueaban muy pocas veces sus monitores, excepto cuando se marchaban de Nodo 3 hasta el día siguiente. Se limitaban a disminuir el brillo de sus monitores, una indicación universal, como un código de honor, de que nadie debía manipular la terminal.

—A la mierda el código de honor —dijo Susan—. ¿Qué estás tramando?

Echó un rápido vistazo a la planta desierta de Criptografía y aumentó el brillo del monitor. La pantalla estaba vacía. Susan frunció el ceño. Sin saber muy bien qué hacer, tecleó:

BUSCAR: «RASTREADOR»

Era un tiro a ciegas, pero si había alguna referencia al rastreador de Susan en el ordenador de Hale, la búsqueda la encontraría. Tal vez arrojaría algo de luz sobre el motivo por el que el criptógrafo hubiera abortado el programa. Segundos después la pantalla informó.

NO SE ENCONTRÓ EL TÉRMINO BUSCADO

Susan leyó un momento la frase, sin saber siquiera lo que estaba buscando. Probó de nuevo.

BUSCAR: «SCREENLOCK»

En la pantalla apareció un puñado de referencias inocuas, ninguna indicación de que Hale guardara copias del código personal de Susan en su ordenador.

Suspiró en voz alta. *¿Qué programas ha estado utilizando hoy?* Fue al menú de «Aplicaciones recientes» para encontrar el último programa usado. Era su servidor de correo electrónico. Susan registró el disco duro, y al final encontró la carpeta de correo electrónico oculta con discreción dentro de otros directorios. Abrió la carpeta y aparecieron más carpetas. Por lo visto, Hale poseía numerosas identidades y cuentas de correo electrónico. Una de ellas, observó Susan sin sorprenderse, era una cuenta anónima. Abrió la carpeta y luego un antiguo mensaje recibido y lo leyó.

Se quedó sin respiración al instante. El mensaje decía:

PARA: NDAKOTA@ARA.ANON.ORG
DE: ET@DOSHISHA.EDU
¡GRANDES PROGRESOS! FORTALEZA DIGITAL ESTÁ CASI TERMINADA.
¡ESTO RETRASARÁ DÉCADAS A LA NSA!

Como en un sueño, Susan leyó el mensaje una y otra vez. Después, temblorosa, abrió otro.

PARA: NDAKOTA@ARA.ANON.ORG
DE: ET@DOSHISHA.EDU
¡TEXTO LLANO ROTATORIO FUNCIONA!
¡TRUCO RESIDE EN CADENAS MUTANTES!

Era impensable, pero lo tenía ante los ojos. Correo electrónico de Ensei Tankado. Había estado escribiendo a Greg Hale. Estaban trabajando en equipo.

Susan se quedó paralizada cuando se enfrentó a la imposible verdad ante la terminal.

¿Greg Hale es NDAKOTA?

Su mirada quedó clavada en la pantalla. Buscó con desesperación alguna otra explicación, pero no había ninguna. Era la prueba, súbita e inexorable: Tankado había utilizado cadenas mutantes para crear una función de texto llano rotatorio y Hale había conspirado con él para acabar con la NSA.

—No es... —masculló Susan—. No es... posible.

Como para mostrar su desacuerdo, la voz de Hale resonó desde el pasado: *Tankado me escribió algunas veces... Strathmore corrió un riesgo al contratarme... Algún día me iré de aquí.*

Aun así, Susan no podía aceptar lo que estaba viendo. Sí, Greg Hale era detestable y arrogante, pero no era un traidor. Sabía las consecuencias de fortaleza digital para la NSA. ¡Era imposible que participara en una conspiración para difundirla!

Y no obstante, comprendió, no había nada que pudiera detenerle, excepto el honor y la decencia. Pensó en el algoritmo de Skipjack. Greg Hale ya había frustrado los planes de la NSA en una ocasión. ¿Qué le impediría intentarlo de nuevo?

—Pero Tankado...

¿Por qué alguien tan paranoico como Tankado confiaría en alguien tan poco fiable como Hale?

Sabía que nada de eso importaba ahora. Lo único que cabía hacer era hablar con Strathmore. Por un irónico giro del destino, tenían al socio de Tankado ante sus propias narices. Se preguntó si Hale sabía ya que Ensei Tankado había muerto.

Empezó a cerrar con rapidez los archivos de correo electrónico para dejar la terminal tal como la había encontrado. Hale no podría sospechar nada... Aún no. Cayó en la cuenta, asombrada, de que la clave de acceso de fortaleza digital debía estar escondida en aquel mismo ordenador.

Pero justo cuando Susan cerraba el último archivo, una sombra pasó ante la ventana de Nodo 3. Alzó la vista y vio que Greg Hale se acercaba. Sintió una descarga de adrenalina. Casi había llegado a la puerta.

—¡Maldición! —masculló, al tiempo que calculaba la distancia que la separaba de su asiento. Sabía que no lo lograría.

Se volvió con desesperación, buscando alternativas en Nodo 3. Las puertas que tenía detrás emitieron un chasquido. Susan reaccionó de manera instintiva. Hundió los pies en los zapatos y corrió hacia la despensa con grandes zancadas. Cuando las puertas se abrieron con un siseo, Susan paró ante la nevera y abrió la puerta. Una jarra de cristal que había en el estante de arriba osciló precariamente y luego se detuvo.

—¿Tienes hambre? —preguntó Hale mientras entraba en Nodo 3 y caminaba hacia ella. Su voz era serena y seductora—. ¿Quieres compartir un poco de tofu?

Susan exhaló aire y se volvió hacia él.

—No, gracias —dijo—. Creo que...

Las palabras se le atragantaron. Palideció.

Hale la miró de una forma extraña.

—¿Qué pasa?

Susan se mordió el labio y le miró a los ojos.

—Nada —consiguió articular. Pero era mentira. Al otro lado de la sala, la terminal de Hale brillaba. Había olvidado oscurecerla.

37

En la planta baja del Alfonso XIII, Becker se dirigió, cansado, al bar. Un camarero con pinta de enano dejó una servilleta delante de él.

—¿Qué le pongo?

—Nada, gracias —contestó—. Quisiera saber si hay locales de punkis en la ciudad.

El camarero le miró con un gesto de extrañeza.

—¿Locales de punkis?

—Sí. ¿Se reúnen en algún lugar de la ciudad?

—No lo sé, señor. ¡Pero aquí no, desde luego! —Sonrió—. ¿Le apetece beber algo? —insistió

Becker tuvo ganas de sacudir al individuo. Nada salía como había pensado.

—¿Quiere algo? —repitió el camarero—. ¿Fino? ¿Jerez?

De la planta de arriba le llegaron notas de música clásica. *Los conciertos de Brandenburgo*, pensó Becker. *El número cuatro*. Susan y él habían escuchado a la Academy of St. Martin in the Fields interpretando la obra de Johann Sebastian Bach en la universidad el año pasado. De repente, sintió deseos de tenerla a su lado. La brisa del aire acondicionado le recordó lo que le esperaba fuera. Se imaginó recorriendo las bochornosas calles de Triana, entre drogadictos, mientras buscaba a una punki con una camiseta adornada con la bandera inglesa. Pensó en Susan de nuevo.

—Zumo de arándano —se oyó decir.

El camarero se quedó sorprendido.

—¿Solo?

El zumo de arándano era una bebida popular en España, pero siempre acompañada de algo más.

—Sí —dijo Becker—. Solo.

—¿Le echo un poco de Smirnoff? —insistió el camarero.

—No, gracias.

—Gratis —dijo el camarero—. Invita la casa.

La cabeza le dolía y Becker imaginó las sucias calles de Triana, el calor sofocante y la larga noche que le aguardaba. *Qué demonios.* Asintió.

—Sí, écheme un poco de vodka.

El camarero pareció aliviado y fue a buscar la bebida.

Becker miró a su alrededor y se preguntó si estaba soñando. Cualquier cosa parecería más lógica que la verdad. *Soy un profesor universitario*, pensó, *en una misión secreta.*

El camarero regresó con la bebida.

—Aquí tiene, señor. Arándano con un chorrito de vodka.

Becker le dio las gracias. Tomó un sorbo y le vinieron náuseas. *¿Esto es un chorrito?*

38

Hale se detuvo a mitad de camino de la despensa y miró a Susan.

—¿Qué pasa, Sue? Tienes un aspecto fatal.

Ella reprimió su miedo creciente. A tres metros de distancia, el monitor de Hale brillaba.

—Estoy... estoy bien —logró articular, pero el corazón le latía desbocado.

Él la miró con perplejidad.

—¿Quieres un poco de agua?

Susan no pudo contestar. Se maldijo. *¿Cómo he podido olvidarme de oscurecer el maldito monitor?* Sabía que en cuanto Hale sospechara que había fisgoneado en su terminal, imaginaría que conocía su verdadera identidad, Dakota del Norte. Temía que Hale haría cualquier cosa para impedir que la información saliera de Nodo 3.

Se preguntó si debía correr hacia la puerta, pero no tuvo la oportunidad. Alguien estaba golpeando la pared de cristal. Tanto Hale como Susan dieron un bote. Era Chartrukian. Estaba golpeando de nuevo el cristal con sus puños sudorosos. Daba la impresión de que hubiera sido testigo del apocalipsis.

Hale miró con el ceño fruncido al enloquecido miembro de SysSec y luego se volvió hacia Susan.

—Vuelvo enseguida. Bebe algo. Estás pálida.

Dio media vuelta y salió.

Susan se serenó y actuó con rapidez. Se plantó frente a la terminal de Hale y ajustó los controles de brillo. El monitor se oscureció.

Se volvió y contempló la conversación que tenía lugar en la planta de Criptografía. Al parecer, Chartrukian no se había ido a casa. El joven era preso del pánico, y estaba contando algo a Greg Hale. Susan sabía que no importaba. Hale ya sabía todo cuanto había que saber.

He de hablar con Strathmore, pensó. *Y deprisa.*

39

Habitación 301. Rocío Eva Granada estaba desnuda ante el espejo del cuarto de baño. Era el momento que había estado temiendo todo el día. El alemán la estaba esperando en la cama. Era el hombre más gordo con el que había estado.

Levantó de mala gana un cubito de hielo de la cubitera y se lo pasó por los pezones. Se endurecieron al instante. Era su don: conseguir que los hombres se sintieran deseados. Por eso volvían. Recorrió con las manos su cuerpo flexible y bronceado, y confió en sobrevivir cuatro o cinco años más, hasta haber ahorrado lo suficiente para retirarse. El señor Roldán se quedaba casi todas sus ganancias, pero sabía que sin él estaría con las demás putas que ligaban borrachos en Triana. Al menos, estos hombres tenían dinero. Nunca le pegaban, y satisfacerles era sencillo. Se puso la ropa interior, respiró hondo y abrió la puerta del cuarto de baño.

Cuando Rocío entró en el dormitorio, los ojos del alemán se salieron de sus órbitas. La joven llevaba un negligé negro. Su piel de color leonado brillaba a la suave luz y sus pezones tensaban el encaje.

—*Komm doch hierher* —dijo el hombre, impaciente, mientras se quitaba el albornoz y se tumbaba de espaldas.

Rocío forzó una sonrisa y se acercó a la cama. Contempló al enorme alemán. Lanzó una risita de alivio. El miembro que tenía entre las piernas era diminuto.

Él la agarró con impaciencia y le arrancó el negligé. Sus dedos gruesos manosearon cada centímetro de su cuerpo. Ella se puso encima, gimió y se retorció como presa de un falso éxtasis. Cuando el hombre la montó, pensó que iba a aplastarla. Jadeó contra su cuello de toro. Rezó para que acabara rápido.

—¡Sí! ¡Sí! —exclamaba entre embestida y embestida. Hundió las uñas en sus costados para darle ánimos.

Pensamientos fortuitos desfilaron por su mente: caras de clientes a los que había satisfecho, techos que había contemplado durante horas en la oscuridad, anhelos maternales...

De pronto, de improviso, el cuerpo del alemán se arqueó, se tensó y casi al instante se derrumbó sobre ella. *¿Eso es todo?*, pensó sorprendida y aliviada.

Intentó librarse del peso que la aplastaba.

—Cariño —susurró con voz ronca—. Deja que me ponga encima.

Pero el hombre no se movió.

Empujó sus enormes hombros.

—Cariño... ¡No puedo respirar! —Pensó que se iba a desmayar. Sintió que sus costillas crujían—. *¡Despiértate!*

Le tiró del pelo con los dedos. *¡Despierta!*

Fue entonces cuando sintió el líquido tibio y pegajoso. Empapaba el pelo del hombre. Resbaló por las mejillas de la mujer y se le metió en la boca. Era salado. Se retorció como una loca debajo de él. Sobre ella, un extraño rayo de luz iluminaba el rostro contorsionado del alemán. Del agujero de bala que horadaba su sien rezumaba la sangre que la mojaba. Intentó chillar, pero no le quedaba aire en los pulmones. El cuerpo la estaba aplastando. Como presa de un delirio, extendió los brazos hacia el rayo de luz procedente de la puerta. Vio una mano. Una pistola con silenciador. Un destello de luz. Y luego nada.

40

Afuera de Nodo 3, Chartrukian parecía desesperado. Estaba intentando convencer a Hale de que *Transltr* tenía problemas. Susan pasó corriendo junto a ellos con un solo pensamiento en la mente: encontrar a Strathmore.

El joven agarró el brazo de Susan.

—¡Señorita Fletcher! ¡Tenemos un virus! ¡Estoy seguro! Ha de...

Ella se soltó y le miró con ferocidad.

—¿No le dijo el comandante que se fuera a casa?

—¡Pero el monitor de control registra dieciocho...!

—¡El comandante Strathmore le dijo que se marchara a casa!

—¡Que se joda Strathmore! —chilló Chartrukian, y las palabras resonaron en toda la cúpula.

Una voz profunda tronó desde arriba.

—¿Señor Chartrukian?

Los tres empleados de Criptografía se quedaron petrificados.

El comandante se hallaba ante la barandilla que había delante de su despacho.

Por un momento, sólo se oyó el zumbido irregular de los generadores de abajo. Susan intentó con desesperación llamar la atención de su jefe. *¡Comandante! ¡Hale es Dakota del Norte!*

Pero Strathmore sólo prestaba atención al joven miembro de Sys-Sec. Bajó la escalera como una exhalación, sin apartar la vista de Chartrukian ni un solo momento. Atravesó la planta de Criptografía y se detuvo a quince centímetros del tembloroso técnico.

—¿Qué ha dicho?

—Señor —dijo con voz estrangulada Chartrukian—, *Transltr* tiene problemas.

—¿Comandante? —interrumpió Susan—. Si pudiera...

Strathmore la acalló con un ademán. Sus ojos no abandonaron al técnico.

—Tenemos un archivo infectado, señor —soltó Phil—. ¡Estoy seguro!

La tez de Strathmore enrojeció.

—Señor Chartrukian, ya hemos hablado de esto antes. ¡No hay ningún archivo que infecte *Transltr*!

—¡Sí que lo hay! —gritó el joven—. Y si llega al banco de datos principal...

—¿Dónde diablos está el archivo infectado? —rugió Strathmore—. ¡Enséñemelo!

Chartrukian vaciló.

—No puedo mostrárselo.

—¡Claro que no puede! ¡No existe!

—Comandante —dijo Susan—, debo...

Una vez más, Strathmore la silenció con un gesto airado.

Ella miró a Hale con nerviosismo. Parecía pagado de sí mismo e indiferente. *Es lógico*, pensó. *A Hale no le preocupa un virus. Sabe muy bien lo que está pasando dentro de* Transltr.

—El archivo infectado existe, señor —insistió Chartrukian—, pero Manopla no lo localizó.

—Si Manopla no lo localizó —estalló Strathmore—, ¿cómo sabe que existe?

Chartrukian adoptó de repente un aire más confiado.

—Cadenas de mutación, señor. Llevé a cabo un análisis completo y descubrí cadenas de mutación.

Susan comprendió ahora por qué el técnico estaba tan preocupado. *Cadenas de mutación*, pensó. Sabía que las cadenas de mutación eran secuencias de programación que corrompían los datos de maneras muy complejas. Eran muy comunes en virus informáticos, sobre todo en virus que alteraban bloques grandes de datos. Por supuesto, sabía por el correo electrónico de Tankado que las cadenas de mutación que Chartrukian había visto eran inofensivas, simples componentes de fortaleza digital.

El técnico continuó.

—Cuando vi por primera vez las cadenas, señor, pensé que los filtros de Manopla habían fallado, pero después llevé a cabo unos análisis y descubrí... —Hizo una pausa, inquieto de repente—. Descubrí que alguien se había saltado manualmente Manopla.

Lo dijo a toda prisa. El rostro de Strathmore se tiñó de un púrpura todavía más acusado. No cabía duda de a quién estaba acusando Chartrukian. La terminal de Strathmore era la única de Criptografía autorizada para saltarse los filtros de Manopla.

Cuando el comandante habló, su voz era como hielo.

—Señor Chartrukian, no es que sea de su incumbencia, pero yo me salté Manopla. —Estaba a punto de estallar—. Como ya le dije antes, estoy realizando un diagnóstico muy avanzado. Las cadenas de mutación que ha visto en *Transltr* son parte de dicho diagnóstico. Están ahí porque yo las puse. Manopla se negó a dejarme cargar el archivo, de modo que me salté sus filtros. —Entornó los ojos—. Bien, ¿desea algo más antes de marcharse?

Susan lo comprendió todo en un abrir y cerrar de ojos. Cuando Strathmore había descargado el algoritmo encriptado de fortaleza digital de Internet, e intentado pasarlo por *Transltr*, las cadenas de mutación habían topado con los filtros de Manopla. Desesperado por saber si fortaleza digital era vulnerable, el comandante decidió saltarse los filtros.

En circunstancias normales, saltarse Manopla era impensable. En esta situación, no obstante, no existía peligro en introducir fortaleza digital directamente en *Transltr*. El comandante sabía a la perfección qué era el archivo y de dónde procedía.

—Con el debido respeto, señor —insistió Chartrukian—, nunca he oído hablar de un diagnóstico que utilice cadenas...

—Comandante —interrumpió Susan, incapaz de esperar un momento más—. Necesito...

Esta vez, sus palabras fueron interrumpidas por el timbre agudo del móvil de Strathmore. El comandante levantó el receptor.

—¡Qué pasa! —contestó. Después calló y escuchó.

Susan se olvidó de Hale al instante. Rezó para que la persona que llamaba fuera David. *Dime que está bien*, pensó. *¡Dime que ha encontrado el anillo!* Pero Strathmore la miró y frunció el ceño. No era David.

Susan sintió que se quedaba sin respiración. Sólo deseaba saber que el hombre al que amaba se encontraba a salvo. Sabía que Strathmore estaba impaciente por otros motivos. Si David tardaba mucho más, tendría que enviar refuerzos, agentes de la NSA. Era una jugada que esperaba evitar.

—Comandante —apremió Chartrukian—, creo que deberíamos verificar...

—Un momento —dijo Strathmore a su interlocutor telefónico. Cubrió el micrófono y dirigió una feroz mirada al joven técnico de Sys-Sec—. Señor Chartrukian —gruñó—, esta discusión ha terminado. Márchese de Criptografía. Ya. Es una orden.

Chartrukian se quedó estupefacto.

—Pero, señor, las cadenas de mut...

—¡Ya! —vociferó Strathmore.

Chartrukian se quedó sin habla un momento. Después se encaminó como una tromba al laboratorio de Sys-Sec.

Strathmore se volvió y miró a Hale con perplejidad. Susan comprendió el desconcierto del comandante. Hale había estado demasiado callado. Sabía muy bien que no existían diagnósticos que utilizaran cadenas de mutación, y mucho menos uno capaz de mantener ocupado a *Transltr* durante dieciocho horas. Y no obstante, no había dicho ni una palabra. Aparentó indiferencia durante toda la discusión. Strathmore se estaba preguntando por qué. Susan sabía la respuesta.

—Comandante —insistió—, si me permite hablar...

—Dentro de un momento —la interrumpió su jefe, sin dejar de mirar a Hale—. Necesito atender esta llamada.

Se volvió y se dirigió a su despacho.

Susan abrió la boca, pero las palabras murieron en la punta de su lengua. *¡Hale es Dakota del Norte!* Permaneció rígida, incapaz de respirar. Notó que Hale la estaba mirando. Ella se volvió. Él se apartó e hizo un gesto elegante con el brazo en dirección de la puerta de Nodo 3.

—Después de ti, Sue.

41

En un cuarto para guardar sábanas situado en la tercera planta del Alfonso XIII, una doncella yacía inconsciente en el suelo. El hombre de las gafas con montura metálica devolvió al bolsillo de la mucama una llave maestra del hotel. No había oído su grito cuando la golpeó, pero no tenía forma de saberlo con seguridad. Era sordo desde los doce años.

Se llevó una mano, con cierta reverencia, al artilugio con baterías que llevaba al cinto. Regalo de un cliente, la máquina le había dado una vida nueva. Ahora podía recibir sus encargos en cualquier parte del mundo. Todas las comunicaciones llegaban al instante, y sin dejar rastro.

Cuando pulsó el interruptor experimentó una oleada de ansiedad. Sus gafas cobraron vida. Una vez más, sus manos hendieron el aire y empezaron a teclear. Como siempre, había averiguado el nombre de sus víctimas, algo tan sencillo como registrar un billetero o un bolso. Los contactos en sus dedos actuaron y las letras aparecieron en las lentes de sus gafas como fantasmas en el aire.

ASUNTO: ROCÍO EVA GRANADA. LIQUIDADA
ASUNTO: HANS HUBER. LIQUIDADO

Tres pisos más abajo, David Becker pagó su consumición y paseó por el vestíbulo, con el vaso medio lleno en la mano. Se dirigió a la terraza exterior en busca de aire fresco. *Ir y volver*, pensó. Las cosas no habían salido como esperaba. Tenía que tomar una decisión. ¿Debía rendirse y volver al aeropuerto? *Un asunto de seguridad nacional.* Blasfemó por lo bajo. ¿Por qué habían enviado a un profesor?

Desapareció de la vista del camarero y tiró la bebida restante en la maceta de unos jazmines. El vodka le había achispado. *El borracho más barato de la historia*, le llamaba Susan a menudo. Después de llenar el vaso con agua de una fuente cercana, tomó un largo sorbo.

Se estiró varias veces para disipar el leve sopor que se había apoderado de él. Después dejó el vaso y cruzó el vestíbulo.

Cuando pasó ante el ascensor, las puertas se abrieron. Había un hombre dentro. Sólo vio unas gafas con montura metálica. El tipo se sonó la nariz con un pañuelo. Becker sonrió cortésmente... y salió a la sofocante noche sevillana.

42

En el interior de Nodo 3, Susan se descubrió paseando frenéticamente. Ojalá hubiera dejado en evidencia a Hale cuando tuvo la oportunidad.

Él se sentó ante su terminal.

—La tensión mata, Sue. ¿No te gustaría quitarte algún peso de encima?

Ella se obligó a tomar asiento. Había pensado que Strathmore ya habría dejado de hablar por teléfono y volvería para hablar con ella, pero no había hecho acto de aparición todavía. Intentó conservar la calma. Contempló la pantalla de su ordenador. El rastreador realizaba su trabajo por segunda vez. Ahora era indiferente. Susan sabía qué dirección devolvería: GHALE@crypto.nsa.gov.

Alzó la vista hacia el despacho de Strathmore y supo que ya no podía esperar más. Había llegado el momento de interrumpir la llamada telefónica del comandante. Se levantó y caminó hacia la puerta.

De pronto, Hale pareció inquieto, consciente sin duda del extraño comportamiento de Susan. Cruzó a toda prisa la sala y la alcanzó en la puerta. Se cruzó de brazos y le cortó el paso.

—Dime qué ocurre —le exigió—. Aquí está pasando algo. ¿Qué es exactamente?

—Déjame salir —dijo ella con la mayor severidad posible, pero se sintió en peligro.

—Venga —insistió Hale—. Un poco más y Strathmore despide a Chartrukian por hacer su trabajo. ¿Qué está pasando en *Transltr*? Ningún diagnóstico se prolonga durante dieciocho horas. Eso es una chorrada, y tú lo sabes. Dime qué está pasando.

Susan entornó los ojos. *¡Sabes muy bien lo que está pasando!*

—Apártate, Greg —ordenó—. He de ir al lavabo.

Hale sonrió. Esperó un largo momento y luego se apartó.

—Lo siento, Sue. Sólo estaba flirteando.

Susan salió de Nodo 3. Cuando pasó ante la pared de cristal, sintió los ojos de Hale clavados en ella.

Se encaminó de mala gana hacia los lavabos. Tendría que desviarse antes de ir a ver al comandante. Greg Hale no sospecharía nada.

43

A sus cuarenta y cinco años, Chad Brinkerhoff era un hombre alegre, bien vestido y bien informado. Su traje de verano, al igual que su piel bronceada, no exhibía la menor arruga ni rastro de uso. Tenía el pelo rubio y abundante, y jamás se había sometido a implantes capilares. El azul brillante de sus ojos era magnificado de manera sutil por el milagro de las lentillas de contacto tintadas.

Inspeccionó la oficina chapada en madera donde se encontraba, consciente de que había llegado a lo más alto de la NSA. Estaba en la novena planta, Mahogany Row. Oficina 9 A 197. El despacho del director.

Era sábado por la noche y Mahogany Row estaba casi desierta, pues los jefes se habían marchado mucho rato antes para dedicarse a sus pasatiempos de los ratos de ocio. Aunque Brinkerhoff siempre había soñado con un empleo «real» en la agencia, había terminado como «ayudante personal», el callejón sin salida de las ambiciones políticas. El hecho de que trabajaba en estrecha colaboración con el hombre más poderoso del espionaje norteamericano significaba un pobre consuelo. Brinkerhoff se había graduado con honores en Andover y Williams, pero el caso es que en el umbral de la madurez no gozaba del menor poder. Dedicaba el tiempo a planificar las actividades de otra persona.

Ser el ayudante personal del director tenía sus ventajas. Brinkerhoff gozaba de un despacho lujoso en la suite del director, con acceso absoluto a todos los departamentos de la NSA y cierto nivel de distinción, debido a las compañías que frecuentaba. Hacía recados para los escalones de poder más elevados. En el fondo, Brinkerhoff sabía que había nacido para ser un ayudante personal: lo bastante inteligente para tomar notas, lo bastante apuesto para convocar conferencias de prensa, lo bastante perezoso para contentarse con ello.

El tictac del reloj de la repisa marcaba el final de otro día de su patética existencia. *Mierda*, pensó. *Las cinco de la tarde de un sábado. ¿Qué diablos estoy haciendo aquí?*

—¿Chad?

Una mujer apareció en la puerta.

Brinkerhoff alzó la vista. Era Midge Milken. La analista de seguridad interna de Fontaine. Tenía sesenta años, algo de sobrepeso, y para su asombro, resultaba muy atractiva. Coqueta consumada y casada en tres ocasiones, Midge vagaba por la suite de seis habitaciones con pícara autoridad. Era penetrante, intuitiva, trabajaba hasta horas intempestivas y se rumoreaba que sabía más del funcionamiento interno de la NSA que el propio Dios.

Maldita sea, pensó Brinkerhoff, al tiempo que le echaba un vistazo y examinaba su vestido gris de cachemira. *O me estoy haciendo viejo, o ella está rejuveneciendo.*

—Informes semanales. —La mujer sonrió y agitó un fajo de papeles—. Has de comprobar los números.

Él examinó su cuerpo.

—Tú sí que podrías hacerme un buen número.

—Vaya, Chad —rió ella—. Soy lo bastante mayor para ser tu madre.

No me lo recuerdes, pensó el hombre.

Midge entró y se acercó a su mesa contoneándose.

—Me largo, pero el director quiere el informe cuando vuelva de Suramérica. Eso será el lunes, a primera hora de la mañana.

Dejó caer los papeles delante de él.

—¿En qué me he convertido, en un contable?

—No, cariño, eres director de crucero. Pensaba que ya lo sabías.

—¿He de dedicarme a repasar números?

La mujer le desordenó el pelo.

—Querías más responsabilidades. Ya las tienes.

Él la miró con tristeza.

—Midge, mi vida es una mierda.

Ella dio unos golpecitos con el dedo sobre los papeles.

—Ésta es tu vida, Chad Brinkerhoff. —Le miró, y su expresión se suavizó—. ¿Puedo hacer algo por ti antes de irme?

Chad la miró con aire suplicante y giró su cuello dolorido.

—Tengo los hombros tensos.

Midge no mordió el anzuelo.

—Tómate una aspirina.

Él hizo un mohín.

—¿No me vas a masajear la espalda?

La mujer negó con la cabeza.

—*Cosmopolitan* dice que las dos terceras partes de los masajes de espaldas terminan en sexo.

Brinkerhoff la miró con aire indignado.

—¡Los nuestros nunca!

—Precisamente. —Midge le guiñó un ojo—. Ése es el problema.

—Midge...

—Buenas noches, Chad.

Se encaminó hacia la puerta.

—¿Te vas?

—Ya sabes que me quedaría —dijo ella, y se detuvo en la puerta—, pero aún me queda un poco de orgullo. No me gusta jugar de suplente, sobre todo de una adolescente.

—Mi mujer no es una adolescente —se defendió Brinkerhoff—. Lo que pasa es que se comporta como si lo fuera.

Midge le miró sorprendida.

—No estaba hablando de tu mujer. —Parpadeó con aire inocente—. Estaba hablando de Carmen.

Pronunció el nombre con acento portorriqueño.

La voz de Brinkerhoff se quebró.

—¿Quién?

—Carmen. La del economato.

Él se ruborizó. Carmen Huerta tenía veintisiete años y era la responsable del economato de la NSA. Brinkerhoff había compartido con ella cierto número de polvos, en teoría secretos, en el almacén.

Midge le guiñó el ojo.

—Recuerda, Chad, el Gran Hermano lo sabe todo.

¿El Gran Hermano? Brinkerhoff tragó saliva, incrédulo. *¿El Gran Hermano también vigila el almacén?*

El Gran Hermano, o «Hermano», como Midge solía llamarlo, era un Centrex 333 instalado en un pequeño cuarto a un lado del despacho central de la suite. Hermano constituía el mundo de Midge. Recibía datos de ciento cuarenta y ocho cámaras de vídeo de circuito cerrado, trescientas noventa y nueve puertas electrónicas, trescientos setenta y siete teléfonos intervenidos y doscientos doce micrófonos ocultos en el complejo de la NSA.

Los directores de la NSA habían descubierto por las malas que veintiséis mil empleados no sólo eran un gran activo, sino una gran responsabilidad. Todos los fallos de seguridad importantes de la historia de la NSA se habían producido desde el interior. El trabajo de Midge, como analista de seguridad interna, consistía en vigilar todo cuanto sucedía dentro de las paredes de la NSA, incluyendo, por lo visto, el almacén del economato.

Brinkerhoff se puso en pie con la intención de defenderse, pero ella ya había salido.

—Las manos encima de la mesa —dijo la mujer sin volverse—. Nada de tonterías cuando yo me vaya. Las paredes tienen ojos.

Brinkerhoff se sentó y escuchó el sonido de los tacones que se alejaban por el pasillo. Al menos, sabía que Midge no se lo diría a nadie. No carecía de debilidades. Ella se había permitido algunas indiscreciones. En particular, le había masajeado la espalda a Brinkerhoff en ocasiones.

Pensó en Carmen. Imaginó su cuerpo elástico, aquellos muslos morenos, la radio que sonaba a toda pastilla con salsa de San Juan. Sonrió. *Quizá pase a tomar algo antes de marcharme.*

Leyó el primer informe.

CRIPTOGRAFÍA. PRODUCCIÓN/GASTOS

Su humor mejoró de inmediato. Midge le había dado una bicoca. El informe de Criptografía siempre era una perita en dulce. Desde un punto de vista técnico, debía resumir todo el informe, pero la única cifra por la que se interesaba el director era el CMD, el coste medio por descifrado. El CMD representaba la cantidad estimada que gastaba *Transltr* en descifrar un código. Mientras la cifra no llegara a mil dólares por código, Fontaine no se quejaba. *Uno de los grandes por éxito.*

Brinkerhoff lanzó una risita. *El resultado de los dólares que pagamos en concepto de impuestos.*

Mientras empezaba a examinar el documento y comprobar los CMD diarios, imágenes de Carmen Huerta untada de miel y azúcar empezaron a cruzar por su mente. Medio minuto después, casi había terminado. Los datos de Criptografía eran perfectos, como siempre.

Pero justo antes de pasar al siguiente informe, algo captó su atención. Al final de la hoja, el último CMD estaba interrumpido. La cifra era tan larga que había pasado a la siguiente columna y convertido la página en un caos. Brinkerhoff contempló la cifra estupefacto.

¿999.999.999? Lanzó una exclamación ahogada. *¿Mil millones de dólares?* Las imágenes de Carmen se desvanecieron. *¿Un código de mil millones de dólares?*

Brinkerhoff permaneció inmóvil un momento, paralizado. Después, preso del pánico, salió corriendo al pasillo.

—¡Midge! ¡Vuelve!

44

Phil Chartrukian estaba echando chispas en el laboratorio de Sys-Sec. Las palabras de Strathmore resonaron en su cabeza: *¡Lárguese! ¡Es una orden!* Propinó una patada al cubo de la basura y blasfemó en el laboratorio desierto.

—¿Diagnóstico? ¡Y una mierda! ¿Desde cuándo el subdirector se salta los filtros de Manopla?

Pagaban bien a los técnicos de Sys-Sec para proteger los sistemas informáticos de la NSA, y Chartrukian había aprendido que el trabajo sólo exigía dos cosas: ser brillante y extremadamente paranoico.

¡Joder, no se trata de paranoia!, maldijo. *¡El puto monitor de control indica que el proceso ya lleva dieciocho horas!*

Era un virus. Lo presentía. No albergaba muchas dudas sobre lo que estaba pasando: Strathmore había cometido una equivocación al saltarse los filtros de Manopla, y ahora estaba intentando ocultarlo con una historia absurda sobre diagnósticos.

Chartrukian no habría estado tan irritado si la única preocupación hubiera sido *Transltr*. Pero no era así. Pese a las apariencias, la gran bestia descodificadora no era una isla. Si bien los criptógrafos creían que Manopla había sido construida con el único propósito de proteger la obra maestra de la descodificación, los técnicos de Sys-Sec comprendían la verdad. Los filtros de Manopla servían a un dios muy superior: el banco de datos principal de la NSA.

La historia escondida detrás de la construcción del banco de datos siempre había fascinado a Phil Chartrukian. Pese a los denodados esfuerzos del Departamento de Defensa por reservarse Internet para su uso exclusivo a finales de la década de 1970, era una herramienta demasiado útil para no atraer a otros. Al final las universidades se abrieron camino por la fuerza. Poco después llegaron los servidores comerciales. Las compuertas se abrieron y el público se precipitó. A principios de la década de 1990, el «Internet» antes tan seguro del gobierno era un páramo congestionado de correo electrónico público y ciberporno.

Después de cierto número de infiltraciones informáticas, a las que nunca se dio publicidad, pero muy perjudiciales, en la Oficina de Inteligencia Naval quedó claro que los secretos del gobierno ya no estaban a salvo en ordenadores conectados a Internet. El presidente, en colaboración con el Departamento de Defensa, aprobó una ordenanza secreta para crear una red gubernamental absolutamente segura que sustituyera a la contaminada Internet y funcionara como vínculo entre las agencias de inteligencias estadounidenses. Con el fin de impedir más asaltos informáticos a los secretos del gobierno, todos los datos sensibles fueron trasladados a un emplazamiento de alta seguridad, el recién construido banco de datos de la NSA, el Fort Knox de los datos de inteligencia estadounidenses.

Literalmente, millones de las fotografías más secretas, cintas, documentos y vídeos fueron digitalizados y transferidos al inmenso almacén, y luego se destruyeron las copias. El banco de datos estaba protegido por un regulador de voltaje de triple capa y un sistema de copia de seguridad digital por niveles. Se hallaba a sesenta y cinco metros de profundidad para protegerlo de campos magnéticos y posibles explosiones. Las actividades que tenían lugar en la sala de control se denominaban *Top Secret Umbra*, el nivel de seguridad más elevado de la nación.

Los secretos del país nunca habían estado más a salvo. Este banco de datos inexpugnable albergaba planos de armas avanzadas, listas de protección de testigos, seudónimos de espías, análisis detallados y propuestas de operaciones clandestinas. La lista era interminable. Ya no volverían a asestar puñaladas por la espalda al espionaje estadounidense.

Los funcionarios de la NSA sabían que los datos almacenados sólo poseían valor si eran accesibles. La verdadera importancia del banco de datos no residía en ocultar los datos clasificados, sino en hacerlos accesibles tan sólo a la gente idónea. Toda la información almacenada estaba clasificada en función de niveles de seguridad, que dependían del grado de secretismo, y determinados funcionarios del gobierno tenían acceso a ella sobre una base compartimentada. El comandante de un submarino podía examinar las fotos de satélite más recientes de puertos rusos, pero no tenía acceso a los planes de una misión antidroga en Suramérica. Los analistas de la CIA podían acceder a historiales de asesinos conocidos, pero no a códigos de lanzamiento de misiles reservados al presidente.

Sys-Sec, por supuesto, carecía de permiso para acceder a la información del banco de datos, pero era responsable de su seguridad. Como todos los bancos de datos extensos, desde compañías aseguradoras a universidades, la NSA era atacada continuamente por *hackers* que intentaban echar un vistazo a los secretos que custodiaba. Pero los programadores de los cortafuegos informáticos de la NSA eran los mejores del mundo. Nadie había conseguido infiltrarse en el banco de datos de la agencia, y la NSA carecía de motivos para sospechar que alguien pudiera hacerlo.

En el laboratorio de Sys-Sec, Chartrukian se debatía entre si debía marcharse o no. Problemas en *Transltr* significaban problemas en el banco de datos. La despreocupación de Strathmore era asombrosa.

Todo el mundo sabía que *Transltr* y el banco de datos principal de la NSA estaban inextricablemente vinculados. Cada nuevo código, una vez descifrado, era enviado desde Criptografía, por una red de cuatrocientos metros de cable de fibra óptica, al banco de datos de la NSA, donde se guardaba a buen recaudo. La sacrosanta instalación de almacenamiento tenía puntos de entrada limitados, y *Transltr* era uno de ellos. Manopla era el guardián invencible del umbral. Y Strathmore lo había burlado.

Chartrukian oyó los latidos de su corazón. *¡Transltr se ha quedado atascado dieciocho horas!* La idea de que un virus hubiera entrado en *Transltr* e hiciera de las suyas en el superordenador de la NSA, era excesiva para él.

—He de informar de esto —soltó en voz alta.

En una situación como ésta, Chartrukian sabía que sólo se podía llamar a una persona: el jefe de Sys-Sec, el irascible gran gurú de la informática, de ciento setenta kilos de peso, que había construido Manopla. Su mote era Jabba. Era un semidiós en la NSA: rondaba por los pasillos, apagaba incendios virtuales y maldecía la debilidad mental de los ineptos y los ignorantes. Chartrukian sabía que, en cuanto Jabba se enterara de que Strathmore se había saltado los filtros de Manopla, se armaría la gorda. *Qué pena*, pensó. *He de cumplir con mi deber.* Cogió el teléfono y llamó al móvil de Jabba, conectado las veinticuatro horas del día.

45

David Becker caminaba sin rumbo por la avenida del Cid e intentaba ordenar sus ideas. Las sombras apagadas jugueteaban sobre los adoquines que pisaba. Aún estaba bajo los efectos del vodka. Todo en su vida le parecía trastocado. Pensó en Susan, y se preguntó si ya habría recibido su mensaje telefónico.

Un autobús del servicio de transporte público de Sevilla frenó y se detuvo ante una parada. Becker levantó la vista. Las puertas se abrieron, pero no bajó nadie. El motor volvió a cobrar vida con un bramido, y justo cuando el vehículo se puso en movimiento, tres adolescentes salieron de un bar y corrieron detrás de él, chillando y agitando los brazos. El autobús se detuvo y el trío se apresuró para no perderlo.

A unos treinta metros de distancia, Becker contemplaba la escena con absoluta incredulidad. Fijó la vista en el grupo, pero sabía que lo que estaba viendo era imposible. Una posibilidad entre un millón.

Estoy alucinando.

Cuando las puertas del autobús se abrieron, los adolescentes se apretujaron para subir. La vio de nuevo. Esta vez estuvo seguro. La había visto, iluminada a la luz de la farola de la esquina.

El trío subió, y el motor del autobús rugió de nuevo. Repentinamente, Becker empezó a correr, con aquella imagen extravagante grabada en su mente: lápiz de labios negro, sombra de ojos grotesca, y aquel peinado, con el pelo distribuido en tres tiesas agujas diferentes. Rojo, blanco y azul.

Cuando el autobús empezó a moverse, una nube de monóxido de carbono lo envolvió.

—¡Espera! —gritó, mientras corría detrás del autobús.

Sus mocasines rojo oscuro apenas rozaban el pavimento, aunque la agilidad desarrollada tras años de jugar squash no le acompañaba. Sentía que perdía el equilibrio. A su cerebro le costaba controlar el ritmo de sus pies. Maldijo al camarero y el *jet lag*.

El autobús era uno de los de motor diésel más viejos de Sevilla, y por suerte para Becker el desarrollo de la primera marcha era largo y arduo. Vio que la distancia disminuía. Sabía que tenía que alcanzar el autobús antes de que el chófer cambiara de marcha.

Los tubos de escape lanzaron una nube de humo espeso cuando el conductor se dispuso a meter la segunda. Becker se colocó a la altura del parachoques trasero y se desvió un poco a la derecha. Corrió en paralelo con el vehículo. Vio las puertas traseras abiertas de par en par, como en todos los autobuses de Sevilla: aire acondicionado barato.

Clavó la vista en la abertura, sin hacer caso del dolor de sus piernas. Los neumáticos chirriaban cada vez más. Se lanzó hacia la puerta, pero no consiguió agarrar la manija y estuvo a punto de perder el equilibrio. El embrague del autobús produjo un chasquido cuando el conductor se preparó para cambiar de marcha.

¡Va a cambiar! ¡No lo conseguiré!

Pero justo antes de que entrara la segunda, el autobús disminuyó un poco la velocidad. Becker se precipitó y los dedos de su mano sujetaron firmemente la manija. Casi se le dislocó el hombro cuando el vehículo aceleró con fuerza y se vio catapultado sobre la plataforma.

David Becker estaba derrumbado sobre el suelo de la puerta del autobús. El pavimento se deslizaba raudo a escasos centímetros de él. Ya estaba sobrio. Le dolían las piernas y el hombro. Se puso en pie, tembloroso, y distinguió a pocos pasos, en el lóbrego interior del vehículo, las tres púas de pelo.

¡Rojo, blanco y azul! ¡Lo he logrado!

Por la mente de Becker desfilaron imágenes del anillo, del Learjet 60 que le esperaba y de Susan.

Cuando llegó a la altura de la chica, mientras se preguntaba qué iba a decirle, el autobús pasó bajo una farola, que iluminó por un instante la cara de la punki.

La miró horrorizado. El maquillaje estaba aplicado sobre una barba de varios días. No era una chica, sino un chico. Un aro de plata le perforaba el labio superior y debajo de la chaqueta de cuero negra no llevaba camisa.

—¿Qué coño quieres? —preguntó la voz ronca. Su acento era de Nueva York.

Desorientado, como en una caída libre en cámara lenta, Becker miró a los pasajeros que le contemplaban. Todos eran punkis. Al menos la mitad tenían el pelo rojo, blanco y azul.

—¡Siéntate! —chilló el conductor.

Becker estaba demasiado aturdido para oírle.

—¡Siéntate! —repitió el hombre.

Se volvió hacia la cara irritada del retrovisor. Pero había esperado demasiado.

El chófer, irritado, pisó los frenos. Becker sintió que su peso se desplazaba. Buscó el respaldo de un asiento, pero falló. Por un instante surcó los aires. Después aterrizó sobre el suelo mugriento.

En la avenida del Cid, una figura se desgajó de las sombras. Ajustó sus gafas con montura metálica y siguió con la vista el autobús que se alejaba. David Becker había escapado, pero por poco tiempo. De todos los autobuses de Sevilla, el señor Becker acababa de subir al infame 27.

El 27 sólo tenía un destino.

46

Phil Chartrukian colgó enfurecido. Jabba estaba hablando por teléfono. El jefe de Sys-Sec sostenía que la llamada en espera era un truco ideado por las compañías telefónicas para aumentar los beneficios a base de conectar cada llamada. La sencilla frase «Estoy hablando por la otra línea, enseguida te llamo» hacía ganar millones a las compañías cada año. La negativa de Jabba a suscribirse al servicio de llamada en espera era una protesta silenciosa simbólica a la exigencia de la NSA de que llevara un móvil de emergencia en servicio día y noche.

Chartrukian se volvió y echó un vistazo a la planta desierta de Criptografía. El zumbido de los generadores aumentaba de intensidad a cada momento. Presentía que el tiempo se estaba terminando. Sabía que debía marcharse, pero a pesar del rugido de los grupos electrógenos, no podía quitarse de la cabeza el mantra de Sys-Sec: *Primero actúa y después explica.*

En el mundo de la seguridad informática, unos pocos minutos solían significar a menudo la diferencia entre salvar un sistema o perderlo. Apenas había tiempo para justificar un procedimiento defensivo antes de adoptarlo. Los técnicos de Sys-Sec cobraban por su experiencia técnica y su instinto.

Primero actúa y después explica. Chartrukian sabía lo que debía hacer. También sabía que, cuando la situación se solucionara, sería un héroe de la NSA o un desempleado más.

El superordenador tenía un virus, de eso estaba seguro. Sólo existía una forma de actuación responsable. Desconectarlo.

Chartrukian sabía que sólo había dos maneras de desconectar *Transltr*. Una era mediante la terminal particular del comandante, que estaba cerrada con llave en su despacho. Nada que hacer. La otra era el interruptor localizado en uno de los niveles subterráneos de Criptografía.

Chartrukian tragó saliva. Odiaba los niveles inferiores. Sólo había estado una vez, cuando le entrenaron. Era como algo surgido de un planeta alienígena, con su largo laberinto de pasarelas, conductos de freón y un descenso mareante de cuarenta metros hasta los generadores.

Era el último lugar al que deseaba ir, y Strathmore era la última persona con quien deseaba cruzarse, pero el deber era el deber. *Mañana me darán las gracias*, pensó, y se preguntó si estaría en lo cierto.

Respiró hondo y abrió la taquilla metálica de los responsables de Sys-Sec. En un estante de piezas desechadas, escondida detrás de un concentrador y un probador de redes de área local, había una taza de Stanford. Sin tocar el borde, buscó dentro y extrajo una llave Medeco.

—Es asombroso —gruñó— lo que los técnicos de Sys-Sec no saben sobre seguridad.

47

—¿Un código de mil millones de dólares? —resopló Midge, mientras seguía a Brinkerhoff por el pasillo—. Esta sí que es buena.

—Te lo juro —dijo él.

La mujer le miró de soslayo.

—Será mejor que no se trate de un truco para desvestirme.

—Midge, yo nunca... —dijo él con tono santurrón.

—Lo sé, Chad. No me lo recuerdes.

Medio minuto después, Midge estaba sentada en la silla de Brinkerhoff y estudiaba el informe de Criptografía.

—¿Lo ves? —dijo el hombre, inclinado sobre ella mientras señalaba la cifra de marras—. ¿Ves este CMD? ¡Mil millones de dólares!

Ella lanzó una risita.

—Parece que roza la banda alta, ¿eh?

—Sí —gruñó él—. Roza.

—Parece una división por cero.

—¿Qué?

—Una división por cero —dijo Midge, mientras examinaba los datos—. El CMD calculado como fracción: el gasto total dividido por el número de códigos desencriptados.

—Por supuesto.

Brinkerhoff asintió con aire ausente y trató de no mirarle los pechos.

—Cuando el denominador es cero —explicó Midge—, el cociente es infinito. Los ordenadores odian la infinitud, de manera que se disparan todos los nueves. —Indicó una columna diferente—. ¿Ves esto?

—Sí.

Brinkerhoff se concentró en el documento.

—Son los datos de producción bruta de hoy. Echa un vistazo al número de descodificaciones.

Brinkerhoff siguió obediente el dedo de la mujer cuando bajó por la columna.

NÚMERO DE CÓDIGOS DESENCRIPTADOS = 0

Midge dio unos golpecitos con un dedo sobre la cifra.

—Lo que yo sospechaba. División por cero.

Brinkerhoff arqueó las cejas.

—¿Todo va bien?

La mujer se encogió de hombros.

—Sólo significa que hoy no hemos descifrado ningún código. *Transltr* se estará tomando un descanso.

—¿Un descanso?

Brinkerhoff no parecía muy convencido. Llevaba trabajando el tiempo suficiente con el director para saber que los «descansos» no formaban parte de su *modus operandi* favorito, sobre todo con respecto a *Transltr*. El gigantesco ordenador había costado dos mil millones de dólares, y Fontaine quería amortizar ese dinero. Todos los segundos que *Transltr* estaba ocioso era dinero tirado a la basura.

—Midge —empezó Brinkerhoff—, *Transltr* no se toma descansos. Funciona día y noche. Ya lo sabes.

La mujer se encogió de hombros.

—Tal vez Strathmore no tuvo ganas de quedarse anoche a preparar las actividades del fin de semana. Debía saber que Fontaine estaba ausente y se fue a pescar.

—Venga, Midge. —Brinkerhoff le dirigió una mirada de disgusto—. No te metas con él.

No era ningún secreto que Trevor Strathmore no le caía bien a Midge Milken. El comandante había llevado a cabo una maniobra astuta cuando reprogramó Skipjack, pero le habían pillado. Pese a sus audaces intenciones, la NSA lo había pagado caro. La EFF recibió un balón de oxígeno, Fontaine había perdido credibilidad en el Congreso, y lo peor de todo, la agencia había salido en parte del anonimato. De repente, había amas de casa de Minnesota que se quejaban a America Online y Prodigy de que la NSA podía estar leyendo su correo electrónico, como si a la NSA le importara algo la receta de las batatas caramelizadas.

La metedura de pata de Strathmore había costado cara a la NSA, y Midge se sentía responsable. No habría podido anticipar la jugada del comandante, pero lo importante era que una acción no autorizada se había realizado sin conocimiento de Fontaine, cuyas espaldas a Midge le pagaban por proteger. La actitud de no interferencia de Fontaine le convertía en una víctima propiciatoria, y ponía nerviosa a Midge, pero hacía mucho tiempo que el director había aprendido a dejar que la gente inteligente hiciera su trabajo. De esa forma manejaba a Trevor Strathmore.

—Midge, sabes muy bien que el comandante no está holgazaneando —arguyó Brinkerhoff—. Dedica todas sus energías a dirigir *Transltr*.

Ella asintió. En el fondo, sabía que acusar a Strathmore de gandulear era absurdo. El comandante se dedicaba en cuerpo y alma a su tarea. Cargaba con las maldades del mundo como si fuera su cruz personal. Skipjack había sido idea suya, un osado intento de cambiar el mundo. Por desgracia, como muchas búsquedas divinas, la cruzada había terminado en crucifixión.

—De acuerdo —admitió—. He sido un poco dura.

—¿Un poco? —Brinkerhoff entornó los ojos—. Strathmore tiene una acumulación de archivos de más de un kilómetro de largo. Jamás permitiría que *Transltr* permaneciera inactivo todo un fin de semana.

—De acuerdo, de acuerdo —suspiró Midge—. Me equivoqué. —Frunció el ceño, perpleja por el hecho de que *Transltr* no hubiera descifrado ningún código en todo el día—. Voy a comprobar algo —dijo, y empezó a examinar el informe. Localizó lo que andaba buscando y miró las cifras. Al cabo de un momento, asintió—. Tienes razón, Chad. *Transltr* ha estado funcionando a plena potencia. El consumo de electricidad ya supera el medio millón de kilovatios por hora desde la medianoche.

—¿Qué quieres decir?

Midge estaba perpleja.

—No estoy segura. Es raro.

—¿Quieres repasar los datos?

Ella le dirigió una mirada de desaprobación. Había dos cosas incuestionables acerca de Midge Milken. Una eran sus datos. Brinkerhoff esperó mientras ella estudiaba las cifras.

—Mmm —gruñó por fin—. Las estadísticas de ayer parecen correctas: doscientos treinta y siete códigos descifrados. Costo promedio: ochocientos setenta y cuatro dólares. Tiempo promedio por código: un poco más de seis minutos. Consumibles en bruto: normal. Último código entrado en *Transltr*...

Calló.

—¿Qué pasa?

—Es curioso —dijo ella—. El último archivo de ayer entró a las once y treinta y siete minutos de la noche.

—¿Y?

—Pues que *Transltr* descifra códigos cada seis minutos, más o menos. El último archivo del día suele entrar poco antes de medianoche. No parece que...

Midge enmudeció, y luego lanzó una exclamación ahogada.

Brinkerhoff pegó un brinco.

—¿Qué pasa?

Ella estaba leyendo el listado con incredulidad.

—Este archivo. El que entró en *Transltr* anoche.

—¿Sí?

—Aún no ha sido descifrado. Su hora de entrada es las 23:37:08, pero no consta la hora de terminación del proceso de desencriptación. —Pasó las páginas—. ¡Ni de ayer ni de hoy!

Brinkerhoff se encogió de hombros.

—Tal vez se trate de un diagnóstico exhaustivo.

Midge meneó la cabeza.

—¿De dieciocho horas? —Hizo una pausa—. No lo creo. Además, los datos dicen que es un archivo exterior. Deberíamos llamar a Strathmore.

—¿A casa? —Brinkerhoff tragó saliva—. ¿Un sábado por la noche?

—No —dijo Midge—. Si conozco bien a Strathmore, él es el responsable de esto. Me juego lo que quieras a que está aquí. Es un presentimiento. —Los presentimientos de Midge nunca se cuestionaban—. Vamos —dijo al tiempo que se ponía en pie—. Vamos a comprobar si tengo razón.

Brinkerhoff la siguió a su despacho, donde la mujer se sentó y empezó a trabajar con el teclado del Gran Hermano como si fuera una virtuosa del órgano.

Él echó un vistazo a la hilera de monitores empotrados en la pared, todos con la pantalla congelada en el sello de la NSA.

—¿Vas a fisgonear en Criptografía? —preguntó nervioso.

—No —contestó Midge—. Ojalá pudiera, pero Criptografía es como una tumba. No tiene vídeo. Ni sonido. Nada. Órdenes de Strathmore. Sólo cuento con estadísticas aproximadas y material básico de *Transltr*. Aún podemos considerarnos afortunados. El comandante quería aislamiento total, pero Fontaine insistió en lo básico.

Brinkerhoff la miró perplejo.

—¿Criptografía no tiene vídeo?

—¿Para qué? —preguntó ella, sin volverse del monitor—. ¿Tú y Carmen queréis un poco más de intimidad?

Él gruñó algo inaudible.

Midge pulsó más teclas.

—Voy a examinar el registro del ascensor de Strathmore. —Estudió el monitor un momento y después golpeó la mesa con los nudillos—. Está aquí —anunció—. Está en Criptografía en este momento. Mira esto. Para que luego hablen de horas extras. Entró ayer por la mañana y su ascensor no se ha movido desde entonces. No veo que haya utilizado la tarjeta de la puerta principal. Por lo tanto, está ahí, no cabe duda.

Brinkerhoff exhaló un suspiro de alivio.

—Si Strathmore está ahí, es que todo va bien, ¿no?

Midge pensó un momento.

—Tal vez —decidió por fin.

—¿Tal vez?

—Deberíamos llamar y comprobarlo.

Brinkerhoff gruñó.

—Es el subdirector, Midge. Estoy seguro de que lo tiene todo controlado. No nos adelantemos...

—Venga, Chad, no seas infantil. Sólo estamos haciendo nuestro trabajo. Hemos encontrado algo erróneo en las estadísticas, y vamos a ver qué es. Además —añadió—, me gustaría recordar a Strathmore que Gran Hermano está vigilando. Para que se lo piense dos veces antes de planear alguna de sus jugarretas para salvar el mundo.

Midge descolgó el teléfono y empezó a marcar.

Brinkerhoff la miró inquieto.

—¿De veras crees que deberías molestarle?

—Yo no voy a molestarle —contestó Midge, al tiempo que le pasaba el teléfono—. Tú vas a hacerlo.

48

—¿Qué? —soltó Midge con incredulidad—. ¿Strathmore dice que nuestros datos son erróneos?

Brinkerhoff asintió y colgó el teléfono.

—¿Niega que *Transltr* se ha atascado con un archivo durante dieciocho horas?

—Se mostró muy tranquilo —sonrió Brinkerhoff, complacido por haber sobrevivido a la llamada—. Me aseguró que *Transltr* estaba funcionando bien. Dijo que estaba descifrando códigos cada seis minutos, incluso mientras hablábamos. Me dio las gracias por avisarle.

—Miente —replicó Midge—. Hace dos años que examino las estadísticas de Criptografía. Los datos nunca se equivocan.

—Siempre hay una primera vez —dijo el hombre.

Ella le dirigió una mirada de desaprobación.

—Repasé los datos dos veces.

—Sí, pero ya sabes lo que dicen de los ordenadores. Cuando fallan, al menos son coherentes.

Midge se volvió y le miró.

—¡Esto no es divertido, Chad! El subdirector acaba de decir una mentira flagrante. ¡Quiero saber por qué!

De pronto, Brinkerhoff se arrepintió de haberla advertido. La llamada de Strathmore la había sacado de quicio. Desde Skipjack, siempre que Midge presentía que algo sospechoso estaba pasando, se convertía de seductora en arpía. No había forma de detenerla hasta que averiguaba lo que pasaba.

—Midge, es posible que nuestros datos fallaran —dijo con firmeza—. Piénsalo bien. ¿Un archivo que colapsa *Transltr* dieciocho horas? Inaudito. Vete a casa. Es tarde.

Ella le dedicó una mirada altiva y tiró el informe sobre la mesa.

—Confío en los datos. El instinto me dice que son ciertos.

Brinkerhoff frunció el ceño. Ni siquiera el director cuestionaba las intuiciones de Midge. Poseía la rara habilidad de tener siempre razón.

—Algo está pasando —declaró—. Y pienso averiguar qué es.

49

Becker se levantó del suelo del autobús y se derrumbó en un asiento libre.

—Bien hecho, capullo —rió el chico de las tres púas. Becker lo miró con atención. Era el chico al que había perseguido hasta el autobús. Inspeccionó el mar de peinados rojo, blanco y azul.

—¿Por qué lleváis el pelo así? —gruñó Becker, y señaló a los demás—. Todos...

—¿Rojo, blanco y azul? —preguntó el chico.

Él asintió, mientras procuraba no mirar la perforación infectada del labio superior del muchacho.

—Judas Taboo —dijo el chico.

Becker le miró perplejo.

El punki escupió en el pasillo, disgustado por la ignorancia de aquel tipo.

—Judas Taboo. El mayor punki desde Sid Vicious. Hoy hace un año que se voló la cabeza. Es su aniversario.

Becker asintió vagamente, sin establecer la relación.

—Taboo llevaba el pelo así el día que se largó. —El chico volvió a escupir—. Todos sus verdaderos admiradores llevan hoy el pelo rojo, blanco y azul.

Becker guardó silencio durante un largo momento. Poco a poco, como si le hubieran inyectado un tranquilizante, se volvió hacia delante. Inspeccionó al grupo del autobús. Todos eran punkis. Casi todos le estaban mirando.

Todos sus admiradores llevan hoy el pelo rojo, blanco y azul.

Becker alargó el brazo para tirar de la cadena que activaba el timbre de parada. Había llegado el momento de bajar. Volvió a tirar de la cadena. No pasó nada. Llamó por tercera vez, frenético. Nada.

—En el veintisiete no funciona. —El chico volvió a escupir—. Para que no les jodamos.

Becker se volvió.

—¿Quieres decir que no puedo bajar?

El chico rió.

—Hasta el final de la línea no.

Cinco minutos después, el autobús traqueteaba por una carretera rural española. Becker se volvió hacia el chico.

—¿Parará alguna vez?

El joven asintió.

—Faltan unos kilómetros.

—¿Adónde vamos?

—¿Quieres decir que no lo sabes? —preguntó el punki sonriente.

Becker se encogió de hombros.

El chico se puso a reír como un histérico.

—Oh, mierda. Te va a encantar.

50

A escasos metros de la vasija protectora de *Transltr*, Phil Chartrukian se detuvo ante una placa de letras blancas grabadas en el suelo de Criptografía.

NIVELES INFERIORES DE CRIPTOGRAFÍA
ACCESO RESTRINGIDO A PERSONAL AUTORIZADO

Sabía sin la menor duda que él no formaba parte del personal autorizado. Dirigió una veloz mirada al despacho de Strathmore. Las cortinas seguían corridas. Chartrukian había visto a Susan Fletcher entrar en los lavabos, de modo que no le daría problemas. La única cuestión era Hale. Miró hacia Nodo 3 y se preguntó si el criptógrafo estaría vigilando.

—Que se joda —gruñó.

Bajo sus pies, el contorno de una trampilla apenas se distinguía en el suelo. Acarició la llave que acababa de coger del laboratorio de Sys-Sec.

Se arrodilló, introdujo la llave en el suelo y la giró. La cerradura chasqueó. Después desatornilló la abrazadera de mariposa y liberó la puerta. Miró una vez más hacia atrás, se acuclilló y tiró. El panel era pequeño, de un metro de largo por uno de ancho, pero pesado. Cuando lo abrió por fin, el técnico de Sys-Sec retrocedió tambaleante.

Un chorro de aire caliente le dio en la cara. Transportaba el olor penetrante a gas freón. Nubes de vapor salieron por la abertura, iluminada por la luz roja de abajo. El zumbido lejano de los generadores se convirtió en un rugido. Chartrukian se levantó y escudriñó la abertura. Parecía más la puerta del infierno que la entrada de servicio de un superordenador. Una estrecha escalerilla conducía a una plataforma subterránea. Más allá había una escalera, pero sólo pudo ver una neblina roja remolineante.

Greg Hale estaba de pie tras el cristal unidireccional de Nodo 3. Vio que Chartrukian bajaba por la escalerilla hacia los niveles inferiores. Desde donde estaba, daba la impresión de que la cabeza del técnico estaba separada de su cuerpo, abandonada en el suelo de Criptografía. Después, poco a poco, se zambulló en la neblina roja.

—Muy valiente —murmuró Hale.

Sabía adónde se dirigía Chartrukian. Abortar manualmente el proceso que estaba llevando a cabo *Transltr* era la acción lógica, si pensaba que el superordenador tenía un virus. Por desgracia, también era la forma de conseguir que Criptografía fuera invadida por técnicos de Sys-Sec al cabo de unos diez minutos. Las acciones de emergencia levantaban banderas de alarma en el tablero de instrumentos principal. Que Sys-Sec investigara a Criptografía era algo que Hale no se podía permitir. Salió de Nodo 3 y se encaminó hacia la trampilla. Había que detener a Chartrukian.

51

Jabba parecía un gigantesco renacuajo. Igual que la criatura cinematográfica de la que había recibido el mote, el cráneo calvo del hombre era como una bola de billar. Como ángel guardián residente de todos los sistemas informáticos de la NSA, Jabba iba de departamento en departamento, haciendo retoques, soldando y reafirmando su credo de que la prevención era la mejor medicina. Ningún ordenador de la NSA se había infectado durante el reinado de Jabba, y su intención era que todo siguiera igual.

La base de Jabba era una estación de trabajo elevada que dominaba el banco de datos subterráneo ultrasecreto de la NSA. Allí era donde un virus provocaría más daños, y donde el hombre pasaba casi todo el tiempo. En aquel momento, sin embargo, Jabba estaba tomando un descanso y disfrutando de una pizza con salchichón en la cantina de la NSA. Estaba a punto de engullir la tercera, cuando sonó su móvil.

—Adelante —dijo, y tosió cuando tragó un buen bocado.

—Jabba —ronroneó una voz femenina—, soy Midge.

—¡La Reina de los Datos! —exclamó el enorme hombre. Siempre había tenido debilidad por Midge Milken. Era inteligente, la única mujer que había flirteado con Jabba—. ¿Cómo estás?

—No me quejo.

Él se limpió los labios con el dorso de la mano.

—¿Estás en tu sitio?

—Sí.

—¿Quieres tomar una pizza conmigo?

—Me encantaría, pero he de vigilar estas caderas.

—¿De veras? —rió el hombre—. ¿Te importa si te ayudo?

—Qué malo eres.

—No tienes ni idea...

—Me alegro de haberte localizado —interrumpió la mujer—. Necesito consejo.

El hombre dio un largo sorbo de Dr Pepper.

—Dispara.

—Puede que no sea nada —dijo Midge—, pero mis estadísticas de Criptografía indican algo raro. Esperaba que tú pudieras arrojar un poco de luz.

—¿Qué tienes?

Dio otro sorbo.

—Tengo un informe que dice que *Transltr* ha estado analizando el mismo archivo durante dieciocho horas y aún no lo ha desencriptado.

Jabba derramó parte de la bebida encima de la pizza.

—¿Cómo?

—¿Alguna idea?

Secó la pizza con una servilleta.

—¿De qué informe se trata?

—Un informe de productividad. Análisis de costes básicos.

Midge explicó a toda prisa lo que Brinkerhoff había descubierto.

—¿Has llamado a Strathmore?

—Sí. Dijo que todo va bien en Criptografía, que *Transltr* funciona sin problemas. Afirmó que nuestros datos eran erróneos.

—¿Cuál es el problema? Tu informe es resultado de un fallo técnico. —Midge no contestó. Jabba intuyó sus dudas. Frunció el ceño—. No crees que el informe sea erróneo, ¿verdad?

—Exacto.

—¿Crees que Strathmore está mintiendo?

—No es eso —dijo Midge con diplomacia, a sabiendas de que pisaba terreno frágil—, es que mis estadísticas nunca se han equivocado. Pensé que necesitaba una segunda opinión.

—Bien —dijo Jabba—, siento ser yo quien te lo comunique, pero tus datos están equivocados.

—¿Eso crees?

—Apostaría mi empleo. —Jabba engulló un enorme pedazo de pizza empapado en salsa y habló con la boca llena—. El tiempo máximo que le ha tomado a *Transltr* desencriptar un archivo ha sido tres horas. Eso incluye diagnósticos, sondeos de límites, todo. Lo único que podría colapsarlo durante dieciocho horas sería de origen viral. Sólo eso.

—¿Viral?

—Sí, una especie de ciclo redundante. Algo que se coló en los procesadores, creó un bucle y embrolló el trabajo.

—Bien, Strathmore lleva treinta y seis horas en Criptografía sin salir. ¿Es posible que esté luchando contra un virus?

Jabba rió.

—¿Strathmore lleva ahí treinta y seis horas? Pobre imbécil. Su mujer le habrá prohibido entrar en casa. Me han dicho que le está zurrando la badana.

Midge pensó un momento. Ella también lo había oído. Se preguntó si se estaba volviendo paranoica.

—Midge —resolló Jabba, y dio otro trago largo—, si el juguete de Strathmore tuviera un virus, me habría llamado. Él es listo, pero no sabe una mierda de virus. A la primera señal de problemas, habría apretado el botón del pánico, y entonces es cuando yo entro en escena. —Jabba engulló una larga tira de mozzarella—. Además, es imposible que un virus penetre en *Transltr*. Manopla es el mejor conjunto de filtros que he programado jamás. Es inexpugnable.

Al cabo de un largo silencio, Midge suspiró.

—¿Alguna otra idea?

—Sí. Tus datos están equivocados.

—Eso ya lo has dicho.

—Exacto.

La mujer frunció el ceño.

—¿No te has enterado de nada? ¿Nada en absoluto?

Jabba lanzó una carcajada ronca.

—Midge, escucha. Skipjack fue un fracaso. Strathmore la cagó. Pero eso fue hace tiempo. Todo ha terminado. —Siguió un largo silencio al otro lado de la línea, y Jabba se dio cuenta de que había ido demasiado lejos—. Lo siento, Midge. Sé que te llevaste muchos palos por ese error. Strathmore estaba equivocado. Sé lo que opinas de él.

—Esto no tiene nada que ver con Skipjack —dijo la mujer con firmeza.

Sí, claro, pensó Jabba.

—Escucha, Midge, no tengo nada a favor o en contra de Strathmore. El tipo es criptógrafo. Todos son una pandilla de capullos egocéntricos. Necesitaban sus datos para ayer. Cada maldito archivo es el que puede salvar el mundo.

—¿Qué me estás diciendo?

Jabba suspiró.

—Estoy diciendo que Strathmore es tan psicótico como los demás, pero también estoy diciendo que quiere más a *Transltr* que a su mujer. Si hubiera un problema, me habría llamado.

Ella estuvo callada mucho rato. Por fin, exhaló un suspiro reticente.

—¿Me estás diciendo que mis datos son erróneos?

Jabba rió.

—¿Hay eco ahí?

Midge lanzó una carcajada.

—Escucha —dijo él—. Envíame una orden de trabajo. El lunes le echaré un vistazo a *Transltr*. Y ahora lárgate. Es sábado noche. Acuéstate con alguien, o algo por el estilo.

Ella suspiró.

—Ya lo intento, Jabba, créeme. Ya lo intento.

52

El Club Embrujo estaba situado en un barrio al final de la línea 27. Parecía más una fortificación que un local de baile, y estaba rodeado de altas paredes de estuco en cuyo borde superior había incrustados fragmentos de vidrio de botellas de cerveza, un tosco sistema de seguridad para impedir que alguien entrara ilegalmente sin dejarse una buena porción de carne.

Durante el trayecto, Becker se había resignado a su fracaso. Era hora de llamar a Strathmore con la mala noticia. La búsqueda era inútil. Había hecho lo posible. Había llegado el momento de volver a casa.

Pero ahora, mientras miraba la muchedumbre de clientes que se apretujaban en la entrada del club, no estuvo seguro de que su conciencia le permitiera abandonar la búsqueda. Estaba contemplando la concentración de punkis más grande que había visto en su vida. Por todas partes se veían cabelleras teñidas de rojo, blanco y azul.

Suspiró y sopesó sus opciones. Estudió la multitud y se encogió de hombros. *¿En qué otro sitio podría estar esa chica un sábado por la noche?* Becker maldijo su buena suerte y bajó del autobús.

Se accedía al Club Embrujo por un estrello pasillo de piedra. Cuando entró, se sintió atrapado al instante entre la oleada de clientes ansiosos.

—¡Aparta de mi camino, maricón!

Un acerico humano pasó a su lado y le propinó un codazo en el costado.

—Bonita corbata.

Alguien dio un tirón fuerte a la corbata de Becker.

—¿Quieres follar?

Una adolescente con aspecto de haber salido de *Zombie* le miró.

La oscuridad del corredor desembocaba en una enorme cámara de cemento que hedía a alcohol y olores corporales. La escena era surrealista, una gruta profunda horadada en la montaña, en la que cientos de cuerpos se movían al unísono. Iban de un lado a otro, con las manos apretadas contra los costados, las cabezas bamboleando como bulbos muertos sobre columnas vertebrales rígidas. Almas enloquecidas se lanzaban desde un escenario sobre un mar de extremidades humanas. Los cuerpos iban pasando como pelotas de playa humanas. Las luces estroboscópicas del techo prestaban al conjunto el aspecto de una antigua película muda.

En la pared del fondo, altavoces del tamaño de minicamionetas vibraban con tal intensidad que hasta los bailarines más fervorosos no podían acercarse a más de nueve metros de distancia.

Becker se tapó los oídos y paseó la mirada por entre la multitud. Por todas partes se veían cabezas rojas, blancas y azules. Los cuerpos estaban tan apretujados que no podía ver cómo iban vestidos. No distinguió ninguna bandera inglesa. Era evidente que no lograría abrirse paso entre la muchedumbre sin quedar atrapado. Alguien estaba vomitando cerca.

Encantador. Becker gruñó. Se internó por un pasillo pintado con espray.

El pasillo se convirtió en un estrecho túnel con espejos que se abría a un patio exterior con mesas y sillas dispersas. El patio estaba abarrotado de punkis, pero para Becker fue como las puertas de Shangri-La. El cielo de verano se abrió sobre él y la música se desvaneció.

Sin hacer caso de las miradas de curiosidad, se internó en la multitud. Se aflojó la corbata y se derrumbó en una silla, en la mesa desocupada más cercana. Tuvo la impresión de que había transcurrido una eternidad desde la llamada que Strathmore le había hecho aquella mañana.

Después de despejar la mesa de botellas de cerveza vacías, apoyó la cabeza en las manos. *Sólo unos minutos*, pensó.

A ocho kilómetros de distancia, el hombre con gafas de montura metálica iba sentado en el asiento trasero de un taxi que circulaba por la carretera rural.

—Embrujo —masculló, recordando al conductor su destino.

El taxista asintió, y miró a su peculiar cliente por el espejo del retrovisor.

—Embrujo —dijo entre dientes—. Cada noche hay gente más rara.

53

Tokugen Numataka estaba tendido desnudo sobre la cama de masajes de su oficina del ático. Su masajista personal trabajaba en los pliegues de su cuello. Hundió las palmas en las bolsas carnosas que rodeaban los omóplatos, bajando con parsimonia hacia la toalla que cubría sus nalgas. Las manos de la masajista se deslizaron más abajo..., por debajo de la toalla. Numataka apenas se dio cuenta. Su mente estaba en otra parte. Estaba esperando que su teléfono sonara. Hasta el momento no lo había hecho.

Alguien llamó a la puerta.

—Entre —gruñó Numataka.

La masajista sacó al instante las manos de debajo de la toalla.

La operadora de la centralita entró e hizo una reverencia.

—Honorable presidente.

—Hable.

La mujer hizo una segunda reverencia.

—He hablado con la central telefónica. La llamada procedía del código de país 1: Estados Unidos.

Numataka asintió. Una buena noticia. *La llamada se efectuó desde Estados Unidos.* Sonrió. *Era auténtica.*

—¿De qué lugar de Estados Unidos? —preguntó.

—Están en ello, señor.

—Muy bien. Avíseme cuando sepa algo más.

La operadora inclinó la cabeza de nuevo y se fue.

Numataka sintió que sus músculos se relajaban. Código de país 1. Una muy buena noticia.

54

Susan Fletcher recorría impaciente el lavabo de Criptografía. Contó lentamente hasta cincuenta. Le dolía la cabeza. *Un poquito más*, se dijo. *¡Hale es Dakota del Norte!*

Se preguntó cuáles serían los planes del criptógrafo. ¿Haría pública la clave de acceso? ¿Sería codicioso y trataría de vender el algoritmo? Susan ya no podía soportar la espera. Tenía que ver a Strathmore.

Entreabrió sigilosamente la puerta y miró hacia la distante pared reflectante de Criptografía. No podía saber si Hale seguía vigilando. Tenía que llegar cuanto antes al despacho de Strathmore, pero sin aparentar prisas. No podía permitir que Hale sospechara algo. Estaba a punto de abrir la puerta, cuando oyó algo. Voces. Voces masculinas.

Llegaban de la rejilla del pozo de ventilación. Abrió la puerta y avanzó hacia el conducto. El zumbido sordo de los generadores apagaba las palabras. Daba la impresión de que la conversación tenía lugar en las pasarelas de los niveles inferiores. Una voz era aguda, irritada. Parecía la de Phil Chartrukian.

—¿No me crees?

La discusión subió de tono.

—¡Tenemos un virus!

Después gritos.

—¡Hemos de llamar a Jabba!

Ruido de forcejeo.

—¡Suéltame!

El ruido que siguió apenas era humano. Un largo aullido de horror, como el de un animal torturado a punto de morir. Susan permaneció inmóvil junto al conducto. El ruido terminó con la misma brusquedad con la que había empezado. A continuación se hizo el silencio.

Un instante después, como si fuera el guión de una película de terror barata, las luces del lavabo se fueron atenuando poco a poco. Luego parpadearon y por fin se apagaron por completo. Una oscuridad absoluta rodeó a Susan Fletcher.

55

—Estás sentado en mi silla, capullo —le recriminó una voz en inglés.

Becker levantó la cabeza. *¿Acaso nadie hablaba español en este jodido país?*

Un menudo adolescente de cabeza rapada y cara llena de granos le estaba mirando con furia. Llevaba la mitad del cráneo rojo y la otra mitad púrpura. Parecía un huevo de Pascua.

—He dicho que estás ocupando mi asiento, capullo.

—Ya te oí la primera vez —contestó Becker, al tiempo que se levantaba. No estaba de humor para peleas. Era hora de irse.

—¿Dónde has puesto mis botellas? —rugió el chico. Llevaba un imperdible en la nariz.

Becker indicó las botellas de cerveza que había dejado en el suelo.

—Estaban vacías.

—¡Pero eran mías, joder!

—Te pido mil perdones —dijo Becker, y se dispuso a salir.

El muchacho le cortó el paso.

—¡Recógelas!

Becker parpadeó sorprendido.

—Estás de broma, ¿no?

Le sacaba treinta centímetros y pesaba veinte kilos más que el muchacho.

—¿Te parece que estoy de broma, joder?

Becker no dijo nada.

—¡Recógelas!

La voz del chico se quebró.

Becker intentó sortearle, pero el adolescente volvió a bloquear su camino.

—¡He dicho que las recojas, joder!

Punkis colocados de las mesas cercanas empezaron a volverse hacia el barullo.

—No hablas en serio, chico —dijo Becker en voz baja.

—¡Te lo advierto! —gritó el muchacho—. ¡Es mi mesa! Vengo aquí cada noche. ¡Recógelas!

La paciencia de Becker se agotó. ¿No tenía que estar en las Smoky con Susan? ¿Qué estaba haciendo en España discutiendo con un adolescente psicótico?

Cogió al muchacho por las axilas, lo alzó en el aire y lo inmovilizó sobre la mesa.

—Escucha, enano. Te vas a largar ahora mismo, de lo contrario te arrancaré el imperdible y te coseré la boca.

El chico palideció.

Becker le sujetó un momento y luego le soltó. Sin apartar los ojos de él, se agachó, recogió las botellas y las devolvió a la mesa.

—¿Qué dices? —preguntó al aterrorizado muchacho.

El muchacho estaba sin habla.

—De nada —soltó Becker.

Este mamarracho es un anuncio ambulante a favor del control de natalidad.

—¡Vete a la mierda! —chilló el joven, sin darse cuenta de que sus compañeros se reían de él—. ¡Lameculos!

Becker no se movió. Algo que el chico había dicho se registró en su mente. *Vengo aquí cada noche.* Se preguntó si el muchacho podría ayudarle.

—Lo siento —dijo Becker—. No he entendido tu nombre.

—Dos Tonos —siseó el punki, como si estuviera pronunciando una sentencia de muerte.

—¿Dos Tonos? —musitó Becker—. Deja que lo adivine... ¿Es por tu pelo?

—No me jodas, Sherlock.

—Bonito nombre. ¿Lo inventaste tú mismo?

—Ya lo creo —dijo el muchacho con orgullo—. Voy a patentarlo.

Becker frunció el ceño.

—¿Quieres decir que vas a registrar la marca?

El chico le miró confuso.

—Has de registrar la marca —dijo Becker—, no patentarla.

—¡Lo que sea! —gritó el punki frustrado.

El grupo heterogéneo de chicos borrachos y colocados de las mesas cercanas era preso de la histeria. Dos Tonos se levantó y miró a Becker con expresión burlona.

—¿Qué cojones quieres de mí?

Becker pensó un momento. *Quiero que te laves el pelo, te limpies la boca y consigas un empleo.* Concluyó que era demasiado pedir en el primer encuentro.

—Necesito cierta información —dijo.

—Que te folle un pez.

—Busco a alguien.

—No le vi.

—No le has visto —corrigió Becker, mientras hacía una seña a una camarera. Pidió dos cervezas Águila y dio una a Dos Tonos. El muchacho parecía sorprendido. Dio un sorbo a la cerveza y miró a Becker con cautela.

—¿Me estás echando los tejos?

—Estoy buscando a una chica. —dijo Becker sonriendo.

Dos Tonos lanzó una carcajada histérica.

—¡Te juro que no vas a ligar vestido así!

Becker frunció el ceño.

—No quiero ligar. Sólo he de hablar con ella. Quizá podrías ayudarme a encontrarla.

Dos Tonos dejó su cerveza sobre la mesa.

—¿Eres un poli?

—Soy de Maryland, tío. Si fuera un poli, estaría fuera de mi jurisdicción, ¿no crees?

Dio la impresión de que la pregunta le dejó confuso.

—Me llamo David Becker.

Sonrió y le extendió la mano.

El punki se encogió asqueado.

—Quita de ahí, maricón.

Becker retiró la mano.

El muchacho sonrió con aire burlón.

—Te ayudaré, pero gratis no.

Becker le siguió la corriente.

—¿Cuánto?

—Cien dólares.

Becker frunció el ceño.

—Sólo llevo pesetas.

—¡Me da igual! Que sean cien pesetas.

No cabía duda de que el cambio de la moneda extranjera no era el punto fuerte de Dos Tonos.

—Trato hecho —dijo Becker, al tiempo que dejaba la botella sobre la mesa.

El chico sonrió por primera vez.

—Trato hecho.

—De acuerdo. —Becker habló en voz baja—. Creo que la chica a la que busco podría estar aquí. Lleva el pelo de color rojo, blanco y azul.

Dos Tonos resopló.

—Es el aniversario de Judas Taboo. Todo el mundo lleva...

—También lleva una camiseta con la bandera inglesa y un pendiente en forma de calavera en una oreja.

Una vaga mirada de reconocimiento cruzó el rostro de Dos Tonos. Becker se dio cuenta y experimentó una oleada de esperanza, pero un momento después Dos Tonos se puso muy serio. Dejó la botella sobre la mesa con violencia y le agarró la camisa.

—¡Es la chica de Eduardo, capullo! ¡Yo la vigilo! ¡Si le pones la mano encima, te mataré!

56

Midge Milken entró como una furia en la sala de conferencias, situada enfrente de su despacho. Además de la mesa de caoba de diez metros de longitud, en la sala había tres acuarelas de Marion Pike, un helecho plantado en una maceta, un bar con mostrador de mármol y, por supuesto, la indispensable fuente de agua fría de la marca Sparklett. Se sirvió un vaso con la esperanza de calmar sus nervios.

Mientras sorbía el líquido, miró por la ventana. La luz de la luna se filtraba por las celosías abiertas y se reflejaba en la cubierta de la mesa, que tenía grabado el escudo de la NSA. Siempre había pensado que sería un despacho de director más agradable que el de Fontaine, situado en la fachada del edificio. En lugar de dominar el aparcamiento de la NSA, la sala de conferencias daba a un impresionante despliegue de edificios anexos, incluyendo la cúpula de Criptografía, una isla de alta tecnología que flotaba separada del edificio principal, en medio de casi dos hectáreas arboladas. Ubicada a propósito tras la protección natural de un bosquecillo de arces, costaba ver Criptografía desde la mayoría de ventanas del complejo de la NSA, pero la panorámica desde la suite de dirección era perfecta. Para Midge, la sala de conferencias era el lugar apropiado desde el que inspeccionar los dominios. En una ocasión había sugerido que Fontaine trasladara su oficina, pero el director se limitó a contestar: «En la parte trasera no». A Fontaine no iban a encontrarlo en la parte trasera de ningún sitio.

Midge descorrió las cortinas. Miró las colinas. Suspiró y desvió la vista hacia Criptografía. La visión de la cúpula de Criptografía siempre la había confortado, un faro que brillaba a todas horas. Pero esta noche no sintió el consuelo de siempre. Se descubrió observando un vacío. Cuando apretó la cara contra el cristal, un pánico infantil e irracional se apoderó de ella. Sólo vio negrura. ¡Criptografía había desaparecido!

57

Los lavabos de Criptografía no tenían ventanas, y la oscuridad que rodeaba a Susan Fletcher era absoluta. Permaneció inmóvil un instante, mientras intentaba orientarse, muy consciente de la sensación de pánico que se había apoderado de su cuerpo. Daba la impresión de que el espantoso grito procedente del conducto de ventilación reverberaba a su alrededor. Pese a su esfuerzo por controlar la oleada de miedo, no pudo lograrlo.

Presa de un frenesí de movimentos involuntarios, comenzó a tantear en la oscuridad las puertas de los servicios. Desorientada, cruzó la negrura con las manos extendidas ante ella, e intentó hacerse una imagen mental de la habitación. Volcó un cubo de basura y tropezó con una pared de azulejos. Siguió la pared con la mano en dirección a la salida y manoteó con el pomo de la puerta. La abrió y salió tambaleante a Criptografía.

Se quedó paralizada por segunda vez.

La planta de Criptografía no se parecía en nada a lo que era minutos antes. *Transltr* se había convertido en una silueta gris que se recortaba contra la tenue luz crepuscular que se filtraba por la cúpula. Todas las luces del techo se habían apagado. Ni siquiera brillaban los teclados electrónicos de las puertas.

Cuando los ojos de Susan se adaptaron a la oscuridad, vio que la única luz de Criptografía procedía de la trampilla abierta, un tenue resplandor rojizo que surgía de las profundidades. Avanzó hacia él. Percibió un leve olor a ozono en el aire.

Cuando llegó a la trampilla, escudriñó el hueco. Los conductos de freón continuaban expulsando una neblina remolineante a través de la niebla roja, y por el zumbido agudo de los generadores, Susan dedujo que Criptografía estaba funcionando gracias al suministro de emergencia. Distinguió a Strathmore de pie en la plataforma de abajo. Estaba inclinado sobre la barandilla, con la vista clavada en las profundidades del pozo de *Transltr*.

—¡Comandante!

No hubo respuesta.

Susan empezó a bajar por la escalerilla. El aire caliente se coló por debajo de su falda. Los escalones estaban resbaladizos debido a la condensación. Pisó el rellano enrejado.

—¿Comandante?

Strathmore no se volvió. Miraba algo con estupor, como si estuviera en trance. Susan siguió su mirada más allá de la barandilla. Por un momento no vio nada, salvo hilillos de vapor. Después la vio de repente. Una figura. Seis pisos más abajo. Apareció un momento entre las columnas de vapor. Una vez más. Una masa confusa de miembros retorcidos. Treinta metros más abajo, Phil Chartrukian estaba empalado en las aletas de hierro afiladas del generador principal. Su cuerpo estaba achicharrado. Su caída había interrumpido el suministro de energía principal de Criptografía.

Pero la imagen más escalofriante no era la de Chartrukian, sino la de otro cuerpo, a mitad de la larga escalera, acuclillado, oculto en las sombras. El cuerpo musculoso era inconfundible. Greg Hale.

58

—¡Megan pertenece a mi amigo Eduardo! —gritó el punki a Becker—. ¡Mantente alejado de ella!

—¿Dónde está?

El corazón de Becker se había acelerado.

—¡Que te jodan!

—¡Es un asunto urgente! —replicó. Agarró la manga del chico—. Tiene un anillo que es mío. ¡Le pagaré por él! ¡Un dineral!

Dos Tonos se puso histérico.

—¿Quieres decir que ese pedazo de mierda es tuyo?

Becker abrió los ojos de par en par.

—¿Lo has visto?

Dos Tonos asintió con aire evasivo.

—¿Dónde está? —preguntó Becker.

—Ni idea —rió Dos Tonos—. Megan estuvo aquí intentando colocarlo.

—¿Intentaba *venderlo*?

—No te agobies, tío, no tuvo suerte. Tus gustos en cuestión de joyas son espantosos.

—¿Estás seguro de que nadie lo compró?

—¿De qué vas? ¿Por cuatrocientos dólares? Le dije que le daría cincuenta, pero quería más. La tía tenía la intención de comprar un billete de avión. Se apuntó a la lista de espera.

Becker palideció.

—¿Adónde?

—A Connecticut, joder —replicó Dos Tonos.

—¿Connecticut?

—Sí, mierda. Vuelve a la mansión de papá y mamá, en las afueras. Odia a su familia española de intercambio. Los tres hermanos siempre estaban metiéndole mano. No tienen agua caliente.

Becker sintió un nudo en la garganta.

—¿Cuándo se va?

Dos Tonos levantó la vista.

—¿Cuándo? —Rió—. Hace rato que se ha marchado. Se fue al aeropuerto hace horas. El mejor sitio para vender el anillo, turistas ricos y toda esa mierda.

Becker sintió náuseas. *Esto debe ser una broma de mal gusto, ¿verdad?* Guardó silencio un largo momento.

—¿Cuál es su apellido?

Dos Tonos reflexionó sobre la pregunta y se encogió de hombros.

—¿Qué vuelo iba a tomar?

—Dijo algo acerca de la Diligencia de las Cucarachas.

—¿La Diligencia de las Cucarachas?

—Sí. El vuelo barato de los fines de semana: Sevilla, Madrid, La Guardia. Lo llaman así. Los universitarios lo toman porque es barato. Supongo que se sientan en la parte de atrás y fuman porros.

Fantástico. Becker gruñó y se pasó la mano por el cabello.

—¿A qué hora sale el vuelo?

—A las dos de la madrugada, todos los sábados por la noche. En estos momentos estará sobre el Atlántico.

Becker consultó su reloj. Eran las dos menos cuarto de la madrugada.

—¿No has dicho que el vuelo es a las dos de la mañana?

El punki asintió y rió.

—Pareces jodido, tío.

Becker indicó su reloj enfadado.

—¡Pero sólo son las dos menos cuarto!

Dos Tonos miró el reloj, en apariencia atónito.

—Vaya, que fuerte, es verdad —rió—. ¡No suelo estar tan colocado hasta las cuatro de la mañana!

—¿Cuál es el medio más rápido de ir al aeropuerto? —preguntó Becker.

—Hay taxis en la entrada.

Becker sacó un billete de mil pesetas de la cartera y lo metió en la mano de Dos Notas.

—¡Eh, tío, gracias! —gritó el punki—. ¡Si ves a Megan, dale recuerdos de mi parte!

Pero Becker ya se había ido.

Dos Tonos suspiró y se encaminó hacia la pista de baile, tambaleante. Estaba demasiado borracho para fijarse en el hombre con gafas de montura metálica que le seguía.

Becker buscó un taxi en el aparcamiento. No había ninguno. Corrió hacia un fornido guarda de seguridad.

—¡Taxi!

El guarda de seguridad meneó la cabeza.

—Demasiado pronto.

¿Demasiado pronto?, maldijo Becker. *¡Eran las dos de la mañana!*

—¡Pídame uno!

El hombre sacó un *walkie-talkie*. Dijo unas pocas palabras y luego cortó.

—Veinte minutos —dijo.

—¿Veinte minutos? —preguntó Becker—. ¿Y el autobús?

El guarda de seguridad se encogió de hombros.

—Tres cuartos de hora.

Becker lanzó las manos al aire. *¡Perfecto!*

Volvió la cabeza cuando oyó el ruido de un motor pequeño. Parecía una sierra mecánica. Un chico gigantesco y su pareja, cubierta de cadenas, entraron en el aparcamiento con una vieja Vespa 250. La chica llevaba la falda subida por encima de los muslos, pero no parecía darse cuenta. Corrió hacia la pareja. *No puedo creer que esté haciendo esto*, pensó. *Odio las motos.*

—¡Te pagaré diez mil pesetas si me llevas al aeropuerto! —gritó al conductor.

El chico no le hizo caso y paró el motor.

—¡Veinte mil! —soltó Becker—. ¡He de llegar al aeropuerto!

El muchacho levantó la vista.

—*Scusi?*

Era italiano.

—*Aeropórto! Per favore. Sulla Vespa! Venti mille pesete!*

El italiano echó un vistazo a su motito y rió.

—*Venti mille pesetas? La Vespa?*

—*Cinquanta mille!* —ofreció Becker. Eran casi cuatrocientos dólares.

El italiano rió con semblante escéptico.

—*Dov'é la plata?*

Becker sacó cinco billetes de diez mil pesetas del bolsillo y se los ofreció. El italiano miró el dinero, y después a su amiga. Ésta se apoderó de los billetes y los guardó en su blusa.

—*Grazie!* —sonrió el italiano. Tiró a Becker las llaves de su Vespa. Después cogió la mano de su novia y corrieron riendo hacia el edificio.

—*Aspetta!* —gritó Becker—. ¡Quiero que me lleves!

59

Susan sujetó la mano del comandante Strathmore cuando éste la ayudó a subir por la escalerilla. La imagen de Phil Chartrukian destrozado sobre los generadores estaba grabada a fuego en su mente. La visión de Hale escondido en las entrañas de Criptografía la había dejado aturdida. La verdad era evidente: Hale había empujado a Chartrukian.

Susan avanzó tambaleándose hacia la salida principal de Criptografía, la puerta por la que había entrado horas antes. Su frenético tecleo sobre el teclado apagado no consiguió accionar el inmenso portal. Estaban atrapados. Criptografía era una prisión. La cúpula era como un satélite, situado a ciento nueve metros del edificio principal de la NSA, accesible sólo mediante el primer portal. Como Criptografía tenía generadores de electricidad propios, era probable que ni siquiera en centralita se hubiesen dado cuenta de que tenían problemas.

—El generador principal ha dejado de funcionar —dijo Strathmore—. Sólo funciona el auxiliar.

El suministro auxiliar de electricidad de Criptografía estaba pensado para que *Transltr* y sus sistemas de refrigeración tuvieran prioridad sobre todos los demás sistemas, incluyendo las luces y las puertas. De esa forma, un corte de energía inesperado no interrumpiría el funcionamiento del ordenador. También significaba que *Transltr* nunca funcionaría sin su sistema de refrigeración por freón. En un entorno no refrigerado, el calor generado por tres millones de procesadores alcanzaría niveles peligrosos, tal vez prendería fuego a los chips de silicio y daría como resultado una fusión feroz. Era una imagen que nadie osaba considerar.

Susan se esforzó por orientarse. Sólo podía pensar en la imagen del técnico caído sobre el generador. Atacó el teclado de nuevo. No obtuvo ningún resultado.

—¡Aborte la búsqueda!

Ordenar a *Transltr* que dejara de buscar la clave de acceso de fortaleza digital desconectaría sus circuitos y liberaría suficiente energía auxiliar para lograr que las puertas funcionaran de nuevo.

—Tranquila, Susan —dijo Strathmore, y apoyó la mano sobre su hombro.

El tacto tranquilizador del comandante devolvió a la realidad a Susan. De pronto recordó por qué había ido a buscarle. Se volvió hacia él.

—¡Comandante! ¡Greg Hale es Dakota del Norte!

Se hizo un silencio interminable en la oscuridad. Por fin, Strathmore contestó. Su voz sonó más confusa que sorprendida.

—¿De qué estás hablando?

—Hale... —susurró Susan— es Dakota del Norte.

Más silencio mientras Strathmore asimilaba sus palabras.

—¿El rastreador señaló a Hale? —Parecía confuso.

—El rastreador aún sigue buscando. ¡Hale lo abortó!

Susan explicó cómo el criptógrafo había abortado el rastreador y cómo ella había descubierto correo electrónico de Tankado en su cuenta. Siguió otro largo momento de silencio. Strathmore sacudió la cabeza con incredulidad.

—¡Es imposible que Greg Hale sea el seguro de Tankado! ¡Es absurdo! Tankado nunca hubiera confiado en él.

—Comandante —dijo Susan—, Hale ya nos hundió una vez. Skipjack. Tankado confiaba en él.

Dio la impresión de que Strathmore no encontraba las palabras.

—Sabemos quién es Dakota del Norte —insistió Susan—. Llame a seguridad del edificio. Salgamos de aquí.

El comandante levantó una mano, como si pidiera un momento más para pensar.

Susan miró con nerviosismo en dirección a la trampilla. *Transltr* impedía verla, pero el resplandor rojizo invadía las baldosas negras como fuego sobre hielo. *¡Venga, comandante, llame a Seguridad! ¡Aborte Transltr! ¡Sáquenos de aquí!*

De pronto, Strathmore se puso en acción.

—Sígueme —dijo. Se encaminó hacia la trampilla.

—¡Comandante! ¡Ese hombre es peligroso!

Pero Strathmore desapareció en la oscuridad. Susan corrió detrás de su silueta. El comandante rodeó *Transltr* y llegó a la abertura del suelo. Escudriñó el pozo. Miró en silencio por la planta a oscuras de Criptografía. Después se inclinó y bajó la pesada trampilla. Describió un breve arco. Cuando la soltó, se cerró con un estruendo ensordecedor. Criptografía se convirtió de nuevo en una cueva negra. Al parecer, Dakota del Norte estaba atrapado.

Strathmore se arrodilló. Giró la pesada llave de mariposa. La encajó en su sitio. Los niveles inferiores estaban sellados.

Ni él ni Susan oyeron los sigilosos pasos que se dirigían a Nodo 3.

60

Dos Tonos se internó en el corredor espejado que conducía desde el patio al aire libre hasta la pista de baile. Cuando se volvió para mirarse el imperdible en el reflejo, vio una figura que se cernía detrás de él. Se dio la vuelta, pero fue demasiado tarde. Dos brazos fuertes como rocas le aplastaron contra el cristal.

El punki se resolvió.

—¿Eduardo? ¿Eres tú, tío? —Dos Tonos sintió que una mano resbalaba sobre su billetero, antes de que la figura se apoyara con firmeza sobre su espalda—. ¡Eddie! —gritó—. ¡Deja de hacer tonterías! Un tío anda buscando a Megan.

Su atacante le sujetó con firmeza.

—¡Corta el rollo, Eddie!

Pero cuando Dos Tonos miró el espejo vio que no se trataba de su amigo.

Era un tipo con la cara picada de viruela y surcada por cicatrices. Dos ojos sin vida le miraban como carbones desde detrás de unas gafas con montura metálica. El hombre se inclinó hacia adelante y aplicó la boca al oído de Dos Tonos.

—*¿Adónde fue?* —dijo una voz extraña en tono estrangulado. Hablaba de una forma peculiar, como sin articular bien las palabras.

El punki se quedó paralizado de miedo.

—*¿Adónde fue?* —repitió la voz—. *El americano.*

—Al... aeropuerto —tartamudeó Dos Tonos.

—¿Al aeropuerto? —repitió el hombre, y sus ojos oscuros miraron los labios de Dos Tonos en el espejo.

El punki asintió.

—*¿Tenía el anillo?*

Dos Tonos negó aterrorizado con la cabeza.

—No.

—*¿Viste el anillo?*

Dos Tonos pensó. ¿Cuál sería la respuesta correcta?

—¿*Viste el anillo?* —preguntó la voz ahogada.

Dos Tonos asintió, con la esperanza de que la sinceridad recibiría su premio. No fue así. Segundos después cayó al suelo con el cuello roto.

61

Jabba estaba tendido de espaldas con medio cuerpo en el interior de la CPU desmantelada de un ordenador central. Sujetaba una delgada linterna entre los dientes, una varilla de soldadura en la mano, y tenía un plano apoyado sobre la barriga. Acababa de ensamblar un nuevo conjunto de reguladores de amplitud de la señal eléctrica a una placa madre defectuosa cuando su móvil sonó.

—Mierda —maldijo mientras buscaba el aparato entre un amasijo de cables—. Jabba al habla.

—Jabba, soy Midge.

Sonrió.

—¿Dos veces en una noche? La gente empezará a hablar.

—Criptografía tiene problemas.

La mujer parecía nerviosa.

Jabba frunció el ceño.

—Ya hemos hablado de esto, ¿recuerdas?

—Es un problema de *suministro de energía.*

—No soy electricista. Llama a Mantenimiento.

—La cúpula está a oscuras.

—Imaginas cosas. Vete a casa.

Jabba miró el plano.

—¡*Totalmente a oscuras!* —chilló la mujer.

El hombre suspiró y dejó en el suelo la linterna.

—Midge, para empezar, hay un generador auxiliar. Es imposible que Criptografía se quede *totalmente a oscuras.* En segundo lugar, Strathmore goza de una mejor vista de Criptografía que yo ahora. ¿Por qué no *le* llamas?

—Porque lo que está sucediendo esta relacionado con *él.* Oculta algo.

Jabba puso los ojos en blanco.

—Midge, cariño, estoy hasta las cejas de cables. Si quieres que

quedemos en plan ligue, voy enseguida. Si no, llama a Mantenimiento.

—Hablo, *en serio*, Jabba. *Lo presiento.*

¿Lo presiente? Era evidente, pensó Jabba, Midge estaba sufriendo otra de sus paranoias.

—Si a Strathmore no le preocupa la situación, a mí tampoco.

—¡Criptografía está completamente a oscuras, maldita sea!

—Quizá Strathmore quiere contemplar las estrellas.

—¡No estoy para bromas, Jabba!

—De acuerdo, de acuerdo —gruñó él, y se incorporó sobre un
codo—. Quizás un generador ha sufrido un cortocircuito. En cuanto
haya terminado aquí, me dejaré caer por Criptografía y...

—¿Qué me dices del generador auxiliar? —preguntó Midge—.
Si un generador falla, ¿por qué el otro no entra en funcionamiento?

—No lo sé. Quizá Strathmore mantuvo en funcionamiento *Transltr*
y el consumo de electricidad supera la capacidad del generador auxiliar.

—¿Y por qué no aborta lo que está haciendo *Transltr*? Puede que
sea un virus. Antes dijiste algo acerca de un virus.

—¡Joder, Midge! —estalló Jabba—. ¡Ya te dije que no hay ningún virus en Criptografía! ¡No te pongas paranoica!

Siguió un largo silencio.

—Perdona —se disculpó—. Te lo voy a explicar. —Habló con
voz tensa—. En primer lugar, tenemos Manopla. Ningún virus podría
pasar. En segundo, si hay un fallo del suministro de energía, está relacionado con el hardware. Los virus no afectan al suministro de energía, atacan el software y los datos. Lo que hay en Criptografía no puede ser un virus.

Silencio.

—Midge, ¿estás ahí?

La respuesta de la mujer fue gélida.

—Jabba, tengo un trabajo que hacer. No espero que me riñan por
hacerlo. Cuando llamo para preguntar por qué una instalación multimillonaria está a oscuras, espero una respuesta profesional.

—Sí, señora.

—Un sí o un no serán suficientes. ¿Es posible que el problema de
Criptografía esté relacionado con un virus?

—Midge, ya te he dicho...

—Sí o no. ¿Podría tener un virus *Transltr?*

Jabba suspiró.

—No, Midge. Es totalmente imposible.

—Gracias.

El hombre forzó una carcajada y trató de aligerar la tensión.

—A menos que creas que Strathmore programó uno y burló mis filtros.

Silencio ominoso. Cuando Midge habló, su voz tenía un tono extraño.

—¿Strathmore puede saltarse Manopla?

Jabba suspiró.

—Era una broma, Midge.

Pero sabía que era demasiado tarde.

62

El comandante y Susan estaban delante de la trampilla cerrada, mientras discutían sobre lo que debían hacer a continuación.

—Tenemos a Phil Chartrukian muerto ahí abajo —dijo Strathmore—. Si pedimos ayuda, Criptografía se convertirá en muy poco tiempo en un circo.

—¿Qué propone? —preguntó Susan, que lo único que deseaba era marcharse.

Strathmore pensó un momento.

—No me preguntes cómo ha pasado —dijo, mientras miraba hacia la trampilla cerrada—, pero parece que, sin querer, hemos identificado y neutralizado a Dakota del Norte. —Meneó la cabeza con incredulidad—. Un golpe de suerte inverosímil, si quieres saber mi opinión. —Aún parecía estupefacto por la idea de que su colaborador estuviera involucrado en el plan de Tankado—. Yo diría que Hale ha de tener la clave de acceso oculta en su terminal. Tal vez guarda una copia en casa. En cualquier caso, está atrapado.

—¿Por qué no llamamos a seguridad del edificio para que se lo lleven?

—Aún no —dijo Strathmore—. Si Sys-Sec descubre estadísticas de este análisis interminable de *Transltr*, tendremos más problemas. Quiero borrar todas las huellas de fortaleza digital antes de abrir las puertas.

Susan asintió de mala gana. Era un buen plan. Cuando Seguridad sacara por fin a Hale de los niveles inferiores y le acusara de la muerte de Chartrukian, seguramente él amenazaría con revelar la existencia de fortaleza digital al mundo. Pero ellos borrarían la prueba. Strathmore se haría el tonto. *¿Un análisis interminable? ¿Un algoritmo indescifrable? ¡Eso es absurdo! ¿No ha oído hablar Hale del Principio de Bergofsky?*

—Lo que hemos de hacer es lo siguiente. —Strathmore perfiló

con frialdad su plan—. Borraremos toda la correspondencia de Hale con Tankado. Borraremos todos los registros de cuando me salté Manopla y todos los análisis de Chartrukian, los registros del monitor de control, todo. Fortaleza digital desaparece. Nunca estuvo aquí. Ocultaremos la clave de Hale y rezaremos a Dios para que David encuentre la copia de Tankado.

David, pensó Susan. Le expulsó de su mente. Tenía que concentrarse en el asunto que les ocupaba.

—Yo me encargaré del laboratorio de Sys-Sec —dijo Strathmore—. Estadísticas del monitor de control, estadísticas de actividad de mutación, todo. Tú te ocuparás de Nodo 3, elimina todos los correos electrónicos de Hale. Todos los registros de su correspondencia con Tankado, todas las menciones a fortaleza digital.

—De acuerdo —contestó Susan—. Borraré todo el disco duro de Hale. Lo reformatearé todo.

—¡No! —exclamó con severidad Strathmore—. No hagas eso. Es muy probable que Hale guarde una copia de la clave de acceso en el ordenador. La quiero.

Susan le miró con incredulidad.

—¿Quiere la clave de acceso? ¡Pensaba que el principal objetivo era destruirla?

—Y lo es, pero quiero una copia. Quiero abrir ese maldito archivo y echar un vistazo al programa de Tankado.

Ella miró a Strathmore con curiosidad; el instinto le decía que abrir el algoritmo de fortaleza digital no era prudente, por interesante que fuera. En este momento, el mortífero programa estaba encerrado en su caja fuerte encriptado, inofensivo por completo. En cuanto lo desencriptaran...

—Comandante, ¿no sería mejor esperar a...?

—Quiero la clave —replicó él.

Susan tuvo que admitir que, desde que había oído hablar de fortaleza digital, albergaba una curiosidad científica por saber cómo había logrado Tankado programarla. Su mera existencia contradecía las reglas más fundamentales de la criptografía. Miró al comandante.

—¿Eliminará el algoritmo en cuanto lo hayamos visto?

—Sin dejar huella.

Susan frunció el ceño. Sabía que descubrir la clave de Hale no sería coser y cantar. Localizar una clave aleatoria en uno de los discos duros de Nodo 3 era como intentar encontrar un calcetín suelto en una habitación del tamaño de Texas. Las búsquedas informáticas sólo funcionan cuando sabes lo que estás buscando. Esa clave era aleatoria. Por suerte, no obstante, como Criptografía trabajaba con tanto material aleatorio, ella y otros criptógrafos habían desarrollado un complejo procedimiento conocido como «búsqueda no conformista». En esencia, la búsqueda pedía al ordenador que estudiara cada cadena de caracteres en el disco duro, la comparara con un enorme diccionario y marcara cualquier cadena que pareciera absurda o aleatoria. Refinar los parámetros continuamente era un trabajo duro, pero posible.

Susan sabía que ella era la candidata lógica para encontrar la clave. Suspiró confiando en no tener que arrepentirse.

—Si todo va bien, tardaré una media hora.

—Pues manos a la obra —dijo Strathmore. Apoyó una mano sobre su hombro y la guió en la oscuridad hacia Nodo 3.

Un cielo tachonado de estrellas invadía la cúpula. Susan se preguntó si David vería las mismas estrellas en Sevilla.

Cuando se acercaron a las imponentes puertas de cristal de Nodo 3, Strathmore juró por lo bajo. El teclado de Nodo 3 estaba apagado y las puertas no funcionaban.

—Maldita sea —masculló el comandante—. No hay corriente. Me había olvidado.

Strathmore estudió las puertas deslizantes. Apoyó las palmas sobre el cristal. Después cargó su peso sobre ellas con la intención de abrirlas. Sus manos estaban sudadas y resbalaron. Las secó en los pantalones y probó de nuevo. Esta vez las puertas se abrieron unos centímetros.

Susan le ayudó y empujaron juntos. Las puertas se abrieron un poco más. Las contuvieron un momento, pero la presión era demasiado grande. Volvieron a cerrarse.

—Espere —dijo ella, y luego se situó delante de Strathmore—. Probemos.

Empujaron. La puerta volvió a abrirse unos centímetros. Un tenue rayo de luz azul apareció desde el interior de Nodo 3. Las terminales estaban encendidas. Eran fundamentales para el funcionamiento de *Transltr* y recibían corriente del generador auxiliar.

Susan introdujo la punta del zapato en el resquicio y empujó con más fuerza. La puerta empezó a moverse. Strathmore cambió de posición para encontrar un ángulo mejor. Colocó las palmas en el centro de la puerta izquierda y tiró. Susan empujó la puerta derecha hacia un lado. Poco a poco las puertas empezaron a separarse. Ahora había una distancia de unos treinta centímetros entre ambas.

—No la sueltes —dijo Strathmore jadeante—. Un poco más.

Susan apoyó el hombro en la rendija. Empujó de nuevo, esta vez mejor apoyada. Las puertas se cerraron contra ella.

Antes de que Strathmore pudiera detenerla, ella deslizó su esbelto cuerpo por la abertura. Strathmore protestó, pero ella no cedió. Quería salir de Criptografía, y conocía lo bastante al comandante como para saber que no iría a ninguna parte hasta que encontrara la clave de Hale.

Se colocó en el centro de la rendija y empujó con todas sus fuerzas. Dio la impresión de que las puertas cedían. De repente Susan soltó su presa. Las puertas empezaron a cerrarse. Strathmore hizo lo posible por contenerlas, pero no lo consiguió. Justo cuando las puertas se cerraban, Susan saltó al otro lado.

El comandante se esforzó por separar un poco las puertas. Aplicó la boca a la hendidura.

—Susan, ¿estás bien?

Ella se levantó y se arregló la ropa.

—Sí.

Paseó la vista a su alrededor. Nodo 3 estaba desierto, iluminado tan sólo por el reflejo de las pantallas de los ordenadores encendidos. Las sombras azulinas conferían al lugar una atmósfera fantasmal. Se volvió hacia Strathmore. Su rostro se veía pálido y enfermizo a la luz azul.

—Susan —dijo—, dame veinte minutos para borrar los archivos de Sys-Sec. Cuando todas las huellas hayan desaparecido, iré a mi terminal y abortaré *Transltr*.

—Será mejor que lo haga —dijo ella con la vista clavada en las voluminosas puertas. Sabía que hasta que *Transltr* no dejara de consumir energía del generador auxiliar estaría prisionera en Nodo 3.

Strathmore soltó las puertas, que se cerraron con un chasquido. Susan vio a través del cristal que el comandante desaparecía en la oscuridad de Criptografía.

63

En la Vespa recién adquirida, Becker iba a toda velocidad en dirección al aeropuerto de Sevilla. Había conducido con los nudillos blancos durante todo el trayecto. Pasaban unos minutos de las dos de la madrugada.

Cuando se acercó a la terminal principal, se subió a la acera y saltó de la moto antes de apagar el motor. El vehículo se deslizó sobre el pavimento y finalmente se detuvo. Becker atravesó corriendo las puertas giratorias. *Nunca más*, se juró.

La iluminación de la terminal era mortecina. A excepción de un empleado de limpieza que barría el suelo, el lugar estaba desierto. Al otro lado del vestíbulo, una azafata de tierra estaba cerrando el mostrador de Iberia. Becker lo tomó como una mala señal.

Corrió hacia el mostrador.

—¿El vuelo a Estados Unidos?

La atractiva andaluza levantó la vista y le dedicó una sonrisa de disculpa.

—Acaba de salir.

Sus palabras flotaron en el aire un largo momento.

Lo he perdido. Los hombros de Becker se hundieron.

—¿Había asientos libres en el vuelo?

—Muchos —sonrió la mujer—. Iba casi vacío. Pero en el de mañana a las ocho de la mañana hay...

—He de saber si una amiga mía iba en ese vuelo. Estaba en lista de espera.

La mujer frunció el ceño.

—Lo siento, señor. Había varios pasajeros en lista de espera esta noche, pero nuestras cláusulas de privacidad...

—Es muy importante —la apremió Becker—. He de saber si tomó ese vuelo. Eso es todo.

La mujer cabeceó.

—¿Una pelea de enamorados?

Becker pensó un momento. Le dirigió una sonrisa tímida.

—¿Tanto se nota?

Ella le guiñó el ojo.

—¿Cómo se llama?

—Megan —contestó él con tristeza.

La mujer sonrió.

—¿Su amiga tiene apellido?

Becker exhaló el aire poco a poco. *¡Sí, pero no lo sé!*

—La situación es un poco complicada. Dijo que el avión iba casi vacío. Tal vez podría...

—Sin el apellido me es imposible...

—¿Ha estado aquí toda la noche? —la interrumpió Becker, a quien se le había ocurrido otra idea.

Ella asintió.

—En ese caso, quizá la vio. Es joven. Unos quince o dieciséis años. El pelo es...

Antes de que las palabras salieron de su boca, Becker comprendió su error.

La azafata entornó los ojos.

—¿Su novia tiene quince años?

—¡No! —exclamó él—. Quiero decir.... Si pudiera ayudarme, es muy importante.

—Lo siento —dijo la mujer con frialdad.

—No es lo que parece. Si pudiera...

—Buenas noches, señor.

La mujer bajó la rejilla metálica del mostrador y desapareció en una habitación trasera.

Becker gruñó y miró al cielo. *Calma*, pensó David. *Mucha calma.* Escudriñó el vestíbulo. Nada. *Habrá vendido el anillo antes de volar.* Se dirigió hacia empleado de la limpieza.

—¿Has visto a una chica? —preguntó por encima del ruido de la máquina pulidora.

El viejo se agachó y desconectó la máquina.

—¿Eh?

—Una chica —repitió Becker—. Pelo rojo, azul y blanco.

El empleado rió.

—Qué fea.

Meneó la cabeza y volvió al trabajo.

David Becker se hallaba en medio del vestíbulo desierto del aeropuerto. Se preguntó qué debía hacer. La noche se había convertido en una comedia de errores. Las palabras de Strathmore resonaron en su cabeza: «No llames hasta que tengas el anillo». Un profundo agotamiento se apoderó de él. Si Megan había vendido el anillo antes de emprender el viaje, era imposible saber en poder de quién estaba la sortija ahora.

Cerró los ojos y procuró concentrarse. *¿Qué debo hacer ahora?* Decidió meditarlo un poco más tarde. Antes tenía que encontrar un lavabo.

64

Susan estaba sola en Nodo 3, apenas iluminado y sumido en el más absoluto silencio. Su tarea era sencilla: acceder a la terminal de Hale, localizar la clave y después borrar todos los correos electrónicos que había intercambiado con Tankado. No podían existir rastros de fortaleza digital en ninguna parte.

Sus temores iniciales de recuperar la clave de acceso y desencriptar fortaleza digital la estaban atormentando de nuevo. Tentar al destino la ponía nerviosa. Hasta el momento habían tenido suerte. Dakota del Norte había aparecido como por arte de magia ante sus narices y lo habían atrapado. La única cuestión pendiente era David. Tenía que encontrar la otra clave. Susan confiaba en que hubiera hecho progresos.

Mientras se internaba en Nodo 3, intentó aclarar sus ideas. Era extraño sentirse inquieta en un lugar tan familiar. Todo parecía desconocido en la oscuridad. Pero había otra cosa. Susan sintió una momentánea vacilación y miró hacia las puertas que estaban fuera de servicio. No había escapatoria. *Veinte minutos*, pensó.

Cuando se volvió hacia la terminal de Hale, percibió un extraño olor a almizcle. Se preguntó si el desionizador funcionaba mal. El olor le era vagamente familiar y le produjo un escalofrío. Imaginó a Hale encerrado en la enorme celda subterránea. *¿Le habrá prendido fuego a algo?* Miró hacia los conductos de ventilación y olió. No obstante, daba la impresión de que el olor procedía de algún punto cercano.

Susan miró hacia las puertas de la cocina. Al instante reconoció el olor. *Colonia mezclada con sudor.*

Retrocedió de manera instintiva, pues no estaba preparada para lo que vio. Desde detrás de las rendijas de la persiana de la cocina, dos ojos la estaban mirando. Sólo tardó un instante en comprender la horrible verdad. Greg Hale no estaba encerrado en los niveles inferiores.

¡Estaba en Nodo 3! Había escapado antes de que Strathmore cerrara la trampilla. Había podido abrir las puertas solo.

Susan había oído en una ocasión que el terror era paralizante. Ahora sabía que se trataba de un mito. En el mismo instante en que su cerebro asimiló lo que estaba pasando, se puso en movimiento. Reculó con una única idea en la cabeza: escapar.

El estruendo que oyó a su espalda fue instantáneo. Hale, que había estado sentado encima de la cocina, extendió las piernas como un par de arietes y arrancó las puertas de sus goznes. Corrió tras ella a grandes zancadas.

Susan derribó una lámpara con la intención de que Hale tropezara con ella, pero éste la esquivó sin el menor esfuerzo. La estaba alcanzando.

Rodeó su cintura con el brazo derecho. Susan experimentó la sensación de que una barra de hierro la había golpeado. Lanzó una exclamación de dolor cuando se quedó sin aire. Los bíceps de Hale presionaban contra su caja torácica.

Susan resistió y se revolvió. Su codo golpeó cartílago. Hale soltó su presa y se llevó las manos a la nariz. Cayó de rodillas.

—Hija de...

Chilló de dolor.

Susan corrió hacia las puertas y rezó sin esperanza para que Strathmore volviera a conectar en aquel momento la corriente y las puertas se abrieran. En vano golpeaba el cristal.

Hale avanzó hacia ella sangrando por la nariz. Al cabo de un instante volvió a inmovilizarla. Con una mano aprisionó con firmeza su seno izquierdo y con la otra la sujetó por la cintura. La alejó de la puerta.

Susan gritó e intentó inútilmente soltarse.

Él la tiró hacia atrás y la hebilla de su cinturón se clavó en la columna vertebral de Susan. Su fuerza era increíble. La arrastró sobre la alfombra y ella perdió los zapatos. Con un ágil movimiento, Hale la arrojó al suelo, al lado de su terminal.

Susan estaba tumbada de espaldas con la falda subida por encima de las caderas. El botón superior de su blusa se había desabrochado y sus senos quedaron al descubierto a la luz azulina. Vio aterrorizada que Hale la inmovilizaba. No pudo descifrar el significado de su mirada. Parecía miedo. ¿O era furia? Él recorrió su cuerpo con los ojos. Susan experimentó una nueva oleada de pánico.

Hale se sentó encima del abdomen de la mujer y la miró con frialdad. Susan trató de recordar todo lo que había aprendido sobre autodefensa. Intentó resistir, pero su cuerpo no reaccionó. Estaba entumecida. Cerró los ojos.

¡No, Dios mío, por favor!

65

Brinkerhoff paseaba de un lado a otro del despacho de Midge.

—Nadie se salta Manopla. ¡Es imposible!

—Te equivocas —replicó ella—. Acabo de hablar con Jabba. Dijo que el año pasado instaló un interruptor de desvío.

El hombre no pareció muy convencido.

—Nadie me dijo nada.

—Lo hizo en secreto.

—¡La seguridad es una obsesión compulsiva para Jabba, Midge! Nunca colocaría un interruptor de desvío...

—Strathmore le obligó —interrumpió la mujer.

Brinkerhoff casi podía oír la mente de Midge funcionando a toda velocidad.

—¿Recuerdas que el año pasado Strathmore estuvo investigando aquel grupo terrorista antisemita de California? —preguntó ella.

Él asintió. Había sido uno de los mejores golpes de Strathmore. Utilizó *Transltr* para desencriptar un código interceptado y luego descubrió un complot para volar una escuela hebrea de Los Ángeles. Descifró el mensaje de los terroristas tan sólo veinte minutos antes de que la bomba estallara, y actuando con celeridad salvó las vidas de trescientos escolares.

—Escucha esto —dijo Midge, bajando la voz aunque no fuera necesario—. Jabba dijo que Strathmore interceptó el código de los terroristas seis horas antes de que la bomba fuera a estallar.

Brinkerhoff se quedó boquiabierto.

—Pero ¿por qué esperó...?

—Porque no consiguió que *Transltr* desencriptara el archivo. Lo intentó, pero Manopla lo rechazaba. Estaba encriptado con un nuevo algoritmo de llave pública totalmente nuevo para los filtros. Jabba tardó casi seis horas en ajustarlos.

Brinkerhoff la miró estupefacto.

—Strathmore estaba furioso. Pidió a Jabba que instalara un interruptor de desvío en Manopla por si volvía a suceder.

—Jesús —silbó Brinkerhoff—. No tenía ni idea. —Entornó los ojos—. ¿Adónde quieres ir a parar?

—Creo que Strathmore ha utilizado el interruptor hoy para procesar un archivo que Manopla rechazaba.

—Para eso está el interruptor, ¿no?

Midge meneó la cabeza.

—No si el archivo es un virus.

Brinkerhoff dio un bote.

—¿Un virus? ¿Quién ha dicho algo de un virus?

—Es la explicación más plausible. Jabba dijo que un virus es lo único capaz de mantener ocupado a *Transltr* tanto tiempo, así que...

—¡Espera un momento! —Brinkerhoff hizo la señal de pedir tiempo en baloncesto—. ¡Strathmore dijo que todo iba bien!

—Está mintiendo.

Él estaba perdido.

—¿Estás diciendo que Strathmore dejó entrar un virus a propósito en *Transltr*?

—No —replicó Midge—. Creo que no sabía que era un virus. Creo que le engañaron.

Brinkerhoff se quedó sin habla. Midge Milken estaba perdiendo la chaveta.

—Eso explica muchas cosas —insistió la mujer—. Explica lo que ha estado haciendo aquí toda la noche.

—¿Instalando virus en su propio ordenador?

—No —dijo Midge irritada—. ¡Intentando disimular su error! Ahora no puede abortar *Transltr* y hacer funcionar el generador auxiliar porque el virus ha bloqueado los procesadores.

Brinkerhoff puso los ojos en blanco. Midge ya había enloquecido en el pasado, pero nunca hasta estos extremos. Intentó calmarla.

—Jabba no parece muy preocupado.

—Jabba es un idiota —siseó ella.

Brinkerhoff se sorprendió. Nadie había llamado idiota a Jabba antes. Cerdo tal vez, pero idiota no.

—¿Estás confiando en tu intuición femenina más que en los conocimientos avanzados de Jabba en programación antivirus?

La mujer le miró con furia.

Brinkerhoff alzó las manos en señal de rendición.

—Retiro lo dicho. —No tenían que recordarle la capacidad sobrenatural de Midge para presentir desastres—. Mira —empezó—, sé que odias a Strathmore, pero...

—¡Esto no tiene nada que ver con él! —Midge estaba furiosa—. Lo primero que hemos de hacer es confirmar que Strathmore se saltó Manopla. Después llamaremos al director.

—Fantástico —gimió Brinkerhoff—. Llamaré a Strathmore y le pediré que nos envíe una declaración firmada.

—No —contestó Midge sin hacer caso del sarcasmo—. Strathmore ya nos ha mentido una vez hoy. —Alzó la vista y sus ojos sondearon los del hombre—. ¿Tienes llave de la oficina de Fontaine?

—Pues claro. Soy su ayudante personal.

—La necesito.

Brinkerhoff la miró con incredulidad.

—Midge, no voy a permitirte que entres en el despacho de Fontaine.

—¡Has de hacerlo! —rugió ella. Se volvió y empezó a escribir en el teclado de Gran Hermano—. Voy a solicitar una lista de los archivos entrados en *Transltr*. Si Strathmore se saltó manualmente Manopla, aparecerá en el registro.

—¿Qué tiene que ver eso con la oficina de Fontaine?

Ella se volvió hacia él y le fulminó con la mirada.

—Ese listado sólo se imprime en la impresora de Fontaine. ¡Ya lo sabes!

—¡Porque es material secreto!

—Esto es una emergencia. He de ver ese listado.

Brinkerhoff apoyó las manos sobre sus hombros.

—Cálmate, Midge. Ya sabes que no puedes...

La mujer resopló y se volvió hacia el teclado.

—He enviado a imprimir una lista de registros. Voy a entrar, recogerla y salir. Dame la llave.

—Midge...

La mujer terminó de teclear y se dio la vuelta.

—Chad, la lista tarda treinta segundos en imprimirse. Vamos a hacer un trato. Tú me das la llave. Si Strathmore se saltó Manopla, llamamos a Seguridad. Si me he equivocado, me voy, y así podrás untar con mermelada a Carmen Huerta de la cabeza a los pies. —Le dirigió una mirada maliciosa y extendió la mano—. Dámela.

Brinkerhoff gruñó, arrepentido de haberla llamado para que viera el informe de Criptografía. Miró la mano extendida.

—Estás hablando de información reservada disponible en el despacho del director. ¿Tienes idea de lo que nos pasaría si nos pillaran?

—El director está en Suramérica.

—Lo siento. No puedo.

Brinkerhoff se cruzó de brazos y salió.

Midge le siguió con la mirada, los ojos como brasas.

—Ya lo creo que puedes —susurró. Se volvió hacia Gran Hermano y buscó los archivos de vídeo.

A Midge se le pasará, se dijo Brinkerhoff mientras se acomodaba ante su escritorio y empezaba a repasar los informes restantes. Era impensable que le facilitara a Midge la llave del despacho del director estando tan paranoica como estaba.

Había empezado a comprobar los informes de COMSEC cuando su atención fue interrumpida por el sonido de voces procedente de la otra habitación. Dejó el trabajo y salió al pasillo.

Todo estaba a oscuras a excepción de un rayo de luz grisácea que se filtraba por la puerta entornada del despacho de Midge. Escuchó. Las voces continuaron. Parecían excitadas.

—¿Midge?

No hubo respuesta.

Se dirigió a oscuras a la oficina de la mujer. Las voces le resultaban vagamente familiares. Abrió la puerta. No había nadie en la habitación. Nadie ocupaba la silla de Midge. El sonido venía del techo. Brinkerhoff alzó la vista, miró los monitores de vídeo y se sintió mareado al instante. La misma imagen se estaba reproduciendo en cada una de las doce pantallas, una especie de ballet coreografiado con perversidad. Se apoyó en el respaldo de la silla de Midge y miró horrorizado.

—¿Chad?

La voz sonó a sus espaldas.

Se volvió y escudriñó la oscuridad. Midge estaba parada ante las puertas dobles del director con la mano extendida.

—La llave, Chad.

Brinkerhoff se ruborizó. Se volvió hacia los monitores. Intentó borrar las imágenes, pero fue inútil. Estaba por todas partes, gruñendo de placer mientras manoseaba con ansia los pequeños pechos cubiertos de miel de Carmen Huerta.

66

Becker cruzó el vestíbulo en dirección a los lavabos, pero descubrió que la puerta con el cartel CABALLEROS estaba bloqueada por un cono naranja y un carrito de la limpieza lleno de detergentes y trapos. Miró la otra puerta.

SEÑORAS. Se acercó y llamó con los nudillos.

—¿Hola? —Abrió la puerta unos centímetros—. ¿Hay alguien?

Silencio.

Entró.

El lavabo era el típico aseo público español: un cuadrado perfecto con azulejos blancos en las paredes y una bombilla en el techo. Como de costumbre, había un váter cerrado y un urinario. Era irrelevante del todo si los urinarios cumplían una función en un baño de mujeres. Pero de este modo, los constructores se ahorraban tener que instalar un váter adicional.

A Becker le produjo asco lo que vio en el lavabo. Cuánta suciedad. El lavamanos estaba tapado y rebosaba de un agua color marrón. Por todas partes había servilletas de papel usadas tiradas. El suelo estaba encharcado. El vetusto secador de manos eléctrico adosado a una pared estaba manchado con huellas digitales verdosas.

Se detuvo ante el espejo y suspiró. Los ojos que solían mirarle con viveza estaban apagados esta noche. *¿Cuántas horas llevo yendo de un lado a otro de esta ciudad?*, se preguntó. No consiguió calcularlo. Por puro hábito profesoral, se arregló el nudo de la corbata Windsor. Después se volvió hacia el urinario que tenía detrás.

Parado delante del urinario se preguntó si Susan habría llegado ya a casa. *¿Adónde habrá ido? ¿A Stone Manor sin mí?*

—¡Eh! —gritó una airada voz femenina detrás de él.

Becker pegó un bote.

—Perdón, yo... —farfulló, y se apresuró a subirse la cremallera del pantalón—. Lo siento... Es que...

Se volvió hacia la chica que acababa de entrar. Era una joven sofisticada, como salida de las páginas de una revista de modelos juveniles. Vestía unos pantalones a cuadros clásicos y una blusa blanca sin mangas. Sostenía en la mano un bolso rojo de L.L. Bean. Su pelo rubio estaba perfectamente peinado.

—Lo siento —murmuró Becker al tiempo que se ceñía el cinturón—. El lavabo de caballeros estaba... Ya salgo.

—¡Cerdo de mierda!

Becker volvió a examinarla. Aquella expresión no parecía acorde con una mujer como ésa, como si de una botella de cristal tallado salieran aguas negras. Pero mientras la estudiaba, vio que no era tan elegante como parecía a primera vista. Tenía los ojos abultados e inyectados en sangre y el antebrazo izquierdo hinchado. Bajo la irritación rojiza del brazo, la carne se veía azul.

¡Increíble!, pensó Becker. *Se pincha. ¿Quién lo hubiera dicho?*

—¡Lárgate! —gritó la chica—. ¡Ya!

Becker se olvidó por un instante del anillo, la NSA, todo. Se compadeció de la joven. Era probable que sus padres la hubieran enviado aquí, con un programa de estudios de una escuela preparatoria y una tarjeta Visa, y había terminado sola en un lavabo, en plena noche, sumida en el infierno de la droga.

—¿Te encuentras bien? —preguntó, y retrocedió hacia la puerta.

—Estoy bien. —La voz de la joven era altiva—. ¡Márchate de una vez!

Becker se volvió. Dirigió una última mirada entristecida a su brazo izquierdo. *No puedes hacer nada, David. Déjala en paz.*

—¡Fuera! —chilló la muchacha.

Él asintió. Le dirigió una mirada pesarosa.

—Ten cuidado.

67

—¿Susan? —jadeó Hale con la cara pegada a la de ella.

Estaba sentado a horcajadas encima de Susan, apoyando todo el peso sobre su abdomen. Su cóccix se clavaba en su pubis a través de la tela de la falda. Su nariz goteaba sangre sobre ella. Susan sintió náuseas. Hale le estaba manoseando los pechos.

No sentía nada. *¿Me está tocando?* Tardó un momento en darse cuenta de que el criptógrafo estaba abrochándole el último botón para cubrirla.

—Susan —jadeó Hale sin aliento—. Has de sacarme de aquí.

Ella estaba aturdida. Nada tenía sentido.

—¡Has de ayudarme, Susan! ¡Strathmore mató a Chartrukian! ¡Yo lo vi!

Las palabras tardaron un momento en registrarse en su mente. *¿Strathmore mató a Chartrukian?* Hale ignoraba que Susan le había visto abajo.

—¡Strathmore sabe que le vi! —insistió Hale—. ¡Me matará a mí también!

Si Susan no hubiera estado sin aliento a causa del miedo, se habría reído en su cara. Reconoció la táctica de «divide y vencerás» del ex infante de marina. Inventa mentiras. Enfrenta a tus enemigos.

—¡Es verdad! —gritó—. ¡Hemos de pedir ayuda! ¡Creo que los dos estamos en peligro!

Ella no creía ni una palabra de lo que decía.

A Hale le dolían las piernas, y elevó un poco las caderas para trasladar el peso de su cuerpo. Quiso decir algo, pero no tuvo ocasión.

Cuando alzó su cuerpo, Susan sintió que sus piernas recuperaban la circulación. Antes de saber lo que había pasado, instintivamente lanzó su pierna izquierda contra la entrepierna de Hale. Sintió que la rodilla se estrellaba contra el blando saco de tejido que colgaba entre las piernas del hombre.

Hale gimió de dolor y se desplomó. Rodó de costado y se llevó las manos a los testículos. Susan se liberó del peso muerto. Se tambaleó hacia la puerta, convencida de que no tenía fuerzas suficientes para salir.

Tomó una decisión instantánea, se colocó detrás de la larga mesa de reuniones de arce y hundió los pies en la alfombra. Por suerte, la mesa tenía ruedecillas. Se dirigió con todas sus fuerzas hacia la pared de cristal arqueada empujando la mesa.

A metro y medio de la pared, Susan propinó un fuerte empellón a la mesa y la lanzó. Saltó a un lado y se cubrió los ojos. Después de un estruendo demencial, la pared estalló en una lluvia de cristales. Los sonidos de Criptografía invadieron Nodo 3 por primera vez desde que había sido construido.

Susan alzó la vista. A través del agujero mellado, vio la mesa. Aún seguía rodando. Giró en círculos erráticos sobre el suelo de Criptografía y desapareció por fin en la oscuridad.

Se calzó de nuevo, dirigió una última mirada a Hale, que aún seguía retorciéndose, y salió atravesando un mar de cristales rotos hacia la planta de Criptografía.

68

—¿A que ha sido fácil? —dijo Midge con una sonrisa burlona cuando Brinkerhoff le entregó la llave de la oficina de Fontaine.

El hombre parecía abatido.

— Borraré todo antes de irme —prometió Midge—. A menos que tu mujer y tú queráis una copia para vuestra colección particular.

—Recoge el maldito listado —masculló Brinkerhoff—. ¡Y luego lárgate!

—*Sí, señor* —dijo Midge con acento portorriqueño. Guiñó un ojo y se dirigió a las puertas dobles de Fontaine.

La oficina privada de Leland Fontaine no se parecía en nada al resto de la suite de dirección. No había cuadros, butacas mullidas, ficus ni relojes antiguos. Era un espacio pensado para la eficacia. El escritorio con sobre de cristal y la butaca de cuero negro estaban colocados frente a la enorme ventana panorámica. Había tres archivadores en una esquina, junto a una mesita con una cafetera francesa. La luna se había alzado sobre Fort Meade, y una luz suave se filtraba por la ventana, lo cual acentuaba la austeridad de los muebles del director.

¿Qué estoy haciendo?, se preguntó Brinkerhoff.

Midge se dirigió a la impresora y recogió el listado. Forzó la vista en la oscuridad.

—No puedo leer los datos —se quejó—. Enciende las luces.

—Léelo fuera. Vámonos.

Pero ella, por lo visto, se lo estaba pasando en grande. Para jugar con Brinkerhoff, caminó hasta la ventana y colocó la hoja en diversos ángulos para leer mejor.

—Midge...

La mujer siguió leyendo.

Él se removió inquieto en el umbral.

—Venga, Midge. Es la oficina del director.

—Tiene que estar aquí —murmuró ella mientras estudiaba el papel—. Strathmore se saltó Manopla, lo sé.

Se acercó más a la ventana.

Brinkerhoff empezó a sudar. Ella siguió leyendo.

Al cabo de unos momentos lanzó una exclamación.

—¡Lo sabía! ¡Strathmore lo hizo! ¡Ya lo creo! ¡El muy idiota! —Levantó el papel y lo agitó—. ¡Se saltó Manopla! ¡Echa un vistazo!

Él la miró confuso un momento y después atravesó corriendo la oficina del director. Se detuvo al lado de Midge, delante de la ventana. Ella señaló el final del listado.

Brinkerhoff leyó con incredulidad.

—¿Qué...?

La hoja contenía una lista de los últimos treinta y seis archivos que habían entrado en *Transltr*. Después de cada archivo había un código de autorización de Manopla de cuatro cifras. Sin embargo, el último archivo de la hoja carecía de código de autorización. Sólo rezaba: DESVÍO MANUAL.

¡Dios mío!, pensó Brinkerhoff. *Midge ataca de nuevo.*

—¡El muy idiota! —soltó ella, rabiosa—. ¡Mira esto! ¡Manopla rechazó el archivo dos veces! ¡Cadenas de mutación! ¡Y él se lo saltó! ¿En qué estaría pensando?

Brinkerhoff sintió que las rodillas le fallaban. Se preguntó por qué Midge siempre tenía razón. Ninguno de los dos había reparado en el reflejo que había aparecido en la ventana, a su lado. Una enorme figura se materializó en la puerta abierta del despacho de Fontaine.

—Joder —dijo Brinkerhoff con voz estrangulada—. ¿Crees que tenemos un virus?

Midge suspiró.

—No puede ser otra cosa.

—¡Puede que no sea asunto suyo! —resonó una voz profunda detrás de ellos.

Ella se dio un golpe en la cabeza contra la ventana. Brinkerhoff saltó sobre la silla del director y se volvió hacia la voz. Reconoció al instante la silueta.

—¡Director! —exclamó. Se lanzó hacia adelante con la mano extendida—. Bienvenido, señor.

El enorme hombre no le hizo caso.

—Pensaba, pensaba... —masculló Brinkerhoff al tiempo que retiraba la mano— que estaba usted en Suramérica.

Leland Fontaine miró a su ayudante con ojos como balas.

—Sí, lo estaba, pero ya he vuelto.

69

—¡Eh, señor!

Becker atravesaba el vestíbulo en dirección a una hilera de cabinas telefónicas. Se detuvo y dio media vuelta. La chica que lo había sorprendido en el lavabo de mujeres se dirigía hacia él. Le indicó que esperara con un ademán.

—¡Espere, señor!

¿Y ahora qué?, pensó Becker. *¿Me quiere acusar de invasión de la intimidad?*

La chica iba arrastrando la bolsa. Se acercó a él con una enorme sonrisa.

—Siento haberle gritado. Me dio un susto.

—No tiene importancia —contestó Becker algo perplejo—. Al fin y al cabo, no debía estar allí.

—Tal vez le parezca una petición un poco extraña —dijo ella, y entrecerró varias veces los ojos inyectados en sangre—, pero ¿no podría prestarme algo de dinero?

Becker la miró con incredulidad.

—¿Para qué? —preguntó. *No pienso financiar tu vicio, si es eso lo que quieres.*

—Intento volver a casa —dijo la rubia—. ¿Puede ayudarme?

—¿Has perdido el vuelo?

Ella asintió.

—Perdí el billete. No me dejaron subir al avión. Las compañías aéreas son muy cabronas. No tengo dinero para comprar otro.

—¿Dónde están tus padres? —preguntó Becker.

—En Estados Unidos.

—¿No puedes ponerte en contacto con ellos?

—No. Ya lo he intentado, pero están pasando el fin de semana en el yate de alguien.

Becker examinó las ropas caras de la muchacha.

—¿No llevas tarjeta de crédito?

—Sí, pero mi padre la canceló. Cree que me drogo.

—¿Te drogas? —preguntó Becker mientras echaba un vistazo a su antebrazo hinchado.

La chica le lanzó una mirada indignada.

—¡Claro que no!

Miró a Becker con aire inocente, y éste presintió de repente que le estaba tomando el pelo.

—Venga —dijo la muchacha—. Usted parece rico. ¿No puede dejarme algo de dinero para volver a casa? Ya se lo devolveré después.

Él imaginó que cualquier cantidad que le diera acabaría en las manos de algún camello de Triana.

—En primer lugar —dijo—, no soy rico. Soy profesor. Pero te diré lo que haré... —*Te desenmascararé, eso es lo que haré,* pensó—. ¿Qué te parece si te compro el billete?

La rubia le miró estupefacta.

—¿Haría eso? —preguntó con ojos desorbitados de esperanza—. ¿Me compraría un billete de regreso? ¡Oh, Dios, gracias!

Becker se quedó sin habla. Por lo visto la había juzgado mal.

La chica le echó los brazos al cuello.

—Ha sido un verano de mierda —dijo con voz estrangulada, casi al borde de las lágrimas—. ¡Gracias! ¡He de irme de aquí!

Becker le devolvió el abrazo a regañadientes. La rubia le soltó y él volvió a mirarle el antebrazo.

Ella siguió su mirada hasta la roncha azulina.

—Feo, ¿eh?

Becker asintió.

—¿No me has dicho que no te drogabas?

Ella rió.

—¡Es Magic Marker! Casi me arranco la piel cuando intenté borrarlo. La tinta mancha.

Becker miró con más detenimiento. A la luz fluorescente vio, borroso bajo la hinchazón rojiza del brazo, el tenue contorno de una inscripción, palabras escritas en la piel.

—Pero, pero tus ojos... —dijo Becker aturdido— están rojos.

La chica volvió a reír.

—Estuve llorando. Ya se lo dije. Perdí el vuelo.

Becker volvió a mirar las palabras del brazo.

La muchacha frunció el ceño avergonzada.

—Aún se puede leer, ¿verdad?

Él se acercó más. Lo pudo leer sin problemas. El mensaje era claro como el agua. Mientras leía las cuatro palabras borrosas, las últimas doce horas desfilaron ante sus ojos.

A David Becker le pareció estar de nuevo en la habitación del hotel Alfonso XIII. El obeso alemán se estaba tocando el antebrazo y hablando en su inglés deficiente: «*Fock off und die*».

—¿Se encuentra bien? —preguntó la muchacha mirando al asombrado Becker.

Él no levantó la vista del brazo. Estaba aturdido. Las cuatro palabras garabateadas en la piel de la chica comunicaban un mensaje muy sencillo: FUCK OFF AND DIE.

La rubia lo miró avergonzada.

—Lo escribió un amigo mío... ¿Estúpido, eh?

Becker no podía hablar. *Fock off und die.* No podía creerlo. El alemán no le había insultado, había intentado ayudarle. Alzó la mirada hacia el rostro de la muchacha. A la luz fluorescente del vestíbulo, vio descoloridas mechas rojas y azules entreveradas en su pelo rubio.

—Tú... tú... —farfulló al tiempo que examinaba sus orejas sin agujeros—. No llevarás pendientes, ¿verdad?

La chica le miró de una forma rara. Sacó un objeto diminuto de su bolsillo y lo tendió. Becker contempló el pendiente en forma de calavera que colgaba de su mano.

—¿Un pendiente de clip? —aventuró.

—Sí, joder —contestó la chica—. Los zarcillos me dan pánico.

70

David Becker sintió que las piernas le fallaban. Miró a la chica que tenía delante de él y supo que su búsqueda había terminado. Se había lavado el pelo y cambiado de ropa, tal vez con la esperanza de tener mejor suerte a la hora de vender el anillo, pero no había subido al avión de Nueva York.

Becker se esforzó por conservar la frialdad. Su demencial viaje estaba a punto de terminar. Examinó los dedos de la chica. Estaban desnudos. Contempló su bolsa. *Está ahí*, pensó. *¡Tiene que estar!*

Sonrió sin poder contener apenas su nerviosismo.

—Te parecerá un poco raro —dijo—, pero creo que tienes algo que yo necesito.

—¿Cómo?

Megan compuso una expresión vacilante.

Becker sacó su cartera.

—Te pagaré bien, por supuesto.

Empezó a elegir billetes.

Mientras Megan le miraba contar el dinero, lanzó una exclamación ahogada, como si no entendiera bien sus intenciones. Miró aterrada hacia las puertas giratorias calculando la distancia. Eran unos cincuenta metros.

—Puedo darte dinero suficiente para el billete de vuelta si...

—No lo diga —soltó Megan al tiempo que le dedicaba una sonrisa forzada—. Creo que sé muy bien lo que necesita.

Se agachó y empezó a buscar en su bolsa.

Becker sintió una oleada de esperanza. *¡Lo tiene!*, se dijo. *¡Tiene el anillo!* Ignoraba cómo sabía ella lo que quería, pero estaba demasiado cansado para pensar. Todos los músculos de su cuerpo se relajaron. Se imaginó entregando el anillo al sonriente subdirector de la NSA. Después Susan y él se revolcarían en la cama con dosel de Stone Manor y recuperarían el tiempo perdido.

Por fin la chica encontró lo que buscaba, su Pepper-Guard, el espray de autodefensa ecológico, hecho de una potente mezcla de cayena y guindillas. Con un veloz movimiento se incorporó y dirigió el chorro a los ojos de Becker. Agarró la bolsa y corrió hacia la puerta. Cuando miró hacia atrás, David Becker estaba retorciéndose en el suelo con las manos sobre la cara.

71

Tokugen Numataka encendió su cuarto puro y siguió caminando de un lado a otro. Descolgó el teléfono de un manotazo y llamó a la centralita principal.

—¿Sabemos algo de ese número de teléfono? —preguntó antes de que la operadora pudiera hablar.

—Todavía nada, señor. Están tardando más de lo que suponía. La llamada se efectuó desde un móvil.

Un móvil, pensó Numataka. *Cifras.* Por *suerte* para la economía japonesa, los norteamericanos tenían un apetito insaciable de juguetitos electrónicos.

—La estación que transmitió la señal —añadió la operadora— se encuentra en el código de zona 202, pero aún no sabemos el número.

—¿Dónde está eso?

¿Dónde, en la inmensa extensión norteamericana, se oculta este misterioso Dakota del Norte?

—Cerca de Washington, D.C., señor.

Numataka arqueó las cejas.

—Avíseme en cuanto tenga el número.

72

Susan Fletcher avanzó tambaleante por la planta de Criptografía hacia la pasarela que conducía a la oficina de Strathmore. El despacho del comandante era el sitio donde más alejada de Hale podía estar dentro del recinto cerrado.

Cuando llegó a lo alto de la escalera, descubrió que la puerta del despacho estaba abierta, pues el corte de electricidad había anulado el cierre electrónico. Entró.

—¿Comandante? —La única luz del interior era el resplandor de los monitores de Strathmore—. ¡Comandante! —llamó—. ¡Comandante!

De pronto recordó que el comandante estaba en el laboratorio de Sys-Sec. Caminó en círculos por el despacho vacío, aun presa del pánico que le había producido su encuentro con Hale. Tenía que salir de Criptografía. Con fortaleza digital o no, había llegado el momento de actuar, de abortar *Transltr* y escapar. Echó un vistazo a los monitores de Strathmore y después corrió hacia su escritorio. Sus manos volaron sobre el teclado. *¡ABORTAR TRANSLTR!* La tarea era sencilla, ahora que estaba en una terminal autorizada. Susan desplegó la ventana apropiada y tecleó:

ABORTAR ANÁLISIS

Su dedo vaciló un momento sobre la tecla de ENTER.

—¡Susan! —rugió una voz desde la puerta. Ella se volvió asustada, temiendo que fuera Hale. Pero se trataba de Strathmore. Se erguía, pálido y desencajado, a la luz mortecina. Respiraba con esfuerzo—. ¿Qué demonios está pasando?

—¡Comandante! —exclamó Susan—. ¡Hale está en Nodo 3! ¡Acaba de atacarme!

—¿Cómo? ¡Imposible! Hale está encerrado en...

—¡No! ¡Anda suelto! ¡Hemos de llamar a seguridad! ¡Voy a abortar *Transltr*!

Susan extendió la mano hacia el teclado.

—¡No toques eso!

Strathmore se precipitó hacia la terminal y apartó las manos de Susan.

Ella retrocedió asustada. Miró al comandante y por segunda vez aquel día no le reconoció. De pronto se sintió sola.

El comandante vio sangre en la blusa de Susan y se arrepintió al instante de su exabrupto.

—Dios mío. ¿Te encuentras bien?

Ella no contestó.

Strathmore lamentó haber sido tan brusco con ella de manera innecesaria. Tenía los nervios a flor de piel. Estaba haciendo demasiados equilibrios. Había cosas en su mente, cosas que Susan Fletcher ignoraba, cosas que no le había dicho y que rezaba para no tener que revelar jamás.

—Lo siento —dijo con suavidad—. Dime qué ha pasado.

Ella dio media vuelta.

—Da igual. La sangre no es mía. Sáqueme de aquí.

—¿Estás herida?

Strathmore apoyó una mano en su hombro. Susan se encogió. El hombre dejó caer la mano y apartó la vista. Cuando volvió a mirarla, tuvo la impresión de que la criptógrafa estaba mirando algo en la pared.

En la oscuridad, un pequeño teclado brillaba con toda su intensidad. Strathmore siguió su mirada y frunció el ceño. Había confiado en que Susan no repararía en el panel de control. El teclado iluminado controlaba su ascensor privado. El comandante y sus invitados poderosos lo utilizaban para entrar y salir de Criptografía sin que nadie se enterara. El ascensor personal descendía quince metros bajo la cúpula de Criptografía y después se desplazaba en lateral ciento nueve metros, a través de un túnel subterráneo reforzado que conducía a los niveles inferiores del complejo principal de la NSA. La energía que alimentaba el ascensor procedía del complejo principal. Estaba conectado, pese al corte de suministro eléctrico.

Strathmore había sabido en todo momento que estaba conectado, pero no había dicho nada ni siquiera cuando Susan se había puesto a golpear la salida principal de abajo. No podía permitir que ella saliera. Todavía no. Se preguntó cuánto tendría que decirle para obligarla a quedarse.

Susan corrió hacia la pared del fondo. Golpeó con furia los botones iluminados.

—Por favor —rogó, pero la puerta no se abrió.

—Susan —dijo Strathmore en voz baja—. Ese ascensor necesita una contraseña.

—¿Una contraseña? —repitió ella airada. Miró los controles. Debajo del teclado principal había otro, más pequeño, con botones diminutos. Cada botón estaba marcado con una letra del alfabeto. Susan se volvió hacia él.

—¿Cuál es la contraseña? —preguntó.

Strathmore reflexionó un momento y luego exhaló un profundo suspiro.

—Siéntate, Susan.

Ella le miró como si no diera crédito a sus oídos.

—Siéntate —repitió el comandante con voz firme.

—¡Déjeme salir!

Susan lanzó una mirada inquieta hacia la puerta abierta del despacho del comandante.

Strathmore miró a la aterrada Susan Fletcher. Se movió con calma hacia la puerta de su despacho. Salió al rellano y escudriñó la oscuridad. No vio a Hale por ninguna parte. Volvió a entrar y cerró la puerta. Después apoyó una silla contra ella para mantenerla cerrada, fue a su escritorio y extrajo algo de un cajón. A la pálida luz de los monitores, Susan vio el objeto. Palideció. Era una pistola.

Strathmore colocó dos sillas en el centro de la habitación. Las volvió hacia la puerta cerrada. Después se sentó. Alzó la reluciente Beretta semiautomática y apuntó a la puerta entreabierta. Al cabo de un momento dejó la pistola sobre su regazo.

Habló con solemnidad.

—Aquí estamos a salvo, Susan. Hemos de hablar. Si Greg Hale aparece por esa puerta...

No terminó la frase.

Ella no podía hablar.

Strathmore la miró a la tenue luz del despacho. Palmeó el asiento de su lado.

—Siéntate, Susan. He de decirte algo. —Ella no se movió—. Cuando haya terminado, te diré la contraseña del ascensor. Podrás decidir si te marchas o te quedas.

Siguió un largo silencio. Susan, aturdida, atravesó la habitación y se sentó al lado de Strathmore.

—Susan —empezó—, no he sido del todo sincero contigo.

73

David Becker experimentó la sensación de que le habían lanzado aguarrás a la cara y le habían prendido fuego. Rodó por el suelo y alcanzó a ver borrosamente que la chica estaba a mitad de camino de las puertas giratorias. Corría aterrorizada, arrastrando la bolsa sobre las baldosas. Becker intentó levantarse, pero fue incapaz. Estaba cegado por llamas al rojo vivo. *¡No puede marcharse!*

Intentó gritar, pero no había aire en sus pulmones, tan sólo un dolor lacerante.

—¡No!

Tosió. El sonido ahogado apenas salió de sus labios.

Sabía que, en cuanto la muchacha saliera por la puerta, no la volvería a ver. Intentó llamarla de nuevo, pero le dolía mucho la garganta. Sentía que le quemaba.

La chica casi había llegado a las puertas giratorias. Becker se puso en pie con un esfuerzo, jadeando en busca de aliento. Corrió tras ella dando tumbos. La muchacha entró en el primer compartimiento de la puerta giratoria, arrastrando la bolsa de lona.

—¡Espera! —le gritó boqueando—. ¡Espera!

Megan se coló en la puerta. Ésta empezó a girar, pero luego se atascó. Se volvió, presa del pánico, y vio que una esquina de la bolsa se había enganchado en la abertura. Se arrodilló y tiró con furia para liberarla.

Becker clavó la vista en la parte de la bolsa que sobresalía de la puerta. Sólo podía ver la esquina roja de nailon que sobresalía. Voló hacia ella con los brazos extendidos.

Cuando sus manos estaban a unos centímetros de distancia, la bolsa se deslizó por la rendija y desapareció. Sus dedos acuchillaron el aire, mientras la puerta giraba. La chica y la bolsa salieron al exterior.

—¡Megan! —gritó Becker cuando cayó al suelo. Agujas al rojo

vivo perforaban sus globos oculares. Una nueva oleada de náuseas se apoderó de él. Su voz resonó en la negrura. *¡Megan!*

David Becker no estaba seguro de cuánto tiempo llevaba tendido, cuando tomó conciencia del zumbido de las luces fluorescentes. Todo lo demás era silencio. Escuchó una voz. Alguien hablaba. Intentó levantar la cabeza del suelo. El mundo parecía acuoso. *Otra vez la voz.* Forzó la vista y vio una figura a veinte metros de distancia.

—¿Señor?

Becker reconoció la voz. Era la chica. Estaba parada ante otra entrada del vestíbulo, aferrando la bolsa contra su pecho. Parecía más asustada que antes.

—¿Señor? —repitió con voz temblorosa—. Yo no le he dicho mi nombre. ¿Cómo sabe cómo me llamo?

74

El director Leland Fontaine era un hombre corpulento de sesenta y tres años de edad, corte de pelo militar y semblante severo. Sus ojos negros parecían carbones cuando estaba irritado, lo cual sucedía casi siempre. Había ido ascendiendo en las filas de la NSA a base de trabajar con ahínco, planificar con inteligencia y ganarse el respeto de sus predecesores. Era el primer director de la NSA afroamericano, pero nadie mencionaba jamás esa particularidad. La política de Fontaine carecía de color y su personal le seguía con total confianza.

Fontaine había hecho esperar en posición de firmes a Midge y Brinkerhoff mientras procedía al ritual silencioso de prepararse una taza de café guatemalteco. Después se acomodó ante su escritorio y les interrogó como si fueran colegiales en el despacho del director.

Midge fue quien habló. Explicó la serie de acontecimientos inusuales que les habían impelido a entrar en el despacho de Fontaine.

—¿Un virus? —preguntó el director con frialdad—. ¿Los dos piensan que tenemos un virus?

Brinkerhoff se encogió.

—Sí, señor —replicó Midge.

—¿Porque Strathmore se saltó Manopla?

Fontaine echó un vistazo al listado impreso que tenía al lado.

—Sí —contestó la mujer—, y hay un archivo que no se ha podido descifrar hace más de veinte horas.

Fontaine frunció el ceño.

—O eso dicen sus datos.

Midge estuvo a punto de protestar, pero se mordió la lengua.

—En Criptografía están sin luz.

Fontaine alzó la vista, al parecer sorprendido.

Ella confirmó su afirmación con un breve cabeceo.

—Todo el suministro eléctrico está cortado. Jabba pensaba que quizá...

—¿Llamó a Jabba?

—Sí, señor, yo...

—¿Jabba? —Fontaine se levantó nervioso—. ¿Por qué no llamó a Strathmore?

—¡Lo hicimos! —se defendió Midge—. Dijo que todo iba bien.

Fontaine resoplaba.

—En ese caso, no existen motivos para dudar de él. —El tono de su voz era terminante. Tomó un sorbo de café—. Si me disculpan, tengo trabajo que hacer.

Midge se quedó boquiabierta.

—¿Perdón?

—He dicho buenas noches, señora Milken —repitió Fontaine—. Puede marcharse.

—Pero..., pero, señor —alcanzó a decir—. Yo... debo protestar. Creo...

—¿Protestar? —preguntó el director. Dejó la taza sobre la mesa—. ¡Yo protesto! Protesto por su presencia en mi despacho. Protesto por sus insinuaciones de que el subdirector de esta agencia está mintiendo. Protesto...

—¡Tenemos un virus, señor! Mi instinto me dice...

—¡Su instinto se equivoca, señora Milken! ¡Por una vez se equivoca!

Ella se levantó al instante.

—¡Pero, señor, el comandante Strathmore se saltó Manopla!

Fontaine caminó hacia ella sin apenas poder controlar su rabia.

—¡Goza de tal prerrogativa! ¡Le pago a usted para vigilar a analistas y empleados de servicios, no para espiar al subdirector! Si no fuera por él, aún estaríamos descifrando códigos con papel y lápiz. ¡Déjeme en paz! —Se volvió hacia Brinkerhoff, que estaba parado en la puerta pálido y tembloroso—. Los dos.

—Con el debido respeto, señor —dijo Midge—, me gustaría recomendar que enviemos un equipo de Sys-Sec a Criptografía para asegurarnos...

—¡No pienso hacer eso!

Después de un tenso momento, Midge asintió.

—Muy bien. Buenas noches.

Se dio media vuelta y salió. Cuando pasó a su lado, Brinkerhoff leyó en sus ojos que no tenía la menor intención de dejarlo correr, al menos hasta que su intuición se sintiera satisfecha.

Brinkerhoff miró a su jefe, enorme y furioso detrás de su escritorio. No era el director que conocía. El director que conocía era un obsesivo del detalle, del trabajo bien hecho. Siempre animaba a su personal a examinar y aclarar todas las incongruencias de los procesos diarios, por muy tedioso que ello fuera. Y no obstante, ahora les exigía que dieran la espalda a una serie de coincidencias muy extraña.

Era evidente que el director estaba ocultando algo, pero a Brinkerhoff le pagaban para ayudar, no para cuestionar. Fontaine había demostrado una y otra vez que siempre pensaba en los demás. Si ayudarle ahora significaba hacer la vista gorda, lo haría. Por desgracia, a Midge la pagaban para cuestionar, y Brinkerhoff temía que se dirigiera a Criptografía para hacerlo.

Ha llegado la hora de ponerme a buscar un nuevo empleo, pensó Brinkerhoff mientras se volvía hacia la puerta.

—¡Chad! —rugió Fontaine, el cual también había visto la mirada de Midge cuando salió—. No dejes que salga de esta planta.

Brinkerhoff asintió y salió tras Midge.

Fontaine suspiró y se llevó las manos a la cabeza. Sus ojos revelaban cansancio. El viaje de regreso había sido largo e inesperado. El mes pasado había sido de grandes expectativas para él. Cosas que estaban sucediendo en este momento en la NSA iban a cambiar la historia, e irónicamente el director Fontaine lo había descubierto por casualidad.

Tres meses antes se había enterado de que la esposa del comandante Strathmore iba a abandonarle. También le habían llegado informes de que Strathmore estaba trabajando a horas absurdas, y daba la impresión de que iba a venirse abajo debido a las presiones. Pese a las diferencias de opinión con él en muchos temas, Fontaine siempre había sentido la mayor estima por su subdirector. Era un hombre brillante, tal vez el mejor que la NSA había tenido. Al mismo tiempo, desde el desastre de Skipjack, había estado sometido a una presión tremenda. Eso inquietaba a Fontaine. El comandante controlaba muchas facetas de la NSA y él debía proteger su agencia.

Fontaine necesitaba a alguien que vigilara a Strathmore y se asegurara de que funcionaba al cien por cien, pero no era tan sencillo. Era un hombre orgulloso y poderoso. Fontaine necesitaba encontrar una forma de controlarlo sin minar su confianza o autoridad.

Fontaine decidió, por puro respeto a Strathmore, encargarse él mismo de dicha tarea. Ordenó que le permitieran tener acceso a la cuenta de Criptografía del comandante Strathmore: su correo electrónico, su correspondencia interdepartamental, sus sesiones de *brainstorming*, todo. Si Strathmore iba a derrumbarse, el director vería señales de advertencia en su trabajo. Pero en lugar de signos de derrumbe, Fontaine descubrió los preparativos de uno de los planes de espionaje más increíbles que había visto en su vida. No era de extrañar que Strathmore se estuviera viniendo abajo. Si era capaz de llevar a cabo ese plan, compensaría cien veces el fracaso de Skipjack.

Fontaine había llegado a la conclusión de que el comandante se encontraba bien, trabajaba al ciento diez por ciento, tan astuto, inteligente y patriota como siempre. Lo mejor que el director podía hacer era dejarle en paz y ver cómo obraba su magia. Strathmore había ideado un plan que Fontaine no tenía la menor intención de interrumpir.

75

Strathmore acariciaba la Beretta que descansaba sobre su regazo. Pese a la rabia que hervía en su sangre, estaba programado para pensar con lucidez. El hecho de que Greg Hale hubiera osado ponerle las manos encima a Susan Fletcher le enfermaba, pero su propio fallo le abrumaba todavía más. Que Susan hubiera entrado en Nodo 3 había sido idea suya. Él era un experto en aislar en compartimentos estancos sus sentimientos. No afectaría a lo que debía hacer con fortaleza digital. Era el subdirector de la NSA, y hoy su trabajo era más fundamental que nunca.

Strathmore controló su respiración.

—Susan, ¿borraste el correo electrónico de Hale?

Su voz era clara y transparente.

—No —contestó ella confusa.

—¿Tienes la clave de acceso?

Ella negó con la cabeza.

Strathmore frunció el ceño y se mordisqueó el labio. Su mente no paraba de pensar. Tenía un dilema. Podía teclear la contraseña de su ascensor, y Susan se iría. Pero la necesitaba a su lado. Necesitaba su ayuda para descubrir la clave en poder de Hale. Strathmore aún no se lo había dicho, pero encontrar esa clave entrañaba un interés más que académico: era una necesidad absoluta. Estaba seguro de que podía hallar la clave él solo, pero controlar el rastreador programado por Susan ya le había planteado problemas. No iba a correr el riesgo por segunda vez.

—Susan —suspiró—, me gustaría que me ayudaras a encontrar la clave en poder de Hale.

—¿Cómo?

Ella se puso de pie con los ojos desorbitados.

Strathmore reprimió el deseo de apiadarse de ella. Era un experto negociador. El poder debía permanecer siempre inamovible. Confió en que ella le seguiría la corriente. No lo hizo.

—Siéntate, Susan.

Ella no le hizo caso.

—Siéntate.

Era una orden.

Susan siguió de pie.

—Comandante, si todavía alberga algún deseo de examinar el algoritmo de Tankado, hágalo solo. Yo quiero irme.

Strathmore inclinó la cabeza y respiró hondo. Estaba claro que la jefa de Criptografía necesitaba una explicación. *Se la merece*, pensó. Tomó una decisión. Susan Fletcher lo sabría todo. Rezó para no cometer un error.

—Susan —empezó—, esto no debía suceder. —Se pasó la mano por la cabeza—. Hay algunas cosas que no te he contado. A veces, un hombre en mi posición... —El comandante vaciló, como a punto de hacer una confesión dolorosa—. A veces, un hombre en mi posición se ve obligado a mentir a la gente que quiere. Hoy ha sido uno de esos días. —La miró con tristeza—. No había pensado decirte lo que voy a revelarte... Ni a ti ni a nadie...

Ella sintió un escalofrío. El semblante del comandante era muy serio. Por lo visto no conocía todos sus secretos. Se sentó.

Siguió una larga pausa, mientras Strathmore clavaba la vista en el techo y se serenaba.

—Susan —dijo por fin con voz frágil—, no tengo familia. —Volvió a mirarla—. Mi matrimonio ha terminado. El amor por este país ha sido toda mi vida. Trabajar en la NSA ha sido mi vida.

Ella escuchaba en silencio.

—Como tal vez habrás adivinado —continuó—, pensaba jubilarme pronto. Pero quería hacerlo con orgullo. Quería jubilarme sabiendo que dejaba huella.

—Ya la ha dejado —se oyó decir Susan—. Usted construyó *Transltr*.

Fue como si Strathmore no la oyera.

—Durante estos últimos años nuestro trabajo ha sido cada vez más duro. Hemos plantado cara a enemigos de cuya existencia nunca habíamos sospechado. Estoy hablando de nuestros propios ciudadanos. Los abogados, los fanáticos de los derechos civiles, la EFF... Todos han desempeñado su papel, pero hay algo peor. La gente. Ha perdido la fe. Se ha vuelto paranoica. De pronto nos considera enemigos. Gente como tú y yo, gente que sólo piensa en los intereses del país, hemos de luchar por nuestro derecho a servir a Estados Unidos. Ya no somos personas que luchan por la paz. Somos espías, *voyeurs*, violadores de los derechos del pueblo. —Strathmore exhaló un suspiro—. Por desgracia, en el mundo hay personas ingenuas, personas incapaces de imaginar los horrores a los que deberían hacer frente si nosotros no interviniéramos. Creo que es nuestro deber salvarles de su ignorancia.

Susan esperó a que continuara.

El comandante miró al suelo con aspecto cansado y luego levantó la vista.

—Escúchame, por favor —dijo y le dedicó una sonrisa afectuosa—, debes de estar deseando que me calle, pero escúchame. Hace dos meses que estoy interceptando el correo electrónico de Tankado. Como puedes imaginar, me llevé una sorpresa cuando leí sus mensajes a Dakota del Norte sobre un algoritmo indescifrable llamado fortaleza digital. No creí que fuera posible. Pero cada vez que interceptaba un nuevo mensaje, Tankado parecía más y más convincente. Cuando leí que había utilizado cadenas de mutación para programar texto llano rotatorio, comprendí que se hallaba a años luz de nosotros. Era una vía inédita.

—¿Para qué? —preguntó Susan—. Es absurdo.

Strathmore se levantó y empezó a recorrer la habitación sin dejar de vigilar la puerta.

—Hace unas semanas, cuando me enteré de la subasta de fortaleza digital, acepté por fin el hecho de que Tankado hablaba en serio. Supuse que si vendía el algoritmo a una empresa de software japonesa estábamos acabados, de modo que me puse a pensar en una forma de impedirlo. Consideré la posibilidad de ordenar eliminarle, pero debido a la publicidad que rodeaba al algoritmo y sus recientes afirmaciones acerca de *Transltr*, pensé que seríamos los principales sospechosos. Fue entonces cuando lo comprendí. —Se volvió hacia Susan—. Comprendí que *no* debíamos abortar fortaleza digital.

Ella le miró desorientada.

Strathmore prosiguió.

—De repente comprendí que fortaleza digital era la oportunidad de nuestra vida. Me di cuenta de que, con unos pocos cambios, *nos* podía favorecer antes que perjudicar.

Susan nunca había oído algo tan absurdo. Fortaleza digital era un algoritmo que no se podía desencriptar. Les destruiría.

—Si pudiéramos efectuar algunos cambios en el algoritmo —continuó Strathmore— antes de que sea puesto en circulación...

La miró con un brillo astuto en los ojos.

Susan sólo tardó un instante en comprender.

Strathmore captó el asombro en sus ojos. Explicó su plan con entusiasmo.

—Si pudiera obtener la clave de acceso, conseguiría desbloquear nuestra copia de fortaleza digital e introducir una modificación.

—Una puerta trasera —dijo Susan, olvidando que el comandante le había mentido. Experimentó una oleada de expectación—. Como Skipjack.

Él asintió.

—Después podríamos sustituir el archivo de Tankado en Internet por nuestra versión alterada. Como fortaleza digital es un algoritmo japonés, nadie sospecharía que la NSA había participado en ello. Nos bastaría con dar el cambiazo.

Susan comprendió que el plan era más que ingenioso. Era puro... Strathmore. ¡Planeaba facilitar la liberación de un algoritmo que la NSA pudiera desencriptar!

—Acceso total —dijo él—. Fortaleza digital se convertirá de la noche a la mañana en la norma de encriptación.

—¿De la noche a la mañana? —preguntó Susan—. ¿Cómo piensa hacerlo? Aunque fortaleza digital sea accesible a todo el mundo gratis, la mayoría de usuarios se aferrarán a sus viejos algoritmos, por pura comodidad. ¿Por qué iban a cambiar a fortaleza digital?

Strathmore sonrió.

—Muy sencillo. Tenemos un fallo de seguridad. Todo el mundo se entera de la existencia de *Transltr*.

Ella se quedó boquiabierta.

—Absolutamente sencillo, Susan, permitimos que la calle sepa la verdad. Decimos al mundo que la NSA tiene un ordenador capaz de desencriptar todos los algoritmos, excepto fortaleza digital.

Susan estaba asombrada.

—De manera que todo el mundo se apunta a fortaleza digital... ¡Sin saber que podemos romper el código!

Strathmore asintió.

—Exacto. —Siguió un largo silencio—. Siento haberte mentido. Intentar reprogramar fortaleza digital es muy complicado, y no quería implicarte.

—Entiendo —contestó ella dándole vueltas a la idea en la cabeza—. No miente nada mal.

Strathmore lanzó una risita.

—Años de práctica. Mentir era la única forma de mantenerte alejada de la añagaza.

Susan asintió.

—¿La añagaza es muy grande?

—La estás mirando.

Ella sonrió por primera vez desde hacía una hora.

—Temía que dijera eso.

El hombre se encogió de hombros.

—Una vez fortaleza digital esté controlado, informaré al director.

Susan estaba impresionada. El plan de Strathmore era un golpe de inteligencia global de una magnitud nunca imaginada antes. Y lo había llevado a cabo sin ayuda. Daba la impresión de que podía rematar la jugada. La clave de acceso estaba en Criptografía. Tankado había muerto. Habían localizado a su socio.

Susan hizo una pausa.

Tankado ha muerto. Parecía muy conveniente. Pensó en todas las mentiras que Strathmore le había contado y sintió un repentino escalofrío. Miró con inquietud al comandante.

—¿Mató usted a Ensei Tankado?

Strathmore la miró sorprendido. Negó con la cabeza.

—Claro que no. No había ninguna necesidad de matarlo. De hecho preferiría que estuviera vivo. Su muerte podría arrojar sospechas sobre fortaleza digital. Quería que este cambio se produjera de la manera más rápida y discreta posible. El plan original consistía en efectuar el cambio y dejar que Tankado vendiera su clave.

Susan tuvo que admitir la lógica de la argumentación. Tankado no hubiera tenido motivos para sospechar que el algoritmo colgado en Internet no era el original. Nadie tenía acceso, salvo él y Dakota del Norte. A menos que Tankado hubiera vuelto a estudiar la programación después de que el algoritmo fuera liberado, nunca sospecharía la existencia de la puerta trasera. Había trabajado en fortaleza digital durante tanto tiempo, que tal vez no hubiera querido saber de la programación nunca más.

Asimiló toda la información. De pronto comprendió por qué el comandante necesitaba tanta privacidad en Criptografía. La tarea que le ocupaba exigía tiempo y delicadeza: programar una puerta trasera secreta en un algoritmo complejo y efectuar un cambio indetectable en Internet. El secretismo era de importancia capital. La sola insinuación de que fortaleza digital había sido manipulada podía arruinar el plan del comandante.

Sólo ahora comprendió por qué había decidido dejar que *Transltr* siguiera en funcionamiento. *¡Si fortaleza digital iba a ser el nuevo niño mimado de la NSA, Strathmore quería asegurarse de que era imposible desencriptarlo!*

—¿Aún te quieres marchar? —preguntó el comandante.

Ella le miró. El hecho de estar sentada en la oscuridad con el gran Trevor Strathmore había disipado sus temores. Reprogramar fortaleza digital ofrecía la posibilidad de hacer historia, de hacer un bien increíble, y podía brindar su ayuda a Strathmore. Susan forzó una sonrisa reticente.

—¿Qué haremos ahora?

Strathmore sonrió. Apoyó una mano sobre su hombro.

—Gracias. Bajaremos juntos. —Alzó su Beretta—. Tú investigarás la terminal de Hale. Yo te protegeré.

La idea de bajar erizó el vello de Susan.

—¿No podemos esperar a que David nos avise de que tiene la copia de Tankado?

Strathmore sacudió la cabeza.

—Cuanto antes hagamos el cambio mejor. No tenemos garantías de que David encuentre la otra copia. Si por alguna casualidad el anillo cae en las manos equivocadas, prefiero que ya hayamos efectuado el cambiazo del algoritmo. Así, quien termine localizando la clave de acceso descargará nuestra versión del algoritmo. —Strathmore aferró su pistola y se levantó—. Hemos de ir a buscar la clave que tiene Hale.

Susan guardó silencio. El comandante tenía razón. Necesitaban la clave de Hale. Y la necesitaban ya.

Cuando se levantó, notó que las piernas le fallaban. Ojalá hubiera golpeado a Hale con más fuerza. Miró el arma de Strathmore y sintió náuseas de nuevo.

—¿De veras dispararía a Hale?

—No. —Strathmore frunció el ceño y se encaminó hacia la puerta—. Pero esperemos que él no lo sepa.

76

Un taxi esperaba ocioso ante la terminal del aeropuerto de Sevilla con el contador en marcha. El pasajero de las gafas con montura metálica miraba por las ventanas de la terminal iluminada. Sabía que había llegado a tiempo.

Vio a una chica rubia. Estaba ayudando a David Becker a sentarse en una silla. Al parecer, a Becker le dolía algo. *Aún no sabe lo que es el dolor*, pensó el pasajero. La joven sacó un pequeño objeto del bolsillo. Becker lo sostuvo en alto y lo examinó a la luz. Después lo deslizó en su dedo. Extrajo un fajo de billetes del bolsillo y pagó a la chica. Hablaron unos minutos más y después ella le abrazó. Se despidió con un ademán, colgó al hombro su bolsa y empezó a cruzar el vestíbulo.

Por fin, pensó el hombre del taxi. *Por fin.*

77

Strathmore salió de su despacho al rellano empuñando la pistola. Susan le siguió, mientras se preguntaba si Hale continuaría en Nodo 3.

La luz que emitía el monitor de Strathmore a sus espaldas arrojaba sombras tenebrosas de sus cuerpos sobre la plataforma. Susan se acercó más al comandante

Cuando se alejaron de la puerta, la luz se desvaneció, y se internaron en la oscuridad. La única luz de Criptografía procedía de las estrellas y de la tenue penumbra que remolineaba tras la ventana destrozada de Nodo 3.

Strathmore avanzaba con lentitud, buscando el punto donde empezaba la estrecha escalera. Cambió la Beretta a la mano izquierda y tanteó en busca de la barandilla, a su derecha. Suponía que dispararía igual de mal con la izquierda, y necesitaba la derecha para apoyarse. Cualquiera que cayera por aquel tramo de escaleras quedaría tullido de por vida, y los sueños de Strathmore de jubilarse no incluían una silla de ruedas.

Susan, cegada por la negrura de la cúpula de Criptografía, bajó con una mano apoyada sobre el hombro del comandante. Ni siquiera a medio metro de distancia distinguía su figura. Cuando pisaba cada escalón metálico, arrastraba los pies en busca del borde.

A Susan no le hacía ninguna gracia volver a Nodo 3 para conseguir la clave de acceso que tenía Hale. El comandante insistía en que el criptógrafo no tendría redaños para tocarles, pero ella no estaba tan segura. Hale estaba desesperado. Tenía dos opciones: escapar de Criptografía o ir a la cárcel.

Una voz no paraba de decirle a Susan que deberían esperar a la llamada de David y utilizar la clave de acceso que él les proporcionara, pero sabía que no existían garantías de que llegara a encontrarla. Se preguntó qué estaba demorando tanto a David. Se guardó para sí sus temores y siguió bajando.

Strathmore descendía en silencio. No había ninguna necesidad de avisar a Hale de que se aproximaban. Cerca del pie de la escalera, el comandante tanteó en busca del último peldaño. Cuando lo encontró, el tacón de su mocasín resonó sobre la baldosa negra. Susan sintió que su hombro se tensaba. Habían entrado en zona peligrosa. Hale podía estar en cualquier sitio.

En la distancia, ahora oculto por *Transltr* estaba su destino: Nodo 3. Susan rezó para que el criptógrafo siguiera allí, tendido en el suelo, gimoteando de dolor como el perro que era.

Strathmore soltó la barandilla y cambió la pistola a la mano derecha. Se adentró en la oscuridad sin decir palabra. Si Susan le perdía, la única forma de volver a localizarle sería hablar y entonces Hale podría oírles. Cuando se alejaron de la seguridad de la escalera, Susan recordó su infancia, cuando jugaba a esconderse por las noches. Había abandonado su escondite. Era vulnerable.

Transltr era la única isla en el inmenso mar negro. Strathmore paraba cada pocos pasos, la pistola preparada, y escuchaba. Sólo se oía un tenue zumbido bajo sus pies. Susan tuvo ganas de volver a su refugio. Tenía la impresión de ver rostros en la oscuridad.

A mitad de camino de *Transltr*, el silencio de Criptografía se rompió. Un pitido agudo perforó la oscuridad, al parecer encima de ellos. Strathmore se volvió, y Susan le perdió. Aterrada, extendió la mano en su busca, pero el comandante se había alejado. El espacio donde había estado su hombro era aire. Trastabilleó hacia delante.

El pitido continuó. Estaba cerca. Susan se volvió en la oscuridad. Oyó un crujido de tela, y de pronto el pitido enmudeció. Se quedó petrificada. Un instante después, como surgida de una de sus peores pesadillas, apareció una visión. Un rostro se materializó delante de ella. Era verde y fantasmal. Era el rostro de un demonio, sombras afiladas sobre facciones deformes. Dio un brinco hacia atrás. Se volvió para escapar, pero el tipo le agarró el brazo.

—¡No te muevas! —ordenó.

Por un instante, creyó ver a Hale en aquellos ojos ardientes, pero no era la voz del criptógrafo. Y el tacto era demasiado suave. Era Strathmore. Estaba iluminado desde abajo por un objeto luminoso que acababa de sacar del bolsillo. Una oleada de alivio se apoderó del cuerpo de Susan. Notó que volvía a respirar. El objeto que sostenía Strathmore tenía una pantalla electrónica que proyectaba un resplandor verdoso.

—Maldita sea —masculló Strathmore—. Mi nuevo buscapersonas.

Miró contrariado el SkyPager que acunaba en la palma de su mano. Había olvidado activar la función de llamada silenciosa. Por irónico que pareciera, había ido a una tienda de informática a comprar el aparato. Había pagado en metálico para guardar el anonimato. Nadie sabía mejor que Strathmore con cuánta dedicación vigilaba la NSA a los suyos, y los mensajes digitales enviados y recibidos desde este buscapersonas eran algo que él necesitaba mantener en secreto.

Susan miró a su alrededor inquieta. Si Hale no los había oído hasta entonces, ahora sí debía de saber que habían bajado de la oficina del comandante.

Strathmore oprimió algunos botones y leyó el mensaje. Gruñó en voz baja. Más malas noticias de España, no de David Becker, sino del otro agente que había enviado a Sevilla.

A cuatro mil quinientos kilómetros de distancia, una furgoneta de vigilancia móvil recorría las calles de Sevilla. Había sido enviada por la NSA en secreto desde la base militar de Rota. Los dos hombres que viajaban en ella estaban tensos. No era la primera vez que recibían órdenes perentorias desde Fort Meade, pero éstas no solían venir desde tan alto.

—¿Alguna señal de nuestro hombre? —preguntó el agente que conducía sin volverse.

Los ojos de su compañero no se apartaron ni un momento del monitor de vídeo panorámico que colgaba del techo.

—No. Sigue conduciendo.

78

Jabba estaba sudando bajo la maraña de cables. Todavía se hallaba tumbado de espaldas, con la linterna entre los dientes. Estaba acostumbrado a trabajar hasta tarde los fines de semana. Las horas menos frenéticas de la NSA eran los únicos momentos que podía dedicar al mantenimiento del hardware. Mientras manejaba el soldador al rojo vivo entre el laberinto de cables, procedía con excepcional cautela. Quemar cualquier revestimiento sería un desastre.

Unos centímetros más, pensó. Estaba tardando más de lo que había imaginado.

Justo cuando acercaba el extremo del soldador al filamento de soldadura, sonó su móvil. Sobresaltado, agitó el brazo y una gruesa gota de plomo líquido le cayó sobre él.

—¡Mierda! —Dejó caer el soldador y estuvo a punto de tragarse la linterna—. ¡Mierda! ¡Mierda!

Se frotó frenéticamente la gota hasta que rodó al suelo. Le dejó un verdugón impresionante. El chip que estaba intentando soldar cayó y le golpeó en la cabeza.

—¡Maldita sea!

El teléfono volvió a sonar. Jabba no hizo caso.

—Midge —masculló.

¡Maldita seas! ¡No pasa nada en Criptografía! El teléfono siguió sonando. Jabba volvió a colocar el nuevo chip, pero el teléfono no dejaba de sonar. *¡Por los clavos de Cristo, Midge! ¡Ríndete!*

El teléfono sonó quince segundos más y luego enmudeció. Jabba exhaló un suspiro de alivio.

Un minuto después sonó el intercomunicador del techo.

—Que el jefe de Sys-Sec se ponga en contacto con la centralita principal para recibir un mensaje.

Jabba puso los ojos en blanco, incrédulo. *No se rinde, ¿eh?* Hizo caso omiso del mensaje.

79

Strathmore guardó el SkyPager en el bolsillo y escudriñó la oscuridad en dirección de Nodo 3.

Cogió la mano de Susan.

—Vamos.

Un prolongado grito gutural se oyó en las tinieblas. Una figura estruendosa se cernió sobre ellos, como un camión sin faros delanteros. Un instante después se produjo una colisión y Strathmore resbaló por el suelo.

Era Hale. El buscapersonas les había delatado.

Susan oyó el ruido de la Beretta al caer. Por un momento se quedó paralizada, sin saber adónde huir ni qué hacer. Su instinto le aconsejaba escapar, pero no tenía el código del ascensor. Su corazón le decía que ayudara a Strathmore, pero ¿cómo? Cuando se volvió desesperada, esperó escuchar el sonido de una lucha a vida o muerte en el suelo, pero no oyó nada. Se había hecho un silencio repentino, como si Hale hubiera atacado al comandante y luego hubiera desaparecido en la negrura.

Esperó y se esforzó por ver en la oscuridad, con la esperanza de que Strathmore se encontrara bien. Después de lo que se le antojó una eternidad, susurró:

—¿Comandante?

Nada más decirlo, comprendió su error. Un instante después el olor de Hale se materializó detrás de ella. Se volvió demasiado tarde. Se retorció en busca de aire. Se sintió aplastada por una presa familiar, con la cara apoyada contra el pecho de Hale.

—Las pelotas me están matando —jadeó él en su oído.

Las rodillas de Susan se doblaron. Las estrellas de la cúpula empezaron a girar sobre ella.

80

Hale la sujetó por el cuello y gritó:

—Tengo a su favorita, comandante. ¡Quiero salir!

Su exigencia se topó con el silencio por respuesta.

La presa de Hale aumentó.

—¡Le romperé el cuello!

Se oyó el sonido de una pistola que se amartilló justo detrás de él. La voz de Strathmore era serena y firme.

—Suéltela.

Susan se encogió de dolor.

—¡Comandante!

Hale giró el cuerpo de Susan hacia la dirección de donde procedía la voz.

—Si dispara, alcanzará a su preciosa Susan. ¿Está dispuesto a correr ese riesgo?

La voz de Strathmore se escuchó más cerca.

—Suéltela.

—Ni hablar. Me matará.

—No voy a matar a nadie.

—Ah, ¿no? ¡Dígaselo a Chartrukian!

Strathmore siguió acercándose.

—Chartrukian está muerto.

—No me diga. Usted le mató. ¡Yo lo vi!

—Ríndase, Greg —dijo Strathmore con calma.

Hale aferró a Susan y habló en su oído.

—Strathmore empujó a Chartrukian. ¡Lo juro!

—Ella no se va a dejar engañar por su táctica de divide y vencerás —dijo Strathmore más cerca—. Suéltela.

—¡Chartrukian no era más que un crío, por el amor de Dios! —siseó Hale en la oscuridad—. ¿Por qué lo hizo? ¿Para proteger su secretito?

Strathmore no perdió la frialdad.

—¿Qué secretito es ése?

—¡Sabe muy bien cuál es! ¡Fortaleza digital!

—Vaya vaya —murmuró el comandante en tono condescendiente. Su voz como un iceberg—. De modo que conoce la existencia de fortaleza digital. Estaba empezando a pensar que también iba a negar eso.

—Váyase a la mierda.

—Una ingeniosa defensa.

—Está usted loco —escupió Hale—. Para su información, *Transltr* se está sobrecalentando.

—¿De veras? —Strathmore se echó a reír—. Déjeme adivinar: ¿debería abrir las puertas y llamar a Sys-Sec?

—Exacto —replicó Hale—. Sería un idiota si no lo hiciera.

Strathmore lanzó una carcajada.

—¿Ésa es su gran jugada? ¿*Transltr* se está sobrecalentando, así que abra las puertas y déjeme salir?

—¡Es verdad, maldita sea! ¡He bajado a los niveles inferiores! ¡Con el generador auxiliar no se puede bombear suficiente freón!

—Gracias por la información —dijo Strathmore—, pero *Transltr* se desconecta automáticamente. En caso de sobrecalentamiento, fortaleza digital se autoanulará.

Hale resopló.

—Está usted loco. ¿Qué coño me importa a mí que *Transltr* vuele por los aires? Esa maldita máquina debería ser considerada ilegal.

Strathmore suspiró.

—La psicología infantil sólo funciona con los niños, Greg. Suéltela.

—¿Para poder dispararme?

—No dispararé. Sólo quiero la clave de acceso.

—¿Qué clave de acceso?

Strathmore volvió a suspirar.

—La que Tankado le envió.

—No tengo ni idea de qué está hablando.

—¡Mentiroso! —logró articular Susan—. ¡Vi correo de Tankado en tu cuenta!

Hale se puso rígido.

—¿Entraste en mi cuenta?

—Y tú abortaste mi rastreador —replicó ella.

Él sintió que se le aceleraba el pulso. Pensaba que había ocultado su rastro. No tenía ni idea de que Susan estuviera enterada de lo que había hecho. No era de extrañar que no creyera ni una palabra de lo que decía. Experimentó la sensación de que las paredes empezaban a cerrarse sobre él. Sabía que no podría salir de ésta, a tiempo no.

—Susan —susurró desesperado—, ¡Strathmore mató a Chartrukian!

—Suéltela —dijo el comandante con mayor firmeza—. Ella no le cree.

—¡No me extraña! —replicó Hale—. ¡Bastardo mentiroso! ¡Le ha lavado el cerebro! ¡Sólo le cuenta lo que le conviene! ¿Sabe lo que piensa hacer en realidad con fortaleza digital?

—¿Qué voy a hacer? —le retó Strathmore.

Hale sabía que lo que iba a decir sería su pasaporte para la libertad o su sentencia de muerte. Respiró hondo y se lanzó al abismo.

—Piensa programar una puerta trasera en fortaleza digital.

Las palabras fueron recibidas con un silencio perplejo. Hale sabía que había dado en el blanco.

Por lo visto, había puesto a prueba la frialdad imperturbable de Strathmore.

—¿Quién le ha dicho eso? —preguntó el comandante con voz colérica.

—Lo leí —dijo con aire presuntuoso Hale, intentando aprovechar su ventaja momentánea—. En uno de los informes de sus sesiones de *brainstorming*.

—Imposible. Nunca imprimo mis informes de esas sesiones.

—Lo sé. Lo leí directamente en su cuenta.

—¿Entró en mi despacho? —preguntó Strathmore en tono dudoso.

—No. Entré desde Nodo 3.

Hale forzó una risita. Sabía que necesitaba toda la habilidad negociadora que había aprendido en la Infantería de Marina para salir vivo de Criptografía.

Strathmore se acercó un poco más, apuntando con la Beretta en la oscuridad.

—¿Cómo sabe lo de la puerta trasera?

—Ya le dije que estuve fisgoneando en su cuenta.

—Imposible.

—Uno de los problemas de alquilar los servicios de los mejores, comandante —dijo Hale en tono burlón—, es que a veces son mejores que tú.

—Joven —siseó Strathmore—, no sé de dónde sacó esa información, pero se ha pasado. O suelta a la señorita Fletcher ahora mismo o llamaré a Seguridad y pasará el resto de su vida entre rejas.

—No hará eso —replicó sin vacilar Hale—. Llamar a Seguridad daría al traste con sus planes. Yo lo contaría todo. —Hale hizo una pausa—. Pero déjeme salir y nunca diré ni una palabra sobre fortaleza digital.

—No hay trato —contestó Strathmore—. Quiero la clave de acceso.

—¡No tengo la puta clave de acceso!

—¡Basta de mentiras! —tronó Strathmore—. ¿Dónde está?

Hale estrujó el cuello de Susan.

—¡Déjeme salir o la mato!

Trevor Strahmore había llevado a cabo suficientes negociaciones en su vida para saber que Hale se hallaba en un estado mental muy peligroso. El joven criptógrafo se imaginaba acorralado, y un adversario acorralado siempre era el más peligroso: desesperado e impredecible. El comandante era consciente de que su próximo movimiento sería fundamental. La vida de Susan dependía de ello, como también el futuro de fortaleza digital.

Strathmore sabía que lo prioritario era relajar la tensión de la situación. Al cabo de un momento suspiró de mala gana.

—De acuerdo, Greg. Usted gana. ¿Qué quiere que haga?

Silencio. Al parecer Hale no sabía muy bien qué deducir del tono colaborador del comandante. Aflojó un poco la presión sobre el cuello de Susan.

—Bien... —masculló, con voz temblorosa de repente—, antes que nada deme su pistola. Los dos vendrán conmigo.

—¿Rehenes? —Strathmore rió con frialdad—. Greg, tendrá que pensar en algo mejor. Hay una docena de guardias armados entre este lugar y el aparcamiento.

—No soy idiota —replicó Hale—. Voy a tomar su ascensor. Susan vendrá conmigo. Usted se quedará.

—Siento decírselo —contestó Strathmore—, pero el ascensor no tiene corriente.

—¡Y una mierda! —gritó el joven—. ¡El ascensor funciona con la corriente del edificio principal! ¡He visto los planos!

—Ya lo hemos intentado —dijo Susan con voz estrangulada—. No funciona.

—Es increíble lo repugnantes que son. —Hale aumentó la presión—. Si el ascensor no funciona, abortaré *Transltr* y restableceré la corriente.

—El ascensor tiene una contraseña —logró articular Susan.

—Estupendo —rió el criptógrafo—. Estoy seguro de que el comandante nos la dirá. ¿Verdad, comandante?

—Ni por asomo —siseó Strathmore.

Hale estaba a punto de estallar.

—Escúcheme, viejo, el trato es el siguiente: deja que Susan y yo utilicemos su ascensor, conducimos unas cuantas horas y después la suelto.

Strathmore se dio cuenta del peligro. Había metido a Susan en esto y necesitaba sacarla. Habló con voz firme como una roca.

—¿Qué hay de mis planes para fortaleza digital?

Hale rió.

—Puede programar su puerta trasera. Yo no diré ni una palabra. —Su voz adoptó un tono ominoso—. Pero el día en que sospeche que me está siguiendo, iré a la prensa y contaré toda la historia. ¡Les diré que fortaleza digital está manipulada y hundiré esta jodida organización!

Strathmore sopesó la oferta. Era clara y sencilla. Susan viviría y podría programar la puerta trasera de fortaleza digital. Siempre que no acosara a Hale, la puerta trasera seguiría siendo un secreto. Strathmore sabía que el criptógrafo no podría mantener la boca cerrada mucho tiempo. Pero aun así... El único salvoconducto de Hale era conocer la existencia de fortaleza digital. Tal vez sería inteligente. Pasara lo que pasara, Strathmore sabía que sería posible liquidarle más adelante en caso necesario.

—¡Decídase, viejo! —gritó Hale—. ¿Nos vamos o no?

Los brazos de Hale tenían atrapada a Susan como una enredadera.

Strathmore sabía que si descolgaba el teléfono en ese instante y llamaba a Seguridad, Susan viviría. Apostaba la vida en ello. Lo vio con claridad. La llamada pillaría a Hale por sorpresa. Sería preso del pánico, y al final, enfrentado a un pequeño ejército, sería incapaz de actuar. Al cabo de un breve paréntesis cedería. *Pero si llamo a Seguridad*, pensó Strathmore, *mi plan fracasará*.

—¿Qué decide? —chilló Hale—. ¿La mato?

Strathmore sopesó sus opciones. Si permitía que sacara a Susan de Criptografía, no existirían garantías. Hale conduciría un rato, aparcaría en el bosque. Iría armado... Strahmore sintió un nudo en el estómago. Nadie podía anticipar qué pasaría antes de que liberara a Susan..., si es que la liberaba. *He de llamar a Seguridad*, decidió Strathmore. *¿Qué otra cosa puedo hacer?* Imaginó a Hale en un tribunal revelando todo cuanto sabía sobre fortaleza digital. *Mi plan se vendrá abajo. Tiene que haber otra forma.*

—¡Decídase! —gritó Hale mientras arrastraba a Susan hacia la escalera.

Strathmore ya no escuchaba. Si salvar a Susan equivalía a estropear sus planes, mala suerte. Nada compensaría su pérdida. Susan Fletcher era un precio que Trevor Strathmore se negaba a pagar.

Hale sujetaba el brazo de Susan por detrás de su espalda y le mantenía el cuello inclinado a un lado.

—¡Es su última oportunidad, viejo! ¡Deme la pistola!

La mente de Strathmore continuaba buscando otras opciones. *¡Siempre hay otras opciones!* Habló por fin, en voz baja, casi con tristeza.

—No, Greg, lo siento. No puedo permitir que huya.

Hale lanzó una exclamación ahogada.

—¡Cómo!

—Voy a llamar a Seguridad.

Susan se revolvió.

—¡No, comandante!

Hale aumentó su presa.

—¡Si llama a Seguridad, ella morirá!

Strathmore desenganchó el móvil de su cinturón y lo abrió.

—Se está echando un farol, Greg.

—¡No lo conseguirá! —chilló Hale—. ¡Hablaré! ¡Frustraré su plan! ¡Faltan pocas horas para que su sueño se cumpla! ¡Controlar todos los datos del mundo! Se acabó *Transltr*. Se acabaron los límites. Información gratis. ¡La oportunidad de su vida! ¡No dejará que se le escape!

La voz de Strathmore era como el acero.

—Míreme bien.

—Pero... ¿qué será de Susan? —preguntó Hale—. ¡Si hace esa llamada, ella morirá!

Strathmore no cedió.

—Voy a correr ese riesgo.

—¡Y una mierda! ¡Le atrae más ella que fortaleza digital! ¡Lo sé! ¡No correrá ese riesgo!

Susan quiso resistirse, pero Strathmore la interrumpió.

—¡Usted no me conoce, joven! ¡Si quiere jugar fuerte, lo haremos! —Empezó a pulsar teclas del teléfono—. ¡Me ha juzgado mal, hijo! ¡Nadie amenaza las vidas de mis empleados y se va de rositas! —Alzó el teléfono y ordenó—: ¡Señorita, póngame con Seguridad!

Hale empezó a retorcer el cuello de Susan.

—La mataré! ¡Lo juro!

—¡No lo hará! —afirmó Strathmore—. Matar a Susan sólo empeoraría... —Se interrumpió y se acercó el teléfono a la boca—. ¡Seguridad! Soy el comandante Trevor Strathmore. ¡Han tomado una rehén en Criptografía! ¡Que vengan algunos hombres! ¡Sí, ahora, maldita sea! También se ha producido un fallo en el generador. Quiero que restablezcan el flujo eléctrico sin escatimar recursos. ¡Quiero mis sistemas conectados dentro de cinco minutos! Greg Hale ha asesinado a uno de los técnicos de Sys-Sec. Retiene como rehén a mi jefa de Criptografía. ¡Si es necesario, pueden utilizar gases lacrimógenos! Si el señor Hale no colabora, que utilicen tiradores de élite para abatirle. Yo asumo toda la responsabilidad. ¡Intervengan ya!

Hale se quedó paralizado. Aflojó su presa sobre Susan.

Strathmore apagó el teléfono y lo sujetó de nuevo al cinturón.

—Su turno, Greg.

81

Becker se acercó con ojos llorosos a una cabina telefónica del vestíbulo. Pese a que el rostro le ardía y a una vaga sensación de náuseas, se sentía de mejor ánimo. Todo había terminado. De una vez por todas. Volvía a casa. El anillo que ahora llevaba en el dedo era el Grial que había ido a buscar. Alzó la mano a la luz y examinó la banda dorada. No pudo enfocar bien la vista para leer la inscripción, pero no parecía inglés. El primer símbolo era una Q, una O o un cero, pero le dolían demasiado los ojos para poder afirmarlo. Estudió los primeros caracteres. Carecían de lógica. *¿Y esto era un asunto de seguridad nacional?*

Entró en la cabina y se dispuso a marcar el número de Strathmore. Antes de teclear el prefijo internacional, oyó una grabación. «Todas las líneas están ocupadas —dijo la voz. Haga el favor de colgar y volver a llamar dentro de unos instantes.» Becker frunció el ceño y obedeció. Lo había olvidado: obtener una conexión internacional desde España era como jugar a la ruleta, cuestión de acertar el momento justo. Tendría que intentarlo de nuevo en unos cuantos minutos.

Procuró olvidar el escozor de los ojos. Megan le había dicho que frotárselos sólo empeoraría su situación, lo cual se le antojaba inimaginable. Impaciente, probó a llamar de nuevo. Igual. Ya no podía esperar más. Tenía que aliviar el ardor de los ojos con agua. Strathmore tendría que esperar unos minutos más. Medio ciego, se encaminó a los lavabos.

La imagen borrosa del carrito de la limpieza continuaba delante del lavabo de hombres, de modo que Becker se volvió hacia la puerta con el rótulo de SEÑORAS. Creyó oír ruido dentro. Llamó con los nudillos.

—¿Hola?

Silencio.

Debe de ser Megan, pensó. Le quedaban cinco horas para el vuelo, y había dicho que iba a frotarse de nuevo el brazo hasta limpiarlo.

—¿Megan? —llamó. No obtuvo ninguna respuesta. Golpeó con los nudillos de nuevo. Abrió la puerta—. ¿Hola?

Entró. No vio a nadie. Se encogió de hombros y caminó hacia el lavamanos.

Aún estaba asqueroso, pero el agua del grifo al menos salía fresca. Becker notó que se le contraían los poros de la cara cuando aplicó agua a los ojos. El dolor empezó a calmarse y la niebla se fue levantando poco a poco. Se miró en el espejo. Era como si llevara días llorando.

Se secó la cara con la manga de la chaqueta y de pronto tuvo un destello de lucidez. Con tanta agitación, había olvidado dónde estaba. ¡En el aeropuerto! En uno de los tres hangares privados del aeropuerto de Sevilla, un Learjet 60 estaba esperando para llevarle a casa. El piloto lo había dejado muy claro: *Tengo órdenes de quedarme aquí hasta su regreso.*

Costaba creer, pensó Becker, que después de tantas vicisitudes hubiera terminado en el mismo lugar donde todo había empezado. *¿A qué estoy esperando? ¡Estoy seguro de que el piloto podrá enviar un mensaje por radio a Strathmore!*

Becker rió, se miró en el espejo y se arregló la corbata. Estaba a punto de irse cuando el reflejo de algo a su espalda le llamó la atención. Dio media vuelta. Parecía una punta de la bolsa de Megan que sobresalía de la puerta entreabierta del váter.

—¿Megan? —llamó. No obtuvo respuesta—. ¿Megan?

Se acercó. Llamó con los nudillos a la puerta del retrete. No hubo respuesta. Empujó la puerta. Se abrió.

Becker reprimió un grito de horror. Megan estaba sentada en el váter, con los ojos clavados en el techo. De un agujero de bala que perforaba el centro de su frente salía sangre que resbalaba sobre su rostro.

—¡Megan! —gritó aterrorizado.

—Está muerta —graznó detrás de él una voz apenas humana.

Era como un sueño. Becker se volvió.

—¿Señor Becker? —preguntó la siniestra voz.

Aturdido, contempló al hombre que había entrado en los lavabos. Le pareció vagamente familiar.

—Soy Hulohot —dijo el asesino. Las palabras parecían surgir de su vientre. Extendió la mano—. El anillo.

Becker le miró sin comprender.

El hombre introdujo la mano en el bolsillo y extrajo una pistola. Alzó el arma y le apuntó a la cabeza.

—El anillo.

En un instante de lucidez, Becker experimentó una sensación desconocida hasta aquel momento. Como impulsados por algún instinto de supervivencia, todos los músculos de su cuerpo se tensaron al mismo tiempo. Voló por los aires cuando la bala salió disparada del arma. Cayó sobre Megan. Una bala estalló en la pared, detrás de él.

—¡Mierda! —siseó Hulohot. En el último instante, David Becker había esquivado la bala. El asesino avanzó.

Becker se levantó. Oyó pasos que se acercaban. Una respiración. Un arma al ser amartillada.

—Adiós —susurró el hombre cuando saltó como una pantera y apuntó el arma al interior del cubículo.

Se oyó un disparó. Un destello rojo. Pero no era sangre. Era otra cosa. Un objeto se había materializado como por arte de magia, golpeando al asesino en el pecho, lo cual provocó que la pistola disparara un segundo antes de tiempo. La bolsa de Megan.

Becker salió en tromba del retrete. Hundió el hombro en el pecho del asesino y le empujó contra el lavabo. Se oyó el crujido de huesos al romperse. Un espejo se astilló. La pistola cayó. Los dos hombres rodaron por el suelo. Becker corrió hacia la salida, Hulohot se apoderó de su arma, se volvió y disparó. La bala atravesó la puerta de los lavabos.

El vacío vestíbulo del aeropuerto se le antojó a Becker un desierto infranqueable. Sus piernas se movían con más rapidez que nunca.

Cuando entró en la puerta giratoria, un disparo sonó a su espalda. El panel que tenía delante explotó en una lluvia de cristales. Becker empujó y la puerta giró hacia adelante. Un momento después, salió al exterior dando tumbos.

Un taxi estaba esperando.

—¡Déjeme entrar! —chilló Becker al tiempo que golpeaba con los puños la puerta cerrada.

El conductor se negó. El cliente de las gafas con montura de acero le había pedido que esperara. Becker se volvió y vio que Hulohot atravesaba corriendo el vestíbulo, pistola en mano. Divisó la pequeña Vespa en la acera. *Estoy muerto.*

Hulohot salió por la puerta giratoria justo a tiempo de ver a Becker intentando poner en marcha la moto sin éxito. Sonrió y alzó la pistola.

¡La llave de paso de la gasolina! Becker manipuló una palanca situada debajo del depósito de gasolina. Le dio al pedal de arranque de nuevo. El motor tosió y no arrancó.

—El anillo.

La voz estaba cerca.

Becker alzó la vista. Vio el cañón de una pistola. Pisó el pedal de arranque de nuevo.

La bala de Hulohot falló por poco la cabeza de Becker, cuando la moto cobró vida y saltó hacia adelante. Becker se aferró a la Vespa cuando aterrizó sobre un terraplén cubierto de hierba, dobló la esquina del edificio y salió a la pista.

Hulohot, enfurecido, corrió hacia el taxi que esperaba. Segundos después, el perplejo conductor vio desde el bordillo que su taxi se alejaba entre una nube de polvo.

82

Cuando Greg Hale empezó a asimilar las implicaciones de la llamada del comandante a Seguridad, una oleada de pánico le sacudió. *¡Seguridad va a venir!* Susan intentó desasirse. El criptógrafo se recobró y la atrajo hacia sí.

—¡Suéltame! —gritó ella, y su voz resonó en la cúpula.

La mente de Hale estaba enfebrecida. La llamada del comandante le había pillado por sorpresa. *¡Strathmore ha telefoneado a Seguridad! ¡Ha sacrificado sus planes de apoderarse de fortaleza digital!*

No habría imaginado ni en un millón de años que el comandante dejara escapar fortaleza digital. Incorporarle una puerta trasera era la oportunidad de su vida.

Cuando el pánico le invadió, experimentó la sensación de que la mente le estaba jugando malas pasadas. Veía el cañón de la Beretta de Strathmore dondequiera que mirara. Empezó a dar vueltas, con Susan bien sujeta, intentando evitar que el comandante disparara. Impulsado por el miedo, la arrastró hacia la escalera. En cinco minutos volvería la luz, las puertas se abrirían y los hombres de Harrelson entrarían en acción.

—¡Me estás haciendo daño! —exclamó Susan. Jadeó en busca de aliento mientras se contorsionaba con las desesperadas piruetas de Hale.

Su secuestrador sopesó la posibilidad de soltarla y correr hacia el ascensor de Strathmore, pero sería un suicidio. No sabía la contraseña. Además, en cuanto saliera de la NSA sin rehén, sería hombre muerto. Ni siquiera su Lotus podría dejar atrás a un escuadrón de helicópteros de la NSA. *¡Susan es lo único que impedirá que Strathmore me vuele en pedazos!*

—Susan —masculló Hale mientras la arrastraba hacia la escalera—, ven conmigo. ¡Juro que no te haré daño!

Mientras ella ofrecía resistencia, Hale comprendió que tenía nuevos problemas. Aunque consiguiera abrir el ascensor de Strathmore y llevarse a Susan, ella se revolvería durante todo el camino. Hale sabía muy bien que el ascensor del comandante sólo hacía una parada: «la Autopista Subterránea», un laberinto restringido de túneles de acceso subterráneos por el cual se movían en secreto los altos cargos del gobierno y demás políticos que se relacionaban con la NSA. Hale no albergaba la menor intención de extraviarse en los pasillos subterráneos con una rehén hostil. Era una trampa mortal. Aunque lograra salir, no iba armado. ¿Cómo conseguiría cruzar el aparcamiento con Susan? ¿Cómo conduciría?

Fue la voz de un profesor de estrategia militar de Hale quien le dio la respuesta.

Impón tu voluntad a alguien, y se revolverá contra ti, advirtió la voz. *Pero convence a una mente de pensar como tú deseas, y tendrás un aliado.*

—¡Susan —se oyó decir—, Strathmore es un asesino! ¡Aquí estás en peligro!

Ella no pareció oírle. De todos modos, Hale sabía que era un planteamiento absurdo. Strathmore nunca haría daño a Susan, y ella lo sabía.

Forzó la vista en la oscuridad mientras se preguntaba dónde estaba escondido el comandante. Había enmudecido de repente, lo cual avivó el pánico de Hale. Presentía que su tiempo se estaba terminando. Seguridad llegaría de un momento a otro.

Hale rodeó con las manos la cintura de Susan y la obligó a subir la escalera. La mujer clavó los tacones en el primer escalón y se resistió, pero él tenía más fuerza que ella.

Con cautela, subió de espaldas la escalera, con Susan detrás. Empujarla escaleras arriba habría sido más sencillo, pero el rellano superior estaba iluminado por los monitores de Strathmore. Si Susan pasaba delante, Strathmore podría apuntar sin problemas a la espalda de Hale. Al llevar a Susan detrás, interponía un escudo humano entre él y Criptografía.

A un tercio de camino intuyó movimientos al pie de la escalera. *¡Strathmore me la quiere jugar!*

—No lo intente, comandante —siseó—. Únicamente conseguirá matarla.

Hale esperó, pero el silencio se prolongó. Aguzó el oído. Nada. Silencio al pie de la escalera. ¿Estaba imaginando cosas? Daba igual. Strathmore nunca correría el riesgo de herir a Susan.

Pero entonces sucedió algo inesperado. Se oyó un tenue golpe en el rellano. Se detuvo, sacudido por una descarga de adrenalina. ¿Habría subido Strathmore a escondidas? El instinto le decía que el comandante estaba al pie de la escalera. Pero entonces, de repente, lo oyó por segunda vez, pero con más intensidad. ¡Una pisada en el rellano!

Aterrorizado, comprendió su error. *¡Strathmore está en el rellano, detrás de mí! ¡Puede dispararme a la espalda sin problemas!* Desesperado, giró a Susan hacia arriba y empezó a bajar la escalera.

Cuando llegó al último peldaño, gritó hacia el rellano.

—¡Retroceda, comandante! ¡Retroceda o le romperé el...!

La culata de la Beretta surcó los aires e impactó contra el cráneo de Hale.

Cuando Susan se liberó de la presa del criptógrafo se volvió confusa. Strathmore la agarró y abrazó su cuerpo tembloroso.

—Shhh —la calmó—. Soy yo. Estás bien.

Susan no paraba de temblar.

—Comandante... —Lanzó una exclamación ahogada, presa de la desorientación—. Pensaba... Creí que estaba arriba... Oí...

—Tranquila —susurró el hombre—. Me oíste tirar mis mocasines sobre el rellano.

Susan se descubrió riendo y llorando al mismo tiempo. El comandante acababa de salvarle la vida. Experimentó una inmensa oleada de alivio, aunque no carente de culpa. Seguridad iba a llegar de un momento a otro. Había permitido que Hale se apoderara de ella y la había utilizado contra Strathmore. Sabía que el comandante había pagado un elevado precio por salvarla.

—Lo siento —dijo.

—¿Por qué?

—Sus planes para fortaleza digital... se han ido al traste.

Él negó con la cabeza.

—En absoluto.

—Pero... ¿y Seguridad? Llegarán en cualquier momento. No tenemos tiempo de...

—Seguridad no va a venir, Susan. Tenemos todo el tiempo del mundo.

Susan estaba confusa. *¿No van a venir?*

—Pero usted llamó...

Strathmore lanzó una risita.

—El truco más viejo del mundo. Fingí la llamada.

83

No cabía duda de que la Vespa de Becker debía ser el vehículo más pequeño que había cruzado la pista de aterrizaje del aeropuerto de Sevilla. A la velocidad máxima, unos setenta y cinco kilómetros por hora, sonaba más como una sierra mecánica que como una moto, y por desgracia carecía de la potencia necesaria para elevarse en el aire.

Becker vio por el espejo lateral que el taxi saltaba a la pista unos cuatrocientos metros detrás de él. Empezó a recortar distancias enseguida. A lo lejos, la silueta de los hangares del aeropuerto se perfilaba contra el cielo nocturno. Faltaría alrededor de un kilómetro. Se preguntó si el taxi le alcanzaría antes. Sabía que Susan era capaz de efectuar el cálculo en dos segundos y averiguar las probabilidades. De pronto, sintió un miedo desconocido para él hasta aquel momento.

Agachó la cabeza y aceleró al máximo. La Vespa no podía correr más. Imaginó que el taxi iba al doble de velocidad. Clavó la vista en los tres edificios que se cernían en la distancia. *El del centro. Ahí está el Learjet.* Sonó un disparo.

La bala rebotó en la pista, unos metros detrás de él. Becker miró por encima de su hombro. El asesino estaba asomado por la ventanilla, apuntándole. Becker viró con brusquedad, y el espejo lateral estalló en una lluvia de cristales. Sintió el impacto de la bala en los manillares. Aplastó el cuerpo sobre la moto. *Que Dios me ayude. ¡No voy a conseguirlo!*

El asfalto que se extendía delante de la moto estaba mejor iluminado. El taxi se hallaba más cerca, y los faros delanteros proyectaban sombras fantasmales sobre la pista. Sonó un disparo. La bala rebotó en el chásis de la moto.

Becker no quería desviarse más. *¡He de llegar al hangar!* Se preguntó si el piloto del Learjet les vería venir. *¿Irá armado? ¿Abrirá las puertas de la cabina a tiempo?* Pero cuando se acercó a la zona iluminada de los hangares abiertos, comprendió que la pregunta era ociosa. El Learjet no se veía por ninguna parte. Forzó la vista y rezó para que fuera una alucinación. No. El hangar estaba vacío. *¡Oh, Dios mío! ¿Dónde está el avión?*

Cuando los dos vehículos entraron a toda velocidad en el hangar desierto, Becker buscó con desesperación una vía de escape. No había ninguna. La pared posterior del edificio, una lámina inmensa de metal acanalado, carecía de puertas o ventanas. El taxi se colocó a su lado, y Becker vio que Hulohot levantaba su arma.

Los reflejos se impusieron. Becker pisó los frenos. Apenas disminuyó la velocidad. El suelo del hangar estaba resbaladizo de aceite. La Vespa patinó.

Oyó un chirrido ensordecedor cuando el taxi frenó y los neumáticos resbalaron sobre la superficie aceitosa. El coche giró en una nube de humo y goma quemada, a escasos centímetros de la Vespa.

Los dos vehículos, que corrían en paralelo, perdieron el control y se lanzaron contra la pared trasera. Becker pisó el freno, pero no había tracción. Era como conducir sobre hielo. La pared metálica se cernía sobre él. Se preparó para el impacto.

Se oyó un estruendoso crujido de acero y metal acanalado, pero no sintió dolor. Se encontró de repente en el aire libre, todavía a lomos de la Vespa, rebotando sobre un campo de hierba. Era como si la pared del hangar se hubiera desvanecido ante él. El taxi continuaba a su lado, dando tumbos por el campo. Una enorme hoja de metal acanalado de la pared salió disparada del techo del taxi y voló sobre su cabeza.

Con el corazón acelerado, Becker desapareció en la noche.

84

Jabba exhaló un suspiro de placer cuando terminó de soldar. Desconectó el soldador, dejó su linterna y permaneció un momento inmóvil en la oscuridad. Estaba hecho polvo. Le dolía el cuello. El espacio interno de estos ordenadores siempre era angosto, sobre todo para un hombre de su tamaño.

Y cada vez los hacen más pequeños, pensó.

Cuando cerró los ojos, para disfrutar de un merecido momento de relajación, alguien empezó a tirar de sus botas.

—¡Sal de ahí, Jabba! —gritó una voz de mujer.

Midge me ha encontrado. Gruñó.

—¡Sal de ahí, Jabba!

Obedeció a regañadientes.

—¡Por el amor de Dios, Midge! Ya te dije... —Pero no era Midge. Jabba levantó la vista sorprendido—. ¿Soshi?

Soshi Kuta era una chica que pesaba cuarenta kilos. Era la mano derecha de Jabba, una técnica de Sys-Sec procedente del MIT. Solía trabajar hasta tarde con él, y era la única de su equipo a la que no parecía intimidar.

—¿Por qué demonios no contestas al teléfono, ni al mensaje que te envié al buscapersonas? —preguntó.

—Al buscapersonas —repitió Jabba—. Pensaba que era...

—Da igual. Algo raro está pasando en el banco de datos principal.

Jabba consultó su reloj.

—¿Raro? —Se sintió preocupado—. ¿Puedes ser más concreta?

Dos minutos después, Jabba corría por el pasillo hacia el banco de datos.

85

Greg Hale yacía aovillado en el suelo de Nodo 3. Strathmore y Susan le habían arrastrado al otro lado de Criptografía y atado de pies y manos con cables.

Ella no dejaba de asombrarse de la ingeniosa maniobra empleada por el comandante. *¡Fingió la llamada!* Strathmore había capturado a Hale, salvado a Susan y ganado el tiempo necesario para modificar el algoritmo de fortaleza digital.

Susan miró al maniatado criptógrafo con inquietd. Estaba jadeando. Strathmore se sentó en el sofá con la Beretta sobre su regazo. Ella se concentró en la terminal de Hale y continuó su búsqueda.

Su cuarta búsqueda de cadenas no reveló nada.

—No hay suerte —suspiró—. Tal vez tengamos que esperar a que David encuentre la copia de Tankado.

Strathmore la miró con desaprobación.

—Si David fracasa y la clave de Tankado cae en manos de algún...

No fue necesario que terminara la frase. Susan comprendió. Hasta que el archivo de fortaleza digital en Internet no hubiera sido sustituido por la versión modificada de Strathmore, la clave de acceso de Tankado era peligrosa.

—Después de dar el cambiazo —añadió el comandante—, me dará igual cuántas claves de acceso haya por ahí. Cuantas más, más nos divertiremos. —Indicó con un ademán que continuara la búsqueda—. Pero hasta entonces tenemos las horas contadas.

Susan abrió la boca para darle la razón, pero un estruendo ensordecedor ahogó sus palabras. Una bocina de alarma procedente del subsuelo rompió el silencio de Criptografía. Ella y Strathmore intercambiaron una mirada de sorpresa.

—¿Qué es eso? —chilló Susan entre bocinazo y bocinazo.

—¡*Transltr*! —contestó Strathmore con expresión preocupada—.

¡Se ha sobrecalentado! Hale tenía razón cuando dijo que con el generador auxiliar no se bombeaba suficiente freón.

—¿Qué pasa con el autoaborto?

Strathmore pensó un momento.

—Se habrá producido algún cortocircuito —respondió a gritós.

Una luz amarilla inundó Criptografía y proyectó un resplandor tembloroso sobre su cara.

—¡Será mejor que aborte el proceso!

Strathmore asintió. No era difícil deducir qué sucedería si tres millones de procesadores de silicio se sobrecalentaban y se incendiaban. El comandante necesitaba subir a su terminal y abortar el análisis de fortaleza digital, sobre todo antes de que alguien ajeno a Criptografía reparara en el problema y decidiera enviar la caballería.

Miró al inconsciente Hale. Dejó la Beretta en una mesa, cerca de Susan, y chilló para hacerse oír por encima de las sirenas.

—¡Vuelvo enseguida! —Mientras desaparecía por el agujero de la pared de Nodo 3, gritó sin volverse—: ¡Y encuéntrame la clave de acceso!

Susan echó un vistazo a los resultados de su búsqueda infructuosa, con la esperanza de que Strathmore abortara el proceso cuanto antes. El ruido y las luces de Criptografía recordaban el lanzamiento de un misil.

Hale empezó a agitarse. A cada bocinazo se encogía. Susan se sorprendió aferrando la Beretta. El criptógrafo abrió los ojos y la vio erguida sobre él, con la pistola apuntando a su entrepierna.

—¿Dónde está la clave de acceso? —le preguntó.

A Hale le costaba recobrar el sentido.

—¿Qué ha pasado?

—La cagaste, eso es lo que ha pasado. ¿Dónde está la clave?

Él intentó mover los brazos, pero cayó en la cuenta de que estaba atado. Su rostro se tensó de pánico.

—¡Suéltame!

—Necesito la clave —repitió Susan.

—¡No la tengo! ¡Suéltame!

Intentó levantarse. Apenas pudo rodar sobre sí mismo.

Susan chilló entre bocinazo y bocinazo.

—¡Tú eres Dakota del Norte y Ensei Tankado te dio una copia de la clave! ¡La necesito ya!

—¡Estás loca! —jadeó Hale—. ¡Yo no soy Dakota del Norte!

Luchó infructuosamente por liberarse.

—No me mientas —replicó Susan enfurecida—. ¿Por qué está todo el correo de Dakota del Norte en tu cuenta?

—¡Te lo dije antes! ¡Me colé en el ordenador de Strathmore! Ese correo electrónico de mi cuenta era correo copiado de la cuenta del comandante, correo que COMINT robó a Tankado.

—¡Tonterías! ¡Es imposible que te colaras en la cuenta del comandante!

—¡No lo entiendes! —chilló Hale—. ¡Ya había un topo en la cuenta de Strathmore! Creo que era el director Fontaine. ¡Yo sólo me colé! ¡Has de creerme! ¡Así descubrí su plan de reprogramar fortaleza digital! ¡He estado leyendo los informes de sus sesiones de *brainstorming*!

¿Las sesiones de brainstorming*?* Susan reflexionó. No cabía duda de que Strathmore había bosquejado sus planes relacionados con fortaleza digital utilizando su programa BrainStorm. Si alguien se hubiera colado en la cuenta del comandante, toda la información habría sido accesible para esa persona.

—¡Reprogramar fortaleza digital es de locos! —gritó él—. Sabes muy bien lo que significa: ¡acceso total para la NSA! —Las sirenas ahogaron sus palabras, pero Hale parecía poseído—. ¿Crees que estamos preparados para esa responsabilidad? ¿Crees que alguien lo está? ¡Menuda cortedad de miras! ¿Dices que nuestro gobierno sólo está preocupado por nuestro bienestar? ¡Fantástico! Pero ¿qué ocurrirá si a un futuro gobierno no le preocupa tan sólo nuestro bienestar? ¡Esta tecnología es eterna!

Susan apenas podía oírle. El ruido era ensordecedor.

Hale luchaba por liberarse. La miró a los ojos y siguió gritando.

—¿Cómo se defiende el pueblo de un Estado policial cuando el que manda tiene acceso a todas sus comunicaciones? ¿Cómo planea una revuelta?

Susan había oído la misma argumentación muchas veces. Era una de las quejas habituales de la EFF.

—¡Hay que detener a Strathmore! —gritó Hale—. Te juro que yo lo haría. Es lo que he estado haciendo aquí todo el día: vigilar su cuenta, esperar a que efectuara un movimiento para ser testigo del cambio en directo. Necesitaba pruebas de que había programado una puerta trasera. Por eso copié todo su correo electrónico en mi cuenta. Es la prueba de que él había estado vigilando fortaleza digital. Pensaba ir a la prensa con la información.

El corazón de Susan se paralizó. ¿Lo había oído bien? Todo parecía muy típico de Greg Hale. *¿Era posible?* Si él hubiera conocido el plan de Strathmore de liberar una versión modificada de fortaleza digital, habría podido esperar a que todo el mundo la utilizara, para luego lanzar la bomba, con pruebas incluidas.

Susan imaginó los titulares: ¡EL CRIPTÓGRAFO GREG HALE DESCUBRE UN PLAN SECRETO ESTADOUNIDENSE PARA CONTROLAR LA INFORMACIÓN GLOBAL!

¿Había terminado la pesadilla de Skipjack? Descubrir una puerta trasera de la NSA por segunda vez granjearía una fama sin precedentes a Greg Hale. También hundiría a la NSA. De pronto se preguntó si tal vez le estaba diciendo la verdad. *¡No!*, decidió. *¡Claro que no!*

Hale continuó.

—Aborté tu rastreador porque pensé que me estabas buscando a mí. Creí que sospechabas de mis andanzas en el ordenador de Strathmore. No quería que me localizaras.

Era plausible, pero improbable.

—¿Por qué mataste a Chartrukian? —preguntó Susan con brusquedad.

—¡No fui yo! —chilló Hale—. ¡Fue Strathmore quien le empujó! ¡Lo vi todo desde arriba! ¡Chartrukian estaba a punto de llamar a Sys-Sec y frustrar sus planes!

Hale es bueno, pensó Susan. *Tiene explicaciones para todo.*

—¡Suéltame! —suplicó Hale—. ¡Yo no hice nada!

—¿Que no hiciste nada? —gritó ella mientras se preguntaba por qué tardaba tanto Strathmore—. Tú y Tankado reteníais como rehén a la NSA. Al menos hasta que le traicionaste. Dime —insistió—, ¿murió Tankado de un ataque al corazón o uno de tus colegas lo eliminó?

—¡Estás tan ciega! —chilló Hale—. ¿No te das cuenta de que no estoy mezclado en eso? ¡Desátame antes de que llegue Seguridad!

—Seguridad no va a venir —replicó Susan.

Hale palideció.

—¿Cómo?

—Strathmore fingió la llamada.

La sorpresa de Hale fue mayúscula. Por un momento pareció paralizado. Después empezó a retorcerse.

—¡Strathmore me matará! ¡Lo sé! ¡Demasiado bien que lo sé!

—Tranquilo, Greg.

—¡Pero soy inocente!

—¡Estás mintiendo! ¡Y tengo pruebas de ello! —Susan rodeó la hilera de terminales—. ¿Te acuerdas de aquel rastreador que abortaste? —preguntó cuando llegó a su terminal—. ¡Lo volví a enviar! ¿Vamos a ver si ha regresado?

En la pantalla de Susan, un icono parpadeante la avisaba de que el rastreador había vuelto. Pulsó el ratón y abrió el mensaje. *Estos datos sellarán el destino de Hale*, pensó. *Hale es Dakota del Norte.* La caja de datos se abrió. *Hale es...*

Se detuvo. El rastreador se materializó y Susan guardó silencio. Estaba sorprendida. Tenía que haber un error. El rastreador apuntaba a otra persona, la más improbable.

Volvió a leer los datos. Era la misma información que Strathmore decía haber recibido cuando él envió el rastreador. Susan había imaginado que el comandante se había equivocado, pero sabía que ella había configurado el rastreador a la perfección.

No obstante, la información que leía en pantalla era impensable:

NDAKOTA = ET@DOSHISHA.EDU

—¿ET? —preguntó Susan, mientras su cabeza daba vueltas—. ¿Ensei Tankado es Dakota del Norte?

Era inconcebible. Si los datos eran correctos, Tankado y su socio eran la misma persona. Susan estaba confundida. Ojalá pararan los bocinazos. *¿Por qué no desconecta Strathmore esa maldita máquina?*

Hale se retorció en el suelo.

—¿Qué pone? ¡Dímelo!

Susan trató de olvidarse de Hale y del caos que la rodeaba. *Ensei Tankado es Dakota del Norte...*

Reordenó los piezas para que encajaran. Si Tankado era Dakota del Norte, se estaba enviando correo electrónico a sí mismo... Lo cual significaba que Dakota del Norte no existía. El socio de Tankado era una celada.

Dakota del Norte es un fantasma, se dijo Susan. *Humo y espejos.*

El plan era brillante. Al parecer, Strathmore sólo había estado mirando un lado del partido de tenis. Como la bola seguía volviendo, supuso que había alguien al otro lado de la red. Pero Tankado había estado jugando contra una pared. Había estado proclamando las virtudes de fortaleza digital en correos electrónicos que se enviaba a sí mismo. Había escrito mensajes, los había enviado a un corresponsal anónimo, y unas horas después, el corresponsal se los había devuelto.

Susan se dio cuenta de que estaba más claro que el agua. Tankado había querido que el comandante le espiara. Había querido que leyera su correo electrónico. Ensei Tankado había creado una póliza de seguros imaginaria sin tener que confiar a nadie más la clave de acceso. Para que toda la farsa pareciera auténtica, había utilizado una cuenta secreta, sólo lo bastante secreta para eliminar las sospechas de que todo era una superchería. Tankado era su propio socio. Dakota del Norte no existía. Ensei Tankado iba por libre.

Iba por libre.

Un pensamiento aterrador se apoderó de Susan. *Tankado habría podido utilizar su correspondencia falsa para convencer a Strathmore de cualquier cosa.*

Recordó su primera reacción cuando el comandante le habló del algoritmo imposible de desencriptar. No pudo creer que algo así existiera. El inquietante potencial de la situación le revolvió el estómago a Susan. ¿Qué pruebas tangibles poseían de que Tankado había creado fortaleza digital? Sólo un montón de mierda en su correo electrónico. Y por supuesto... *Transltr.* El ordenador llevaba colapsado casi veinte horas en un bucle interminable. No obstante, Susan conocía otros programas capaces de mantener ocupado a *Transltr* tanto tiempo, programas mucho más fáciles de crear que un algoritmo indescifrable.

Un virus.

Un escalofrío recorrió su cuerpo.

Pero ¿cómo podía entrar un virus en Transltr?

Como una voz de ultratumba, Phil Chartrukian le dio la respuesta: *Strathmore se saltó Manopla.*

Ante la demencial revelación, comprendió la verdad de repente. Strathmore había bajado el archivo de fortaleza digital para enviarlo a *Transltr* con la intención de que lo desencriptara. Pero Manopla había rechazado el archivo debido a que contenía cadenas de mutación peligrosas. En circunstancias normales, el comandante se habría preocupado, pero había visto el correo electrónico de Tankado. *¡El truco reside en las cadenas de mutación!* Convencido de que no había peligro en bajar fortaleza digital, Strathmore se saltó los filtros de Manopla y envió el archivo a *Transltr*.

Susan apenas podía hablar.

—Fortaleza digital no existe —dijo con voz estrangulada. Poco a poco, sin fuerzas, se apoyó contra su terminal. Tankado había ido a pescar idiotas... y la NSA había mordido el anzuelo.

Entonces oyó un largo grito angustioso procedente de arriba. Era Strathmore.

86

Trevor Strathmore estaba encorvado sobre su escritorio cuando Susan llegó sin aliento a su puerta. Tenía la cabeza inclinada sobre su pecho y el sudor de su frente brillaba a la luz del monitor. Las sirenas de los niveles inferiores seguían emitiendo bocinazos.

Susan corrió a la mesa.

—¿Comandante?

Strathmore no se movió.

—¡Comandante! ¡Hemos de cerrar *Transltr*! Hemos de...

—Nos engañó —dijo él sin levantar la vista—. Tankado nos tomó el pelo a todos...

A juzgar por el tono de su voz, Susan comprendió que el comandante había adivinado lo sucedido. Todos los mensajes de Tankado acerca del algoritmo imposible de desencriptar, de la subasta de la contraseña, todo era una charada. Había animado con engaños a la NSA a intervenir su correo, a creer que tenía un socio y a bajar un archivo muy peligroso.

—Las cadenas de mutación...

A Strathmore le falló la voz.

—Lo sé.

El comandante levantó la vista poco a poco.

—El archivo que bajé de Internet... era un...

Susan intentó mantener la calma. Todas las piezas del juego habían variado de posición. Nunca había existido un algoritmo imposible de desencriptar, ni fortaleza digital. El archivo que Tankado había colgado en Internet era un virus encriptado, tal vez sellado con un algoritmo de encriptación genérico, lo bastante potente para no perjudicar a nadie... salvo a la NSA. *Transltr* había abierto el sello protector y liberado el virus.

—Las cadenas de mutación —graznó el comandante—. Tankado dijo que sólo eran parte de un algoritmo.

Strathmore se desplomó sobre su escritorio.

Susan comprendió el dolor del comandante. Le habían engañado por completo. Tankado no había intentado jamás que una compañía comprara su algoritmo. No había algoritmo. Todo era un engaño. Fortaleza digital era un fantasma, una farsa, un señuelo creado para tentar a la NSA. Tankado había estado detrás de todos los movimientos de Strathmore, moviendo los hilos.

—Yo me salté Manopla —gimió el comandante.

—No sabía nada.

Strathmore dio un puñetazo sobre el escritorio.

—¡Tendría que haberlo sabido! ¡Su nombre de correo, por el amor de Dios! ¡NDAKOTA! ¡Piénsalo!

—¿Qué quiere decir?

—¡Se estaba riendo de nosotros! ¡Es un anagrama!

Susan se quedó perpleja. *¿NDAKOTA es un anagrama?* Imaginó las letras y empezó a combinarlas en su mente. *Ndakota... Kado-tan... Oktadan... Tandoka...* Sus rodillas flaquearon. Strathmore tenía razón. Estaba claro como el agua. ¿Cómo era posible que no se hubieran dado cuenta? Dakota del Norte no era una referencia al estado norteamericano, sino una burla de Tankado. Había llegado al extremo de enviar una advertencia a la NSA, una pista descarada de que él era NDAKO-TA. Las letras también formaban TANKADO. Pero los mejores descifradores de códigos del mundo no se habían dado cuenta, tal como él había planeado.

—Tankado se estaba burlando de nosotros —anunció Susan.

Strathmore se había quedado con la mirada perdida en la pared.

—¡Aborte el proceso, comandante! ¡Sólo Dios sabe lo que está pasando ahí dentro!

—Lo intenté —susurró él con voz débil.

—¿Qué quiere decir?

Strathmore giró la pantalla hacia ella. Su monitor había virado a un tono marrón extraño. En la parte inferior, la ventana de diálogo mostraba numerosos intentos de cerrar *Transltr*. A todos seguía la misma respuesta:

LO SIENTO. IMPOSIBLE ABORTAR.
LO SIENTO. IMPOSIBLE ABORTAR.
LO SIENTO. IMPOSIBLE ABORTAR.

Susan sintió un escalofrío. *¿Imposible abortar? Pero ¿por qué?* Temió saber la respuesta. *¿Es ésta la venganza de Tankado? ¡Destruir Transltr!* Durante años, el asiático había deseado que el mundo conociera la existencia de *Transltr*, pero nadie le había creído. En consecuencia, había decidido destruir a la gran bestia. Había luchado hasta la muerte por sus creencias: el derecho de todo individuo a la privacidad.

Las sirenas de los niveles inferiores seguían sonando.

—Hemos de cortar toda la electricidad —dijo Susan—. ¡Ya!

Sabía que, si se daban prisa, podrían salvar el superordenador de procesamiento en paralelo. Todos los ordenadores del mundo, desde los PC menos sofisticados a los sistemas de control por satélite de la NASA, tenían un sistema autoprotector interno para situaciones como ésta. No era elegante, pero siempre funcionaba. Era conocido como «desenchufar».

Al cortar la energía restante de Criptografía, podrían obligar a *Transltr* a cerrarse. Ya eliminarían el virus más adelante. Sería tan sencillo como volver a formatear los discos duros de *Transltr*. Reformatear borraría por completo la memoria del ordenador: los datos, la programación, los virus, todo. En la mayoría de casos, reformatear daba como resultado la pérdida de miles de archivos, años de trabajo en ocasiones. Pero *Transltr* era diferente. Podía reformatearse sin la menor pérdida. Los superordenadores de procesamiento en paralelo estaban diseñados para pensar, no para recordar. No se guardaba nada dentro de *Transltr*. En cuanto se descifraba un código, los resultados se enviaban al banco de datos principal de la NSA con el fin de...

Susan se quedó paralizada. Se llevó la mano a la boca y reprimió un grito.

—¡El banco de datos principal!

Strathmore tenía la mirada clavada en la oscuridad. Por lo visto, ya había llegado a la misma conclusión.

—Sí, Susan. El banco de datos principal...

Ella asintió. *Tankado utilizó* Transltr *para introducir un virus en nuestro banco de datos principal.*

Strathmore señaló su monitor. Susan volvió la vista hacia la pantalla y miró la ventana de diálogo. En la parte inferior de la pantalla aparecían las palabras:

CUENTEN AL MUNDO LA VERDAD SOBRE *TRANSLTR.*
SÓLO LA VERDAD LES SALVARÁ AHORA...

Susan sintió que la sangre se le helaba en las venas. La información más secreta de la nación estaba almacenada en la NSA: protocolos de comunicación militar, códigos de confirmación SIGINT, identidades de espías extranjeros, planos de armas avanzadas, documentos secretos digitalizados, acuerdos comerciales... La lista era interminable.

—¡Tankado no se atrevería! —exclamó—. ¿Contaminar archivos de información secreta?

Susan no podía creer que el asiático hubiera osado atacar el banco de datos de la NSA. Miró el mensaje.

SÓLO LA VERDAD LES SALVARÁ AHORA

—¿La verdad? —preguntó—. ¿La verdad sobre qué?
Strathmore respiraba con dificultad.
—*Transltr* —graznó—. La verdad sobre *Transltr.*
Susan asintió. Era lógico. Tankado estaba obligando a la NSA a revelar al mundo la existencia de *Transltr.* Al fin y al cabo, era un chantaje. Estaba dando a la NSA una alternativa: o el mundo conocía la existencia de *Transltr* o perdían el banco de datos. Contempló estupefacta el texto. En la parte inferior de la pantalla, una sola línea parpadeaba con aire amenazador.

INTRODUZCA LA CLAVE DE ACCESO

Con la vista clavada en aquellas palabras, Susan comprendió: el virus, la clave de acceso, el anillo de Tankado, el ingenioso chantaje.

La clave no tenía nada que ver con desencriptar un algoritmo. Era un antídoto. La clave detenía el virus. Susan había leído acerca de virus como éste, programas mortíferos que incluían una solución, una clave secreta que podía utilizarse para desactivarlos. *La intención de Tankado no era destruir el banco de datos de la NSA. ¡Sólo quería que reveláramos a la opinión pública la existencia de Transltr! Después nos facilitaría la clave de acceso para que pudiéramos destruir el virus.*

Ahora estaba claro para Susan que el plan de Tankado había salido muy mal. No había pensado que podía morir. Había planeado escuchar la conferencia de prensa de la NSA en la CNN sobre el ordenador supersecreto norteamericano que desencriptaba códigos sentado en un bar español. Después había contado con llamar a Strathmore, leer la clave de acceso grabada en el anillo y salvar el banco de datos en el último momento. Tras reír a gusto, habría desaparecido, un héroe de la EFF.

Susan dio un puñetazo sobre la mesa.

—¡Necesitamos ese anillo! ¡Es la única clave de acceso!

Ahora se daba cuenta de que Dakota del Norte no existía, ni la segunda clave. Aunque la NSA revelara la existencia de *Transltr*, Tankado ya no podría salvarles.

Strathmore guardaba silencio.

La situación era más grave de lo que Susan había imaginado. Lo más sorprendente de todo era que Tankado hubiera permitido que llegara tan lejos. Sabía lo que ocurriría si la NSA no conseguía el anillo, pero en sus últimos segundos de vida había entregado la sortija. Había intentado a propósito que la agencia no se hiciera con ella. Se dio cuenta de que Tankado había actuado así al creer que eran ellos quienes le habían asesinado.

Aun así, Susan se resistía a creer que el asiático hubiera permitido esto. Era un pacifista. No quería causar destrucción, sino hacer justicia. Todo giraba en torno a *Transltr*, al derecho de todo el mundo a la privacidad, a la revelación de que la NSA lo interceptaba todo. Borrar el banco de datos de la NSA era un acto de agresión impropio de Ensei Tankado.

Las sirenas la devolvieron a la realidad. Susan miró al abatido comandante y supo en qué estaba pensando. No sólo sus planes de introducir una puerta trasera en fortaleza digital se habían ido al garete, sino que su descuido había puesto a la NSA al borde de lo que podía ser el peor desastre de seguridad en la historia de Estados Unidos.

—¡No es culpa suya, comandante! —insistió—. Si Tankado no hubiera muerto, habríamos negociado. ¡Habríamos tenido alternativas!

Pero el comandante Strathmore no oía nada. Su vida había terminado. Había dedicado treinta años de su existencia a servir a su país. Se suponía que éste era su momento de gloria, su *pièce de résistance*, la creación de una puerta trasera en el programa de referencia de encriptamiento de códigos. En cambio, había enviado un virus al principal banco de datos de la NSA. La única forma de detenerlo era cortar la electricidad y borrar los miles de millones de bytes de datos irremplazables. Sólo el anillo podía salvarles, y si David no lo había localizado a estas alturas...

—¡He de desconectar *Transltr*! —Susan tomó el control de la situación—. Bajaré a los niveles inferiores para pulsar el interruptor automático.

Strathmore se volvió poco a poco hacia ella. Era un hombre destrozado.

—Yo lo haré —masculló. Se levantó, pero se tambaleó cuando intentó salir de detrás de su escritorio.

Ella le obligó a sentarse de nuevo.

—No —dijo imperiosa—. Yo iré.

Su tono no dejaba lugar a más discusiones.

Strathmore apoyó la cabeza en las manos.

—De acuerdo. Planta inferior. Junto a las bombas de freón.

Susan se dirigió hacia la puerta. A mitad de camino, se volvió y miró hacia atrás.

—Comandante —chilló—, esto no ha terminado. Aún no estamos vencidos. ¡Si David encuentra el anillo a tiempo, salvaremos el banco de datos!

Strathmore no dijo nada.

—¡Llame al banco de datos! —le ordenó—. ¡Avíseles del virus! Usted es el subdirector de la NSA. ¡Es un superviviente!

El comandante Strathmore levantó la vista muy lentamente. Como un hombre que toma la decisión de su vida, asintió con aire trágico.

Susan se adentró en la oscuridad, decidida.

87

La Vespa entró en el carril de conducción lenta de la carretera de Huelva. Casi había amanecido, pero había mucho tráfico, jóvenes sevillanos que regresaban de sus francachelas nocturnas en la playa. Una camioneta llena de adolescentes tocó la bocina y pasó de largo. La moto de Becker parecía un juguete en la autovía.

A medio kilómetro de distancia, un taxi destartalado entró en la autovía dejando chispas sobre el asfalto. Cuando aceleró, golpeó de refilón a un Peugeot 504, que salió despedido contra la mediana de hierba.

Becker dejó atrás un letrero que anunciaba SEVILLA CENTRO, 2 KM. Si podía llegar al centro, quizá gozaría de una oportunidad. El velocímetro marcaba sesenta kilómetros por hora. *Dos minutos para la salida.* Sabía que no disponía de tanto tiempo. El taxi estaba acortando distancias. Miró las luces del centro de Sevilla, que cada vez estaban más cerca, y rezó para llegar con vida.

Estaba tan sólo a mitad de camino de la salida cuando oyó a su espalda un chirriar metálico. Se encorvó sobre la moto. Una bala pasó silbando muy cerca. Becker se desvió hacia la izquierda y fue zigzagueando de carril en carril con la esperanza de ganar tiempo. Fue inútil. La rampa de salida se hallaba todavía a trescientos metros cuando el taxi se materializó a escasos coches de distancia. Becker sabía que sería acribillado o arrollado en cuestión de segundos. Exploró alguna posible escapatoria más adelante, pero la autovía estaba bordeada a ambos lados por empinadas pendientes de grava. Sonó otro disparo. Becker tomó una decisión.

Con un chirrido de neumáticos viró a la derecha y salió de la carretera. Las ruedas de la moto tocaron la base del terraplén. Becker luchó por mantener el equilibrio cuando la Vespa saltó a través de una nube de grava y empezó a subir la cuesta dando coletazos. Las ruedas giraron locamente y acuchillaron la tierra suelta. El pequeño motor gimió de una forma patética, pero Becker lo forzó sin contemplaciones, con la esperanza de que no se calaría. No se atrevió a mirar atrás, convencido de que el taxi pararía en cualquier momento y le lloverían balas.

Las balas no llegaron.

La moto de Becker coronó la loma y divisó el centro de la ciudad. Las luces se desplegaban ante él como un cielo tachonado de estrellas. Se abrió paso entre la maleza y saltó el bordillo. De pronto la Vespa parecía más briosa. Tuvo la impresión de que la avenida de Luis Montoto corría bajo los neumáticos de la moto. El estadio de fútbol pasó como un rayo a su izquierda. Estaba fuera de peligro.

Fue entonces cuando oyó el chirriar de metal sobre cemento que ya conocía tan bien. Alzó la vista. A cien metros de distancia, el taxi avanzaba a toda velocidad por la rampa de salida. Entró en Luis Montoto y aceleró.

Becker sabía que habría debido sentirse preso del pánico, pero no fue así. Sabía muy bien adónde iba. Giró a la izquierda por Menéndez Pelayo y aceleró. La moto atravesó un pequeño parque y se internó en el estrecho pasaje adoquinado de Mateos Gago, la calle de un solo sentido que conducía al portal del barrio de Santa Cruz.

Un poco más, pensó.

El taxi le seguía, pisándole los talones. Siguió a Becker por el portal de Santa Cruz y se dejó el espejo lateral en la estrecha arcada. Becker sabía que había ganado. Santa Cruz era el barrio más antiguo de Sevilla. No había calles entre los edificios, sólo laberintos de estrechos pasajes que databan de la época de los romanos. Únicamente podían transitar peatones y alguna moto de tanto en tanto. Becker se había perdido una vez durante horas en las estrechas cavernas.

Cuando aceleró en el tramo final de Mateos Gago, la catedral gótica del siglo XI se alzó como una montaña ante él. A su lado, la torre de la Giralda se elevaba ciento veinticinco metros hacia el cielo del amanecer. El barrio de Santa Cruz albergaba la segunda catedral más grande del mundo, así como a las familias más antiguas y devotas de Sevilla.

Cruzó la plaza empedrada. Sonó un solo disparo, pero ya era demasiado tarde. Becker y su moto desaparecieron por un diminuto callejón, la callecita de la Virgen.

88

El faro delantero de la Vespa proyectaba sombras sobre las paredes de las callejuelas. Becker daba gas y la moto rugía entre los edificios encalados, despertando a tan temprana hora a los moradores del barrio en aquel amanecer de domingo.

Había transcurrido menos de media hora desde que escapara del aeropuerto. No había parado de huir desde entonces, y un sinfín de preguntas desfilaban por su mente: *¿Quién está intentando asesinarme? ¿Qué tiene de especial este anillo? ¿Dónde está el avión de la NSA?* Pensó en Megan, asesinada en el váter de un tiro en la frente, y las náuseas le invadieron.

Había pensado atravesar el barrio de lado a lado, pero Santa Cruz era un laberinto intrincado de callejuelas. Estaba sembrado de falsos puntos de origen y callejones sin salida. Becker no tardó en perder el sentido de la orientación. Buscó con la vista la torre de la Giralda para orientarse, pero los muros circundantes eran tan altos que no vio nada, salvo un gajo de amanecer sobre su cabeza.

Se preguntó dónde estaría el hombre de las gafas con montura metálica. No era tan iluso como para pensar que su atacante se había rendido. El asesino debía perseguirle a pie. Becker se esforzaba por maniobrar con la Vespa en esquinas cerradas. El ruido del motor resonaba en las callejas. Sabía que era un blanco fácil en el silencio de Santa Cruz. En aquel momento, sólo contaba a su favor con la velocidad. *¡He de llegar al otro lado!*

Tras una larga serie de giros y tramos rectos, llegó a un cruce de tres calles señalizado como Esquina de los Reyes. Sabía que tenía problemas. Ya había estado allí antes. Mientras decidía sentado en la moto parada qué camino seguir, el motor se detuvo. La aguja del indicador de gasolina señalaba VACÍO. Como si esperara aquel momento para ser convocada, una sombra apareció en el callejón a su izquierda.

La mente humana es el ordenador más rápido que existe. En la siguiente fracción de segundo, la de Becker registró la forma de las gafas del hombre, buscó en la memoria un equivalente, encontró uno, registró peligro y se dispuso a tomar una decisión. Dejó caer la moto inservible y empezó a correr como alma que lleva el diablo.

Por desgracia para Becker, Hulohot pisaba ahora terreno firme, en lugar de viajar a bordo de un taxi traqueteante. Apuntó tranquilamente y disparó.

La bala alcanzó a Becker en el costado, justo cuando doblaba una esquina. Dio cinco o seis zancadas antes de que la sensación empezara a registrarse en su cerebro. Al principio fue como el tirón de un músculo, justo arriba de la cadera. Después se convirtió en un hormigueo tibio. Cuando Becker vio la sangre, comprendió lo sucedido. Nada de dolor. Sólo el impulso de emprender una desesperada escapada por el laberinto tortuoso de Santa Cruz.

Hulohot corrió tras su presa. Estuvo tentado de disparar a Becker a la cabeza, pero era un profesional. Tenía en cuenta las probabilidades. Becker era un objetivo en movimiento y su cintura era el blanco que ofrecía el margen mínimo de error, tanto vertical como horizontalmente. La jugada le había salido bien. Becker se había movido en el último instante, y en lugar de errar su cabeza, Hulohot le había alcanzado en el costado. Aunque sabía que la bala apenas le había rozado y no le había causado una herida grave, el disparo había cumplido su cometido. Se había establecido contacto. La presa había recibido un aviso de muerte. Un juego nuevo.

Becker corría sin rumbo. Giraba en las esquinas. Zigzagueaba. Se mantenía alejado de los tramos rectos. Los pasos que resonaban detrás de él parecían incansables. Tenía la mente en blanco. Para todo: dónde estaba, quién le perseguía. Sólo predominaba el instinto, el instinto de conservación, nada de dolor, sólo miedo y energía en estado puro.

Una bala se estrelló contra unos azulejos a sus espaldas. Esquirlas de ladrillo vidriado rociaron su nuca. Giró a la izquierda por otro callejón. Se oyó gritar auxilio, pero salvo por el sonido de los pasos y los jadeos de Becker, reinaba una tranquilidad mortal en la atmósfera matinal.

Le dolía el costado. Temió estar dejando un rastro escarlata en los suelos blancos. Buscó por todas partes una puerta abierta, una cancela, una escapatoria de los pasadizos sofocantes. Nada. La callejuela se estrechó.

—¡*Socorro! ¡Ayuda!*

Su voz apenas era audible.

El espacio entre las paredes se iba estrechando cada vez más. El callejón trazó una curva. Becker buscó un cruce, algo que le permitiera salir. Puertas cerradas. Cada vez más angosto. Cancelas cerradas. Los pasos se acercaban. Estaba en una recta, y de pronto la callejuela empezó a ascender. Se hizo más empinada. Sintió las piernas cansadas. Aminoró la velocidad.

Y entonces llegó al final.

Como una autovía que se hubiera quedado inconclusa por falta de fondos, el callejón murió. Había una pared alta, un banco de madera y nada más. Ninguna vía de escape. Becker siguió con la vista los tres pisos hasta llegar a lo alto del edificio y después dio media vuelta y empezó a desandar el camino, pero sólo había dado unos pasos cuando se detuvo.

Al pie de la cuesta apareció una figura. El hombre avanzaba hacia él con calma y determinación. Una pistola brillaba a la luz del sol matinal.

Becker experimentó una repentina lucidez mientras retrocedía hacia la pared. Tomó conciencia del dolor de su costado. Tocó el punto y miró. Había sangre en sus dedos y sobre el anillo de oro de Ensei Tankado. Se sintió aturdido. Contempló perplejo la banda grabada. Había olvidado que lo llevaba. Había olvidado por qué había ido a Sevilla. Miró a la figura que se acercaba. Contempló el anillo. ¿Por esto había muerto Megan? ¿Por esto moriría él?

La sombra avanzaba por la estrecha cuesta. Becker vio paredes por todas partes, un callejón sin salida a su espalda. Les separaban algunas entradas con puertas, pero era demasiado tarde para pedir ayuda.

Aplastó la espalda contra la pared del callejón sin salida. De repente sintió hasta el último grano de arena bajo las suelas de sus zapatos, incluso la última protuberancia de la pared de estuco. Su mente retrocedió hasta el pasado, hasta su infancia, sus padres..., Susan.

¡Oh, Dios! Susan...

Por primera vez desde que era niño, Becker rezó. No rezó para liberarse de la muerte. No creía en milagros. Rezó para que la mujer a la que amaba encontrara fuerzas, para que supiera sin el menor asomo de duda que la había querido. Cerró los ojos. Los recuerdos llegaron como un torrente. No eran recuerdos de reuniones del departamento, asuntos universitarios o las cosas que conformaban el noventa por ciento de su vida. Eran recuerdos de ella. Recuerdos sencillos: el día en que le enseñó a utilizar palillos en un restaurante chino, una mañana navegando en Cape Cod. *Te quiero*, pensó. *No lo olvides... nunca.*

Era como si le hubieran despojado de toda defensa, toda fachada, toda exageración insegura de su vida. Estaba desnudo delante de Dios. *Soy un hombre*, pensó. Y en un momento de ironía se dijo: *Un hombre sin cera.* Tenía los ojos cerrados, mientras el tipo con las gafas de montura metálica se aproximaba. Cerca, una campana empezó a doblar. Becker esperó en la oscuridad el sonido que acabaría con su vida.

89

El sol matinal estaba empezando a bañar los tejados y callejones de Sevilla. Las campanas de la Giralda llamaban a la primera misa. Era el momento que habían estado esperando todos los habitantes de la ciudad. Por todas partes se abrieron las puertas del antiguo barrio y las familias salieron a las callejas. Como sangre que corriera por las venas de Santa Cruz, desfilaban hacia el corazón de su pueblo, hacia el núcleo de su historia, hacia su Dios, su altar, su catedral.

Una campana estaba doblando en algún lugar de la mente de Becker. *¿Estoy muerto?* Casi a regañadientes, abrió los ojos y los entrecerró debido a los primeros rayos de la luz del sol. Sabía muy bien dónde estaba. Buscó a su atacante en la callejuela, pero no vio al hombre de las gafas con montura metálica, sino a otras personas, familias españolas con sus mejores galas, que salían a las calles hablando y riendo.

Al pie del callejón, oculto a la vista de Becker, Hulohot maldijo frustrado. Al principio sólo una pareja le separaba de su presa. Hulohot no dudó de que se marcharían, pero el sonido de las campanas seguía resonando en la calleja, y otros salían de sus casas. Una segunda pareja, con hijos. Se saludaron. Hablaron, rieron, se dieron besos en la mejilla. Apareció otro grupo, y Hulohot ya no pudo ver a su presa. Enfurecido, se internó en la multitud. ¡Tenía que liquidar a David Becker!

El asesino se abrió paso hacia el final del callejón. Por un momento se encontró perdido en un mar de cuerpos, chaquetas y corbatas, vestidos negros y mantillas de encaje sobre mujeres encorvadas. Todos parecían indiferentes a su presencia. Paseaban con parsimonia como un solo hombre, cortándole el paso. Hulohot siguió avanzando hasta llegar al callejón sin salida, con el arma levantada. Después, emitió un chillido apagado e inhumano. David Becker había desaparecido.

Becker se abría paso dando tumbos entre la muchedumbre. *Sigue a la masa*, pensó. *Conoce la salida.* Se desvió a la derecha en el cruce y la callejuela se ensanchó. No paraban de abrirse puertas, de las que salían grupos de personas. El sonido de las campanas aumentó de intensidad.

Aún le dolía el costado, pero intuyó que la hemorragia había cesado. Apresuró el paso. Le seguía, no muy lejos, un hombre armado con una pistola.

Becker se mezclaba con diferentes grupos de feligreses, siempre con la cabeza gacha. Su destino no estaba muy lejos. La multitud había aumentado. La callejuela se había ensanchado. Ya no estaban en un afluente, éste era el río principal. Cuando dobló una esquina, vio la catedral y la Giralda.

Las campanadas eran ensordecedoras y resonaban en la plaza de altos muros. La multitud, toda de negro, convergía hacia las puertas enormes abiertas de par en par de la catedral de Sevilla. Intentó desviarse hacia Mateos Gago, pero estaba atrapado. Era prisionero de la multitud. Los españoles siempre se habían caracterizado por un concepto de la proximidad muy distinto del resto del mundo. Becker estaba encajado entre dos mujeres corpulentas. Las dos iban con los ojos cerrados y dejaban que la muchedumbre las arrastrara. Musitaban oraciones y pasaban las cuentas de rosarios entre sus dedos.

Cuando la masa estuvo más cerca del gigantesco edificio de piedra, Becker intentó desviarse hacia la izquierda de nuevo, pero la corriente era más fuerte ahora. La impaciencia, los empujones y codazos, las oraciones entre murmullos. Intentó dar media vuelta, pero fue imposible, como nadar contracorriente en la desembocadura de un río de dos kilómetros de profundidad. Se volvió. Las puertas de la catedral se alzaban amenazadoramente ante él: como la abertura de alguna ominosa carroza de carnaval en la que más le hubiera valido no haber montado. De pronto David Becker comprendió que no tenía más remedio que asistir a misa.

90

Las sirenas de Criptografía sonaban. Strathmore ignoraba cuánto tiempo duraba la ausencia de Susan. Estaba sentado solo en las sombras y el murmullo de *Transltr* le llamaba. *Eres un superviviente... Eres un superviviente...*

Sí, pensó. *Soy un superviviente, pero sobrevivir no tiene nada que ver con el honor. Preferiría morir antes que vivir a la sombra de la deshonra.*

Y la deshonra era lo que le esperaba. Había ocultado información al director. Había enviado un virus al ordenador más seguro de la nación. No cabía duda de que le colgarían. Sus intenciones habían sido patrióticas, pero nada había salido según sus planes. Se habían producido muertes y traiciones. Habría juicios, acusaciones, indignación pública. Había servido a su país con honor e integridad durante muchos años y no podía permitir que todo terminara así.

Soy un superviviente, pensó.

Eres un mentiroso, replicaron sus pensamientos.

Era verdad. Era un mentiroso. Había personas con las que no había sido sincero. Susan Fletcher era una de ellas. Le había ocultado muchas cosas, cosas de las que ahora estaba avergonzado. Durante años había sido su ilusión, su fantasía viviente. Soñaba con ella por las noches. La llamaba en sus sueños. No podía evitarlo. Era la mujer más brillante y hermosa que había conocido. Su esposa había intentado ser paciente, pero cuando por fin conoció a Susan, perdió la esperanza de inmediato. Bev Strathmore nunca culpó a su marido por lo que sentía. Intentó soportar el dolor durante todo el tiempo posible, pero en los últimos tiempos había alcanzado cotas excesivas. Le había dicho que su matrimonio iba a terminar. No podía pasar el resto de su vida a la sombra de otra mujer.

Poco a poco, las sirenas despertaron a Strathmore de su ensueño. Sus poderes analíticos buscaron una vía de escape. Su mente confirmó de mala gana lo que su corazón sospechaba ya. Sólo había una única escapatoria, una única solución.

Strathmore contempló el teclado y empezó a escribir. No se molestó en conectar el monitor para verlo. Sus dedos convocaron las palabras lenta y decididamente.

Queridos amigos, voy a quitarme la vida hoy...

Así, nadie especularía. No habría preguntas. No habría acusaciones. Comunicaría al mundo lo sucedido. Había muerto mucha gente, pero aún faltaba terminar con una vida.

91

En el interior de una catedral siempre es de noche. El calor del día se convierte en frío húmedo. El ruido del tráfico enmudece tras las gruesas paredes de granito. No hay candelabros suficientes para iluminar la inmensa oscuridad. Se mueven sombras por doquier. Las vidrieras de colores, suspendidas muy arriba filtran la fealdad del mundo exterior y la transforman en rayos rojos y azules atenuados.

La planta de la catedral de Sevilla, como todas las grandes catedrales europeas, tiene forma de cruz. El santuario y el altar ocupan el punto central del crucero y se abren a la capilla mayor. Bancos de madera llenan el eje vertical, que desde el altar hasta la base de la cruz mide 110 metros. A izquierda y derecha del altar, el crucero alberga confesionarios, tumbas y más bancos.

Becker se encontró encajado a presión en mitad de un largo banco, a medio camino del fondo de la catedral. Sobre su cabeza, en el vertiginoso espacio vacío, un incensario de plata, del tamaño de una nevera, describía enormes arcos sujeto de una cuerda deshilachada y dejaba un rastro de incienso. Las campanas de la Giralda seguían doblando, estremeciendo la piedra. Becker bajó la vista hacia el retablo que había detrás del altar. Tenía que agradecer muchas cosas. Respiraba. Estaba vivo. Era un milagro.

Mientras el sacerdote se preparaba para empezar la misa, él examinó su costado. Había una mancha roja en su camisa, pero ya no sangraba. La herida era pequeña, parecía que la bala sólo le había rozado. Becker se remetió la camisa en los pantalones y torció el cuello. Detrás de él, las puertas se estaban cerrando. Sabía que, si su perseguidor lo había seguido, estaba atrapado. La catedral de Sevilla tenía una sola puerta de entrada útil. Esta singularidad se remontaba a la época en que las iglesias se utilizaban como fortalezas, un refugio contra las invasiones árabes. Con una única entrada, sólo había una puerta que defender. Ahora ese único acceso tenía otra función: asegurar que todos los turistas que entraban en la catedral compraran su entrada.

Las puertas doradas de casi siete metros de altura se cerraron con estrépito. Becker estaba encerrado en la casa de Dios. Era la única persona que no vestía de negro. Cerró los ojos y se acurrucó en el banco. En algún lugar unas voces empezaron a cantar.

Al fondo de la catedral, una figura avanzaba con lentitud por un pasillo lateral, oculto en las sombras. Había entrado justo antes de que las puertas se cerraran. Sonrió. La caza se estaba poniendo interesante. *Becker está aquí... Lo presiento.* Se movía lentamente, inspeccionando fila tras fila. El incensario colgado del techo seguía dibujando arcos en el espacio. *Un lugar estupendo para morir*, pensó Hulohot. *Espero que el mío también sea así.*

Becker se arrodilló en el frío suelo de la catedral y agachó la cabeza. El hombre sentado a su lado le miró. Un comportamiento muy extraño en la casa de Dios.

—Estoy enfermo —se disculpó Becker.

Becker sabía que debía permanecer arrodillado. Había distinguido una silueta familiar que avanzaba por el pasillo lateral. *¡Es él! ¡Está aquí!*

Pese a encontrarse en medio de una enorme multitud, Becker temía ser un blanco fácil. Su americana color caqui destacaba como un rótulo de neón entre los ropajes oscuros. Pensó en quitársela, pero la camisa blanca de debajo no mejoraría la situación. Se acurrucó todavía más.

El hombre sentado a su lado frunció el ceño.

—Turista —gruñó—. ¿Llamo a un médico? —susurró con cierto sarcasmo.

Becker miró la cara sembrada de lunares del hombre.

—No, gracias. Estoy bien.

El tipo le miró irritado.

—¡Pues siéntate!

Algunas personas les conminaron a callar. El anciano se mordió la lengua y clavó la vista al frente.

Becker cerró los ojos y se encogió aún más, mientras se preguntaba cuánto tiempo duraría la misa. Educado en el protestantismo, siempre había tenido la impresión de que los católicos eran prolijos. Rezó para que fuera cierto. En cuanto la misa terminara, se vería obligado a levantarse y dejar que los demás salieran. De caqui, era hombre muerto.

Becker sabía que no tenía alternativas en aquel momento. Siguió arrodillado sobre el frío suelo de piedra de la gran catedral. Por fin, el viejo perdió el interés por él. La congregación se puso en pie y cantó un himno. Becker siguió de rodillas. Se le empezaban a entumecer las piernas. No había sitio para estirarlas. *Paciencia*, pensó. *Paciencia*. Cerró los ojos y respiró hondo.

Unos minutos después alguien le empujó. Alzó la vista. El hombre de los lunares estaba de pie a su derecha, esperando con impaciencia pues deseaba pasar.

Becker fue preso del pánico. *¿Ya se quiere ir? ¡Tendré que levantarme!* Indicó al hombre por gestos que pasara por encima de él. El anciano apenas pudo controlar su ira. Agarró los faldones de su americana negra, los recogió con expresión ofendida y se tiró hacia atrás para revelar que toda la fila esperaba para pasar. Becker miró a la izquierda y vio que la mujer sentada minutos antes se había ido. Todo el banco estaba vacío hasta el pasillo central.

¡La misa no puede haber terminado! ¡Es imposible! ¡Acabo de entrar!

Pero cuando Becker vio al monaguillo al final de la fila y las dos colas que avanzaban por el pasillo central hacia el altar, cayó en la cuenta de lo que estaba pasando.

La comunión. ¡Los malditos españoles comulgan al principio de la misa!

92

Susan descendió a los niveles inferiores por una escalerilla. Un humo espeso remolineaba alrededor de la vasija de *Transltr*. Las pasarelas estaban húmedas por el vapor de agua. Estuvo a punto de caerse, pues las suelas lisas de sus zapatos planos le procuraban escaso agarre. Se preguntó cuánto rato más sobreviviría *Transltr*. Las sirenas continuaban ululando intermitentemente. Las luces de emergencia giraban en intervalos de dos segundos. Tres pisos más abajo, los generadores auxiliares se estremecían con un gemido sordo. Susan sabía que, entre la neblina oscura del fondo, había un interruptor automático. Presintió que el tiempo se estaba acabando.

Arriba Strathmore sostenía en su mano la Beretta. Releyó su nota y la dejó en el suelo del despacho. Iba a cometer una cobardía, no cabía duda. *Soy un superviviente.* Pensó en el virus del banco de datos de la NSA, pensó en David Becker, enviado a España, pensó en sus planes de incorporar una puerta trasera al algoritmo de Tankado. Había dicho muchas mentiras. Sabía que suicidarse era la única manera de evitar rendir cuentas y de evitar la vergüenza. Apuntó la pistola con cuidado. Después cerró los ojos y apretó el gatillo.

Susan había descendido tan sólo seis peldaños cuando oyó el disparo, ahogado por el ruido de los generadores. Nunca había oído un disparo, salvo en la televisión, pero no cabía duda de lo que era.

Se detuvo. La detonación resonó en sus oídos. Horrorizada, temió lo peor. Imaginó los sueños del comandante: la puerta trasera de fortaleza digital, el increíble golpe que habría significado. Imaginó el virus en el banco de datos, su matrimonio fracasado. Se volvió y se aferró a la barandilla. *¡No, comandante!*

Susan se quedó un momento petrificada, con la mente en blanco. El eco del disparo pareció desactivar el caos que la rodeaba. Su mente le dijo que continuara, pero sus piernas se negaban. *¡Comandante!* Un instante después se descubrió subiendo de nuevo la escalera, indiferente al peligro que la rodeaba.

Corrió ciegamente y patinó en el metal resbaladizo. La humedad parecía lluvia. Cuando llegó a la escalerilla y empezó a subir, se sintió izada por una tremenda oleada de vapor que casi la catapultó a través de la trampilla. Rodó sobre el suelo de Criptografía y una ráfaga de aire fresco la bañó. La blusa blanca se pegó a su cuerpo, empapada.

Estaba oscuro. Intentó orientarse. El sonido del disparo seguía resonando en su cabeza. Vapor caliente surgía por la trampilla, como gases de un volcán a punto de estallar.

Susan se maldijo por haberle dejado la Beretta a Strathmore. *¿O la había dejado en Nodo 3?* Cuando sus ojos se adaptaron a la oscuridad, miró hacia el hueco de la pared de Nodo 3. El resplandor de los monitores era tenue, pero pudo ver a Hale inmóvil en el suelo, donde le había dejado. No había ni rastro de Strathmore. Aterrorizada por lo que iba a descubrir, se dirigió hacia el despacho del comandante.

Pero cuando empezó a moverse reparó en algo extraño. Retrocedió unos pasos y miró de nuevo hacia Nodo 3. A la tenue luz vio el brazo de Hale. Ya no estaba atado como una momia. Tenía el brazo sobre la cabeza. Estaba tendido de espaldas en el suelo. ¿Se había desatado? No se movía. Estaba quieto como un muerto.

Susan alzó la vista hacia el despacho de Strathmore.

—¿Comandante?

Silencio.

Avanzó entonces vacilante hacia Nodo 3. Había un objeto en la mano de Hale. Brillaba a la luz de los monitores. Susan se acercó mas... y más. De pronto vio lo que el criptógrafo sujetaba. Era la Beretta.

Susan lanzó una exclamación ahogada. Siguió el arco del brazo de Hale hasta su cara. La visión era grotesca. La mitad de su cabeza estaba empapada en sangre. La mancha oscura había teñido la alfombra.

¡Oh, Dios mío! Susan retrocedió tambaleante. ¡No era el comandante quien había disparado, era Hale!

Como en trance, Susan se acercó al cadáver. Al parecer, Hale había logrado liberarse. Los cables estaban desparramados por el suelo, a su lado. *Habré dejado la pistola sobre el sofá*, pensó. La sangre que brotaba del agujero de la cabeza parecía negra a la luz azulina.

Al lado de Hale había una hoja de papel. Susan la recogió. Era una carta.

Queridos amigos, me quito la vida hoy en penitencia por los siguientes pecados...

Susan contempló la nota con incredulidad. Leyó poco a poco. Era impropio de Hale: una lista de delitos, como de la lavandería. Lo admitía todo: descubrir que NDAKOTA era una farsa, alquilar a un mercenario para asesinar a Ensei Tankado y robar el anillo, empujar a Phil Chartrukian, planear la venta de fortaleza digital.

Llegó a la línea final. No estaba preparada para lo que leyó. Las últimas palabras de la carta le asestaron un golpe paralizante.

Por encima de todo, siento muchísimo lo de David Becker. Perdonadme, me dejé cegar por la ambición.

Mientras se erguía temblorosa sobre el cuerpo, oyó el ruido de pasos que corrían hacia ella. Se volvió muy lentamente.

Strathmore apareció en la ventana rota, pálido y sin aliento. Miró el cuerpo de Hale con muestras de sorpresa.

—¡Oh, Dios mío! —dijo—. ¿Qué ha pasado?

93

La comunión.

Hulohot localizó a Becker de inmediato. Era imposible no ver la americana caqui, sobre todo con la mancha de sangre en el costado. La chaqueta avanzaba por la fila central entre un mar negro. *No debe saber que estoy aquí*, sonrió Hulohot. *Es hombre muerto.*

Acarició los diminutos contactos metálicos que llevaba en las yemas de los dedos, ansioso por anunciar a su contacto norteamericano la buena nueva. *Pronto, muy pronto.*

Como un depredador que se desplazara con el viento de cara, Hulohot retrocedió al fondo de la iglesia. Después empezó la maniobra de acercamiento a la presa: avanzó por el pasillo central. No tenía pensado perseguir a Becker entre la muchedumbre que abandonaría la iglesia. Su presa estaba atrapada, una afortunada concatenación de acontecimientos. Sólo necesitaba encontrar una forma de eliminarle con discreción. El silenciador de su pistola, el mejor del mercado, emitía un ruido inaudible. Eso bastaría.

Hulohot no era consciente de los murmullos que se elevaban de las personas a las que iba adelantando. La congregación podía comprender las ansias de este hombre por recibir la eucaristía, pero las normas del protocolo eran estrictas: dos colas en fila india.

Él siguió avanzando. Se estaba acercando muy rápido. Acarició la pistola en el bolsillo de la chaqueta. El momento había llegado. Hasta entonces Becker había gozado de una suerte excepcional. No había necesidad de tentar más a la fortuna.

La americana caqui se encontraba a sólo diez personas de distancia, dándole la espalda con la cabeza gacha. Hulohot visualizó el asesinato. La imagen era clara: colocarse detrás de Becker, con la pistola escondida, disparar dos veces a la espalda de éste, y cuando se derrumbara, cogerle y conducirle hasta un banco como un amigo preocupado. Después Hulohot correría hacia la parte posterior de la iglesia como si fuera a buscar ayuda. En la confusión, desaparecería antes de que nadie supiera qué había pasado.

Cinco personas. Cuatro. Tres.

Hulohot acarició el arma. Dispararía desde la altura de la cadera a la espalda de Becker. De esa forma la bala atravesaría la columna o un pulmón antes de alojarse en el corazón. Aunque la bala no alcanzara el corazón, Becker moriría. Un pulmón perforado era mortal; quizá no en países donde la medicina estaba más avanzada. Pero en España era fatal.

Dos personas... Una. Como un bailarín que realizara un movimiento muy bien ensayado, Hulohot se volvió hacia su derecha. Apoyó la mano en el hombro de la americana caqui, apuntó y disparó. Dos detonaciones con sordina.

El cuerpo se puso rígido al instante. Luego cayó. Hulohot sujetó a su víctima por las axilas. Con un solo movimiento, la depositó en un banco antes de que aparecieran manchas de sangre en su espalda. Las personas que estaban cerca se volvieron. El asesino no les prestó atención. En un instante desaparecería.

Tanteó los dedos sin vida del muerto en busca del anillo. Nada. Palpó de nuevo. Los dedos estaban desnudos. Hulohot le giró la cabeza al hombre. Se quedó horrorizado. No era el rostro de David Becker.

Rafael de la Maza, un banquero vecino de un barrio residencial de Sevilla, había muerto casi al instante. Aún aferraba las cincuenta mil pesetas que el extraño norteamericano le había pagado por una americana negra barata.

94

Midge Milken echaba chispas junto a la fuente de agua fría colocada a la entrada de la sala de conferencias. *¿Qué está haciendo Fontaine?* Arrugó el vaso de papel y lo tiró con violencia al cubo de la basura. *¡Algo está pasando en Criptografía! ¡Lo presiento!* Sabía que sólo existía una forma de demostrar que tenía razón. Iría a Criptografía para comprobarlo y se llevaría a Jabba si era necesario. Giró sobre sus talones y se dirigió hacia la puerta.

Brinkerhoff se materializó de la nada y le cortó el paso.

—¿Adónde vas?

—¡A casa! —mintió Midge.

Él no la dejó pasar.

Midge le fulminó con la mirada.

—Fontaine te ordenó que no me dejaras salir, ¿verdad?

Brinkerhoff desvió la vista.

—Te digo, Chad, que algo está pasando en Criptografía, algo gordo. No sé a qué está jugando Fontaine, pero *Transltr* tiene problemas. ¡Algo raro está pasando aquí esta noche!

—Midge —dijo él en tono tranquilizador mientras se encaminaba hacia las ventanas encortinadas de la sala de conferencias—, deja que el director se ocupe de ello.

La mirada de Midge se hizo más penetrante.

—¿Tienes idea de lo que podría sucederle a *Transltr* si fallaran los sistemas de refrigeración?

Brinkerhoff se encogió de hombros mientras se acercaba a la ventana.

—De todos modos, el suministro eléctrico se habrá restablecido ya.

Apartó las cortinas y miró.

—¿Aún está a oscuras? —preguntó Midge.

Brinkerhoff no contestó. Estaba hechizado. La escena que tenía lugar en Criptografía era inimaginable. Toda la cúpula de cristal estaba llena de luces giratorias, luces estroboscópicas destellantes y vapor remolineante. Brinkerhoff se quedó paralizado, con la cabeza apoyada contra el cristal. Después, preso del pánico, salió corriendo.

—¡Director! ¡Director!

95

La sangre de Cristo... el cáliz de la salvación...

La gente se congregó alrededor del cuerpo derrumbado en el banco. El incensario colgado del techo seguía describiendo sus plácidos arcos. Hulohot se revolvió en el pasillo central y exploró la iglesia. *¡Tiene que estar aquí!* Se volvió hacia el altar.

Treinta bancos más adelante, el rito de la comunión continuaba. El padre Gustavo Herrera observó con curiosidad la conmoción que tenía lugar en un banco del centro, pero no estaba preocupado. A veces, el Espíritu Santo tomaba posesión de algún anciano y éste se desmayaba. Con un poco de aire se solucionaba el problema.

Mientras tanto, Hulohot buscaba frenéticamente. Becker había desaparecido. Unas cien personas estaban arrodilladas ante el altar para recibir la comunión. El asesino se preguntó si Becker era una de ellas. Examinó sus espaldas. Estaba preparado para disparar desde cincuenta metros de distancia y salir corriendo.

El cuerpo de Jesús, el pan del cielo.

El joven sacerdote dio la comunión a Becker y le miró con aire de desaprobación. Podía comprender la ansiedad del extranjero por recibir la comunión, pero eso no era excusa para colarse.

Becker agachó la cabeza y masticó la hostia como mejor pudo. Presintió que algo estaba sucediendo detrás de él. Pensó en el hombre al que había comprado la chaqueta y confió en que hubiera seguido su consejo y no se hubiera puesto la de él. Estuvo a punto de volverse para mirar, pero temió que el tipo de las gafas con montura metálica le devolviera la mirada. Se acuclilló con la esperanza de que la chaqueta negra cubriera la parte posterior de sus pantalones caqui. No fue así.

El cáliz se acercaba rápidamente por su derecha. La gente bebía el vino que les era ofrecido en el cáliz, se persignaban y se levantaban para dejar sitio en el altar. *¡Cálmate!* Becker no tenía ninguna prisa por abandonar el altar, pero con dos mil personas esperando para tomar la comunión y sólo ocho sacerdotes para darla, se consideraba de mala educación demorarse con un sorbo de vino.

El cáliz estaba justo a la derecha de Becker cuando Hulohot localizó los pantalones caqui.

—Ya estás muerto —siseó en voz baja.

Avanzó por el pasillo central. El tiempo de las sutilezas había pasado. Dos disparos en la espalda, apoderarse del anillo y huir. La parada más grande de taxis de Sevilla estaba a media manzana de distancia, en Mateos Gago. Sacó el arma.

Adiós, señor Becker...

La sangre de Cristo, la copa de la salvación.

El intenso aroma del vino tinto invadió la nariz de Becker cuando el padre Herrera le acercó el cáliz de plata bruñido a mano. *Un poco temprano para beber*, pensó cuando se inclinó hacia delante. Pero cuando el cáliz se situó a la altura de sus ojos, distinguió un movimiento borroso. Una figura que se acercaba rápidamente se reflejó en el cáliz plateado.

Becker vio un destello metálico, un arma desenfundada. Al instante, sin pensar, como un corredor que sale disparado cuando suena la señal de salida, se precipitó hacia delante. El sacerdote retrocedió horrorizado cuando el cáliz voló por los aires y el vino tinto se derramó sobre el mármol blanco. Sacerdotes y monaguillos se dispersaron cuando Becker saltó sobre la barandilla que le separaba del altar. Un silenciador escupió una sóla bala. Becker aterrizó en el suelo, y la bala se estrelló a su lado. Un instante después, bajaba dando tumbos tres peldaños de granito que conducían al *valle*, un estrecho pasadizo por el que accedían los sacerdotes al altar como por la gracia divina.

Al pie de la escalera, tropezó y cayó. Una cuchillada de dolor le atravesó cuando aterrizó sobre el costado. Un momento después franqueó una puerta cubierta con una cortina y bajó una escalera de madera.

Dolor. Becker cruzó corriendo la sacristía. Estaba a oscuras. Oyó gritos procedentes del altar. Pasos decididos que le perseguían. Atravesó una puerta doble y entró en una especie de estudio. En una pared había un crucifijo de tamaño natural. Se detuvo. Callejón sin salida. Estaba al pie de la cruz. Oyó que Hulohot se acercaba. Becker contempló el crucifijo y maldijo su mala suerte.

—¡Maldición! —chilló.

Se oyó un ruido de cristales rotos a su izquierda. Se volvió. Un hombre con sotana roja lanzó una exclamación ahogada y dirigió una mirada horrorizada a Becker. Como un gato atrapado in fraganti con un canario, el sacerdote se secó la boca y trató de ocultar la botella rota de vino de consagrar caída a sus pies.

—¡Una salida! —gritó Becker—. ¡Quiero salir!

El cardenal Guerra reaccionó instintivamente. Un demonio había entrado en sus aposentos sagrados, pidiendo que le dejaran salir de la casa de Dios. Guerra le concedería tal deseo, de inmediato. El demonio había entrado en el momento más inoportuno.

El cardenal, pálido, indicó una cortina en la pared, a su izquierda. Oculta había una puerta. La había mandado construir tres años antes. Comunicaba con el patio exterior. El cardenal se había cansado de salir de la iglesia por la puerta principal como un vulgar pecador.

96

Susan estaba mojada y temblorosa, acurrucada en el sofá de Nodo 3. Strathmore cubrió sus hombros con la chaqueta de su traje. El cuerpo de Hale yacía a unos metros de distancia. Las sirenas aullaban. Como hielo que se derritiera en un estanque helado, de la vasija de *Transltr* llegó un crujido agudo.

—Voy a bajar a cortar el suministro eléctrico —dijo Strathmore al tiempo que apoyaba una mano tranquilizadora sobre su hombro—. Vuelvo enseguida.

Susan siguió al comandante con la mirada cuando atravesó Criptografía. Ya no era el hombre en estado catatónico que había visto diez minutos antes. El comandante Trevor Strathmore se había recuperado, actuaba con lógica y controlaba la situación tomando las decisiones necesarias.

Las últimas palabras de la nota de Hale resonaron en la mente de Susan como un tren a punto de descarrilar: *Por encima de todo, siento muchísimo lo de David Becker. Perdonadme, me dejé cegar por la ambición.*

La pesadilla de Susan Fletcher se había confirmado. David estaba en peligro... O algo peor. Tal vez ya era demasiado tarde. *Siento muchísimo lo de David Becker.*

Contempló la nota. Hale ni siquiera la había firmado. Se había limitado a escribir su nombre al pie: *Greg Hale.* Tras vomitar todo lo que le torturaba, imprimió su despedida y luego se pegó un tiro; así de sencillo. Había jurado que nunca volvería a la cárcel. Cumplió su promesa, eligiendo a cambio la muerte.

—David —sollozó Susan—. ¡*David!*

En aquel momento, a tres metros bajo la planta de Criptografía, el comandante Strathmore pisó el primer rellano. Había sido un día plagado de desastres. Lo que había empezado como una misión patriótica se le había ido de las manos. El comandante se había visto obligado a tomar decisiones imposibles, a cometer actos horripilantes, actos de los que nunca se había imaginado capaz.

¡Era una solución! ¡Era la única solución!

Había que pensar en el deber: patria y honor. Strathmore sabía que aún había tiempo. Podía desactivar *Transltr*. Podía utilizar el anillo para salvar el banco de datos más valioso del país. *Sí*, pensó, *aún hay tiempo.*

Strathmore contempló el desastre que le rodeaba. *Transltr* emitía rugidos sin cesar. Las sirenas aullaban. Las luces parecían helicópteros que se acercaran a través de una niebla espesa. No podía quitarse a Greg Hale de la cabeza. El joven criptógrafo, con los ojos suplicantes, y después el disparo. Lo había matado por la patria, por el honor. La NSA no podía permitirse otro escándalo. Strathmore necesitaba un chivo expiatorio. Además, Greg Hale era un desastre ambulante.

El sonido de su móvil interrumpió sus pensamientos. Apenas se oía por culpa de las sirenas y los vapores siseantes. Lo desprendió del cinturón sin aminorar el paso.

—Hable.

—¿Dónde está mi clave de acceso? —preguntó una voz familiar.

—¿Quién es usted? —chilló el comandante Strathmore por encima del estruendo.

—¡Soy Numataka! —vociferó la voz airada—. ¡Me prometió la clave de acceso!

Strathmore siguió avanzando.

—¡Quiero fortaleza digital! —siseó Numakata.

—¡Fortaleza digital no *existe*!

—¿Cómo?

—¡No existe el algoritmo indescifrable!

—¡Pues claro que sí! ¡Lo he visto en Internet! ¡Hace días que mi gente está intentando desencriptarlo!

—Es un virus encriptado, idiota, y tiene suerte de no poder romper el código.

—Pero...

—¡No hay trato! —chilló Strathmore—. Yo no soy Dakota del Norte. ¡Dakota del Norte no existe! ¡Olvídese de ello!

Cerró el móvil, lo apagó y lo devolvió al cinturón. No habría más interrupciones.

A dieciocho mil kilómetros de distancia, Tokugen Numataka se hallaba estupefacto ante un ventanal de su oficina. Un puro Umami colgaba de su boca. El negocio de su vida acababa de esfumarse delante de sus ojos.

Strathmore siguió descendiendo. *No hay trato.* Numatech Corp. nunca tendría el algoritmo indescifrable... y la NSA nunca tendría un programa espía.

Había planificado su sueño durante mucho tiempo. Había elegido a Numataka con sumo cuidado. Era rico, el probable ganador de la subasta de la clave. No había empresa menos sospechosa de flirtear con el Gobierno de Estados Unidos. Tokugen Numataka era un japonés a la vieja usanza: muerte antes que deshonor. Odiaba a los estadounidenses. Odiaba su comida, odiaba sus costumbres y, por encima de todo, odiaba su poder sobre el mercado del software mundial.

La visión de Strathmore había sido audaz: un modelo de encriptación mundial que tenía incorporado una puerta trasera para la NSA. Había anhelado compartir su sueño con Susan, llevarlo a la práctica con ella a su lado, pero sabía que no podría ser así. Aunque la muerte de Ensei Tankado salvara miles de vidas en el futuro, Susan nunca estaría de acuerdo. Era una pacifista. *Yo también soy pacifista, pero no puedo permitirme el lujo de actuar como tal.*

El comandante no había dudado en ningún momento quién mataría a Tankado. El japonés estaba en España, y España significaba Hulohot. El mercenario portugués de cuarenta y dos años era uno de los profesionales favoritos del comandante. Hacía años que trabajaba para la

NSA. Nacido y criado en Lisboa, Hulohot había trabajado para la agencia en toda Europa. Las pistas de sus crímenes nunca habían apuntado a Fort Meade. El único problema residía en que Hulohot era sordo. La comunicación telefónica era imposible. En fechas recientes, Strathmore se había encargado de que recibiera el ultimo juguete de la NSA, el ordenador Monocle. Strathmore se compró un buscapersonas SkyPager y lo programó en la misma frecuencia. A partir de aquel momento, su comunicación con Hulohot no sólo fue instantánea, sino que no había forma de rastrearla.

El primer mensaje que Strathmore le había enviado no dejaba margen a error. Ya lo habían comentado previamente. Asesinar a Ensei Tankado. Obtener la clave de acceso.

El comandante nunca preguntaba a Hulohot cómo obraba su magia, pero lo había conseguido de nuevo. Ensei Tankado había muerto, y las autoridades españolas estaban convencidas de que la causa de su muerte era un infarto. Un asesinato de manual, salvo por un detalle. Hulohot había elegido mal el lugar. Por lo visto, el que Tankado muriera en un sitio público era una parte necesaria de la farsa. Pero los curiosos habían aparecido demasiado pronto. El asesino se vio obligado a esconderse antes de poder registrar el cuerpo y apoderarse de la clave. Cuando la situación se apaciguó, el cadáver ya estaba en poder del juez de instrucción de Sevilla.

Strathmore estaba furioso. Hulohot había frustrado una misión por primera vez en su vida, y había elegido el peor momento para ello. Conseguir la clave de acceso de Tankado era fundamental, pero el comandante sabía que enviar a un asesino sordo al depósito de cadáveres de Sevilla era una misión suicida. Había sopesado sus otras opciones. Empezó a materializarse un segundo plan. Vio de repente la posibilidad de matar dos pájaros de un tiro, la oportunidad de transformar en realidad dos sueños en lugar de uno. A las seis y media de aquella mañana había llamado a David Becker.

97

Fontaine entró en la sala de conferencias como una exhalación, seguido de Brinkerhoff y Midge.

—¡Mire! —dijo con voz estrangulada Midge al tiempo que señalaba la ventana.

Fontaine miró las luces estroboscópicas de la cúpula de Criptografía. Se quedó de una pieza. Esto sí que no formaba parte del plan.

—¡Parece una discoteca! —barbotó Brinkerhoff.

Fontaine intentó extraer algún sentido de lo que veía. Durante los pocos años que *Transltr* llevaba en funcionamiento nunca había sucedido esto. *Se está sobrecalentando*, pensó. Se preguntó por qué Strathmore no lo había desconectado. Sólo tardó un segundo en tomar una decisión.

Agarró un teléfono de la mesa y tecleó la extensión de Criptografía. El receptor empezó a emitir pitidos como si la extensión no funcionara.

Fontaine colgó con violencia.

—¡Maldita sea!

Descolgó de nuevo al instante y marcó el número del móvil de Strathmore. Esta vez la línea empezó a sonar.

El móvil del comandante sonó seis veces.

Brinkerhoff y Midge miraron a Fontaine mientras daba vueltas en torno a la mesa, la distancia que le permitía el cable, como un tigre sujeto a una cadena. Al cabo de un minuto el rostro de Fontaine enrojeció de rabia.

Volvió a colgar.

—¡Increíble! —exclamó—. ¡Criptografía está a punto de saltar por los aires y Strathmore no contesta el teléfono!

98

Hulohot salió de los aposentos del cardenal Guerra a la luz cegadora del sol. Se cubrió los ojos y maldijo. Estaba en un pequeño patio exterior de la catedral, bordeado por un alto muro de piedra, la cara oeste de la torre de la Giralda, y dos verjas de hierro forjado. La puerta estaba abierta. Daba a la plaza, que se encontraba desierta. A lo lejos se veían los muros del barrio de Santa Cruz. Becker no había podido alejarse tanto. Hulohot examinó el patio. *Está aquí. ¡Por fuerza!*

El patio el Jardín de los Naranjos era famoso en Sevilla por sus veinte naranjos, sobre todo cuando florecían. Los árboles tenían fama en Sevilla de ser el origen de la mermelada inglesa. Un comerciante inglés del siglo XVIII había comprado tres docenas de barriles de naranjas a la catedral de Sevilla, pero cuando llegó a Londres descubrió que la fruta poseía un sabor amargo. Intentó fabricar mermelada a partir de las cortezas y terminó añadiendo libras de azúcar para que resultara comestible. Había nacido la mermelada de naranja.

Hulohot avanzó con la pistola preparada. Los árboles eran viejos y el follaje había invadido sus troncos. Era imposible alcanzar las ramas inferiores y los troncos no ofrecían refugio alguno. El asesino comprobó enseguida que el patio estaba vacío. Alzó la vista. La Giralda.

La entrada a la escalera de caracol de la Giralda estaba cerrada por una cuerda y un pequeño letrero de madera. La cuerda colgaba inmóvil. Los ojos de Hulohot recorrieron la torre de ciento veinticinco metros, y al instante se dio cuenta de que la idea era ridícula. Becker no podía ser tan estúpido. La escalera de caracol conducía a un recinto cuadrado de piedra. En las paredes había aspilleras desde las cuales se podía contemplar la vista de la ciudad, pero no había forma de escapar.

David Becker subió los últimos peldaños empinados y entró sin aliento en un pequeño recinto. Las paredes eran muy altas y tenían rendijas estrechas. No había salida.

El destino no había sido misericordioso con él esa mañana. Cuando salió corriendo de la catedral al patio al aire libre, la chaqueta se le enganchó en el picaporte de la puerta, lo que le frenó en seco e hizo que trastabillara. Becker salió al sol cegador y perdió el sentido de la orientación. Cuando alzó la vista, corría en dirección a una escalera. Saltó sobre la cuerda y empezó a subir. Cuando se dio cuenta de adónde conducía, era ya demasiado tarde.

Recobró el aliento en la celda de confinamiento. Le dolía el costado. Franjas estrechas de sol entraban por las aberturas de la pared. Miró hacia abajo. El hombre de las gafas con montura metálica estaba examinando la plaza de espaldas a Becker. Éste se puso delante de una rendija para ver mejor. *Cruza la plaza*, suplicó.

La sombra de la Giralda caía sobre la plaza como una secuoya gigantesca. Hulohot la siguió con la vista. En el extremo más alejado, tres rendijas de luz dibujaban nítidos rectángulos sobre los adoquines. La sombra de un hombre acababa de tapar uno de dichos rectángulos. Sin molestarse en mirar hacia lo alto de la torre, Hulohot se volvió y corrió hacia la escalera de la Giralda.

99

Fontaine golpeó con el puño la palma de la otra mano. Recorría de un lado a otro la sala de conferencias sin apartar la vista de las luces estroboscópicas de Criptografía.

—¡Aborten, maldita sea! ¡Aborten!

Midge apareció en la puerta con una hoja recién salida de la impresora.

—¡Director! ¡Strathmore no puede abortar!

—¡Cómo! —exclamaron Brinkerhoff y el director Fontaine al mismo tiempo.

—¡Lo intentó, señor! —Midge alzó el informe—. ¡Cuatro veces! *Transltr* está colapsado por una especie de bucle interminable.

Fontaine giró sobre sus talones y miró por la ventana.

—¡Santo Dios!

El teléfono de la sala de conferencias sonó. El director levantó los brazos.

—¡Ha de ser Strathmore! ¡Ya era hora!

Brinkerhoff descolgó.

—Oficina del director.

Fontaine extendió la mano.

Brinkerhoff se volvió inquieto hacia Midge.

—Es Jabba. Quiere hablar contigo.

El director miró a Midge, que ya estaba cruzando la habitación. Activó el altavoz del teléfono.

—Adelante, Jabba.

La voz metálica de Jabba resonó en la habitación.

—Midge, estoy en el banco de datos principal. Estamos viendo cosas extrañas aquí abajo. Me estaba preguntando si...

—¡Maldita sea, Jabba! —gritó Midge—. ¡Eso es lo que he estado intentando decirte!

—Podría ser algo insignificante —se defendió Jabba—, pero...

—¡Deja de decir eso! ¡De insignificante, nada! Tómate muy en serio lo que está pasando ahí. Mis datos no están fritos. Nunca lo han estado, y nunca lo estarán. —Se dispuso a colgar, pero añadió—: Por cierto, Jabba. Para que no haya más sorpresas... Strathmore se saltó Manopla.

100

Hulohot subía los escalones de la Giralda de tres en tres. La única luz que iluminaba el pasadizo en espiral procedía de las aspilleras abiertas al aire libre situadas cada ciento ochenta grados. *¡Está atrapado! ¡David Becker morirá!* Subía trazando círculos con la pistola desenfundada. Se mantenía apretado contra el muro exterior por si David Becker decidía atacarle desde arriba. Podía convertir alguno de los portavelas que había en cada rellano en una excelente arma. No obstante, si Hulohot lograba tener un buen ángulo de visión podría verlo a tiempo. Su arma tenía un alcance mucho mayor que un portavelas de metro y medio.

Hulohot subía deprisa pero muy atento. Los escalones eran sumamente empinados. Más de un turista había muerto aquí. Esto no era Estados Unidos. Las señales de advertencia y los pasamanos brillaban por su ausencia. Tampoco había a quién pedir responsabilidades. Esto era España. Si eras lo bastante estúpido como para precipitarte al vacío, el único responsable eras tú, independientemente de quién había contruido las escaleras. Hulohot se detuvo ante una de las aspilleras, que llegaban a la altura del hombro, y miró al exterior. Estaba en la fachada norte y, a juzgar por la perspectiva, a medio camino de la cumbre.

La abertura que conducía a la plataforma del mirador era visible al doblar un recodo. Desde donde se encontraba hasta la cumbre la escalera estaba desierta. David Becker no le plantaba cara. Hulohot pensó que tal vez no le había visto entrar en la torre. Eso significaba que Hulohot también contaba con el factor sorpresa, aunque no lo necesitara. Tenía todas las cartas a su favor, incluida la distribución de la torre. La escalera se encontraba con la plataforma del mirador en la esquina sudoeste. Él tendría un ángulo de tiro sin obstáculos para disparar a cualquier punto del recinto, sin posibilidad de que Becker pudiera esconderse detrás de él. Y, además, Hulohot saldría de la oscuridad a la luz. *Una trampa mortal*, musitó.

Calculó la distancia que lo separaba de la puerta. Siete escalones. Visualizó el asesinato. Si se mantenía pegado a la derecha cuando se acercara a la abertura, podría divisar la esquina más escorada a la izquierda de la plataforma antes de llegar. Si Becker estaba allí, Hulohot dispararía. Si no, entraría con gran celeridad dirigiéndose hacia el este, de cara a la esquina derecha, el único lugar donde el profesor podría estar. Sonrió.

ASUNTO: DAVID BECKER, LIQUIDADO

Había llegado el momento. Comprobó su arma.

Hulohot subió como un rayo. La plataforma apareció ante su vista. La esquina izquierda estaba vacía. Tal como había previsto, entró por la abertura de cara al lado derecho. Disparó contra la esquina. La bala rebotó en la pared y casi le dio a él. Hulohot se volvió y lanzó un grito apagado. No había nadie. David Becker había desaparecido.

Tres tramos de escaleras más abajo, suspendido a noventa y siete metros sobre el Jardín de los Naranjos, David Becker colgaba del exterior de la Giralda como un hombre que estuviera haciendo flexiones en el antepecho de una ventana. Mientras Hulohot corría escaleras arriba, Becker había bajado tres tramos de escaleras y colgaba de una de las aspilleras. El asesino había pasado justo a su lado, con demasiada prisa para fijarse en los nudillos blancos que aferraban la baranda de la ventana.

Colgado como estaba, Becker dio gracias a Dios por su sesión diaria de veinte minutos en la máquina Nautilus, que formaba parte de su entrenamiento de squash, para desarrollar los bíceps y poder golpear con fuerza la pelota por encima de la cabeza. Por desgracia, pese a sus fuertes brazos, a Becker le costaba izarse. Le dolían los hombros. Tenía la impresión de que le habían abierto el costado. Le resultaba doloroso aferrarse al antepecho de piedra sin pulir, que se le clavaba en las yemas de sus dedos como cristales rotos. Sabía que, en cuestión de segundos, su atacante bajaría corriendo la escalera. Desde su posición aventajada vería sus dedos.

Becker cerró los ojos y se impulsó hacia arriba. Sabía que sería necesario un milagro para escapar de la muerte. Sus dedos cedían. Miró hacia abajo. La caída hasta los naranjos era tan larga como la banda de un campo de fútbol. Fatal. El dolor de su costado era cada vez más fuerte. Oyó pasos en la parte de arriba. Pasos que resonaban con fuerza al descender las escaleras. Cerró los ojos. Ahora o nunca. Apretó los dientes y se izó.

La tosca piedra arañó la piel de sus muñecas. Los pasos se acercaban rápidamente. Intentó aferrarse con fuerza a la parte interior de la abertura. Pataleó. Era como si tuviera el cuerpo de plomo, como si alguien le hubiera atado las piernas y estuviera tirando desde abajo. Aguantó. Se apoyó sobre los codos. Ahora era plenamente visible, con la cabeza asomada por la ventana, como un hombre a punto de ser guillotinado. Agitó las piernas para impulsarse a través de la abertura y se lanzó hacia delante. Estaba a medio camino. Ahora el torso le colgaba sobre la escalera. Los pasos se acercaban. Becker agarró con fuerza el marco de la abertura y con un solo movimiento impulsó el resto del cuerpo por la ventana. Cayó sobre la escalera con fuerza.

Hulohot oyó el impacto justo debajo de él. Bajó la escalera a zancadas blandiendo la pistola. Una ventana apareció ante su vista. *¡Ya está!* Se pegó a la pared exterior y apuntó a la escalera. Las piernas de Becker desaparecieron en aquel instante por la curva. El asesino disparó, azuzado por la frustración. La bala rebotó en el pozo de la escalera.

Mientras bajaba corriendo en pos de su presa, Hulohot se mantenía pegado a la pared exterior para tener el máximo ángulo de visión. Conforme la escalera giraba ante sus ojos, le parecía que Becker siempre estaba ciento ochenta grados por delante de él, fuera de su campo de visión. Becker se mantenía pegado a la pared interior, donde su perseguidor no podía verlo y bajaba de cinco en cinco los escalones. Hulohot le pisaba los talones. Bastaría con una sola bala. Estaba ganando terreno. Sabía que, aunque llegara al final de la escalera, no podría huir. Le dispararía a la espalda cuando atravesara el patio. La persecución desesperada descendía en espiral.

Hulohot se pegó a la pared interior. Le pareció que la distancia entre él y su presa disminuía. Veía la sombra de Becker cada vez que pasaba ante una abertura. Abajo. Abajo. En espiral. Tenía la impresión de que Becker siempre estaba al otro lado de la curva. Hulohot vigilaba con un ojo la sombra de su presa y con el otro la escalera.

De repente, creyó ver que la sombra de Becker se tambaleaba. Hizo un movimiento en falso a la izquierda y luego le pareció que giraba en el aire y caía hacia el centro de la escalera. Aceleró el paso. *¡Ya le tengo!*

Vio un destello acerado delante. Surcó el aire desde la esquina. Voló como un florete a la altura del tobillo. Hulohot intentó volverse hacia la izquierda, pero era demasiado tarde. El objeto se hallaba entre sus tobillos. El pie atrasado avanzó y recibió el impacto en la espinilla. Hulohot extendió los brazos para sujetarse, pero sólo encontró aire. De forma abrupta salió despedido hacia abajo de costado. Cuando cayó como una piedra, pasó sobre David Becker, tendido de bruces con los brazos extendidos. El portavelas que Becker sujetaba se enganchó en las piernas de Hulohot.

El asesino se estrelló contra la pared exterior antes de rebotar contra la escalera. Cuando por fin impactó contra los escalones empezó a rodar escalera abajo. La pistola se le escapó de las manos. Su cuerpo continuó rodando. Describió cinco círculos completos de trescientos sesenta grados antes de detenerse. Doce peldaños más y habría ido a parar al patio.

101

David Becker nunca había empuñado un arma, pero ahora lo estaba haciendo. El cuerpo de Hulohot yacía retorcido en la oscuridad de la escalera de la Giralda. Apoyó el cañón de la pistola contra la sien de su atacante y se arrodilló con cautela. Un solo movimiento, y dispararía. Pero Hulohot no se movió. Estaba muerto.

Becker soltó la pistola y se derrumbó en la escalera. Por primera vez en mucho tiempo, sintió que las lágrimas se agolpaban en sus ojos. Las reprimió. Sabía que ya tendría tiempo para los sentimientos más adelante. Ahora había llegado el momento de volver a casa. Intentó incorporarse, pero estaba demasiado cansado para moverse. Estuvo sentado durante mucho rato sobre la escalera de piedra.

Estudió el cuerpo desmadejado tendido ante él con aire ausente. Los ojos del asesino empezaban a adquirir una aspecto vidrioso, no miraban a nada en concreto. Era increíble, pero las gafas del muerto estaban intactas. Eran unas gafas extrañas, pensó Becker, con un cable que sobresalía por debajo de la patilla y continuaba hasta una especie de cartera sujeta al cinturón. Estaba demasiado exhausto para sentir curiosidad.

Mientras estaba sentado en la escalera y se serenaba, desvió la vista hacia el anillo que llevaba en el dedo. Ya podía ver un poco mejor y pudo por fin leer la inscripción. Tal como había sospechado, no estaba en inglés. Contempló la inscripción un largo momento, y después frunció el ceño. *¿Valía la pena matar por esto?*

El sol de la mañana era cegador cuando Becker salió por fin al patio delante de la Giralda. El dolor del costado se había calmado y su vista estaba recuperando la normalidad. Permaneció inmóvil un momento, aturdido, disfrutando de la fragancia de los naranjos en flor. Después empezó a cruzar el patio con parsimonia.

Cuando se alejaba de la torre, una furgoneta frenó cerca. Dos hombres descendieron. Eran jóvenes y vestidos con uniforme militar. Se abalanzaron sobre él con la rígida precisión de máquinas bien engrasadas.

—¿David Becker? —preguntó uno.

Él se detuvo en seco, asombrado por el hecho de que supieran su nombre.

—¿Quiénes... quiénes son ustedes?

—Acompáñenos, por favor. Sin más dilación.

El encuentro poseía una cualidad irreal, algo que de nuevo puso nervioso a Becker. Retrocedió.

El hombre más bajo le miró con frialdad.

—Síganos, señor Becker. Ahora mismo.

Becker dio media vuelta para huir. Pero sólo dio un paso. Uno de los hombres sacó un arma. Se oyó un disparo.

Una cuchillada de dolor estalló en su pecho y luego se extendió hacia su cabeza. Sus dedos se pusieron rígidos y Becker se desplomó. Un instante después todo era negrura.

102

Al llegar al último nivel inferior de *Transltr* y saltar de la escalera, los pies de Strathmore se hundieron en casi tres centímetros de agua. El ordenador gigante se estremeció a su lado. Enormes gotas de agua caían como lluvia mezcladas con la neblina remolineante. Las sirenas de alarma retumbaban como truenos.

El comandante desvió la vista hacia los generadores principales. Los restos carbonizados de Phil Chartrukian estaban desparramados sobre las aspas del sistema de refrigeración. La escena parecía sacada de una perversa estampa de Halloween.

Aunque Strathmore lamentaba la muerte del joven, no cabía duda de que había sido un «daño colateral». Phil Chartrukian no le había dejado otra elección. Cuando el técnico de Sys-Sec subió corriendo desde las profundidades, Strathmore le cortó el paso en el rellano y trató de hacerle entrar en razón. Pero Chartrukian no quiso ni oírle. *¡Tenemos un virus! ¡Voy a llamar a Jabba!* Cuando intentó seguir su camino, el comandante se lo impidió. El rellano era estrecho. Forcejearon. La barandilla era baja. No dejaba de ser irónico, pensó Strathmore, que Chartrukian hubiera estado en lo cierto acerca del virus desde el primer momento.

La caída del hombre había sido escalofriante: un momentáneo aullido de terror y después el silencio. Pero ni la mitad de escalofriante que la siguiente visión del comandante Strathmore. Greg Hale le estaba mirando desde las sombras de abajo, con una expresión de horror en la cara. En aquel momento, Strathmore supo que el criptógrafo debía morir.

Transltr crujió y Strathmore se concentró en la tarea inmediata. Cortar el suministro eléctrico. El interruptor automático estaba al otro lado de las bombas de freón, a la izquierda del cadáver. Lo veía con claridad. Le bastaba con tirar de una palanca y Criptografía se quedaría sin el suministro eléctrico de los generadores auxiliares.

Después, transcurridos unos segundos, volvería a poner en marcha los generadores principales. Todas las puertas electrónicas y funciones volverían a estar activas. El freón circularía de nuevo, y *Transltr* estaría a salvo.

Pero mientras Strathmore se encaminaba hacia el interruptor cayó en la cuenta de que existía un último obstáculo: el cadáver de Chartrukian seguía tendido sobre las aspas del sistema de refrigeración del generador principal. Cortar la corriente y reiniciar el generador principal sólo provocaría otra caída de tensión. Había que mover el cuerpo.

El comandante echó un vistazo a los grotescos restos y se acercó. Extendió la mano y agarró una muñeca. El tacto de la carne era como de espuma de polietireno. El tejido se había achicharrado. El cuerpo se había quedado sin humedad. El comandante cerró los ojos, agarró con más fuerza la muñeca y tiró. El cadáver se movió dos o tres centímetros. Strathmore tiró con más fuerza. El cuerpo volvió a moverse. El comandante tiró con todas sus fuerzas. De pronto se tambaleó hacia atrás. Cayó de bruces. Cuando se incorporó con un esfuerzo del agua, contempló con horror el objeto que aferraba en la mano. Era el antebrazo de Chartrukian. Se había partido por el codo.

Susan continuaba esperando arriba. Estaba sentada en el sofá de Nodo 3, paralizada. Hale yacía a sus pies. No conseguía imaginar qué estaba retrasando tanto al comandante. Transcurrieron los minutos. Intentó apartar a David de sus pensamientos sin éxito. Cada vez que aullaban las sirenas, las palabras de Hale resonaban en su mente: *Siento muchísimo lo de David Becker.* Susan pensó que iba a perder la razón.

Estaba a punto de ponerse en pie de un salto y correr hacia Criptografía cuando sucedió por fin. Strathmore había accionado el interruptor y desconectado el suministro eléctrico.

El silencio invadió Criptografía al instante. Las sirenas se interrumpieron a mitad de un alarido y los monitores de Nodo 3 se apagaron. El cadáver de Greg Hale se desvaneció en la oscuridad y Susan apoyó las piernas sobre el sofá. Envolvió su cuerpo voluptuoso en la chaqueta de Strathmore.

Oscuridad.

Silencio.

Nunca había existido tal silencio en Criptografía. Siempre se había oído el zumbido sordo de los generadores. Pero ahora reinaba el silencio, salvo por los suspiros de alivio de la gran bestia. Crujía, siseaba, se enfriaba poco a poco.

Cerró los ojos y rezó por David. Su oración fue muy sencilla: *Que Dios proteja al hombre que amo.*

Como no era una mujer religiosa, Susan no esperaba oír una respuesta a su plegaria, pero cuando sintió un repentino estremecimiento contra sus senos pegó un brinco. Se llevó las manos al pecho. Un momento después comprendió. Las vibraciones que sentía no eran la mano de Dios, sino que procedían del bolsillo de la chaqueta del comandante. Había conectado el vibrador de su Sky-Pager. Alguien estaba enviando un mensaje al comandante Strathmore.

Seis pisos más abajo, Strathmore se detuvo ante el interruptor. Los niveles inferiores de Criptografía estaban oscuros como boca de lobo. Disfrutó un momento de la negrura. El agua seguía cayendo desde arriba. Era una tormenta nocturna. Strathmore ladeó la cabeza y dejó que las gotas tibias le purificaran. *Soy un superviviente.* Se arrodilló y se despegó de las manos los restos de la carne de Chartrukian.

Los sueños que había atesorado para fortaleza digital habían fracasado. Podía aceptar eso. Lo único que importaba ahora era Susan. Por primera vez en décadas comprendía que había más cosas en la vida que la patria y el honor. *He sacrificado los mejores años de mi vida por la patria y el honor. Pero ¿y el amor?* Se lo había negado durante demasiado tiempo. *¿Y a cambio de qué? ¿De ver a un joven profesor robarle sus sueños?* Strathmore había formado a Susan. La había protegido. Se la había ganado. Y ahora, al fin, sería suya. Susan buscaría refugio entre sus brazos. Acudiría a él indefensa, herida por la pérdida, y con el tiempo él le enseñaría que el amor lo cura todo.

Honor. Patria. Amor. David Becker estaba a punto de morir por esas tres causas.

103

El comandante surgió por la trampilla como Lázaro de entre los muertos. Pese a sus ropas empapadas, caminaba a paso ligero. Se dirigió hacia Nodo 3, hacia Susan. Hacia su futuro.

La planta de Criptografía volvía a estar bañada por la luz. El freón fluía hacia *Transltr* como sangre oxigenada. Strathmore sabía que el refrigerante tardaría unos cuantos minutos en llegar al fondo de la vasija, pero finalmente lo haría e impediría que los procesadores inferiores se quemaran; estaba seguro de haber intervenido a tiempo. Exhaló un suspiro de victoria, sin sospechar la verdad: ya era demasiado tarde.

Soy un superviviente, pensó. Ignorando el hueco abierto en la pared de Nodo 3, se encaminó hacia las puertas electrónicas. Se abrieron con un siseo. Entró.

Susan estaba de pie ante él, húmeda y con el pelo revuelto, envuelta en su chaqueta. Parecía una alumna novata sorprendida por la lluvia. Él se sentía como el alumno veterano que le había prestado su jersey de la universidad. Por primera vez en años se sintió joven. Su sueño se estaba convirtiendo en realidad.

Pero cuando Strathmore se acercó experimentó la sensación de estar mirando a los ojos de una mujer que no reconocía. La mirada de Susan era glacial. La ternura había desaparecido. La criptógrafa estaba rígida, como una estatua. El único movimiento perceptible era el de las lágrimas que se agolpaban en sus ojos.

—¿Susan?

Una lágrima solitaria se deslizó por su mejilla temblorosa.

—¿Qué pasa? —preguntó el comandante en tono suplicante.

El charco de sangre que había debajo del cadáver de Hale se había extendido sobre la alfombra como una mancha de aceite. Strathmore dirigió una mirada inquieta al cuerpo y después volvió a mirar a Susan. *¿Es posible que lo sepa?* No. Strathmore sabía que había eliminado todas las pistas.

—Susan —dijo, y avanzó un paso—. ¿Qué sucede?

Ella no se movió.

—¿Estás preocupada por David?

Percibió un levísimo temblor en el labio superior.

Strathmore se acercó más. Iba a tocarla, pero vaciló. Al parecer, oír el nombre de David había abierto el grifo del dolor. Al principio, con lentitud, un temblor. Después dio la impresión de que una oleada de desdicha recorría sus venas. Sin apenas poder controlar sus labios temblorosos, Susan abrió la boca para hablar. No se oyó ningún sonido.

Sin apartar su mirada glacial del comandante Strathmore, sacó la mano del bolsillo de la chaqueta. Sostenía un objeto. Se lo ofreció temblorosa.

Él casi había esperado ver la Beretta apuntada a su estómago. Pero la pistola seguía en el suelo, en la mano de Hale. El objeto que Susan sostenía era más pequeño. Strathmore lo miró, y un instante después comprendió.

Al contemplar Strathmore el objeto, la realidad irrumpió de forma inexorable y el tiempo se enlenteció. Pudo oír los latidos de su corazón. El hombre que había triunfado sobre gigantes durante tantos años había sido vencido en un instante. Asesinado por el amor, por su propia estupidez. Por simple caballerosidad, había dado a Susan su chaqueta. Y junto con ella le había entregado su buscapersonas SkyPager.

Ahora que Strathmore se había quedado de piedra, la mano de Susan empezó a temblar. El buscapersonas cayó a los pies de Hale. Con una mirada de estupefacción e indignación que Strathmore nunca olvidaría, Susan Fletcher salió corriendo de Nodo 3.

El comandante la dejó marcharse. Se agachó muy despacio y recuperó el SkyPager. No había mensajes nuevos. Susan los había leído todos. Strathmore leyó, desesperado, la lista.

ASUNTO: ENSEI TANKADO, ELIMINADO
ASUNTO: PIERRE CLOUCHARDE, ELIMINADO
ASUNTO: HANS HUBER, ELIMINADO
ASUNTO: ROCÍO EVA GRANADA, ELIMINADA

La lista seguía. Strathmore sintió una oleada de horror. *¡Puedo explicarlo! ¡Ella lo entenderá! ¡Honor! ¡Patria!* Pero había un mensaje que él aún no había visto, un mensaje que nunca podría explicar. Temblando, se desplazó por la pantalla hasta el mensaje final.

ASUNTO: DAVID BECKER, ELIMINADO

Strathmore inclinó la cabeza. Su sueño había terminado.

104

Susan salió tambaleándose de Nodo 3.

ASUNTO: DAVID BECKER, ELIMINADO

Como en un sueño, se dirigió hacia la salida principal de Cripto-grafía. La voz de Greg Hale resonó en su mente: *¡Susan, Strathmore va a matarme! ¡Susan, el comandante está enamorado de ti!*

Llegó al enorme portal circular y empezó a pulsar con desespera-ción el teclado. La puerta no se movió. Probó de nuevo, pero la enor-me puerta se negó a girar. Susan masculló algo. Por lo visto, el corte de fluido eléctrico había borrado los códigos de salida. Continuaba atra-pada.

Sin previo aviso, dos brazos se cerraron alrededor de su cuerpo. El tacto era familiar, pero repulsivo. Carecía de la fuerza bruta de Greg Hale, pero transmitía una desesperada tosquedad, una determi-nación de acero.

Se volvió. El hombre que la sujetaba estaba desolado, aterrado. Era una cara que nunca había visto.

—Susan —suplicó Strathmore—, puedo explicártelo todo.

Ella intentó desasirse.

El comandante no cedió.

Susan intentó gritar, pero no tenía voz. Trató de correr, pero aquellas fuertes manos la retuvieron.

—Te quiero —susurró él—. Te he querido siempre.

La criptógrafa sintió que se le revolvía el estómago.

—Quédate conmigo.

Imágenes siniestras desfilaron por su mente: los ojos verdes de David al cerrarse por última vez; el cadáver de Greg Hale desangrán-dose sobre la alfombra; el cuerpo de Phil Chartrukian quemado y re-torcido sobre los generadores.

—El dolor desaparecerá —dijo el comandante—. Volverás a amar.

Susan no oía nada.

—Quédate conmigo —rogó—. Yo curaré tus heridas.

Ella se revolvió, indefensa.

—Lo hice por nosotros. Estamos hechos el uno para el otro, Susan. Te quiero. —Las palabras surgían como si hubiera esperado una década para pronunciarlas—. ¡Te quiero! ¡Te quiero!

En aquel instante, a treinta metros de distancia, como refutando la vil confesión de Strathmore, *Transltr* emitió un siseo salvaje e implacable. Era un sonido completamente nuevo, un chisporroteo ominoso que parecía crecer como una serpiente en las profundidades del silo. Por lo visto, el freón no había llegado a tiempo a su objetivo.

El comandante soltó a Susan y se volvió hacia el ordenador de dos mil millones de dólares. El pánico se reflejó en su mirada.

—¡No! —Se llevó las manos a la cabeza—. ¡No!

El cohete de seis pisos de altura empezó a temblar. Strathmore se acercó con paso incierto a la vasija. Cayó de rodillas, como un pecador ante un dios enfurecido. Fue inútil. En la base del silo, los procesadores de titanio y estroncio de *Transltr* acababan de incendiarse.

105

Una bola de fuego que abrasa tres millones de chips de silicio produce un sonido sin igual. El chisporroteo de un incendio forestal, el aullido de un tornado, el chorro humeante de un géiser. Todo ello atrapado dentro de una vasija. Era el aliento del diablo, que surgía de una caverna cerrada en busca de libertad. Strathmore siguió arrodillado, hechizado por el horrísono ruido que ascendía hacia ellos. El ordenador más caro del mundo estaba a punto de convertirse en un infierno de ocho pisos.

El comandante Strathmore se volvió muy despacio hacia Susan, que estaba paralizada ante la puerta de Criptografía. Contempló su rostro surcado de lágrimas. Daba la impresión de que Susan brillaba a la luz fluorescente. *Es un ángel*, pensó. Buscó el cielo en sus ojos, pero sólo vio muerte. Era la muerte de la confianza. El amor y el honor habían desaparecido. La fantasía que le había impulsado durante todos estos años había muerto. Nunca poseería a Susan Fletcher. Nunca. El repentino vacío que se había apoderado de él era terriblemente abrumador.

Susan miró distraídamente a *Transltr*. Sabía que, atrapada dentro de una vasija de cerámica, una bola de fuego subía hacia ellos. Presintió que aumentaba de velocidad a cada momento, alimentándose del oxígeno liberado por los chips quemados. En pocos minutos, la cúpula de Criptografía sería un infierno.

Su mente le aconsejaba huir, pero el peso de la muerte de David la aprisionaba. Creyó oír que su voz la llamaba, la instaba a escapar, pero no tenía adónde ir. Criptografía era una tumba sellada. Daba igual. La idea de la muerte no la asustaba. La muerte acabaría con el dolor. Se reuniría con David.

El suelo de la planta de Criptografía empezó a temblar, como si un monstruo marino encolerizado estuviera emergiendo de las profundidades. La voz de David pareció apremiarla: *¡Corre, Susan! ¡Corre!*

Strathmore avanzaba hacia ella, su rostro convertido en un recuerdo lejano. Sus fríos ojos grises estaban muertos. El patriota que Susan siempre había considerado un héroe se había convertido en un asesino. Sus brazos la rodearon de repente, se aferraron con desesperación a su cuerpo. Besó sus mejillas.

—Perdóname —suplicó.

Ella intentó soltarse, pero el comandante Strathmore la retuvo en sus brazos.

Transltr empezó a vibrar como un misil a punto de ser lanzado. Strathmore la sujetó con más fuerza.

—Abrázame, Susan. Te necesito.

Una violenta oleada de furia la invadió. La voz de David la llamó de nuevo. *¡Te quiero! ¡Huye!* Susan se liberó con un repentino estallido de energía. El rugido de *Transltr* alcanzó en ese momento un volumen ensordecedor. El incendio había avanzado hasta la parte superior del silo. *Transltr* rugía como si estuviera a punto de explotar.

La voz de David animaba a Susan, la guiaba. Atravesó corriendo Criptografía y subió por las escaleras que conducían al despacho de Trevor Strathmore. Detrás de ella, *Transltr* emitió un rugido ensordecedor.

Cuando el último chip de silicio se desintegró, una tremenda corriente de calor atravesó la envoltura superior del silo y lanzó a nueve metros de altura fragmentos de cerámica. Al instante, el aire rico en oxígeno de Criptografía se apresuró a llenar el enorme vacío.

Susan llegó al último rellano de la oficina de Strathmore y sujetó la barandilla cuando la tremenda ráfaga de aire azotó su cuerpo. La obligó a girar sobre sí misma, justo a tiempo de ver que el director adjunto de Operaciones la estaba mirando desde abajo, inmóvil junto a *Transltr*. Una tormenta rugía a su alrededor, pero había paz en sus ojos. Sus labios se entreabrieron y formaron una palabra final: Susan.

El aire que penetraba en *Transltr* alimentaba la deflagración. El comandante Trevor Strathmore se transformó en leyenda con un brillante destello de luz.

Cuando la onda expansiva alcanzó a Susan, la empujó cinco metros hacia atrás, al interior del despacho de Strathmore. Lo único que recordó después fue un calor infernal.

106

Tres rostros que contenían la respiración lo observaban todo desde la ventana de la sala de conferencias del director, muy por encima de la cúpula de Criptografía. La explosión había sacudido todo el complejo de la NSA. Leland Fontaine, Chad Brinkerhoff y Midge Milken miraban horrorizados el espectáculo en silencio.

Veintiún metros más abajo, la cúpula de Criptografía ardía. El techo de policarbonato seguía intacto, pero bajo el envoltorio transparente, el fuego se propagaba. Columnas de humo negro remolineaban dentro de la cúpula.

Los tres miraban sin decir palabra. El espectáculo poseía una grandeza siniestra.

Fontaine habló por fin, con voz tenue pero firme.

—Midge, envíe un equipo a Criptografía. Ahora mismo.

Al otro lado de la suite, el teléfono de Fontaine empezó a sonar.

Era Jabba.

107

Susan no tenía ni idea del tiempo transcurrido. Un escozor en la garganta la devolvió a la realidad. Desorientada, estudió su entorno. Estaba tendida sobre una alfombra, detrás de una mesa. La única luz de la habitación proyectaba un extraño parpadeo naranja. El aire olía a plástico quemado. La habitación en la que se encontraba no era una habitación, sino un armazón destrozado. Las cortinas ardían y las paredes de plexiglás se estaban fundiendo.

Entonces lo recordó todo.

David.

Se puso en pie, cada vez más asustada. Se tambaleó en dirección a la puerta con la intención de huir. Cuando cruzó el umbral, su pierna se balanceó sobre un abismo. Se agarró al marco justo a tiempo. La pasarela había desaparecido. Quince metros más abajo vio una masa retorcida de metal humeante. Susan examinó Criptografía, horrorizada. Era un mar de fuego. Los restos fundidos de tres millones de chips de silicio habían salido disparados desde *Transltr* como lava. Humo acre y espeso se elevaba hacia el techo. Susan conocía el olor. Humo de silicio. Veneno mortal.

Al refugiarse en lo que quedaba del despacho de Strathmore, sintió que casi se desmayaba. La garganta le quemaba. Una luz feroz iluminaba el lugar. Criptografía estaba muriendo. *Y yo también*, pensó.

Por un momento pensó que sólo existía una salida: el ascensor de Strathmore. Pero sabía que no funcionaba. El sistema eléctrico no habría sobrevivido a la explosión.

Pero mientras se abría paso entre el espeso humo, recordó las palabras de Hale. *¡El ascensor funciona con la corriente del edificio principal! ¡He visto los planos!* Susan sabía que era verdad. También sabía que todo el pozo estaba encajado en cemento reforzado.

Los vapores remolineaban a su alrededor. Se encaminó hacia la puerta del ascensor, tambaleante, pero cuando llegó vio que el botón de llamada no estaba iluminado. Tecleó sin éxito en el panel, luego cayó de rodillas y golpeó la puerta.

Se detuvo casi al instante. Algo estaba chirriando detrás de las puertas. Alzó la vista sorprendida. ¡Parecía el ruido de una cabina! Pulsó el botón de nuevo. Otra vez se oyó el chirrido.

De pronto lo comprendió.

El botón de llamada no estaba apagado, sino cubierto de hollín. Brillaba tenuemente bajo sus dedos sucios.

¡Hay luz!

Con renovadas esperanzas, atacó el botón. Algo se engranaba detrás de las puertas, una y otra vez. Oía el ventilador de la cabina. *¡Está aquí! ¿Por qué no se abren las malditas puertas?*

Examinó a través del humo el diminuto teclado secundario. Botones con letras, de la A a la Z. Desesperada, Susan recordó. La contraseña.

El humo estaba empezando a colarse por los marcos fundidos de las ventanas. Golpeó de nuevo las puertas del ascensor. Se negaron a abrirse. *¡La contraseña! ¡Strathmore nunca me dijo la contraseña!* El humo del silicio estaba llenando el despacho. Susan se derrumbó contra el ascensor, desesperada. El ventilador estaba funcionando a escasos centímetros de distancia. Jadeó en busca de aire.

Cerró los ojos, pero la voz de David la despertó. *¡Huye, Susan! ¡Abre la puerta! ¡Huye!* Abrió los ojos, como si esperara ver su cara, los grandes ojos verdes, la sonrisa juguetona. Pero sólo vio las letras de la A a la Z. *La contraseña...* Contempló las letras del teclado. Le costaba verlas. Sobre el diodo luminiscente empotrado debajo del teclado, cinco espacios vacíos esperaban activarse. *Una contraseña de cinco caracteres*, pensó. Calculó en un instante las probabilidades: veintiséis elevado a la quinta potencia: 11.881.376 elecciones posibles. A una elección por segundo, tardaría diecinueve semanas...

Mientras yacía tirada en el suelo sofocándose, recordó la patética voz del comandante. La llamaba de nuevo. *¡Te quiero, Susan! ¡Siempre te he querido! ¡Susan! ¡Susan! Susan...*

Sabía que estaba muerto, pero su voz era incansable. Oyó su nombre una y otra vez.

Susan... Susan...

Entonces, con escalofriante lucidez, lo supo.

Extendió una mano temblorosa hacia el teclado y pulsó la contraseña: SUSAN.

Un instante después la puerta se abrió.

108

El ascensor para uso exclusivo de Strathmore descendió velozmente. Susan aspiró grandes bocanadas de aire dentro de la cabina. Se apoyó contra la pared, mareada, mientras la cabina se detenía. Un momento después chasquearon algunos engranajes y el ascensor volvió a moverse, esta vez en horizontal. Susan sintió que el aparato aceleraba hacia el complejo principal de la NSA. Por fin paró y las puertas se abrieron.

La jefa de Criptografía salió tosiendo a un corredor de cemento a oscuras. Se encontró en un túnel de techo bajo y angosto. Una línea amarilla doble se extendía ante ella. La línea desaparecía en una oquedad oscura y vacía.

La Autopista Subterránea...

Tambaleándose se dirigió el túnel, apoyándose en la pared para que le sirviera de guía. Detrás de ella, la puerta del ascensor se cerró. Una vez más Susan Fletcher quedó envuelta en la más absoluta oscuridad.

Silencio.

Nada, excepto un tenue zumbido en las paredes.

Un zumbido que iba aumentando de intensidad.

De pronto fue como si amaneciera. La negrura dio paso a un gris brumoso. Las paredes del túnel empezaron a cobrar forma. Un pequeño vehículo dobló una esquina y sus faros la cegaron. Susan se aplastó contra la pared y se protegió los ojos. Una ráfaga de aire la alcanzó y el vehículo pasó de largo.

Un instante después se oyó un chirrido ensordecedor producido por un frenazo. El zumbido se acercó de nuevo, esta vez en marcha atrás. Segundos después el vehículo se detuvo a su lado.

—¡Señorita Fletcher! —exclamó una voz atónita.

Susan vio una forma vagamente familiar en el asiento del conductor de un carrito de golf.

—¡Dios mío! —dijo el hombre—. ¿Se encuentra bien? ¡Pensábamos que había muerto!

Susan le miró sin comprender.

—Chad Brinkerhoff —se presentó el hombre, al tiempo que estudiaba a la conmocionada criptógrafa—. Ayudante personal del director.

Susan apenas pudo emitir un gemido.

—*Transltr*...

Brinkerhoff asintió.

—Olvídelo. ¡Suba!

Los faros del carrito barrieron las paredes de cemento.

—Hay un virus en el banco de datos principal —soltó el hombre.

—Lo sé —se oyó gemir Susan.

—Necesitamos su ayuda.

Ella reprimió las lágrimas.

—Strathmore... Él...

—Lo sabemos —interrumpió Brinkerhoff—. Se saltó Manopla.

—Sí, y...

Las palabras se le atragantaron. *¡Mató a David!*

Brinkerhoff apoyó una mano sobre su hombro.

—Casi hemos llegado, señorita Fletcher. Resista.

El carrito de golf Kensington de alta velocidad dobló una esquina y frenó. Al lado se extendía un pasillo perpendicular al túnel iluminado por luces rojas en el suelo.

—Venga —dijo Brinkerhoff al tiempo que la ayudaba a bajar.

La guió hasta el pasillo. Susan lo seguía envuelta en una niebla. El corredor embaldosado tenía una pendiente que se inclinaba de manera pronunciada. Susan se aferró a la barandilla y siguió a Brinkerhoff. El aire empezó a ser más frío. Continuaron bajando.

A medida que se adentraban más en la tierra, el túnel se estrechaba. El eco de unos pasos sonó a sus espaldas, un paso fuerte y decidido. Los pasos aumentaron de intensidad. Tanto Brinkerhoff como Susan se volvieron a mirar.

Un enorme negro caminaba hacia ellos. Susan no le había visto nunca. Cuando se acercó, le dirigió una mirada penetrante.

—¿Quién es ésta? —preguntó.

—Susan Fletcher —contestó Brinkerhoff.

El enorme hombre arqueó las cejas. Aun cubierta de hollín y empapada, Susan Fletcher era más atractiva de lo que había imaginado.

—¿Y el comandante? —preguntó.

Brinkerhoff sacudió la cabeza.

El hombre no dijo nada. Desvió la vista un momento. Después se volvió hacia Susan.

—Leland Fontaine —dijo, y extendió la mano—. Me alegro de que esté bien.

Susan le miró fijamente. Siempre había sabido que algún día conocería al director, pero no había imaginado que sería en circunstancias como ésas.

—Acompáñeme, señorita Fletcher —dijo Fontaine—. Necesitamos toda la ayuda posible.

Una pared de acero cortaba el paso al final del túnel. Fontaine se acercó y tecleó un código de entrada en una caja empotrada. Después apoyó la mano derecha contra un pequeño panel de cristal. Destelló una luz estroboscópica. Un momento después la enorme pared se desplazó a la izquierda con estruendo.

Sólo había en la NSA una cámara más sagrada que Criptografía, y Susan Fletcher presintió que estaba a punto de entrar en ella.

109

El centro de mando del banco de datos principal de la NSA parecía un control de misión de la NASA en miniatura. Una docena de estaciones de trabajo informatizadas estaban encaradas a la pared de vídeo de nueve por doce metros situada al fondo de la sala. En la pantalla, números y diagramas desfilaban en rápida sucesión, aparecían y desaparecían como si alguien estuviera cambiando de canales. Un puñado de técnicos corría de un monitor a otro, arrastrando ristras de papel impreso y chillando órdenes. Reinaba el caos.

Susan contempló la asombrosa instalación. Recordó vagamente que habían excavado doscientas cincuenta toneladas métricas de tierra para crearla. La cámara estaba situada a sesenta y cuatro metros bajo tierra, profundidad a la que las bombas de flujo y los impactos nucleares no la alcanzaban.

Jabba se erguía ante una estación de trabajo elevada ubicada en el centro de la sala. Gritaba órdenes desde la plataforma como un rey a sus súbditos. Había un mensaje en la pantalla que tenía detrás. El mensaje era demasiado familiar para Susan. El texto, del tamaño de un tablón de anuncios, colgaba ominosamente sobre la cabeza de Jabba.

SÓLO LA VERDAD LES SALVARÁ AHORA
INTRODUZCA LA CLAVE DE ACCESO _____

Como atrapada en una pesadilla surrealista, Susan siguió a Fontaine hasta un estrado. Su mundo era una imagen borrosa a cámara lenta.

Jabba les vio acercarse y les espetó como un toro rabioso.

—¡Construí Manopla por algo!

—Manopla ha sido destruido —replicó Fontaine.

—Eso no es ninguna novedad, director —replicó Jabba—. ¡La onda de choque me sacudió el culo! ¿Dónde está Strathmore?

—El comandante Strathmore ha muerto.

—Justicia poética de mierda.

—Calma, Jabba —ordenó el director—. Infórmanos. ¿Es muy grave ese virus?

Jabba miró al director un largo momento y después, sin previo aviso, estalló en carcajadas.

—¿Un virus? —Su risa ronca resonó en toda la cámara subterránea—. ¿Eso cree que es?

Fontaine mantuvo la calma. La insolencia de Jabba estaba fuera de lugar, pero sabía que no era el momento ni el lugar de ponerle en su sitio. En su reino subterráneo, Jabba era más importante que Dios. Los problemas de informática hacían caso omiso de la cadena de mando normal.

—¿*No* es un virus? —exclamó Brinkerhoff esperanzado.

Jabba resopló asqueado.

—¡Los *virus* tienen cadenas de mutación, querido! ¡Esto no!

Susan era incapaz de concentrarse.

—Entonces, ¿qué está pasando? —preguntó Fontaine—. Pensaba que se trataba de un virus.

Jabba respiró hondo y bajó la voz.

—Los virus... —se secó el sudor de la cara—, los virus se reproducen. Crean clones. Son presumidos y estúpidos, egomaníacos binarios. Paren más deprisa que los conejos. Ésa es su debilidad. Puedes liquidarlos si sabes que están haciendo. Por desgracia, este programa carece de ego, no necesita reproducirse. Tiene la cabeza despejada y concentrada. De hecho, cuando haya logrado su objetivo, lo más probable es que cometa un suicidio digital. —Jabba extendió los brazos con reverencia hacia los estragos proyectados en la enorme pantalla—. Damas y caballeros —suspiró—, les presento al kamikaze de los invasores informáticos: el *gusano*.

—¿*Gusano?* —gruñó Brinkerhoff. Le parecía un término demasiado mundano para describir al insidioso intruso.

—Gusano —rugió Jabba—. Nada de estructuras complejas, sólo instinto: comer, cagar, reptar. Eso es todo. Sencillez. Sencillez letal. Hace aquello para lo que está programado y luego la palma.

Fontaine miró a Jabba con severidad.

—¿Y para qué está programado este gusano?

—Lo ignoro —contestó Jabba—. En este momento, se está reproduciendo y acoplando a nuestros datos secretos. Después podría hacer cualquier cosa. Podría decidir borrar los archivos, o bien imprimir caras sonrientes en ciertos documentos de la Casa Blanca.

La voz de Fontaine permaneció fría y serena.

—¿Puedes detenerlo?

Jabba exhaló un largo suspiro y se volvió hacia la pantalla.

—No lo sé. Todo depende de lo cabreado que estuviera el autor. —Indicó el mensaje de la pantalla—. ¿Alguien puede decirme qué demonios significa eso?

SÓLO LA VERDAD LES SALVARÁ AHORA
INTRODUZCA LA CLAVE DE ACCESO _____

Jabba esperó la respuesta, pero no obtuvo ninguna.

—Parece que alguien nos está tomando el pelo, director. Chantaje. Esto tiene toda la pinta de una nota de chantaje.

La voz de Susan era un susurro, vacía y hueca.

—Es... Ensei Tankado.

Jabba se volvió hacia ella. La miró un momento atónito.

—¿Tankado?

Susan asintió.

—Quería que hiciéramos pública la existencia de *Transltr*... Pero le costó la...

Brinkerhoff la interrumpió, sorprendido: —¿Tankado quiere que digamos que tenemos *Transltr*? ¡Yo diría que es un poco tarde para eso!

Susan abrió la boca para decir algo, pero Jabba se le adelantó.

—Parece que Tankado tiene un código desactivador —dijo mientras miraba el mensaje de la pantalla.

Todo el mundo se volvió hacia él.

—¿Código desactivador? —preguntó Brinkerhoff.

Jabba asintió.

—Sí. Una clave de acceso que detiene al gusano. En pocas palabras, si admitimos que tenemos *Transltr*, Tankado nos dice la clave. La tecleamos y salvamos el banco de datos. Bienvenidos a la extorsión digital.

Fontaine parecía una roca, imperturbable.

—¿Cuánto tiempo nos queda?

—Una hora más o menos —dijo Jabba—. Tiempo suficiente para convocar una conferencia de prensa y hablar de la existencia de *Transltr*.

—Recomendación —pidió Fontaine—. ¿Qué propones que hagamos?

—*¿Una recomendación?* —soltó Jabba, incrédulo—. ¿Quiere una recomendación? ¡Yo le daré la recomendación! ¡Déjese de mamonadas!

—Tranquilo —advirtió el director.

—Director —balbuceó Jabba—, en este momento, Ensei Tankado es el dueño y señor de este banco de datos. Dele lo que pide. Si quiere que el mundo conozca la existencia de *Transltr*, llame a la CNN y anúncielo. *Transltr* ha volado por los aires. ¿Qué más da ya?

Se hizo el silencio. Dio la impresión de que Fontaine estaba sopesando sus opciones. Susan empezó a hablar, pero Jabba la interrumpió.

—¿A qué está esperando, director? ¡Hable por teléfono con Tankado! ¡Dígale que acepta! ¡Necesitamos ese código desactivador, de lo contrario toda la información desaparecerá!

Nadie se movió.

—¿Están todos locos? —chilló Jabba—. ¡Llame a Tankado! ¡Dígale que nos rendimos! ¡Consígame ese código desactivador! ¡Ya! —Jabba sacó el móvil y lo conectó—. ¡Da igual! ¡Deme el número! ¡Yo mismo llamaré a ese gilipollas!

—No se moleste —susurró Susan—. Tankado ha muerto.

Al cabo de un momento de estupor, las implicaciones de la noticia golpearon a Jabba como una bala en el estómago. Pareció que el enorme técnico estaba a punto de derrumbarse.

—¿Muerto? Pero entonces eso significa que no podemos...

—Eso significa que necesitamos un nuevo plan —dijo Fontaine sin alterarse.

Jabba continuaba atónito, cuando alguien empezó a gritar desde el fondo de la sala.

—¡Jabba! ¡Jabba!

Era Soshi Kuta, la jefa de los técnicos. Corrió hacia el estrado arrastrando un larguísimo listado. Parecía aterrorizada.

—¡Jabba! —exclamó—. El gusano... ¡Acabo de averiguar qué está programado para hacer! —Soshi le entregó el listado a Jabba—. ¡Lo he sacado de la investigación de actividades del sistema! Aislamos las órdenes de ejecución del programa. ¡Echa un vistazo a esta programación! ¡Mira lo que está planeando!

El jefe de Sys-Sec leyó el listado. Después agarró la barandilla para sujetarse.

—¡Ay, Dios! —exclamó Jabba—. Tankado... ¡Bastardo!

110

Jabba estudió el listado que Soshi acababa de entregarle. Se secó la frente con la manga. Estaba pálido.

—No nos queda otra alternativa, director. Hemos de cortar el suministro eléctrico del banco de datos.

—Inaceptable —replicó Fontaine—. Los resultados serían desastrosos.

Jabba sabía que el director tenía razón. Había más de tres mil conexiones RDSI de todas partes del mundo con el banco de datos de la NSA. Cada día autoridades militares accedían a fotos por satélite instantáneas de movimientos del enemigo. Ingenieros de Lockheed bajaban planos de armas nuevas. Agentes de campo accedían a actualizaciones de misiones. El banco de datos de la NSA era el pilar de miles de operaciones del Gobierno de Estados Unidos. Desconectarlo sin previo aviso provocaría interrupciones de misiones de espionaje críticas en todo el globo.

—Soy consciente de las implicaciones, señor —dijo Jabba—, pero no tenemos otra elección.

—Explícate —ordenó Fontaine. Dirigió una rápida mirada a Susan, que estaba a su lado y parecía ausente.

Jabba respiró hondo y volvió a secarse la frente. A juzgar por su expresión, el grupo del estrado comprendió que no les iba a gustar lo que diría.

—Este gusano... —empezó Jabba—. Este gusano no se caracteriza por un ciclo degenerativo normal. Funciona como un ciclo *selectivo*. En otras palabras, es un gusano con *gusto*.

Brinkerhoff abrió la boca para hablar, pero Fontaine le acalló con un ademán.

—Casi todas las aplicaciones destructivas borran un banco de datos —continuó Jabba—, pero ésta es más compleja. Borra sólo los archivos que caen dentro de ciertos parámetros.

—¿Quieres decir que no atacará a *todo* el banco de datos? —preguntó esperanzado Brinkerhoff—. Eso es bueno, ¿verdad?

—¡No! —estalló Jabba—. ¡Es malo! ¡Es jodidamente *malo*!

—¡Calma! —ordenó Fontaine—. ¿Qué parámetros está buscando el gusano? ¿Militares? ¿Operaciones encubiertas?

Jabba meneó la cabeza. Miró a Susan, que seguía como ausente, y luego clavó la vista en el director.

—Señor, como ya sabe, cualquiera que quiera conectarse con este banco de datos desde el exterior ha de pasar una serie de puertas de seguridad antes de ser admitido.

Fontaine asintió. La concepción de las jerarquías de acceso al banco de datos era brillante. El personal autorizado podía conectarse mediante Internet. En función de su secuencia de autorización, se les permitía el acceso a sus zonas compartimentadas.

—Como estamos conectados con Internet —explicó Jabba—, *hackers*, gobiernos extranjeros y tiburones de la EFF rondan veinticuatro horas al día este banco de datos con la intención de entrar.

—Sí —dijo Fontaine—, y veinticuatro horas al día nuestros sistemas de seguridad los rechazan. ¿Adónde quieres ir a parar?

Jabba contempló el listado.

—El gusano de Tankado no tiene como objetivo nuestros *datos*. —Jabba carraspeó—. Tiene como objetivo nuestros *filtros de seguridad*.

Fontaine palideció. Por lo visto, comprendía las implicaciones: el gusano tenía como objetivo los filtros que custodiaban la confidencialidad del banco de datos de la NSA. Sin filtros, toda la información del banco de datos sería accesible a todo el mundo.

—Hemos de cerrarlo —insistió Jabba—. Dentro de una hora todos los quinceañeros provistos de módem accederán a la información más secreta de Estados Unidos.

Fontaine calló durante un largo momento.

Jabba esperó con impaciencia, y por fin se volvió hacia Soshi.

—¡Soshi, RV! ¡Ahora mismo!

Soshi salió corriendo.

Jabba confiaba a menudo en RV. RV significaba «realidad virtual», pero en la NSA significaba *rep-vis*, representación visual. En un mundo lleno de técnicos y políticos que poseían niveles diferentes de conocimientos especializados, una representación gráfica era con frecuencia la única manera de demostrar algo. Un solo gráfico despertaba diez veces la reacción inspirada por volúmenes de hojas de cálculo. Jabba sabía que una RV de la crisis actual sería de lo más eficaz.

—¡RV! —chilló Soshi desde una terminal situada al fondo de la sala.

Un diagrama generado por ordenador cobró vida en la pantalla mural. Susan lo miró ausente, distanciada de la locura que la rodeaba. Todo el mundo siguió la mirada de Jabba.

El diagrama parecía un ojo de buey. En el centro había un círculo rojo con la inscripción DATOS. Alrededor del centro había cinco círculos concéntricos de diferente grosor y color. El círculo más externo estaba descolorido, casi transparente.

—Tenemos un sistema defensivo de cinco niveles —explicó Jabba—. Un servidor bastión primario, dos grupos de filtros para FTP y X-11, un bloque de túnel y por fin una ventana de autorización con base PEM justo al lado del proyecto Truffle. El escudo exterior que va desapareciendo representa el servidor expuesto. Ha desaparecido casi por completo. Dentro de una hora le seguirán los cinco escudos. Después el mundo entero se colará en nuestro banco de datos. Todos los datos de la NSA serán de dominio público.

Fontaine estudió la RV con ojos llameantes.

Brinkerhoff emitió un gemido.

—¿Este gusano puede abrir nuestro banco de datos al mundo?

—Un juego de niños para Tankado —replicó Jabba—. Manopla era nuestro sistema de seguridad. Strathmore se lo cargó.

—Es un acto de guerra —susurró Fontaine en tono acerado.

Jabba meneó la cabeza.

—Dudo que Tankado tuviera la intención de llegar tan lejos. Sospecho que quería estar cerca para detenerlo.

Fontaine miró la pantalla y vio que la primera de las cinco murallas desaparecía por completo.

—¡El servidor bastión ha caído! —gritó un técnico desde el fondo de la sala—. ¡El segundo escudo se halla en peligro!

—Hemos de empezar a cerrar —apremió Jabba—. A juzgar por

el aspecto de la RV, nos quedan cuarenta y cinco minutos. Interrumpir el funcionamiento del banco de datos entraña un procedimiento complejo.

Era cierto. El banco de datos de la NSA había sido construido de tal forma que el suministro eléctrico ininterrumpido estaba garantizado: tanto en caso de accidente como de ataque. Múltiples sistemas de seguridad para conexiones telefónicas y para el suministro eléctrico estaban sepultados en contenedores de acero reforzados subterráneos, y además de los sistemas de alimentación interiores, había múltiples sistemas de seguridad de redes públicas. Desconectar el banco de datos implicaba una compleja serie de confirmaciones y protocolos, mucho más complicados que el lanzamiento de misiles nucleares desde un submarino.

—Tenemos tiempo —dijo Jabba— si nos damos prisa. El cierre manual debería ocuparnos media hora.

Fontaine continuaba contemplando la RV mientras sopesaba las opciones.

—¡Director! —estalló Jabba—. ¡Cuando fallen estos cortafuegos, todos los usuarios del planeta gozarán de entrada libre a los máximos niveles de seguridad! ¡Y he dicho máximos! ¡Informes sobre operaciones encubiertas! ¡Agentes destacados en el extranjero! ¡Nombres y direcciones de todas las personas acogidas al programa federal de protección de testigos! ¡Confirmaciones de códigos de lanzamientos! ¡Hemos de cerrar! ¡Ya!

El director ni se inmutó.

—Tiene que haber otro método.

—¡Sí! —concedió Jabba—. ¡El código desactivador! ¡Pero resulta que la única persona que sabe cuál es está muerto!

—¿Qué me dicen de un ataque por fuerza bruta? —preguntó Brinkerhoff—. ¿Podemos averiguar cuál es el código desactivador?

Jabba lanzó los brazos al aire.

—¡Por los clavos de Cristo! ¡Los códigos desactivadores son como claves de encriptación! ¡Son aleatorios! ¡Es imposible adivinarlos! ¡Si crees que eres capaz de teclear sesenta mil millones de entradas durante los próximos cuarenta y cinco minutos, quítatelo de la cabeza!

—El código desactivador está en España —dijo Susan con voz apenas audible.

Todos se volvieron hacia ella. Era lo primero que decía desde hacía mucho rato.

Susan alzó sus ojos llorosos.

—Tankado lo entregó cuando murió.

Todo el mundo parecía desconcertado.

—La clave de acceso... —Susan temblaba mientras hablaba—. El comandante Strathmore envió a alguien a buscarla.

—¿Y? —preguntó Jabba—. ¿La encontró el hombre de Strathmore?

Susan intentó reprimirlas, pero las lágrimas escaparon de sus ojos.

—Sí —dijo con voz estrangulada—. Creo que sí.

111

Un aullido ensordecedor atravesó la sala de control.

—¡Tiburones!

Era Soshi.

Jabba se volvió hacia la RV. Dos líneas delgadas habían aparecido en el exterior de los círculos concéntricos. Parecían espermatozoides que intentaran penetrar en un óvulo reticente.

—¡Huelen la sangre en el agua, señores! —Jabba se volvió hacia el director—. Necesito una decisión. O empezamos a cerrar, o no lo conseguiremos. En cuanto estos dos intrusos vean que el servidor bastión ha quedado inutilizado, lanzarán un grito de guerra.

Fontaine no contestó. Estaba ensimismado en sus pensamientos. La noticia de Susan Fletcher referente a la clave de acceso le parecía prometedora. Miró a la mujer. Daba la impresión de haberse retirado a un mundo de su invención. Estaba derrumbada en una silla con la cabeza sepultada entre las manos. Fontaine no sabía muy bien qué había provocado ese estado de ánimo, pero ahora no tenía tiempo para averiguarlo.

—¡Necesito una decisión! —exigió Jabba—. ¡Ya!

Fontaine levantó la vista. Habló con calma.

—Muy bien, ya la tienes. No vamos a cerrar. Vamos a esperar.

Jabba se quedó boquiabierto.

—¿Cómo? Pero eso es...

—Un juego —le interrumpió Fontaine—. Un juego que tal vez ganemos. —Cogió el móvil de Jabba y pulsó algunas teclas—. Midge —dijo—, soy Leland Fontaine. Escuche con atención...

112

—Ojalá sepa lo que está haciendo, director —siseó Jabba—. Estamos a punto de perder la capacidad de cierre.

Fontaine no contestó.

En aquel momento la puerta del fondo se abrió y Midge entró como una tromba. Llegó sin aliento al estrado.

—¡Director! ¡Están estableciendo la conexión!

Fontaine se volvió expectante hacia la pantalla. Quince segundos después la pantalla cobró vida.

Al principio la imagen era borrosa y confusa, pero poco a poco se fue definiendo. Era una transmisión digital usando el programa de ficheros multimedia QuickTime, sólo cinco fotogramas por segundo. La imagen revelaba a dos hombres. Uno era de tez pálida con un corte de pelo a la moda y el otro un rubio típicamente norteamericano. Estaban sentados de cara a la cámara, como dos locutores que esperaran el momento de empezar a retransmitir.

—¿Qué es esto? —preguntó Jabba.

—Cállate —ordenó Fontaine.

Daba la impresión de que los dos hombres se hallaban en el interior de una furgoneta. Cables eléctricos colgaban a su alrededor. La conexión de audio cobró vida. De pronto se oyeron ruidos de fondo.

—La señal de audio —informó un técnico desde el fondo de la sala—. Cinco segundos de desfase.

—¿Quiénes son? —preguntó Brinkerhoff inquieto.

—El ojo en el cielo —contestó Fontaine con la vista clavada en los dos hombres que había enviado a España. Una precaución necesaria. Fontaine había creído en casi todos los aspectos del plan de Strathmore: la lamentable pero necesaria eliminación de Ensei Tankado, la reprogramación de fortaleza digital. Todo muy sólido. Pero una cosa ponía nervioso a Fontaine: la utilización de Hulohot.

El hombre era diestro, pero se trataba de un mercenario. ¿Se podía confiar en él? ¿Se quedaría la clave de acceso? Fontaine quería a Hulohot controlado, por si acaso, y había tomado las medidas necesarias.

113

—¡De ninguna manera! —gritó a la cámara el hombre del pelo corto—. ¡Tenemos órdenes! ¡Sólo somos responsables ante el director Leland Fontaine!

Fontaine parecía estar divirtiéndose.

—No saben quién soy, ¿verdad?

—¿Es que eso importa algo? —replicó el rubio enfurecido.

—Permítanme que les explique —dijo Fontaine—. He de decirles algo ahora mismo.

Segundos después los dos hombres estaban congestionados, humillándose ante el director de la NSA.

—Director —balbuceó el rubio—. Soy el agente Coliander. Éste es el agente Smith.

—Estupendo —dijo Fontaine—. Vamos a intercambiar información.

Susan Fletcher estaba sentada al fondo de la sala, en lucha continua contra la sensación de soledad que la oprimía. Lloraba con los ojos cerrados y le zumbaban los oídos. Sentía el cuerpo entumecido. La confusión que reinaba en la sala de conferencias se convirtió en un rumor sordo.

Las personas congregadas en el estrado escuchaban el informe del agente Smith.

—Siguiendo sus órdenes, director —empezó—, hace dos días que estamos en Sevilla, vigilando al señor Ensei Tankado.

—Háblenme de la ejecución —dijo Fontaine impaciente.

Smith asintió.

—La observamos desde el interior de la furgoneta, situada a unos cincuenta metros de distancia. Fue impecable. No cabe duda de que Hulohot era un profesional, pero las cosas se complicaron enseguida. Llegó gente. Hulohot no pudo apoderarse del objeto.

Fontaine asintió. Los agentes se habían puesto en contacto con él en Suramérica, para darle la noticia de que algo había salido mal, de modo que el director de la NSA interrumpió su viaje.

Coliander tomó la iniciativa.

—Seguimos a Hulohot, tal como nos había ordenado, pero no fue al depósito de cadáveres. Siguió el rastro de otro individuo. Parecía un civil. Vestía traje y corbata.

—¿Un civil? —meditó Fontaine. Tenía toda la pinta de ser una jugarreta de Strathmore, para trabajar al margen de la NSA.

—¡Los filtros FTP están fallando! —gritó un técnico.

—Necesitamos el objeto —insistió Fontaine—. ¿Dónde está Hulohot ahora?

Smith miró hacia atrás.

—Bien... Está con nosotros, señor.

Fontaine exhaló aire.

—¿Dónde?

Era la mejor noticia que había recibido en todo el día.

Smith ajustó las lentes. La cámara barrió el interior de la camioneta y enfocó dos cuerpos apoyados contra la pared del fondo. Ambos estaban inmóviles. Uno era el de un hombretón con gafas de montura metálica. El otro era un joven de pelo oscuro y camisa ensangrentada.

—Hulohot es el de la izquierda —explicó Smith.

—¿Hulohot está muerto? —preguntó el director.

—Sí, señor.

Fontaine sabía que ya habría tiempo para explicaciones más adelante. Miró los escudos que se iban desvaneciendo.

—Agente Smith —dijo con voz lenta y clara—, necesito el objeto.

Smith le miró con timidez.

—Señor, aún no sabemos de qué objeto se trata. Necesitamos más información.

114

—¡Pues busque otra vez! —gritó Fontaine.

El director vio decepcionado que los dos agentes registraban los dos cuerpos inmóviles, en busca de una lista de números y letras.

Jabba estaba pálido.

—¡Oh, Dios mío!, no lo encuentran. ¡Estamos acabados!

—¡Estamos perdiendo filtros FTP! —gritó una voz—. ¡El tercer escudo está expuesto!

Se produjo una nueva oleada de actividad.

En la pantalla, el agente del pelo corto extendió los brazos en señal de derrota.

—Señor, la clave de acceso no está aquí. Hemos registrado a ambos hombres. Bolsillos. Ropa. Carteras. Ni rastro. Hulohot llevaba encima un ordenador Monocle, y también lo hemos analizado. No parece que haya enviado en ningún momento algo parecido a una combinación de caracteres aleatorios. Tan sólo una lista de asesinatos.

—¡Maldita sea! —siseó Fontaine, que acababa de perder su frialdad acostumbrada—. ¡Tiene que estar ahí! ¡Sigan buscando!

Al parecer Jabba ya había visto bastante. Fontaine había jugado y perdido. Jabba tomó el control de la situación. El enorme técnico de Sys-Sec descendió de su púlpito como una tormenta desde una montaña. Se abrió paso entre su ejército de programadores mientras lanzaba órdenes.

—¡Empezad a desconectar los sistemas auxiliares! ¡Empezad a cerrarlos! ¡Ya!

—¡Nunca lo conseguiremos! —chilló Soshi—. ¡Necesitaremos media hora! ¡Cuando consigamos cerrarlos, ya será demasiado tarde!

Jabba abrió la boca para contestar, pero un chillido de dolor procedente del fondo de la sala le interrumpió.

Todo el mundo se volvió. Susan Fletcher se había levantado, blanca como un cadáver, los ojos clavados en la imagen de David

Becker, inmóvil y cubierto de sangre, incorporado sobre el suelo de la camioneta.

—¡Usted le mató! —gritó—. ¡Usted le mató! —Avanzó tamba- leante hacia la imagen y extendió las manos—. David...

Todo el mundo alzó la vista. Susan siguió avanzando, sin dejar de gritar, los ojos clavados en el cuerpo de David.

—David —exclamó—. Oh, David... ¿Cómo han podido...?

Fontaine parecía confuso.

—¿Conoce a ese hombre?

Susan casi perdió el equilibrio cuando pasó ante el estrado. Se de- tuvo a pocos pasos de la enorme proyección y alzó la vista, perpleja y aturdida, sin dejar de gritar el nombre del hombre al que amaba.

115

En la mente de David Becker reinaba un vacío absoluto. Estoy muerto. Pero oía un sonido. Una voz lejana...

—David.

Debajo de su brazo ardía un fuego vertiginoso, el mismo que se propagaba por su cuerpo. *No es mi cuerpo*. Pero una voz le llamaba. Tenue, familiar. Muy querida. Y también otras voces, desconocidas, carentes de importancia. Se esforzó por expulsarlas. Sólo contaba una voz. Hablaba y enmudecía.

—David... Lo siento.

Había una luz moteada. Débil al principio, una única rendija gris. Iba aumentando de tamaño. Becker intentó moverse. Dolor. Trató de hablar. Silencio. La voz seguía llamando.

Alguien estaba cerca de él, le levantó. Becker se movió hacia la voz. ¿O le estaban moviendo? Contempló la imagen luminosa. La vio en una pantalla pequeña. Era una mujer, que le miraba desde otro planeta. *¿Está presenciando mi muerte?*

—David...

La voz era familiar. Era un ángel. Había venido a buscarle. El ángel habló.

—Te quiero, David.

Entonces comprendió.

Susan extendió las manos hacia la pantalla, llorando y riendo al mismo tiempo, perdida en un torrente de emociones. Se secó con furia las lágrimas.

—David... Pensaba...

El agente Smith acomodó a Becker en el asiento encarado al monitor.

—Está un poco aturdido, señora. Concédale un segundo.

—Pero... —balbuceó Susan—, leí un mensaje. Decía...

Smith asintió.

—Nosotros también lo leímos. Hulohot vendió la piel del oso antes de haberlo cazado.

—Pero la sangre...

—Una herida —contestó Smith—. La vendamos.

Susan era incapaz de hablar.

El agente Coliander habló fuera de cámara.

—Le disparamos con la nueva J23, una pistola aturdidora de efecto de larga duración. Debió dolerle mucho, pero así lo redujimos.

—No se preocupe, señora —la tranquilizó Smith—. Se pondrá bien.

David Becker contempló el monitor de televisión que tenía delante. Estaba desorientado, mareado. La imagen que se veía en la pantalla era la de una sala de control en la que reinaba el caos. Susan estaba en ella. Tenía la vista clavada en él.

Estaba llorando y riendo al mismo tiempo.

—David. ¡Gracias a Dios! ¡Pensaba que te había perdido!

Él se masajeó la sien. Acercó el micrófono hacia su boca.

—¿Susan?

Ella le miraba con arrobo. Las facciones marcadas de David llenaban toda la pantalla. Su voz resonó.

—Susan, he de preguntarte algo.

Por un momento la resonancia y volumen de la voz de Becker pareció paralizar a todos los presentes en el banco de datos.

—Susan Fletcher —tronó la voz—, ¿quieres casarte conmigo?

Un murmullo apagado recorrió la sala. Una tablilla cayó al suelo, acompañada de un bote portalápices. Nadie se agachó a recogerlos. Sólo se oía el leve zumbido de los ventiladores de la sala y la respiración de David Becker en el micrófono.

—David —masculló Susan, sin darse cuenta de que treinta y siete personas la estaban mirando—, ya me lo pediste, ¿te acuerdas? Hace cinco meses. Te dije que sí.

—Lo sé —sonrió Becker—. Pero esta vez... —Extendió la mano izquierda hacia la cámara y exhibió el anillo de oro de su dedo anular—, esta vez tengo un anillo.

116

—¡Lea la inscripción, señor Becker! —ordenó Fontaine.

Jabba estaba sudando, con las manos apoyadas sobre el teclado.

—¡Sí, léala! —dijo.

Susan Fletcher observaba, débil y pálida. Todo el mundo había dejado lo que estaba haciendo para ver la figura magnificada de David. El profesor dio vueltas al anillo entre sus dedos y estudió el grabado.

—¡Y lea con cuidado! —ordenó Jabba—. ¡Si se equivoca en un carácter, la hemos cagado!

Fontaine dirigió a Jabba una mirada de advertencia. Si en algo era experto el director de la NSA, era en situaciones tensas. Provocar más tensión nunca era prudente.

—Tranquilícese, señor Becker. Si cometemos una equivocación, volveremos a introducir el código hasta acertar el correcto.

—Mal consejo, señor Becker —saltó Jabba—. Acierte la primera vez. Por lo general, los códigos desactivadores tienen una cláusula de castigo, para evitar intentos de prueba y error. Si la entrada es incorrecta, es probable que el ciclo se acelere. *Dos* entradas incorrectas, y ya no habrá nada que hacer. Final del juego.

El director frunció el ceño y se volvió hacia la pantalla.

—Le pido disculpas, señor Becker. Lea con cuidado... Con *sumo* cuidado.

Becker asintió y estudió el anillo un momento. Después empezó a recitar la inscripción con calma.

—Q... U... I... S... espacio... C...

Jabba y Susan le interrumpieron al unísono.

—¿*Espacio*? —Jabba dejó de teclear—. ¿Hay un *espacio*?

Becker se encogió de hombros y examinó el anillo.

—Sí. Un montón.

—¿Me he perdido algo? —preguntó Fontaine—. ¿A qué estamos esperando?

—Señor —dijo Susan, al parecer perpleja—, es que...

—Estoy de acuerdo —dijo Jabba—. Es extraño. Las claves de acceso *nunca* tienen espacios.

Brinkerhoff tragó saliva.

—¿Qué quiere decir?

—Está diciendo que tal vez no sea un código desactivador —intervino Susan.

—¡Pues claro que es un código desactivador! —gritó Brinkerhoff—. ¿Qué otra cosa podría ser? ¿Por qué lo entregó Tankado? ¿Quién graba un montón de letras al azar en un anillo?

Fontaine silenció a Brinkerhoff con una mirada autoritaria.

—Perdonen —interrumpió Becker, inseguro—. Están hablando de letras escogidas al *azar*. Creo que debería informarles de que... las letras de este anillo *no* han sido escogidas al azar.

Una exclamación ahogada colectiva se elevó del estrado.

—¿Cómo?

Becker parecía inquieto.

—Lo siento, pero yo veo palabras concretas. Admito que están muy juntas. En un primer momento, parecen grabadas al azar, pero si miras con atención ves una inscripción en... *latín*.

Jabba lanzó una exclamación ahogada.

—¡Me está tomando el pelo!

Becker negó con la cabeza.

—No. Dice: «*Quis custodiet ipsos custodes*». Una traducción aproximada sería...

—¿Quién vigilará a los vigilantes? —interrumpió Susan, acabando la frase de David.

Becker reaccionó tarde.

—Susan, no sabía que...

—Es de las *Sátiras* de Juvenal —precisó ella—. ¿Quién vigilará a los vigilantes? ¿Quién vigilará a la NSA mientras nosotros vigilamos al mundo? ¡Era el dicho favorito de Tankado!

—¿Es la clave de acceso o no? —preguntó Midge.

—*Tiene* que ser —afirmó Brinkerhoff.

Fontaine guardaba silencio, como si estuviera asimilando la información.

—No sé si es la clave —dijo Jabba—. No me parece probable que Tankado utilizara una construcción no aleatoria.

—¡Omita los espacios y teclee la puñetera clave de acceso! —gritó Brinkerhoff.

Fontaine se volvió hacia Susan.

—¿Qué opina *usted*, señorita Fletcher?

Ella pensó un momento. No sabía qué era, pero algo no encajaba. Susan conocía lo bastante bien a Tankado para saber que era un amante de la sencillez. Sus pruebas y programaciones siempre eran cristalinas y simples. El hecho de que fuera necesario eliminar los espacios se le antojaba extraño. Era un detalle sin importancia, pero un defecto a fin de cuentas, algo indigno de Tankado.

—No lo acabo de ver claro —dijo Susan—. Creo que no es lo que buscamos.

Fontaine respiró hondo y sus ojos escudriñaron los de Susan.

—Señorita Fletcher, si no se trata de la clave de acceso, ¿por qué Tankado entregó el anillo? Si sabía que habíamos mandado matarle, ¿no cree que querría castigarnos haciendo desaparecer el anillo?

Una nueva voz interrumpió el diálogo.

—¿Director?

Todos los ojos se volvieron hacia la pantalla. Era el agente Coliander. Estaba inclinado sobre el hombro de Becker para hablar por el micrófono.

—No creo que el señor Tankado fuera consciente de que le habían asesinado.

—¿Perdón? —dijo Fontaine.

—Hulohot era un profesional, señor. Presenciamos el asesinato desde una distancia de cincuenta metros. Todas las pruebas indican que Tankado no se dio cuenta.

—¿Pruebas? —preguntó Brinkerhoff—. ¿Qué pruebas? Tankado entregó el anillo. ¡Eso basta!

—Agente Smith —interrumpió Fontaine—, ¿por qué cree que Tankado no se dio cuenta de que había sido asesinado?

Smith carraspeó.

—Hulohot le mató con una NTB, una bala traumática no invasora. Es una bala de goma que al impactar en el pecho se expande. Silenciosa. Muy limpia. El señor Tankado sólo debió sentir una punzada antes del paro cardíaco.

—Una bala traumática —musitó Becker para sí—. Eso explica la magulladura.

—Dudo que Tankado relacionara lo que experimentó en esos instantes previos a la muerte con un pistolero —añadió Smith.

—Pero entregó su anillo —dijo Fontaine.

—Es cierto, señor, pero nunca buscó a su atacante. Una víctima siempre busca a su atacante cuando le disparan. Es algo instintivo.

Fontaine se quedó perplejo.

—¿Está diciendo que Tankado no buscó a Hulohot?

—No, señor. Lo filmamos, por si quería...

—¡El filtro X-11 está en las últimas! —gritó un técnico—. ¡El gusano ha llegado a mitad de camino!

—Olvide la película —dijo Brinkerhoff—. ¡Introduzca el maldito código desactivador y acabemos de una vez!

Jabba suspiró, sereno de repente.

—Director, si introducimos el código equivocado...

—Sí —interrumpió Susan—, si Tankado no sospechó que le habían asesinado, algunas preguntas exigen respuesta.

—¿Cuánto tiempo nos queda, Jabba? —preguntó Fontaine.

Jabba miró la RV.

—Unos veinte minutos. Sugiero que utilicemos el tiempo con prudencia.

Fontaine guardó silencio durante un largo momento. Después exhaló un profundo suspiro.

—De acuerdo. Que pasen la película.

117

—Transmisión de vídeo en diez segundos —anunció la voz del agente Smith.

Todo el mundo guardó silencio, a la espera. Jabba pulsó algunas teclas y readaptó la pantalla mural. El mensaje de Tankado apareció a la izquierda:

SÓLO LA VERDAD OS SALVARÁ AHORA

A la derecha de la pared se materializó el interior de la furgoneta, con Becker y los dos agentes acurrucados alrededor de la cámara. En el centro apareció un fotograma borroso. Se convirtió en estática, y después en una imagen en blanco y negro de un parque.

—Transmitiendo —anunció el agente Smith.

La proyección parecía una película antigua, acartonada y movida, debido a que los fotogramas se sobreponían, un procedimiento que comprimía la cantidad de información enviada y posibilitaba una transmisión más rápida.

Vieron una toma panorámica de una inmensa explanada cerrada en un extremo por un edificio semicircular: el Ayuntamiento de Sevilla. Había árboles en primer plano. El parque estaba desierto.

—¡X-11 inoperativo! —gritó un técnico—. ¡Este niño malo tiene hambre!

Smith empezó a narrar. Su comentario estaba matizado por el distanciamiento de un agente veterano.

—Esto está filmado desde la furgoneta —dijo—, a unos cincuenta metros del lugar del asesinato. Tankado se acerca desde la derecha. Hulohot se oculta entre los árboles, a la izquierda.

—No nos queda mucho tiempo —apremió Fontaine—. Vamos al grano.

El agente Coliander pulsó unos cuantos botones y la cinta se aceleró.

Todos los presentes en el estrado vieron con impaciencia cómo su antiguo colega, Ensei Tankado, entraba en el plano. El vídeo acelerado conseguía que las imágenes parecieran cómicas. Tankado arrastraba los pies al andar y daba la impresión de que examinaba el entorno. Se llevó una mano a la frente, a modo de visera, para que el sol no lo deslumbrara, y contempló las agujas del inmenso edificio.

—Aquí empieza —advirtió Smith—. Hulohot es un profesional. Su primer disparo.

Smith estaba en lo cierto. Se vio un destello de luz detrás de los árboles, a la izquierda de la pantalla. Un instante después Tankado se aferró el pecho. Se tambaleó un momento. La cámara hizo un zoom hacia él, inestable: la imagen de pronto se veía desenfocada.

Smith continuó su narración con frialdad.

—Como pueden ver, Tankado sufre al instante un paro cardíaco.

Susan se sintió mal viendo esas imágenes. Tankado se aferraba el pecho con sus manos deformes y con una expresión aterrorizada en el rostro.

—Observarán que tiene los ojos clavados en su cuerpo —añadió Smith—. En ningún momento mira a su alrededor.

—¿Y eso es importante? —preguntó Jabba.

—Mucho —dijo Smith—. Si Tankado hubiera sospechado juego sucio, habría buscado a su atacante, pero no lo hizo.

En la pantalla, Tankado cayó de rodillas, sin dejar de aferrarse el pecho. En ningún momento alzó la vista. Ensei Tankado era un hombre solitario que fallecía de muerte natural.

—Es curioso —dijo Smith—. Las balas traumáticas no suelen matar tan deprisa. A veces, si la zona del cuerpo donde impactan es muy grande, ni siquiera matan.

—Corazón defectuoso —dijo Fontaine con voz imperturbable.

Smith arqueó las cejas. Parecía impresionado.

—En tal caso, muy bien elegida el arma.

Susan vio que Tankado caía de rodillas, luego de costado y por fin quedaba tendido de espaldas. De pronto la cámara se desvió hacia los árboles. Apareció un hombre. Llevaba gafas de montura metálica y cargaba con un maletín de buen tamaño. Caminaba en dirección a donde yacía Tankado y sus dedos empezaron a ejecutar una extraña danza en el mecanismo sujeto a su mano.

—Está utilizando su Monocle —explicó Smith—. Envía el mensaje de que Tankado ha sido liquidado. —El agente se volvió hacia Becker y lanzó una risita—. Por lo visto, Hulohot tenía la mala costumbre de comunicar sus asesinatos antes de que la víctima hubiera expirado.

Coliander aceleró un poco más la filmación y la cámara siguió a Hulohot cuando se acercaba a su víctima. De pronto un hombre mayor salió de un jardín cercano, corrió hacia Tankado y se arrodilló a su lado. Hulohot aminoró el paso. Un momento después dos personas más surgieron del jardín, un hombre obeso y una pelirroja. También se aproximaron a Tankado.

—Elección desafortunada de zona de eliminación —dijo Smith—. Hulohot pensó que tenía aislada a la víctima.

En la pantalla, el asesino miró un momento y luego volvió a esconderse entre los árboles y permaneció a la espera.

—Aquí viene el cambiazo —anunció Smith—. La primera vez no nos dimos cuenta.

Susan contempló la repugnante imagen de la pantalla. Tankado jadeaba en busca de aliento, como si intentara comunicar algo a los samaritanos arrodillados a su lado. Después, desesperado, alzó la mano izquierda y casi golpeó al anciano en la cara. La dejó inmóvil ante los ojos del hombre. La cámara enfocó los tres dedos deformes de Tankado, y en uno de ellos, brillando bajo el sol, estaba el anillo de oro. El asiático agitó de nuevo la mano. El hombre retrocedió. Tankado se volvió hacia la mujer. Alzó los tres dedos delante de su cara, como si suplicara. El anillo brilló al sol. Ella desvió la vista. Tankado, incapaz de emitir el menor sonido, se volvió hacia el hombre obeso y probó por última vez.

El hombre de mayor edad se levantó y salió corriendo, como si fuera a pedir ayuda. Dio la impresión de que Tankado estaba perdiendo las fuerzas, pero aún sostenía el anillo ante la cara del gordo.

Éste sujetó la muñeca del moribundo. Tankado miró su anillo y luego clavó la vista en los ojos del hombre. Como súplica final antes de morir, Ensei Tankado dedicó al hombre un cabeceo casi imperceptible, como diciendo «sí».

Después quedó inmóvil.

—Oh, Dios —gimió Jabba.

De pronto, la cámara se desvió hacia el escondite de Hulohot. El asesino había desaparecido. Apareció un policía en moto por la avenida Firelli. La cámara giró hacia Tankado. Al parecer la mujer arrodillada a su lado oyó las sirenas de la policía. Miró con nerviosismo a su alrededor y empezó a tirar de su acompañante, rogándole que se fueran. Los dos se alejaron deprisa.

La cámara enfocó a Tankado, con las manos enlazadas sobre su pecho sin vida. El anillo había desaparecido.

118

—Ahí está la prueba —afirmó Fontaine—. Tankado entregó el anillo. Quería alejarlo lo máximo posible de él, para que nunca pudiéramos encontrarlo.

—Pero, director —dijo Susan—, eso es absurdo. Si Tankado ignoraba que había sido víctima de un asesinato, *¿por qué* iba a entregar el código desactivador?

—Estoy de acuerdo —dijo Jabba—. El chico era rebelde, pero un rebelde con conciencia. Obligarnos a admitir la existencia de *Transltr* es una cosa. Revelar nuestro banco de datos secretos es otra muy diferente.

Fontaine le miró con incredulidad.

—¿Crees que Tankado quería detener el gusano? ¿Crees que sus últimos pensamientos fueron para la pobre NSA?

—¡Bloque de túnel cediendo! —chilló un técnico—. ¡Máxima vulnerabilidad en quince minutos!

—Voy a decirles una cosa —anunció el director, tomando el control de la situación—. Dentro de quince minutos todos los países del Tercer Mundo sabrán cómo construir un misil balístico intercontinental. Si alguien en esta sala cree que tiene un candidato mejor para el código desactivador que este anillo, seré todo oídos. —El director esperó. Nadie habló. Se dirigió a Jabba—. Tankado entregó ese anillo por una razón, Jabba. Me da igual que intentara enterrarlo o que pensara que el gordo saldría corriendo a una cabina para pasarnos la información. Ya he tomado la decisión. Introduce la cita. Ahora.

Jabba respiró hondo. Sabía que Fontaine tenía razón. No existía una alternativa mejor. El tiempo se estaba acabando. Jabba se sentó.

—De acuerdo... Vamos a ello. —Se acercó al teclado—. Léame lo que dice la inscripción, señor Becker, por favor. Despacito.

David Becker leyó la inscripción y Jabba tecleó. Cuando hubieron terminado volvieron a leerla y omitieron los espacios. En el panel central de la pantalla mural, cerca de la parte superior, aparecieron las letras:

QUISCUSTODIETIPSOSCUSTODES

—No me gusta —murmuró Susan—. Tiene mala pinta.

Jabba vaciló, con un dedo suspendido sobre la tecla de ENTER.

—Adelante —ordenó Fontaine.

Jabba pulsó la tecla. Segundos después toda la sala supo que había sido un error.

119

—¡Está acelerando! —gritó Soshi desde el fondo de la sala—. ¡Código incorrecto!

Horrorizados, todos guardaron silencio.

En la pantalla apareció el mensaje de error:

ENTRADA INCORRECTA,
SÓLO CAMPO NUMÉRICO.

—¡Maldita sea! —chilló Jabba—. ¡*Sólo* campo numérico! ¡Estamos buscando un jodido número! ¡Nos han dado por el culo! ¡Este anillo vale una mierda!

—¡El gusano ha duplicado la velocidad! —gritó Soshi—. ¡Ciclo de castigo!

En la pantalla central, justo debajo del mensaje de error, la RV plasmó una imagen horripilante. Al tiempo que el tercer cortafuegos se derrumbaba, la media docena de líneas negras que representaban a otros tantos *hackers* saltaron hacia adelante, en dirección al núcleo. A cada momento aparecía una línea nueva. Y luego otra.

—¡Es un enjambre! —chilló Soshi.

—¡Confirmando conexiones extranjeras! —gritó otro técnico—. ¡Ha corrido el rumor!

Susan apartó la mirada de los cortafuegos inutilizados y se volvió hacia la pantalla lateral. La grabación del asesinato de Tankado se había convertido en un bucle interminable. Cada vez era igual: Tankado se aferraba el pecho, caía y, con una mirada de pánico desesperado, entregaba su anillo a unos turistas desorientados. *Es absurdo*, pensó. *Si no sabía que le habían asesinado...* Susan se quedó en blanco. Era demasiado tarde. *Hemos pasado algo por alto.*

En la RV, el número de *hackers* que llamaban a las puertas se había duplicado en los últimos minutos. Los *hackers*, al igual que las hie-

nas, formaban una gran familia, siempre ansiosos por correr la voz de
que había una nueva presa.

Por lo visto, Leland Fontaine ya había visto suficiente.

—¡Desconecta! —ordenó—. Desconecta de una vez.

Jabba miraba la pantalla, como el capitán de un barco a punto de
naufragar.

—Demasiado tarde, señor. Nos hundimos.

120

El técnico de Sys-Sec, con sus ciento ochenta kilos de peso, permaneció inmóvil, con las manos apoyadas sobre la cabeza con expresión de incredulidad. Había ordenado desconectar el suministro eléctrico, pero esto se produciría con veinte minutos de retraso. Tiburones con módems de alta velocidad podrían bajarse escalofriantes cantidades de información secreta en aquel intervalo.

Soshi, que volvió al estrado con un nuevo listado, despertó a Jabba de su pesadilla.

—¡He encontrado algo, señor! —exclamó—. ¡Huérfanas en el código fuente! Agrupaciones alfa. ¡Por todas partes!

Jabba no se inmutó.

—¡Estamos buscando una cifra, maldita sea, no un alfa! ¡El código desactivador es un *número*!

—¡Pero tenemos huérfanas! Tankado era demasiado bueno para dejar huérfanas..., ¡sobre todo tantas!

El término «huérfanas» se refería a las líneas extras de programación que no servían al objetivo del programa para nada. No cumplían ninguna función, no conducían a ninguna parte y, por lo general, se eliminaban en el proceso final de comprimido y depuración de errores.

Jabba cogió el listado y lo estudió.

Fontaine permanecía callado.

Susan miró el listado por encima del hombro de Jabba.

—¿Nos ataca un *borrador* del gusano de Tankado?

—Borrador o no —replicó Jabba—, nos está matando.

—No me lo creo —dijo Susan—. Tankado era un perfeccionista. Usted lo sabe. Es imposible que dejara errores en el programa.

—¡Hay montones! —gritó Soshi. Se apoderó del listado y lo puso delante de Susan—. ¡Mire!

Susan asintió. Después de cada veinte líneas de programación había cuatro caracteres flotantes. Susan los estudió.

```
                          PFEE
                          SESN
                          RETM
```

—Agrupaciones alfa de cuatro bits —comentó—. No forman
parte de la programación.

—Olvídelo —gruñó Jabba—. Se está agarrando a un clavo ar-
diendo.

—Puede que no —replicó Susan—. Muchas algoritmos de encriptación utilizan agrupaciones de cuatro bits. Esto podría ser un código.

—Sí —refunfuñó Jabba—. Dice: «Ja, ja. Estáis jodidos». —Miró
la RV—. Faltan nueve minutos.

Susan ignoró el comentario de Jabba y se volvió hacia Soshi.

—¿Cuántas huérfanas hay?

Soshi se encogió de hombros. Ocupó la terminal de Jabba y tecleó todas las agrupaciones. Cuando terminó, se apartó de la terminal.
Toda la sala miró la pantalla.

```
PFEE   SESN   RETM   MFHA   IRWE   OOIG   MEEN   NRMA
ENET   SHAS   DCNS   IIAA   IEER   BRNK   FBLE   LODI
```

Susan era la única que sonreía.

—Me suena mucho —dijo—. Bloques de cuatro. Igual que Enigma.

El director asintió. Enigma era la máquina de escribir códigos
más famosa de la historia, la bestia codificadora de doce toneladas de
los nazis. Codificaba en bloques de cuatro.

—Fantástico —dijo él—. No tendrá una de esas máquinas por ahí,
¿verdad?

—¡Ésa no es la cuestión! —dijo Susan, que había resucitado de repente. Aquella era su especialidad—. La cuestión es que se trata de un
código. ¡Tankado nos dejó una pista! Nos está retando a adivinar la
clave de acceso a tiempo. ¡Está dejando un rastro a nuestro alcance!

—Absurdo —se revolvió Jabba—. Tankado sólo nos dejó una salida: revelar la existencia de *Transltr*. Punto. Ésa era nuestra salida. La
pifiamos.

—Tengo que darle la razón —dijo Fontaine—. Dudo que Tankado se arriesgara a dejarnos escapar proporcionándonos alguna pista del código desactivador.

Susan asintió vagamente, pero recordó que el asiático les había hecho creer en la existencia de NDAKOTA. Miró las letras mientras se preguntaba si les estaba gastando otra de sus jugarretas.

—¡Bloque de túnel reducido a la mitad! —gritó un técnico.

En la RV, la masa de líneas negras se internó más en los dos escudos restantes.

David había estado sentado en silencio, contemplando el drama que tenía lugar en el monitor.

—Susan —dijo—, tengo una idea. ¿Ese texto consiste en dieciséis agrupaciones de cuatro?

—Por el amor de Dios —masculló Jabba—. ¿Todo el mundo quiere jugar?

Susan no prestó atención a Jabba y contó las agrupaciones.

—Sí. Dieciséis.

—Elimina los espacios —dijo Becker con firmeza.

—David —contestó Susan, algo avergonzada—, creo que no lo entiendes. Las agrupaciones de cuatro son...

—Quita los espacios —repitió Becker.

Susan vaciló un momento, y luego cabeceó en dirección a Soshi. Ésta procedió a eliminar los espacios enseguida. El resultado no fue más esclarecedor.

PFEESESNRETMPFHAIRWEOOIGMEENNRMAENETSHASDCNSIIAAIEERBRNKFBLELODI

Jabba estalló.

—¡Basta! ¡Se acabaron los jueguecitos! ¡Este rollo ha duplicado la velocidad! ¡Nos quedan unos ocho minutos! ¡Estamos buscando un número, no una serie de letras disparatadas!

—Cuatro por dieciséis —dijo con calma Becker—. Calcula, Susan.

Susan miró la imagen de David en la pantalla. *¿Que calcule? ¡Las mates se le dan fatal!* Sabía que David era capaz de memorizar conjugaciones verbales y vocabulario como un ordenador, pero ¿matemáticas?

—Tablas de multiplicar —dijo Becker.

¿Tablas de multiplicar?, se preguntó Susan. *¿De qué está hablando?*

—Cuatro por dieciséis —repitió el profesor—. Tuve que aprender de memoria las tablas de multiplicar en cuarto.

Susan imaginó la tabla de multiplicar habitual. *Cuatro por dieciséis.*

—Sesenta y cuatro —soltó—. ¿Y qué?

David se inclinó hacia la cámara. Su cara llenó el encuadre.

—Sesenta y cuatro letras...

Susan asintió.

—Sí, pero son...

Se quedó petrificada.

—Sesenta y cuatro letras —repitió David.

Susan lanzó una exclamación ahogada.

—¡Oh, Dios mío! ¡Eres un genio, David!

121

—¡Siete minutos! —gritó un técnico.

—¡Ocho filas de ocho! —gritó Susan nerviosa.

Soshi tecleó. Fontaine miró en silencio. El penúltimo escudo estaba desapareciendo.

—¡Sesenta y cuatro letras! —Susan tomó el control de la situación—. ¡Un cuadrado perfecto!

—¿Un cuadrado perfecto? —preguntó Jabba—. ¿Y qué?

Diez segundos después Soshi había reagrupado las letras en la pantalla. Ahora formaban ocho filas de ocho. Jabba estudió las letras y lanzó los brazos al aire desesperado. La nueva agrupación no era más reveladora que la original.

P	F	E	E	S	E	S	N
R	E	T	M	P	F	H	A
I	R	W	E	O	O	I	G
M	E	E	N	N	R	M	A
E	N	E	T	S	H	A	S
D	C	N	S	I	I	A	A
I	E	E	R	B	R	N	K
F	B	L	E	L	O	D	I

—Esto es un galimatías —gruñó.

—Señorita Fletcher —pidió Fontaine—, explíquese.

Todos los ojos se volvieron hacia ella.

Susan estaba mirando el bloque de texto. Empezó a cabecear poco a poco y después sonrió.

—¡Más claro que el agua, David!

Todo el mundo intercambió miradas de perplejidad.

David guiñó el ojo a la diminuta imagen de Susan Fletcher en la pantalla que tenía ante él.

—Sesenta y cuatro letras. Julio César ataca de nuevo.

Midge parecía perdida.

—¿De qué están hablando?

—La cifra del César —sonrió Susan—. Lea de arriba abajo. Aquí está el mensaje de Tankado.

122

—¡Seis minutos! —gritó un técnico.

Susan impartió órdenes.

—¡Vuelva a teclear de arriba abajo! ¡Lean hacia abajo, no de izquierda a derecha!

Soshi movió las columnas y volvió a teclear el texto.

—¡Julio César enviaba sus mensajes codificados así! —soltó Susan—. ¡Las letras siempre formaban un cuadrado perfecto!

—¡Hecho! —chilló Soshi.

Todo el mundo miró la única línea de texto de la pantalla.

—Sigue siendo un galimatías —resopló Jabba—. Mirad. Son fragmentos aleatorios de... —Las palabras se le atragantaron. Sus ojos se abrieron desmesuradamente—. Oh... Oh, Dios...

Fontaine también lo había visto. Arqueó las cejas impresionado.

Midge y Brinkerhoff comentaron al unísono.

—Puta... mierda.

Las sesenta y cuatro letras decían ahora:

```
PRIMEDIFFERENCEBETWEENELEMENTSRESPONSIBLE
        FORHIROSHIMAANDNAGASAKI
```

—Ponga los espacios —ordenó Susan—. Hemos de solucionar un acertijo.

123

Un técnico subió corriendo al estrado con el rostro demudado.

—¡El bloque de túnel está a punto de desaparecer!

Jabba se volvió hacia la RV. Los atacantes se precipitaban hacia adelante, preparados para el asalto al quinto y último muro. El tiempo del banco de datos se estaba terminando.

Susan se aisló del caos que la rodeaba. Leyó una y otra vez el extraño mensaje de Tankado.

> PRIME DIFFERENCE BETWEEN ELEMENTS
> RESPONSIBLE FOR HIROSHIMA AND NAGASAKI*

—¡Ni siquiera es una pregunta! —gritó Brinkerhoff—. ¿Cómo puede haber una respuesta?

—Necesitamos un número —recordó Jabba—. El código desactivador es *numérico*.

—Silencio —dijo con tranquilidad Fontaine. Se volvió hacia Susan—. Señorita Fletcher, nos ha traído hasta aquí. Necesito que encuentre la solución.

Susan respiró hondo.

—El campo de entrada del código desactivador *sólo* acepta números. Yo diría que se trata de una pista para acertar el número correcto. El texto menciona Hiroshima y Nagasaki, las dos ciudades sobre las que se lanzaron bombas atómicas. Tal vez el código desactivador esté relacionado con el número de bajas, el cálculo en dólares de los daños... —Hizo una pausa y volvió a leer la pista—. La palabra «diferencia» parece importante. La diferencia principal entre Hiroshima y Nagasaki. Por lo visto, Tankado opinaba que los dos bombardeos eran diferentes.

* DIFERENCIA PRINCIPAL ENTRE ELEMENTOS RESPONSABLES DE HIROSHIMA Y NAGASAKI. *(N. del T.)*

Fontaine permaneció imperturbable. No obstante, las esperanzas se estaban desvaneciendo. Daba la impresión de que era preciso analizar, comparar y traducir a algún número mágico los antecedentes políticos que rodeaban los dos bombardeos más salvajes de la historia. Y en menos de cinco minutos.

124

—¡Último escudo atacado!

En la RV, el programa de autorización PEM se estaba consumiendo. Líneas negras rodeaban el último escudo protector y empezaban a abrirse paso hacia el núcleo.

En la pantalla aparecían *hackers* de todas partes del mundo. El número casi se duplicaba cada minuto. En poco tiempo cualquiera que tuviera acceso a un ordenador (espías extranjeros, radicales, terroristas, etc.) podría examinar toda la información secreta de Estados Unidos.

Mientras los técnicos intentaban en vano acelerar el proceso de desconexión del suministro eléctrico, los reunidos en el estrado estudiaban el mensaje. Hasta David y los dos agentes de la NSA trataban de descifrar el código desde su furgoneta en España.

PRIME DIFFERENCE BETWEEN ELEMENTS
RESPONSIBLE FOR HIROSHIMA AND NAGASAKI

Soshi pensó en voz alta.

—Los elementos responsables de Hiroshima y Nagasaki... ¿Pearl Harbor? ¿La negativa de Hirohito a...?

—Necesitamos un *número* —repitió Jabba—, no teorías políticas. Estamos hablando de *matemáticas*, no de historia.

Soshi calló.

—¿Qué me dicen de cargas explosivas? —dijo Brinkerhoff—. ¿Bajas? ¿Daños en dólares?

—Estamos buscando una cifra *exacta* —recordó Susan—. Los daños estimados varían. —Miró el mensaje—. Los elementos responsables...

A cuatro mil quinientos kilómetros de distancia David Becker puso los ojos en blanco.

—¡Elementos! —exclamó—. ¡Estamos hablando de matemáticas, no de historia!

Todas las cabezas se volvieron hacia la pantalla.

—¡Tankado está haciendo juegos de palabras! —soltó Becker—. ¡La palabra «elementos» tiene múltiples significados!

—Somos todo oídos, señor Becker —le apremió Fontaine.

—Está hablando de elementos *químicos*, no sociopolíticos.

La revelación de Becker se topó con miradas de incomprensión

—¡Elementos! —rugió—. ¡La tabla periódica! ¡Elementos químicos! ¿Ninguno de ustedes ha visto la película *Creadores de sombras*, sobre el Proyecto Manhattan? Las dos bombas atómicas eran diferentes. Utilizaron combustible diferente, ¡elementos diferentes!

Soshi aplaudió.

—¡Sí, tiene razón! ¡Lo he leído! ¡Las dos bombas utilizaron combustibles diferentes! ¡Una utilizó uranio y la otra plutonio! ¡Dos elementos diferentes!

Un murmullo se elevó en la sala.

—¡Uranio y plutonio! —exclamó Jabba, esperanzado de nuevo—. La pista se refiere a la diferencia entre los dos elementos. —Se giró hacia su ejército de trabajadores—. ¡Diferencia entre uranio y plutonio! ¿Quién sabe cuál es?

Miradas perdidas por todas partes.

—¡Venga! —dijo Jabba—. ¿Es que no habéis ido a la universidad? ¡Alguien! ¡Necesito la diferencia entre uranio y plutonio!

No hubo respuesta.

Susan se volvió hacia Soshi.

—Necesito acceder a Internet. ¿Qué navegadores tenéis instalados?

—El mejor es Netscape —dijo Soshi.

Susan le agarró la mano.

—Vamos a navegar.

125

—¿Cuánto tiempo queda? —preguntó Jabba desde el estrado.

Los técnicos del fondo de la sala no contestaron. Estaban mirando la RV paralizados. El último escudo estaba a punto de ceder.

Susan y Soshi examinaron los resultados de su búsqueda.

—¿Laboratorios Ilegales? —preguntó Susan—. ¿Quiénes son?

Soshi se encogió de hombros.

—¿Quiere que lo abra?

—Ahora mismo. Seiscientas cuarenta y siete referencias a bombas de uranio, plutonio y atómicas. Parece la mejor opción.

Soshi abrió el enlace. Apareció una advertencia.

La información contenida en este archivo está restringida al uso académico. Cualquier persona sin experiencia que intentara construir uno de los artefactos descritos corre peligro de envenenamiento radiactivo y/o de generar una explosión.

—¿Generar una explosión? —dijo Soshi—. ¡Dios mío!

—Continúe —espetó Fontaine por encima de su hombro—. Vamos a ver qué hay.

Soshi se desplazó por el documento. Dejó atrás una fórmula de nitrato de urea, un explosivo diez veces más potente que la dinamita. La información desfiló como si fuera la receta de los *brownies* caramelizados.

—Plutonio y uranio —repitió Jabba—. Concentrémonos.

—Retroceda —ordenó Susan—. El documento es demasiado grande. Busque el índice.

Soshi retrocedió hasta encontrarlo.

I.   Mecanismo de una bomba atómica
   A) Altímetro
   B) Detonador de presión de aire
   C) Cabezas detonadoras
   D) Cargas explosivas
   E) Deflector de neutrones
   F) Uranio y plutonio
   G) Escudo de plomo
   H) Espoletas

II.   Fisión nuclear/Fusión nuclear
   A) Fisión (Bomba-A) y Fusión (Bomba-H)
   B) U-235, U-238 y plutonio

III. Historia de las armas atómicas
   A) Desarrollo (Proyecto Manhattan)
   B) Detonación
     1) Hiroshima
     2) Nagasaki
     3) Secuelas de las detonaciones atómicas
     4) Zonas afectadas

—¡Sección dos! —gritó Susan—. ¡Uranio y plutonio!

Todo el mundo esperó a que Soshi encontrara la sección.

—Aquí está —dijo—. Esperen. —Leyó a toda prisa el texto—. Aquí hay mucha información. Toda una tabla ¿Cómo sabremos la diferencia que buscamos? Un elemento se da en la naturaleza, otro es obra del hombre. El plutonio fue descubierto por...

—Un número —le recordó Jabba—. Necesitamos un número.

Susan releyó el mensaje de Tankado. *Diferencia principal entre elementos... La diferencia entre... Necesitamos un número...*

—¡Espere! —dijo—. La palabra «diferencia» posee múltiples significados. Necesitamos un número, de manera que estamos hablando de matemáticas. Es otro de los juegos de palabras de Tankado. «Diferencia» significa *sustracción*.

—¡Sí! —dijo Becker desde la pantalla —. Tal vez los elementos tengan números diferentes de protones o algo por el estilo. Si restas...

—¡Tiene razón! —exclamó Jabba, y se volvió hacia Soshi—. ¿Hay *números* en la tabla? ¿Recuentos de protones? ¿Períodos de vida media? ¿Algo que podamos restar?

—¡Tres minutos! —gritó un técnico.

—¿Y una masa supercrítica? —aventuró Soshi—. Dice que la masa supercrítica del plutonio es de treinta y cinco coma dos libras.

—¡Sí! —dijo Jabba—. Mira en «uranio». ¿Cuál es la masa supercrítica del uranio?

Soshi buscó.

—Mmm... Ciento diez libras.

—¿Ciento diez? —dijo Jabba esperanzado—. ¿Cuánto es ciento diez menos treinta y cinco coma dos?

—Setenta y cuatro coma ocho —dijo Susan—. Pero no creo...

—Apártense —ordenó Jabba al tiempo que se precipitaba hacia el teclado—. ¡Tiene que ser el código desactivador! ¡La diferencia entre sus masas críticas! ¡Setenta y cuatro coma ocho!

—Espere —dijo Susan mientras miraba por encima del hombro de Soshi—. Aquí hay más. Peso atómico. Número de neutrones. Técnicas de extracción. —Examinó la tabla—. El uranio se divide en bario y kriptón. El plutonio hace otra cosa. El uranio tiene noventa y dos protones y ciento cuarenta y seis neutrones, pero...

—Necesitamos la diferencia más evidente —intervino Midge—. La cita dice: «Diferencia principal entre elementos».

—¡Hostia! —blasfemó Jabba—. ¿Cómo sabremos lo que Tankado consideraba la diferencia principal?

—De hecho —interrumpió David—, la pista dice «primaria», no «principal».

La palabra resonó en la mente de Susan como un tiro entre los ojos.

—¡Primaria! —exclamó—. *¡Primaria!* —Se volvió hacia Jabba—. ¡El código desactivador es un número primo! ¡Piénselo! ¡Es de lo más lógico!

Jabba se dio cuenta al instante de que Susan tenía razón. Ensei Tankado había forjado su carrera sobre números primos. Eran los bloques fundamentales de todos los algoritmos de encriptación, valores únicos sin otros divisores que uno y ellos mismos. Los números primos eran idóneos para programar códigos porque a los ordenadores les resultaba imposible adivinarlos utilizando el análisis factorial.

—¡Sí! —gritó Soshi—. ¡Es perfecto! ¡Los números primos son esenciales en la cultura japonesa! Se utilizan en los *haiku*. Tres versos de cinco, siete y cinco sílabas. Todos primos. Todos los templos de Kioto poseen...

—¡*Basta!* —dijo Jabba—. ¿Qué importa que el código asesino sea un número primo? ¡Las posibilidades son infinitas!

Susan comprendió que Jabba tenía razón. Como los números eran infinitos, siempre podías encontrar otro número primo. Entre cero y un millón, había más de setenta mil opciones. Todo dependía del número que Tankado hubiera decidido utilizar. Cuanto más grande, más difícil sería adivinarlo.

—Será enorme —gruñó Jabba—. Seguro que será un monstruo.

—¡*Dos minutos!* —gritó alguien desde el fondo de la sala.

Jabba miró la RV con expresión abatida. El escudo final estaba empezando a desmoronarse. Los técnicos corrían por todas partes.

Susan intuyó que estaban cerca.

—¡Podemos hacerlo! —exclamó tomando el control—. ¡De todas las diferencias entre el uranio y el plutonio, apuesto a que sólo una puede representarse con un número primo! Es nuestra pista final. ¡El número que estamos buscando es primo!

Jabba echó un vistazo a la tabla de uranio/plutonio en el monitor y alzó los brazos.

—¡Ahí habrá unas cien entradas! No hay forma de restarlas todas y buscar los primos.

—Un montón de entradas no son numéricas —le animó Susan—. Podemos desecharlas. El uranio es natural, el plutonio de fabricación humana. El uranio utiliza un detonador, el plutonio utiliza implosión. ¡No son números, son irrelevantes!

—Hágalo —ordenó Fontaine.

En la RV, el cortafuegos final era delgado como la cáscara de un huevo.

Jabba se secó la frente.

—De acuerdo. Probar no cuesta nada. Empezad a restar. Yo me ocuparé de la cuarta parte superior de la tabla. Susan, tú de la de en medio. Que los demás se repartan el resto. Buscamos una diferencia cuyo resultado sea un número primo.

Al cabo de pocos segundos, estaba claro que nunca lo conseguirían. Las cifras eran enormes, y en muchos casos las unidades no coincidían.

—Manzanas y naranjas —dijo Jabba—. Tenemos rayos gamma contra pulsaciones magnéticas. Fisionable contra no fisionable. Algunos son puros. Algunos son porcentajes. ¡Es un lío!

—Tiene que estar aquí —dijo Susan—. Hemos de pensar. ¡Existe una diferencia entre el plutonio y el uranio que se nos escapa! ¡Algo sencillo!

—Señores—dijo Soshi. Había creado una segunda ventana y estaba examinando el resto del documento de Laboratorios Ilegales.

—¿Qué pasa? —preguntó Fontaine—. ¿Ha encontrado algo?

—Más o menos. —Parecía inquieta—. ¿Recuerda que dije que la bomba de Nagasaki fue de plutonio?

—Sí —contestaron todos al unísono.

—Bien... —Soshi respiró hondo—. Parece que cometí un error.

—¡Cómo! —exclamó Jabba—. ¿Hemos estado buscando lo que no debíamos?

Soshi indicó la pantalla. Todos se congregaron alrededor y leyeron el texto:

> ... *es común la equivocación de que la bomba de Nagasaki fue de plutonio. De hecho, el ingenio utilizó uranio, como su hermana de Hiroshima.*

—Pero si los dos elementos eran uranio —dijo Susan—, ¿cómo vamos a encontrar la diferencia entre los dos?

—Tal vez Tankado cometió un error —aventuró Fontaine—. Quizá no sabía que el combustible de las bombas era el mismo.

—No —suspiró Susan—. Nació con las manos deformes por culpa de una de esas bombas. Conocía muy bien los hechos.

126

—¡*Un minuto!*

Jabba miró la RV.

—La autorización PEM está desapareciendo muy deprisa. Última línea defensiva. Una multitud se agolpa ante la puerta.

—¡Concéntrense! —ordenó Fontaine.

Soshi leyó en voz alta.

... la bomba de Nagasaki no utilizó plutonio, sino un isótopo de uranio 238 fabricado artificialmente y saturado de neutrones.

—¡Maldita sea! —masculló Brinkerhoff—. Las dos bombas utilizaron uranio. Los elementos responsables de Hiroshima y Nagasaki fueron uranio en ambas ocasiones. ¡No existe ninguna diferencia!

—Estamos muertos —gimió Midge.

—Espere —dijo Susan—. ¡Vuelva a leer esa parte!

Soshi repitió el texto.

—Isótopo de uranio 238, fabricado artificialmente y saturado de neutrones.

—¿238? —preguntó Susan—. ¿No acabamos de leer algo sobre que la bomba de Hiroshima utilizaba otro isótopo de uranio?

Todos intercambiaron miradas de perplejidad. Soshi retrocedió en la pantalla y encontró la mención.

—¡Sí! Aquí dice que la bomba de Hiroshima utilizó un isótopo de uranio diferente.

Midge lanzó una exclamación de asombro.

—¡Las dos eran de uranio, pero de un tipo diferente!

—¿Las dos eran de uranio? —Jabba miró la terminal—. ¡Manzanas y manzanas! ¡Perfecto!

—¿Cómo es posible que los dos isótopos sean diferentes? —preguntó Fontaine—. Tiene que ser algo básico.

Soshi examinó el documento.

—Esperen...

—*¡Cuarenta y cinco segundos!* —gritó una voz.

Susan alzó la vista. El escudo final ya era casi invisible.

—¡Aquí está! —exclamó Soshi.

—¡Léelo! —Jabba estaba sudando—. ¿Cuál es la diferencia? ¡Tiene que haber una diferencia entre los dos!

—¡Sí! —Soshi indicó el monitor—. ¡Mira!

Todos leyeron el texto:

... dos bombas emplearon dos combustibles diferentes... con características químicas idénticas. Por una manipulación química normal no pueden separarse los dos isótopos. Son, con excepción de diferencias ínfimas en peso, perfectamente idénticos.

—¡Peso atómico! —dijo Jabba nervioso—. ¡Eso es! ¡La única diferencia reside en el peso! ¡Ésa es la clave! ¡Dime sus pesos! ¡Los restaremos!

—Espera —dijo Soshi mientras el texto desfilaba—. ¡Casi he llegado! ¡Sí!

Todo el mundo leyó el texto.

... diferencia en peso muy leve
... difusión gaseosa para separarlos...
... 10,032498X10^134 comparado con 19,39484X10^23.**

—¡Ahí están! —chilló Jabba—. ¡Eso es! ¡Ya tenemos los pesos!

—¡Treinta segundos!

—Adelante —susurró Fontaine—. Réstenlos. Deprisa.

Jabba cogió su calculadora y empezó a teclear números.

—¿Qué significa el asterisco? —preguntó Susan—. ¡Hay un asterisco después de las cifras!

Jabba no le hizo caso. Sus dedos volaban sobre la calculadora.

—Con cuidado! —advirtió Soshi—. Necesitamos una cifra *exacta*.

—El asterisco —repitió Susan—. Hay una nota a pie de página.

Soshi fue al final del párrafo.

Susan leyó la nota a pie de página. Palideció.

—Oh... Santo Dios

Jabba levantó la vista.

—¿Qué?

Todos se inclinaron hacia delante, y se oyó un suspiro colectivo de derrota. La diminuta nota decía:

(**) *Margen de error del 12%. Cifras publicadas varían según los laboratorios.*

127

Se hizo un silencio reverente entre el grupo congregado en el estrado. Era como si estuvieran contemplando un eclipse o una erupción volcánica, una cadena de acontecimientos increíble que no podían controlar. Dio la impresión de que el tiempo se detenía.

—¡Lo estamos perdiendo! —gritó un técnico—. ¡Invasión por todas las líneas!

En la pantalla más alejada a la izquierda, David y los agentes Smith y Coliander miraban a la cámara. En la RV, el último cortafuegos no era más que un gajo. Una mancha negra lo rodeaba, mientras cientos de líneas esperaban para conectarse. A la derecha estaba Tankado. Las imágenes de sus últimos momentos se proyectaban en un bucle interminable. La mirada de desesperación, los dedos extendidos, el anillo que brillaba al sol.

Susan contemplaba las imágenes. Miró los ojos de Tankado. Parecían henchidos de arrepentimiento. *Nunca quiso llegar tan lejos*, se dijo. *Quería salvarnos*. Tankado seguía extendiendo los dedos, exhibiendo el anillo ante los ojos de la gente. Intentaba hablar, pero no podía.

En Sevilla, la mente de Becker no paraba de dar vueltas.

—¿Qué han dicho que eran esos dos isótopos? —murmuró para sí—. ¿U238 y U...?

Exhaló un profundo suspiro. Daba igual. Era profesor de idiomas, no físico.

—¡Líneas exteriores preparadas para autentificar!

—¡Dios mío! —gritó Jabba frustrado—. ¿Cómo es posible que los isótopos sean diferentes? ¿Nadie sabe en qué difieren? —No hubo respuesta. Los técnicos de la sala miraban la RV con una sensación de impotencia. Jabba se volvió hacia el monitor y levantó los brazos—. ¿Dónde hay un jodido físico nuclear cuando necesitas uno?

Susan miró la pantalla mural y supo que todo había terminado. Vio a cámara lenta que Tankado moría una y otra vez. Intentaba hablar con voz estrangulada, extendía sus manos deformes... Intentaba comunicar algo. *Trataba de salvar el banco de datos. Pero nunca sabremos cómo.*

—¡Compañía ante la puerta!

Jabba miró la pantalla.

—¡Allá vamos!

El sudor resbalaba sobre su cara.

En la pantalla central, la última voluta del último cortafuegos había desaparecido casi por completo. La masa negra de líneas que rodeaban el núcleo era espesa y temblorosa. Midge apartó la vista. Fontaine estaba rígido, con los ojos clavados en el frente. Brinkerhoff tenía aspecto de estar a punto de vomitar.

—¡Diez segundos!

Susan no apartaba los ojos de la imagen de Tankado. La desesperación. El arrepentimiento. Las manos extendidas, el anillo reluciente, los dedos deformes engarfiados hacia las caras de los desconocidos. *Les está diciendo algo. ¿Qué?*

David parecía abismado en sus pensamientos.

—Diferencia —murmuraba para sí—. Diferencia entre U238 y U235. Tiene que ser algo sencillo.

Un técnico inició la cuenta atrás.

—¡Cinco! ¡Cuatro! ¡Tres!

La palabra llegó a España al cabo de una décima de segundo. *Tres... Tres.*

Fue como si el disparo de un pistola aturdidora hubiera alcanzado de nuevo a David Becker. Su mundo se detuvo . *Tres... Tres... Tres... ¡238 menos 235!* Extendió la mano hacia el micrófono.

En aquel preciso instante, Susan estaba mirando la mano extendida de Tankado. De pronto, vio algo que no era el anillo, sino los dedos. Tres dedos. No se trataba del anillo. Era la carne. Tankado no les estaba diciendo nada, les estaba enseñando algo. Estaba contando su secreto, revelando el código desactivador, suplicando que alguien comprendiera. Rezando para que su secreto llegara a la NSA a tiempo.

—Tres —susurró Susan perpleja.

—¡Tres! —gritó Becker en España.

Pero en el caos nadie pareció oírle.

—¡Se acabó! —chilló un técnico.

La RV empezó a emitir destellos, mientras el núcleo sucumbía al diluvio. Sonaron sirenas en el techo.

—¡La información fluye hacia el exterior!

—¡Conexiones a alta velocidad en todos los sectores!

Susan se movió como en un sueño. Se volvió hacia el teclado de Jabba. En ese momento, su mirada se clavó en su prometido, David Becker. Una vez más su voz resonó en el techo.

—¡Tres! ¡La diferencia entre 238 y 235 es tres!

Todo el mundo alzó la vista.

—¡Tres! —chilló Susan sobre la ensordecedora cacofonía de sirenas y técnicos. Señaló la pantalla. Todos los ojos la siguieron hacia la mano de Tankado, extendida, tres dedos que se agitaban con desesperación bajo el sol de Sevilla.

Jabba se quedó paralizado.

—¡Oh, Dios mío!

De pronto comprendió que el genio de manos deformes les había estado facilitando la respuesta desde el primer momento.

—¡Tres es primo! —soltó Soshi—. ¡Tres es un número primo!

Fontaine parecía aturdido.

—¿Puede ser así de sencillo?

—¡La información fluye hacia el exterior! —gritó un técnico—. ¡Cada vez más deprisa!

Todos los congregados en la plataforma se precipitaron al mismo tiempo hacia la terminal, una masa de manos extendidas, pero fue Susan la primera en tomar contacto con su objetivo. Tecleó el número tres. Todo el mundo se volvió hacia la pantalla mural. El mensaje era sencillo.

¿INTRODUCIR CONTRASEÑA? 3

—¡Sí! —ordenó Fontaine—. ¡Ya!

Susan contuvo el aliento y pulsó la tecla ENTER. El ordenador emitió un pitido.

Nadie se movió.

Tres agónicos segundos después no había pasado nada.

Las sirenas continuaban aullando. Cinco segundos. Seis segundos.

—¡La información fluye hacia el exterior!

—¡No hay cambios!

De pronto Midge señaló la pantalla.

—¡Mirad!

Un mensaje se había materializado.

CÓDIGO DESACTIVADOR CONFIRMADO

—¡Reinstalad los cortafuegos! —ordenó Jabba.

Pero Soshi ya se le había adelantado y enviado la orden.

—¡Flujo de información al exterior interrumpida! —gritó un técnico.

—¡Conexiones exteriores interrumpidas!

En la RV, el primero de los cinco cortafuegos empezó a reaparecer. Las líneas negras que atacaban el núcleo fueron decapitadas al instante.

—¡Reinstalación! —gritó Jabba—. ¡El maldito trasto se está reinstalando!

Se produjo un momento de incredulidad, parecía que todos temieran que en cualquier momento todo fuera a venirse abajo, pero entonces el segundo cortafuegos empezó a materializarse. Y después el tercero. Momentos después reapareció toda la serie de filtros. El banco de datos estaba a salvo.

El caos se apoderó de la sala. Los técnicos se abrazaban, tirando al aire listados de impresora para celebrarlo. Las sirenas se aplacaron. Brinkerhoff abrazó a Midge. Soshi estalló en lágrimas.

—Jabba —preguntó Fontaine—, ¿cuáles son los daños?

—Muy escasos —dijo el técnico, mientras estudiaba su monitor—. Muy escasos.

Fontaine asintió poco a poco, y una sonrisa irónica se formó en la comisura de su boca. Buscó con la mirada a Susan Fletcher, pero ya estaba caminando hacia la parte delantera de la sala. La cara de David Becker llenaba la pantalla mural.

—¿David?

—Hola, bonita —sonrió el profesor.

—Vuelve a casa ahora mismo.

—¿Nos encontramos en Stone Manor?

Ella asintió con lágrimas en los ojos.

—Trato hecho.

—Agente Smith —llamó Fontaine.

Smith apareció en la pantalla detrás de Becker.

—¿Señor?

—Parece que el señor Becker tiene una cita. ¿Podría encargarse de que vuelva a casa de inmediato?

El agente asintió.

—Nuestro jet está en Málaga. —Palmeó la espalda de Becker—. Será algo muy especial, profesor. ¿Ha volado alguna vez en un Learjet 60?

Becker lanzó una risita.

—Desde ayer no.

128

Cuando Susan despertó, el sol se filtraba por las cortinas y bañaba el edredón de plumas de ganso. Buscó a David. *¿Estoy soñando?* Su cuerpo permaneció inmóvil, agotado, aún aturdido de la noche anterior.

—¿David? —gimió.

No hubo respuesta. Abrió los ojos. Su piel todavía cosquilleaba. David se había ido.

Estoy soñando, pensó Susan. Se incorporó. La habitación era victoriana, toda encajes y antigüedades: la mejor suite de Stone Manor. Su bolsa de viaje estaba en el suelo de parquet, su ropa interior sobre una silla Reina Ana, al lado de la cama.

¿Era cierto que David había llegado? Atesoraba recuerdos: su cuerpo contra el de ella, los tiernos besos que la despertaron. ¿Lo había soñado todo? Se volvió hacia la mesita de noche. Había una botella de champán vacía, dos copas... y una nota.

Se frotó los ojos para acabar de despertarse, se envolvió el cuerpo desnudo con el cubrecama y leyó el mensaje.

> Queridísima Susan,
> te quiero.
> Sin cera, David

Sonrió y apretó la nota contra su pecho. Era David, no cabía duda. *Sin cera...* El código que aún debía descifrar.

Algo se removió en un rincón y Susan levantó la vista. David Becker estaba sentado en silencio, mirándola desde un mullido diván, envuelto en un grueso albornoz y disfrutando del sol de la mañana. Ella le indicó con un gesto que se acercara.

—¿Sin cera? —ronroneó al tiempo que le rodeaba en sus brazos.

—Sin cera —sonrió él.

Ella le dio un beso.

—Dime lo que significa.

—De eso nada. —Rió—. Una pareja necesita tener secretos. De ese modo las cosas siguen siendo interesantes.

Susan sonrió con timidez.

—Algo más interesante que lo de esta noche pasada y no volveré a caminar.

David la tomó en sus brazos. Se sentía ingrávido. El día anterior casi era hombre muerto, pero ahora se sentía más vivo que nunca.

Susan apoyó la cabeza en su pecho, escuchó los latidos de su corazón. No podía creer que, en un momento dado, había pensado que nunca más le volvería a ver.

—David —suspiró, y desvió la vista hacia la nota de la mesa—. Explícame lo de «sin cera». Ya sabes que detesto los códigos indescifrables.

Él guardó silencio.

—Dímelo —insistió Susan con un mohín voluptuoso—. De lo contrario no volverás a acostarte conmigo.

—Mentirosa.

Susan le golpeó con una almohada.

—¡Dímelo ya!

Pero David sabía que nunca se lo diría. El secreto que ocultaba «sin cera» era demasiado tierno. Sus orígenes eran antiquísimos. Durante el Renacimiento, los escultores españoles que cometían errores mientras tallaban estatuas de mármol caras disimulaban sus defectos con cera. Una estatua que carecía de defectos y, por lo tanto, no necesitaba retoques era alabada como una «escultura sin cera». La palabra inglesa *sincere* provenía de la española *sincera*, sin cera. El código secreto de David no entrañaba un gran misterio. Se limitaba a firmar sus cartas con un «sinceramente». Sospechaba que a Susan no le haría gracia.

—Te alegrará saber que, durante el vuelo de regreso —dijo David en un intento de cambiar de tema—, llamé al presidente de la universidad.

Ella lo miró esperanzada.

—Dime que has renunciado al puesto de jefe del Departamento de Idiomas Modernos.

David asintió.

—Volveré a dar clases el semestre que viene.

Susan suspiró aliviada.

—A lo que nunca debiste haber renunciado.

David sonrió.

—Sí. Supongo que en España recordé lo que es importante.

—¿A romper corazones de alumnas otra vez? —Susan besó su mejilla—. Bien, al menos tendrás tiempo para ayudarme a corregir mi manuscrito.

—¿Manuscrito?

—Sí. He decidido publicar un libro.

—¿Publicar? —preguntó David perplejo—. ¿Publicar un libro sobre qué?

—Algunas ideas sobre protocolos de filtros variables y residuos cuadráticos.

David gruñó.

—Creo que se venderá una barbaridad.

Ella rió.

—No te lo pierdas.

David buscó en el bolsillo del albornoz y sacó un objeto pequeño.

—Cierra los ojos. Tengo algo para ti.

Susan obedeció.

—Déjame adivinar... ¿Un anillo de oro con una inscripción en latín?

—No —rió David—. Convencí a Fontaine de que lo devolviera a los herederos de Tankado.

Cogió la mano de Susan y deslizó algo en su dedo.

—Mentiroso —rió Susan y abrió los ojos—. Sabía...

Enmudeció. El anillo no era el de Tankado. Era un diamante engastado en una banda de platino.

Susan lanzó una exclamación ahogada.

David la miró a los ojos.

—¿Quieres casarte conmigo?

Susan se quedó sin respiración. Paseó la vista entre él y el anillo. Sus ojos se llenaron de lágrimas.

—Oh, David... No sé qué decir.

—Di que sí.

Ella se volvió sin decir palabra.

David esperó.

—Susan Fletcher, te quiero. Cásate conmigo.

Susan alzó la cabeza. Sus ojos estaban llenos de lágrimas.

—Lo siento, David —susurró—. No... puedo.

Él la miró estupefacto. Escudriñó sus ojos en busca de un brillo juguetón. No lo vio.

—Susan —dijo—. No lo entiendo.

—No puedo —repitió ella—. No puedo casarme contigo.

Dio media vuelta. Sus hombros empezaron a temblar. Se cubrió la cara con las manos.

David estaba perplejo.

—Pero, Susan... Yo pensaba...

Aferró sus hombros temblorosos y la volvió hacia él. Fue entonces cuando comprendió. Susan Fletcher no estaba llorando. Estaba al borde de un ataque de nervios.

—¡No me casaré contigo! —Rió, y le atacó de nuevo con la almohada—. ¡No hasta que me expliques lo de «sin cera»! ¡Me estás volviendo loca!

Epílogo

Dicen que cuando mueres todo se te revela. Tokugen Numataka supo entonces que era cierto. Ante el ataúd depositado en las dependencias de la aduana de Osaka, experimentó una amarga lucidez que nunca había conocido. Su religión hablaba de círculos, de los niveles interrelacionados de la vida, pero Numataka nunca había tenido tiempo para la religión.

Los agentes de aduanas le habían entregado un sobre con los papeles de adopción y la partida de nacimiento.

—Usted es el único pariente vivo de este chico —habían dicho—. Nos costó mucho localizarle.

Su mente retrocedió treinta y dos años hasta aquella noche de lluvia, hasta el pabellón del hospital donde había abandonado a su hijo deforme y a su mujer agonizante. Lo había hecho en nombre del *menboku*, el honor, ahora una sombra vacía.

Había un anillo de oro con los papeles. Estaba grabado con palabras que no comprendió. Daba igual. Las palabras ya no significaban nada para él. Había abandonado a su único hijo. Y ahora el sino más cruel les había reunido.